A E
& I

El Infierno

Autores Españoles e Iberoamericanos

Carmen Mola

El Infierno

Obra editada en colaboración con Editorial Planeta – España

© Carmen Mola, 2023
Esta edición se ha publicado gracias al acuerdo con Hanska Literary&Film
Agency, Barcelona, España

Diseño de la colección: Compañía

© 2023, Editorial Planeta, S. A. – Barcelona, España

Derechos reservados

© 2023, Editorial Planeta Mexicana, S.A. de C.V.
Bajo el sello editorial PLANETA M.R.
Avenida Presidente Masarik núm. 111,
Piso 2, Polanco V Sección, Miguel Hidalgo
C.P. 11560, Ciudad de México
www.planetadelibros.com.mx

Primera edición impresa en España: octubre de 2023
ISBN: 978-84-08-27758-3

Primera edición impresa en México: octubre de 2023
ISBN: 978-607-39-0532-9

Impreso en los talleres de Impregráfica Digital, S.A. de C.V.
Av. Coyoacán 100-D, Valle Norte, Benito Juárez
Ciudad De Mexico, C.P. 03103
Impreso en México - *Printed in Mexico*

PRIMERA PARTE

EL INFIERNO

PRIMER CÍRCULO

—¿Quieres ser tan poderoso como la reina? Nunca vas a tener palacios ni joyas o ejércitos, pero sí puedes ser como ella. Incluso más. Quítale la vida a alguien, a un gato, a uno de esos ropavejeros que no saben ni su nombre, quítasela despacio, que sepa que te la estás llevando, y en su mirada verás que, en ese momento, para esa persona, eres más que la reina, eres más que Dios.

Estábamos sentados en las escaleras de la iglesia de San Sebastián, dos niños de unos diez o doce años —nunca he sabido con exactitud en qué año nací— que esperaban la salida de misa para pedir unas monedas. Fantaseábamos con abandonar los harapos de huérfanos y no solo tener un plato de comida caliente al día, sino un carruaje tirado por caballos árabes, un castillo, un país, cuando él, con la mirada traviesa, me confesó cómo podría ser aún más grande que la reina. Mi memoria ha regresado muchas veces a aquel Madrid que boqueaba exhausto tras el cólera, mísero y sucio, arrastrándose a los pies de unos pocos que refulgían como emperadores bañados en oro. A aquellas palabras. Habrían de pasar muchos años hasta entender que no tenían nada de inofensivo.

Mi vida, errática y equivocada, me sacó de aquel Madrid, me dejó olvidado en un convento de Calatrava donde, a pesar de los monjes —fieras que usaban a aquel niño y

9

después adolescente como a un mulo de carga—, aprendí las letras y a tener el valor necesario para huir. Todavía era ajeno a que ese sería el signo de mis días: la huida, siempre inútil, porque el cobarde nunca logra escapar del todo, y yo no soy otra cosa que un cobarde al que persiguen el miedo y la culpa, como ese ojo sin párpado del relato de Philarète Chasles, pegado a mi espalda, observándome.

No pretendo erigirme en protagonista de nada, ni siquiera del viaje al infierno que es mi vida; no merece la pena detallar las vicisitudes que me trajeron a esta isla de las Antillas, como tampoco importa mi nombre.

Hay tantos nombres que, algunos, los quiero olvidar, y los que recuerdo prefiero omitirlos. Me falta el valor ciego de los héroes, ese que no mide las consecuencias. Solo consignaré uno aquí: Santa Catalina de Baracoa. Un nombre que también es una historia. La de un navío, un barco fantasma que fue hallado en 1852, en la ensenada de Cochinos, en Cuba.

Según contaban, dos pescadores criollos y analfabetos de la Ciénaga de Zapata fueron quienes lo encontraron: Anatael y su hijo Bardo. Decidí buscarlos, averiguar si podía haber alguna relación entre ese barco fantasma y el lugar que había destruido mi vida.

Conocí a Bardo en una choza insalubre donde el joven pescador se había instalado lejos del mar, todavía atemorizado, como si viviera en la mañana posterior a la pesadilla. Me dijo que ese mismo miedo fue lo que se llevó la vida de su padre, que si pudiera abandonaría Cuba, que cualquier rincón del mundo sería mejor que esta isla donde habita el demonio. Pensé contestarle que cuando el demonio pisa tu sombra no hay donde huir, pero de nada habría servido avivar las brasas de su terror.

Bardo se encontró con su padre en la playa Larga, en

el alba de un día de junio de 1852. Anatael ya había preparado las redes. Como muchas otras mañanas, el chico llegaba tarde. La noche anterior se había dejado llevar por el baile y el aguardiente en una tienda de adobe donde los jamones y chorizos colgados del techo hacían el aire tan espeso como la leche. Esa mañana en la que el sol se resistía a despuntar —y nunca lo hizo, me dijo Bardo, como si el astro hubiera preferido no ver lo que sucedía a sus pies— no quiso discutir con su padre y encajó en silencio los reproches.

Todavía no habían superado el primer cayo cuando vieron aparecer una barca. Cabeceaba encallada entre los corales que bordean el este de la bahía, ocultos y peligrosos para cualquier navegante extraño, y eso fue lo primero que pensaron cuando llegaron hasta ella: abandonada, rota en el costado de babor, supusieron algún naufragio, que sus ocupantes habrían saltado al mar, la tierra no estaba lejos y se podía alcanzar a nado. Pero ¿de dónde venía esa barca? En la aleta leyeron una inscripción, «Santa Catalina», y Anatael aventuró —con acierto— que esa barca bien podría ser el bote de salvamento de alguno de los clípers que, a veces, guarecidos por la noche, atracaban en esas playas a las que nadie prestaba atención para entregar una mercancía prohibida.

«Debimos dar la vuelta entonces», se lamentaba Bardo cuando estuve con él. Una vez en la aldea, habrían buscado a un guardia civil, alguna autoridad a la que transmitir el hallazgo y, así, salir de esta historia como unos actores secundarios. Pero no lo hicieron, se adentraron en el mar de las Antillas porque su padre estaba decidido a no regresar hasta que llenaran las redes de pargos o de tilapias rojas. La silueta del Santa Catalina se dibujó como una grieta en el muro gris que era el cielo aquella mañana.

Remaron hasta el pecio, un clíper de tres palos, con velas cuadradas y al menos cuarenta y cinco metros de eslora; un verdadero galgo. Aunque ya estaban de moda los barcos propulsados a vapor, los clípers mantenían su vieja dignidad a la hora de cruzar el Atlántico. La elegancia del Santa Catalina se desvaneció cuando estuvieron más cerca: el palo mesana quebrado, las velas rasgadas incapaces de cobijar al viento, y un silencio absoluto mientras trepaban por la escalerilla, un silencio opresivo y preñado del olor a carne putrefacta.

Bardo se tapó la nariz y la boca nada más pisar la cubierta. ¿De dónde venía el hedor? Ni siquiera el mar era capaz de taparlo, se imponía a todas las cosas, ácido y penetrante, se clavaba dentro de él. A Anatael, sin embargo, parecía no afectarle. Gritaba de un lado a otro mientras recorría una cubierta desierta y herida por una supuesta tormenta, sin rastro de tripulación.

Las velas caídas entre los palos mayores estaban teñidas de rojo y, al levantarlas, Bardo descubrió la fuente de la pestilencia. Cuerpos blancos se amontonaban con los de algunos negros semidesnudos; diez, quizá más, me dijo Bardo, no llegó a contarlos, todos tiznados de sangre reseca, las heridas abiertas de cuchillos, de disparos, verdeaban como la fruta que revela la podredumbre interior a través de una aureola de su piel. Se apartó entre náuseas y buscó con la mirada la paz en el mar. Anatael lo abrazó. «Un motín», le dijo su padre, el Santa Catalina tal vez transportaba esclavos, no sería el primero que depositaba esa mercancía en la bahía de Cochinos, aunque ambos sabían que diez o doce negros no podían ser toda la carga de un clíper como ese.

¿Por qué los cadáveres estaban amontonados en el mismo lugar y no esparcidos por la cubierta como habría sido lógico si allí se hubiera vivido una batalla? Buscaron algún superviviente. Llegaron al castillo de proa, al camarote del capitán. Miraron dentro sin esperanza, como habían mirado en todas partes. El naufragio parecía haber afectado también a los objetos: un catalejo, un mapa, la mesa, estaban preparados para sumergirse en las aguas y dejarse amortajar por los corales, para que los peces fueran sus nuevos dueños. «No mires», le dijo su padre, pero Bardo, como siempre que oímos una orden así, hizo lo contrario.

En una silla, atado a los reposabrazos, estaba el capitán, así lo atestiguaba su indumentaria. En un primer vistazo, Bardo pensó que estaba vivo, sus ojos abiertos, su rictus, no eran los de un cadáver, sino más bien los del enfermo que pone toda su energía para contener el dolor. Un hilo de sangre le caía por la frente. «Vete, sal de aquí», le ordenó Anatael, y le habría gustado hacerlo, pero su cuerpo no obedecía. Al capitán le habían arrancado la tapa del cráneo —después se daría cuenta de que estaba a sus pies, rasurada—, y en el cerebro —pues eso debía ser la masa sanguinolenta que podía ver— le habían clavado dos palos finos, como ramas de arbusto, anudados de tal forma que semejaban un crucifijo, pero daba la impresión de que quien fuera su torturador se había entretenido removiendo esa burda cruz, batiendo el cerebro hasta convertirlo en una amalgama viscosa.

Anatael sacó a su hijo a empujones del camarote. ¿Qué demonio es capaz de hacer algo así?, se desesperaba Bardo. No recordaba qué más dijo, pero sus gritos resonaron por todo el barco. Guiándolo de la mano como a un ciego, su padre lo condujo hasta la bodega, donde había identificado unos golpes. Cogió antes un cuchillo que encontró entre los cadáveres; no sabía qué podía haber debajo de la portezuela que, ahora, volvía a ser golpeada con insistencia.

Cuando la abrieron, cientos de ojos y bocas, de rostros negros que apenas respiraban, escuálidos, como muertos venidos de otro mundo, se clavaron en ellos.

«Y, sin embargo, nada de toda aquella pesadilla fue lo que enfermó a mi padre», me reveló Bardo en su choza. «Fue el perro. Un perro negro que no sabíamos de dónde había surgido y que de repente estaba en la cubierta. Ladraba y babeaba como si tuviera la rabia, las patas delanteras bien clavadas en el suelo. Nos miraba y parecía decirnos: vosotros no deberíais estar aquí. Este es mi reino. Os condenaré para siempre por subir a mi barco».

Las historias que se contaron del Santa Catalina se detienen en la horrible muerte del capitán, en el cargamento de esclavos moribundos, y ninguna habla de ese perro. Del animal que Bardo y su padre vieron en la cubierta y que se transformó en obsesión. Anatael creía escucharlo cada noche, temía despertar y encontrarlo junto a su cama. Tanto era su miedo que se convirtió en una enfermedad y, año tras año, lo fue debilitando, porque el miedo también puede matar.

Mi amigo de la infancia, si es que se le puede llamar así, sí sabía de la existencia de ese perro, yo mismo pude verlo más tarde, por eso eligió el nombre de Santa Catalina de Baracoa para su ingenio: para encerrar en esas palabras la historia del barco y hacerla suya. Para homenajear al perro.

Capítulo 1

—¿Está lleno?

—Hasta la bandera.

A Leonor Morell también le gusta atisbar por entre los pesados cortinajes del madrileño Teatro Variedades y mirar hacia la platea, pero no es para comprobar cuánto público asistirá a la función de hoy, como su amiga Pili la Gallarda. *El joven Telémaco,* la obra que representan desde hace casi dos semanas, es un éxito clamoroso, tanto que el fin de semana harán dos sesiones diarias, quizá también una matiné el domingo. Lo que Leonor quiere es asegurarse de que, en la cuarta fila, en la butaca junto al pasillo, como ha sucedido desde el día del estreno, está don Cándido Serra.

—No sé cómo te consiente tanto.

—Porque soy la mejor compañía que puede encontrar en Madrid.

—Y la más cara para tan poco beneficio.

La sonrisa que Leonor dedica a don Cándido se queda suspendida en el aire cuando Francisco Arderius cierra el telón y les ordena que vayan al camerino a prepararse. Ellas —Leonor, Pili y el resto de coristas, las suripantas— se han convertido en el principal atractivo de la función. ¿Quién les iba a decir que les llegaría el éxito con ese extraño nombre: suripantas? Ni siquiera Arderius había soñado con tanta celebridad. Llegó de París con dos ideas: no solo ser actor, sino también empresario teatral e importar el espectáculo que triunfaba en la capital francesa, para eso creó la Compañía de los Bufos Madrileños.

La crítica ha calificado el género bufo como la apoteosis de la grosería, pero ¿a quién le importa la opinión del crítico? Desde el pequeño Teatro Variedades en la calle de la Magdalena, ha revolucionado la escena madrileña: números musicales ligeros, diálogos llenos de equívocos y dobles sentidos, una escenografía espectacular, aunque nada levanta más aplausos que las procaces suripantas. Los madrileños están locos por ellas: jóvenes y guapas, buenas bailarinas, enseñan un poquito más de lo que se vería en otros teatros: los hombros, las pantorrillas, el inicio del escote... Arderius sabe alimentar la fama de sus chicas: a la entrada del teatro, ha mandado colocar un cartel que anuncia que se prohíben los accidentes y los desmayos por la belleza de las coristas bajo multa de cinco duros.

Una noche más, dibujando un semicírculo en el escenario, Leonor y sus compañeras, vestidas con túnicas que se adhieren a sus formas, despliegan la coreografía y el estribillo —extraño e incomprensible— que enardece al público.

> *Suripanta, la suripanta*
> *Maca trunqui de somatén*
> *Sun fáribum, sun fáriben*
> *Maca trúpitem sangasinén.*

El aplauso todavía resuena en sus cabezas cuando Leonor y Pili entran, después de la función, en el teatro-café de Capellanes.

—¿Quién puede entender que todo Madrid coree ese sinsentido?

Miguel Ramos Carrión, un joven autor zamorano, se ha unido esta noche al grupo habitual que, junto a Francisco Arderius, Pili y Leonor, acompaña a don Cándido Serra. Es él quien siempre elige dónde cenarán, ya que es también quien se hace cargo de una cuenta que no suele ser pequeña.

—Tal vez deberías preguntarle a Eusebio Blasco de dónde surgió la inspiración, porque tu zarzuela debe tener, como poco, el mismo éxito.

Detrás de un bigote que pretende disimular su juventud, Ramos Carrión se acomoda en la mesa reservada y se queja de la presión que Arderius ejerce sobre sus autores: en el Teatro Variedades no se puede fallar; si una obra no triunfa en las primeras sesiones, rápidamente se retira y otra ocupa su lugar. Es lo que le puede ocurrir a la que él está escribiendo, *Un sarao y una soirée*, una comedia sobre cómo las costumbres francesas se han convertido en las preferidas de la burguesía.

—Querido, ¿por qué no pedimos una de esas botellas de Perrier-Jouët, a ver si el champán ilumina a nuestro joven escritor? Tal vez se le ocurran algunos versos a la altura del griego inventado de Blasco.

Don Cándido Serra es incapaz de negarse a una petición de Leonor. Silencioso, como casi siempre, de una timidez que sorprende en un hombre de su edad —ya ha superado los cincuenta años—, desplaza su figura delgada como un cuchillo entre la parroquia que abarrota el café en busca de un camarero para complacer a su amada, mientras la mesa regresa, bulliciosa y entre risas, a repasar la pasión que un coro tan absurdo levanta entre el público.

—«Suripanta, la suripanta. Maca trunqui de somatén...».

El canturreo de Pili y Leonor llama la atención de otras mesas, en todas partes se conoce la cancioncilla, y algunas miradas también delatan el deseo al tener tan cerca a dos de esas hermosas coristas.

—¡Felicidad! ¡Felicidad y risas! —aúlla Arderius después de dar cuenta de la primera botella de champán—. Eso es lo que necesita esta ciudad. Madrid lleva lamentándose de su reina, de la miseria y de nuestros políticos demasiado tiempo. Necesitamos disfrutar de un poco de espectáculo, que la vida se nos escapa entre tanta lágrima. ¿Tengo o no razón, amigo Cándido?

—Yo seré el primero en añorar estas noches cuando salga para La Habana.

—Pero ¿ya está pensando en su marcha?

Leonor se acoda en la mesa, sujetándose los mofletes con los puños, como una niña enfadada. Sabe cuándo dedicar todo su interés a Cándido, cómo atraer su atención para que él se sienta como si estuvieran solos en el Capellanes. Como si ella lo necesitara.

—Las negociaciones con el Gobierno están terminando, aunque eso no signifique que los hacendados que hemos venido de las Antillas estemos contentos con el resultado: los impuestos siguen siendo demasiado elevados.

—Para sacarle algo a nuestra reina —interviene Ramos Carrión—, tiene que disfrazarse de monja, como sor Patrocinio, o tener los bigotes de Carlos Marfori, aunque en ese caso puede que acabe usted en su cama, y yo preferiría pagar impuestos antes que sufrir ese trance.

Ríen las bromas mientras una nueva botella de champán llega a la mesa. Leonor teme que, desde las chanzas habituales contra la reina, la conversación derive en temas más serios, como Prim y su exigencia de libertad o las frecuentes asonadas militares que pretenden derrocar el régimen de la reina Isabel II, pero, por suerte, Franconetti, un cantaor medio gitano medio italiano, tan corpulento que antes se ganó la vida de picador, sube al escenario del café. La enésima queja de Arderius contra la reina se apaga bajo los compases de una seguiriya.

«Ha puesto el cante al nivel de la ópera», oye decir Leonor en otra mesa. Después de diez años por América, en Argentina y Uruguay, Silverio Franconetti ha vuelto a España y, ahora, su voz impone un silencio devoto en la tumultuosa clientela del café Capellanes.

Leonor siente que el cantaor ha logrado crear un mundo nuevo, distinto a la realidad, una burbuja cuyas paredes son sus lamentos y el rasgueo de la guitarra que le acompaña, una burbuja donde ellos están suspendidos, y piensa que, si algo puede ser considerado arte, es la voz de Franconetti. Todo el mundo en el café parece presa de la misma comunión, salvo Cándido Serra. A Leonor le molesta descubrirlo mirándola con fascinación, tal y como ella escucha al cantaor; le sonríe como quien se postra ante una Virgen. Ella intenta olvidarlo, disfrutar como antes de la música, pero le resulta imposible. La pleitesía que Cándido le rinde desde que la conoció le hace sentirse mal: ha estado jugueteando con él, dándole falsas esperanzas para disfrutar de su posición, de su champán y de sus invitaciones a los mejores restaurantes.

Son las tres de la madrugada cuando abandonan el café. Francisco Arderius se ha despedido, pero han logrado convencer a Franconetti de que los acompañe a la habitación de Cándido Serra en el Grand Hôtel de París. Otros clientes del Capellanes se han sumado al grupo, llevados por la tentación de seguir escuchando al cantante en una juerga flamenca particular y, también, por la de conocer los interiores del hotel más lujoso de la capital, en plena Puerta del Sol.

El vino y el champán que continúan bebiendo logran espantar la mala conciencia que Leonor tuvo en el café, y, desinhibida, baila y ríe, subida a la cama con Pili, junto a unos hombres cuyos nombres no conoce y que se sienten afortunados al cogerla de la cintura en uno de los pasos de baile, mientras Franconetti y su guitarrista convierten la habitación de Cándido en una de esas cuevas donde, según dicen, los gitanos cantan y bailan hasta el amanecer.

La noche empieza a clarear cuando Leonor sale a uno de los balcones para tomar aire. Sudada y algo borracha, da una calada a un cigarrito. A sus pies, la Puerta del Sol, mucho más amplia ahora, después de varios años de demoliciones de edificios: la fuente en el centro levanta el agua a más de treinta metros de altura. Aquí y allá, pordioseros, jugadores que regresan a sus casas con los bolsillos vacíos, hambre.

—Apenas hemos tenido ocasión de charlar.

Cándido se acoda en el balcón a su lado. No parece cansado a pesar de la noche en vela, tampoco afectado por la bebida.

—En realidad, no tengo mucho que decir.

—Con saber un poco más de tu vida, me conformo.

—Soy la hija de un barbero y una lavandera que cantaba como los ángeles. De ahí me viene el gusto por la música, por el teatro, y —fingiendo una voz grave, de malvada de cuento— por rebanar pescuezos.

Leonor ríe con una alegría que sabe que puede derribar cualquier enfado de Cándido.

—La última vez, tu padre era mesonero y tu madre había fallecido al darte a luz.

—Hoy me apetece más ser la hija del barbero y la lavandera cantante.

Cándido puede detectar un poso de tristeza en Leonor que, incómoda por su desmentido, ha dejado de reír. Se abraza a sí misma, protegiéndose de una corriente fría de aire que trae el alba. Puede que ese misterio que es la propia Leonor sea lo que atrapó a Cándido desde el primer día, no solo su belleza. Suena un estruendo lejano que reverbera en la ciudad, un trueno, piensa ella, el anticipo de una tormenta.

—Me encantaría que alguna vez me acompañaras a dar un paseo por los Campos Elíseos —murmura él a su espalda—, así podría disfrutar de tu compañía a la luz del día.

Pili se coge del brazo de Leonor cuando abandonan el Grand Hôtel de París. La borrachera apenas le permite mantenerse en pie y tampoco pone traba alguna a sus pensamientos.

—Y luego querrás que no digan que las suripantas somos unas frescas. Mira lo que estás haciendo con el pobre Serra. Va a regresar a Cuba con los bolsillos llenos de telarañas y ni un beso que llevarse de recuerdo.

—Es un anciano, Pili, no voy a darle ningún beso. Además, ¿por qué íbamos a complicar las cosas? Nos lo pasamos bien, ¿verdad? Pues de eso se trata. Felicidad y risas, como dice Arderius.

Unos caballos irrumpen al galope por la calle Mayor. Tan pronto se giran, sorprendidas por el estrépito, ven cómo los guardias civiles descargan sus escopetas contra un grupo de gente que se arremolinaba en la Puerta del Sol. La sangre de algunos pintarrajea el aire mientras los gritos y el escándalo de otros que están sacando muebles viejos de no se sabe dónde, amontonándolos como barricada tras la que guarecerse, se mezcla con aquellos truenos que escuchó desde el balcón, que se repiten y que, ahora se da cuenta, no avisaban de ninguna tormenta, sino que eran cañonazos y lo que presagiaban era una batalla campal.

Capítulo 2

Llegó a Madrid para aprender a salvar vidas y tiene que repetirse que eso es lo que está haciendo cuando hunde la bayoneta en el pecho del soldado, que vomita sangre y, después, busca su abrazo, no porque pretenda continuar con la pelea, sino porque no quiere morir solo. Es incluso más joven que él, puede que no haya cumplido los veinte años. Mauro lo recoge en su caída para, suavemente, como quien acuesta a un bebé en el moisés, tumbarlo en el suelo. El soldado tiembla con un escalofrío, ha empezado a llorar. La pérdida de sangre está helando su cuerpo, los ojos desorbitados ya no pueden ver a ese muchacho de barba rasurada y mirada clara que, en la refriega de la calle de Caños del Peral, ha logrado derribarlo de su caballo y arrebatarle la bayoneta. Esos ojos ya solo ven el vacío de la muerte.

Nada ha salido como estaba previsto. ¿Lo ha dicho en voz alta o ha sido un pensamiento? Mauro no está seguro, en mitad del caos en que se ha convertido Madrid, le cuesta diferenciar la realidad de la fantasía.

—¡Atrás!, ¿no me oyes? ¡Hay que retroceder a la plaza de Santo Domingo! ¡¿Quieres que te maten?!

Ricardo Muñiz lo ha cogido de un brazo y, en volandas, lo lleva calle arriba. Como si volviera a la superficie después de estar sumergido, los ruidos estallan a su alrededor, el relincho de caballos, los disparos, y también la conciencia de lo que sucede: se ha visto obligado a matar a un soldado, pero los sublevados no se están imponiendo en la batalla. La muerte pierde todo su valor en esa calle, donde muchos de sus compañeros han exhalado su último aliento. Tiene que dejarlos atrás, solos, sin nadie que cierre sus párpados, algunos todavía bregando en vano por aferrarse a la vida. Nadie los podrá socorrer; como el soldado que ha matado Mauro, serán víctimas, números que describirán el horror de un Madrid que se retuerce con espasmos de enfermo, virulento y desquiciado.

Saltan la barricada de Santo Domingo. Con muebles viejos, cajas, sacos de arena, todo aquello que han podido encontrar, han levantado un muro tras el que protegerse de los embates de los soldados de la reina. Cuando Mauro mira los edificios que los rodean, los encuentra horadados de disparos y llenos de ventanas rotas. Gritos de vecinos, llantos de miedo y hartazgo por esta guerra soterrada que sostiene el país y que, cada pocos meses, vuelve a estallar.

—No han conseguido controlar ni el cuartel de San Gil.

Ricardo Muñiz le informa mientras se hace con un fusil y pide a gritos más munición. «¡Prim y libertad!», chillan algunos mientras lanzan piedras contra los soldados. El armamento es insuficiente para combatirlos.

—¿Y el cuartel de la Montaña?

—Aún no se sabe, pero si se mantiene fiel a la Corona, no tenemos ninguna oportunidad.

Un anciano se arrastra hasta ellos junto a la barricada. Por sus ropas, Mauro deduce que es un burgués, un comerciante o uno de los intelectuales conspiradores del Ateneo. No conoce a todos los que han participado en el levantamiento. Cuenta a Muñiz que hay más de mil personas en la Puerta del Sol. Estudiantes, obreros, simples vecinos que han salido a ocupar las calles y resisten contra la Guardia Civil, pero que muchos generales, como Serrano y Zabala, continúan fieles a la reina.

—En la Puerta del Sol no podrán aguantar mucho si no llega ayuda. Están repeliéndolos a base de palos y alguna escopeta de caza que han traído.

Muñiz se refugia unos segundos en un silencio huraño. Fue compañero de armas de Prim y es su íntimo amigo. Lleva un mes en la clandestinidad, preparándolo todo, convencido de que, después de tantas intentonas, esta sería la definitiva, la que lograría expulsar a los Borbones de España, pero la situación parece echar por tierra ese sueño. Mauro identifica en la expresión del exmilitar un leve signo de desaliento, pero se esfuma rápido, como un recuerdo fugaz que se escapa.

—Gallego —le ordena con la determinación de siempre—, ve al número siete de la calle de San Buenaventura. En el tercer piso, pregunta por Benito Centeno, dile que vas de mi parte. Cogéis los fusiles que guarda y los lleváis a la Puerta del Sol. Con armas puede que logren parar a los guardias un poco más.

Mauro no discute las órdenes de Muñiz. Pegado a los parapetos levantados en la plaza, entre el tumulto de hombres que se guarecen allí, alcanza la cuesta de Santo Domingo y corre hacia el destino que le ha trazado.

Intenta no pensar, pero la realidad es tozuda y la desesperanza quiere ganar terreno. ¿De qué servirán esas armas que va a coger? ¿Para prolongar la agonía, para traer más muertes?

El caldo de cultivo era perfecto para un alzamiento: la hambruna de buena parte del país, la bolsa hundida, ni siquiera la industria textil catalana funciona, ahogada por el cierre del mercado de algodón de Estados Unidos, inmersos en su propia guerra. La matanza de estudiantes en la Noche de San Daniel, hace poco más de un año, manchó al Gobierno y a la reina con la sangre de muchos de sus ciudadanos. Esta vez, el levantamiento no era solo militar, también el pueblo estaba dispuesto a dejarse la vida por expulsar a los Borbones.

Se cruza con un grupo de compañeros en el lateral del Teatro Real. Desde allí se puede divisar el palacio hacia el que, si todo hubiera salido bien, ya estarían marchando.

—Los militares del cuartel de la Montaña se han puesto del lado de la reina.

No les quedan fuerzas para decirse nada más, saben que están viviendo una nueva derrota y que, ahora, lo único que debería importar sería conservar sus vidas. Aun así, a Mauro lo empuja un idealismo ciego, el mismo que lo trajo de su aldea de Soutochao, una de esas parroquias gallegas pegadas a la frontera con Portugal, el que le hizo desatender los estudios de medicina que a duras penas lograba pagarse para unirse a los conspiradores contra la Corona. No se detendrá, como no lo harán los sargentos del cuartel de San Gil que prendieron la mecha de la revolución al alba, como no lo hará el propio Prim, que a estas horas ya debe haber entrado en España por Bayona, porque la muerte parece un final más digno que doblegarse a los caprichos de una reina que no solo le ha quitado el pan a su pueblo, sino también la libertad.

Baja la calle de la Unión. El fragor de la batalla es un eco lejano, humo que hierve desde la plaza de Santo Domingo, desde la Puerta del Sol, desde la plaza de la Cebada o desde el cuartel de San Gil. El fracaso de los sargentos a la hora de controlar ese cuartel ha provocado una cascada de indecisiones, de pasos atrás: el de la Montaña ha elegido mantenerse fiel a Isabel II y al Gobierno de O'Donnell, los soldados de infantería, que también deberían haber salido, no lo han hecho.

El grito de pánico detiene a Mauro en seco a la altura de la calle del Espejo. Allí, el caballo de un soldado se levanta sobre sus patas traseras y, al caer, golpea sus cascos contra el pecho de una mujer que, impotente, intenta defenderse tumbada en el suelo.

Capítulo 3

—

Leonor no puede respirar. Siente como si unas agujas se le hubieran clavado en los pulmones y cada bocanada de aire es un martirio. El soldado a caballo es un borrón en su mirada, ¿ha desmontado? Una noche espesa que parece brea gana espacio, la oscuridad invade su visión, distorsiona todo a su alrededor.

Hace muy poco abandonaba el Grand Hôtel de París después de una noche de risas, bailes, cansada y ebria, también feliz, y soñaba con su modesta cama en la habitación que comparte con Pili en la calle de Mesón de Paredes, y con esconderse del sol hasta bien entrada la tarde, cuando tuviera que prepararse para una nueva función en el Teatro Variedades.

—¡Zorra! ¿Dónde te crees que vas?

El grito y la patada en el mentón abren su visión como una cicatriz. El soldado está a su vera y descarga la bayoneta de su hombro. El sabor metálico de la sangre la atraganta. Quisiera poder decir algo, defenderse, jurarle que ella no tiene nada que ver con esta sublevación, pero lo único que logra balbucear es un gorjeo incomprensible.

La algarada las sorprendió en el inicio de la calle Mayor, y ese instante ahora le resulta tan lejano como su niñez. Cuando iba cogida del brazo de Pili, cuando todavía bromeaban sobre Cándido, sobre la juerga en su habitación. La irrupción de la Guardia Civil y aquellos cientos de hombres que no sabe de dónde surgieron y que, rápidos, estaban atrincherándose en la calle de Preciados. Es como si faltara un fragmento de su vida, el tiempo que había transcurrido entre la confianza con la que habían pisado la Puerta del Sol y el pánico que les hizo separarse cuando se descubrieron en mitad de la barahúnda. Pili corrió hacia la calle Arenal, ella le gritó que no lo hiciera, los enfrentamientos podrían ser mayores cerca del palacio. Entre los que luchaban y los que huían de la batalla, Leonor perdió de vista a su amiga. No podía quedarse quieta y decidió escapar por Mayor. Pensó que había hecho la elección correcta cuando, al ver acercarse un contingente de soldados, tuvo que girar hacia la calle de los Milaneses. Retumbaban las descargas de las armas, los gritos, pero ese rincón parecía tranquilo. Tomó la calle del Espejo en busca de un portal donde guarecerse. Fue entonces cuando apareció el soldado a caballo. Tenía las manos manchadas de sangre y —siempre ha sabido interpretar la mirada de los hombres— sus ojos transmitían toda la impotencia del mundo. Tuvo miedo cuando le dio el alto, no se equivocaba al pensar que ese hombre quería descargar su frustración, tal vez por un compañero muerto o por una refriega en la que había sido humillado, y aunque le volvió a gritar que se detuviera, ella corrió. El caballo la alcanzó enseguida. Primero fue un golpe contra el pecho del animal: eso la derribó. Después, el soldado encabritó a su montura y la coceó.

—¡Déjala en paz!

Leonor intenta girarse en el suelo, como si dándole la espalda al soldado pudiera esquivar la muerte. Se arrastra, o eso cree que hace, cuando oye ese grito, que se repite. «¡Te he dicho que la dejes!», y no sabe si es real o es su imaginación, recreando el papel de algún salvador.

—¿Quién te has creído tú para darme órdenes?

Ve una silueta avanzar hacia ella. Le llama la atención que lleva las manos a la espalda, como si fuera un paseante o uno de esos catedráticos que ha visto disertar en las tertulias. El olor agrio del soldado, sus botas sucias de barro, pasa a su lado. Arma la bayoneta.

—Eres uno de los soldaditos de Prim. ¿No os cansáis nunca de perder?

El hombre se ha detenido a solo un par de metros del soldado. No cambia su pose indolente, como si no existiera la bayoneta que le apunta. Leonor tensa todos los músculos para intentar incorporarse, pero le resulta imposible, su cuerpo ha dejado de responderle y le parece triste la sonrisa que ese hombre le dedica. No es el catedrático que imaginó, sino un joven, tal vez de su misma edad, veintiuno o veintidós años, sin barba ni bigote o pobladas patillas, una excepción en la moda del momento, un pelo rizado en desorden que le da un aire de poeta romántico. De soñador, que es lo mismo que decir perdedor. Le gustaría gritarle «vete», no es necesario que él también muera.

—Cuando sabes que estás en el bando correcto, no importa perder, amigo, porque un día llegará la victoria, ni tú ni nadie puede evitarlo.

¿Es valentía o imprudencia?, se pregunta Leonor cuando el recién llegado arma el brazo escondido a su espalda y lanza un adoquín contra la cara del soldado. La bayoneta se dispara, rasgando el aire. Leonor consigue moverse a un lado cuando los dos caen al suelo en la disputa. Le ha reventado la nariz al soldado, la sangre se derrama por su cara, por los dientes y encías que enseña en un gesto de rabia y de dolor. El hombre consigue desarmarlo y, de una patada, alejar la bayoneta. Está de rodillas sobre el soldado, sujetándole las manos contra el piso de la calle, cuando descarga un cabezazo contra la nariz ya fracturada. Leonor espera que baste para dejar inconsciente al militar, pero no es así. Este se revuelve en el suelo, golpea al otro con una rodilla en el estómago y, de repente, las tornas cambian. Como un toro enloquecido por el picador, sangrando, ciego, el soldado encadena una sucesión de puñetazos contra el joven que intenta cubrirse, pero que ahora tiene todas las de perder.

Leonor reúne sus pocas fuerzas para incorporarse. Las agujas en sus pulmones se clavan más adentro, emite un pitido con cada inspiración. El dolor emborrona todo a su alrededor, pero quiere mantenerse consciente un poco más. Solo un poco más.

En el suelo, el soldado ha sacado una navaja, intenta rajarle el cuello al hombre que, a duras penas, retiene el arma cogiéndole de la muñeca.

Un ruido suena arriba, en uno de los balcones de la calle, que se ha abierto. Mareada, Leonor levanta una mirada implorante; una anciana envuelta en una toquilla negra, el pelo cano, está en un balcón. ¿Entenderá la súplica callada? ¿Buscará ayuda? Solo puede ver cómo la vieja traga saliva y, al hacerlo, en un gesto que le da asco, cree ver una boca sin dientes.

No piensa. Es una sucesión de movimientos automáticos lo que le hace coger la bayoneta, acercarse a los hombres que siguen luchando en el suelo y clavársela en la espalda al soldado, hundirla hasta que la carne y los huesos dejan de ofrecer resistencia.

Su último pensamiento es que ya no habrá más funciones en el teatro. No escuchará más aplausos.

Después, todo se apaga.

Capítulo 4

—¿Dónde estoy?

Mauro da un respingo al escuchar su voz, temblorosa como una gota de rocío. Acerca la silla al lado de la cama y apoya con cuidado la mano en su frente. Todavía arde, la fiebre no ha remitido.

—Tranquila, estás a salvo, pero debes descansar.

Los ojos de la chica tienen el color de la miel, ahora puede verlos por primera vez en la penumbra del cuarto, las cortinas están echadas para evitar las miradas indiscretas de los vecinos del patio interior. Cuando logró quitarse el cadáver del soldado de encima, ella ya estaba inconsciente. Le sangraba el labio, pero no fue esa herida lo que le preocupó, sino la de las pezuñas en el pecho. Pegó el oído a los pulmones y notó que respiraba con dificultad. La cargó sobre la grupa del caballo. Se arriesgaba a encontrarse con más soldados de la reina, pero pudo conducir al animal hasta la calle de San Buenaventura sin incidentes. La subió en brazos hasta el tercer piso.

«Esta mujer necesita atención médica. Me ha dicho Muñiz que podía traerla aquí». La mentira de Mauro surtió efecto y Benito Centeno, un hombre extraordinariamente bajito y gordo como una peonza, se apresuró a ponerse en movimiento por el cochambroso piso, una caja de cerillas de treinta metros cuadrados con dos habitaciones. Su esposa Maruja y él los guiaron hasta su dormitorio para que tumbara a la mujer en la cama de matrimonio, Benito le pidió gasas y agua caliente a Maruja, que, aunque no dejó de protestar ni un segundo —«Un día tus conspiraciones nos traerán la desgracia»—, tampoco perdió el tiempo y, además de lo que su pequeño marido le había pedido, trajo tijeras y una botella de aguardiente para el dolor.

—¿Cómo te llamas?

—Leonor Morell.

Su mirada se extravía por el cuarto de paredes desconchadas, una palangana de zinc y un reloj de pared que está parado, hasta posarse en la caja de madera que sirve de mesilla y sobre la que reposa una fotografía de Benito y Maruja, vestidos elegantemente según su criterio. Le han contado a Mauro que se gastaron hasta su último real en ese retrato del estudio de Hebert, pero eso es algo que Leonor —ahora puede nombrarla— no sabe. Como tampoco imagina que, bajo la cama en la que descansa, hay veinte fusiles y varias cajas de munición.

—Gracias por salvarme la vida, Leonor.

Ella intenta dibujar una sonrisa, pero el dolor la transforma en una mueca triste.

—No hagas esfuerzos. Duerme. Tienes alguna costilla rota, es normal que te duela.

Los párpados de Leonor caen como un velo; todavía está despierta, pero agradece el permiso que él le da para apagarse. Sobre la manta raída de Benito descansa su mano. Delicada y pálida, le hace pensar en el brezo blanco que crece junto a la puerta de su casa en Galicia.

No sabe qué hora es cuando despierta. El recuerdo borroso del joven que la salvó del soldado le hace dudar si realmente estaba allí antes, en ese cuarto extraño. Un resplandor rojizo tiñe las cortinas, ¿es posible que ya esté anocheciendo? El gesto instintivo de levantarse le provoca un dolor punzante en el pecho y abandona la idea. Está desnuda, descubre al retirar la manta. De repente, la invade la sensación de ser una rehén que no conoce a sus captores, como tampoco el porqué de su secuestro. La imagen de Pili huyendo por la calle Arenal vuelve a ella, nítida y afilada, como si anticipara una tragedia. Quiere salir de allí. En una caja de madera, junto a un retrato de unos desconocidos, hay un balde con agua de nieve. Tiene el pecho húmedo y frío. Se tapa asustada cuando la puerta se abre y un hombrecillo con un bigote abundante entra iluminándose con una vela.

—¿Estás despierta?

—¿Quién es usted?

Parece que el hombre se desplaza hasta la cama sin mover los pies, como si rodara, se sienta a su lado y le sonríe. Pese a que debe de rondar los cincuenta, conserva en sus ojos un brillo jovial. Le llama la atención que le falta una oreja, tal vez por eso hable a gritos.

—Benito Centeno, relojero y conspirador. ¡Prim y libertad! Hoy nos acostaremos con la reina en palacio, pero somos perseverantes, lucharemos hasta que no quede un Borbón en este país. O, en su defecto, menos de dos progresistas, porque con dos de nosotros y Prim, ya basta para que haya una revolución en marcha.

—Benito, gracias por estar pendiente.

El joven del pelo rizado entra en la habitación. Con cuidado, deja un pequeño frasco en la mesilla. Su rostro delata el cansancio, como si llevara demasiadas horas despierto. Benito abandona el cuarto repitiendo ese grito, «¡Prim y libertad!», cuando Mauro ocupa su lugar en el borde de la cama, junto a ella, y le señala el frasquito que ha dejado a su lado.

—He ido a la farmacia de la calle Toledo. Es aceite de fenol; su uso todavía no está muy extendido, pero algunos médicos que han seguido los estudios de Joseph Lister, el mayor especialista en métodos antisépticos del mundo, están convencidos de que el fenol contribuirá a reducir el número de muertes por infecciones.

—¿Me voy a morir?

—No, si me permites que te lo aplique. Puede que sea la herida del pecho la que te está provocando la fiebre. Tenemos que evitar que la fractura de las costillas te cause una neumonía.

Pero Leonor se aferra a la manta, no sabe si puede confiar en ese hombre. El vacío que hay en su memoria desde el incidente de la calle del Espejo le hace ponerse a la defensiva. Nunca le ha gustado estar en desventaja, saberse al capricho de otros, y necesita recuperar de alguna manera el control. Demostrarle a ese mozo —a sus veintipocos años, es lo que parece, ni siquiera intenta disimular su juventud con un bigote— que ella no es de las que obedecen sin ofrecer resistencia.

—Estoy desnuda. ¿Quién me ha quitado la ropa?

—Tuvimos que rasgarla con unas tijeras, no sabía lo grave que podrían ser tus heridas y había que manejarte con cuidado.

—¿Eres médico?

—En realidad, solo he cursado dos años. Uno y medio, porque los últimos meses Prim y Muñiz me han requerido para otros menesteres.

—¿Tú y ese Benito sois los que habéis empezado este motín?

—Los sargentos del cuartel de San Gil fueron los primeros, pero sí. Benito, yo y muchos otros estábamos coordinados para salir a la calle y expulsar a la reina, cada uno con su cometido. Por desgracia, las cosas no han terminado como pretendíamos... La revuelta ha sido sofocada. Hay muchos detenidos, los sargentos de San Gil...

—¿Detenidos? Lo que hay son muertos. —La impotencia brota de Leonor transformada en rabia, nunca ha entendido a ciertos madrileños, que parecen obsesionados en hacer de la ciudad un infierno como el que se abrió en la Puerta del Sol—. Hay montones de muertos, y yo podría ser una más. Ni siquiera sé si mi amiga Pili estará viva, si pudo escapar. Por tu culpa, por culpa de miserables como tú, que no les importa la vida de los demás y solo piensan en medrar y gobernar... ¡Apártate! Estás loco si crees que voy a dejar que un medio médico me ponga un dedo encima.

—¿Me estás culpando a mí? Te recuerdo que te salvé de un soldado de tu reina.

—A mí la reina me da igual. Tú me das igual. No habría tenido problemas con ningún soldado si vosotros no hubierais hecho saltar por los aires todo Madrid.

—¡Hemos salido a defender a los ciudadanos de este país! ¿O es que no te importa que la gente se muera de hambre?

—Claro, eres un santo. Dime, san como te llames, ¿cómo se puede ser santo y asesino? Porque seguro que esta noche has matado a más de uno.

—Mi nombre es Mauro Mosqueira y no soy ningún santo. Soy un conspirador, un medio médico, como dices, y alguien que no sabe quedarse de brazos cruzados mientras ve cómo tantos españoles sufren por culpa de un Gobierno que nos quita la libertad. Por culpa de una reina que nos está robando lo que es nuestro.

—Me estás dando dolor de cabeza. Quiero irme.

—Aparta esa manta de una vez y deja que te aplique el fenol.

—No vas a verme desnuda.

—Ya te he visto desnuda, señorita Leonor Morell.

—Si pudiera dar marcha atrás, te clavaría a ti la bayoneta y no al soldado.

Suenan carreras en la escalera del edificio, gritos de vecinos. Benito y Maruja irrumpen pálidos del miedo.

—Están registrando las casas, alguien ha avisado del caballo del soldado, que lo vieron sin jinete por esta calle...

Benito no termina la frase cuando ya está rodando bajo la cama. Saca los fusiles que Maruja coge y, tras abrir la ventana, arroja al patio de luces. Después del engaño inicial, Mauro se sintió en la obligación de contarle la verdad: cómo trató de ayudar a Leonor y ella le salvó después la vida. Muñiz le había enviado a esa casa, sí, pero para llevar armamento a Sol. De cualquier forma, no habría servido de nada; para esas horas, hacía rato que la batalla frente al edificio de Gobernación estaba perdida.

—Subid a las buhardillas —les dice Maruja—. En el pasillo de la derecha hay una medio derruida, al final. Apenas se abre la puerta, hay que empujarla bien, no entrarán a mirar ahí.

Mauro tiende una mano a Leonor.

—¿Vas a venir o prefieres esperar a tus amigos los soldados?

Cualquier otra opción le parecería mejor, pero no la hay. Tiene que esconderse. Ahora se da cuenta de que está en una casa que ocultaba un alijo de armas y si, además, la relacionan con la muerte del soldado, tendrá una plaza asegurada en la tapia del Retiro, donde fusilaron al capitán Espinosa y a los hombres que le apoyaron en el levantamiento que hubo en enero.

—No mires.

Mauro le da la espalda mientras ella sale de la cama y

se envuelve en la manta. Cada gesto es una tortura, ha creído sentirse mejor de lo que realmente está y, al ponerse en pie, la habitación oscila a su alrededor, como si hubiera pisado una balsa inestable sobre el río. Antes de caer al suelo, Mauro la sujeta. Odia a ese medio médico de rizos desordenados y mirada soberbia.

Capítulo 5

La buhardilla es húmeda y oscura. A veces oye pequeños ruidos agudos, el chillido de las ratas, sus pasos. Apenas puede ver a Leonor, está sentada en el extremo opuesto, entre cajas de madera y desperdicios que no entiende quién pudo querer guardar.

Han permanecido en silencio. Primero, atemorizados cuando escucharon a los soldados subir y bajar escaleras, con el corazón en un puño cada vez que sus voces resonaban cercanas, avisando a sus superiores de que no habían encontrado nada en las buhardillas. Creyeron que estaban a punto de descubrirlos cuando alguien intentó abrir la portezuela tras la que se escondían. El marco, inflamado por la humedad, ofreció suficiente resistencia para que el soldado cejara en su empeño y se marchara.

Después, el silencio se ha mantenido. Tenso e incómodo, ninguno de los dos sabe cómo romperlo, mientras la noche apaga el exiguo rayo de luz que entraba por un agujero del techo. Leonor busca alguna excusa que disuelva este silencio; ahora siente que ha sido demasiado cortante con Mauro, que la indefensión ha sacado la rabia que creía extirpada de su identidad, arrojada en la salida del pueblo de la sierra de Cameros donde se crio. Hacía años que los recuerdos de su pueblo, de su familia, no ocupaban lugar en sus pensamientos, pero, por suerte, no son los momentos más amargos los que acuden a ella, sino una canción que los hombres cantaban en la taberna y que ella aprendió cuando soñaba con ser actriz:

A las rejas de la cárcel,
no me vengas a llorar;
ya que no me quitas penas,
no me las vengas a dar.

Ya perdí mi libertad,
la prenda que más quería,
ya no puedo perder más,
aunque perdiera la vida.

—Puedes seguir cantando.

A Leonor le sorprende escuchar a Mauro desde la oscuridad del otro extremo. No era consciente de que su pensamiento se había convertido en murmullo.

—La aprendí hace muchos años, en mi pueblo...

—¿De dónde eres?

—Montenegro de Cameros, en Soria. Si algún día lo ves escrito en un mapa, puedes tacharlo. Te aseguro que no es un lugar que merezca la pena visitar.

Ella cree intuir su sonrisa, aunque las sombras hayan colonizado la buhardilla. Un leve golpe de nudillos en la puerta los sobresalta. La voz susurrada de Benito suena al otro lado:

—Los soldados se han ido, pero siguen haciendo patrulla por el barrio. Tendréis que esperar al amanecer, es lo mejor. Que haya un poco de movimiento en la calle para salir.

Después de que Mauro le prometa que no se moverán de la buhardilla, Benito se marcha.

—Gracias —se atreve a decir Leonor. No hay respuesta

de Mauro y ella asume que le debe algo más—. No tenías por qué haberte arriesgado por salvarme. Ese soldado quería acabar conmigo y... Ahora mismo estaría muerta, si no es por ti.

—¿Tienes frío?

—Un poco.

Lo escucha acercarse. Su sombra va ganando presencia hasta sentarse a su lado.

—¿Me permites? —Y él vuelve a comprobar su temperatura, siente su mano fría en la frente—. Debería aplicarte el fenol. La herida puede infectarse, y más en esta buhardilla... Lo más seguro es que estemos sentados encima de los excrementos de las ratas. Además, no se ve nada. Puedes estar tranquila.

—¿Tienes aquí el frasco?

—Lo cogí con la esperanza de que entraras en razón.

Leonor siente el aliento cálido de Mauro cerca de ella; odia tener que autorizar la cercanía, el contacto de su mano que, desde el estómago, busca a tientas la herida, bajo su pecho. Luego, el frío del aceite y el pinchazo de las costillas que se clavan en sus pulmones cuando inspira profundamente. Con ternura, Mauro vuelve a envolverla en la manta y, después, le echa un brazo por encima, pegándose a ella.

—Juntos, podemos darnos calor.

Ella se deja manejar, sorprendida por su propia docilidad o abandonándose al impúdico descaro con el que siempre se ha desenvuelto, del todo ajena al embrujo que está ejerciendo sobre Mauro. Él no entiende lo que le está pasando. Esa mujer que le irritó en casa de Benito ahora lo agita al más leve contacto, teme que ella note cómo el latido de su corazón se ha precipitado, sin dueño. Quiere dirigir sus pensamientos a otro asunto que no sea Leonor y, al intentarlo, el murmullo ronco cuando cantaba vuelve a su memoria.

—¿Eres actriz?

A ella le sorprende que él lo haya adivinado.

—Cantas demasiado bien para no dedicarte a eso.

—Decir actriz quizá sea demasiado. ¿Has oído hablar de las suripantas del Variedades? Yo soy una de ellas. A lo mejor has ido a ver *El joven Telémaco* y no te acuerdas de mí.

Mauro tiene el convencimiento de que, si hubiera ido a alguna función del Variedades, recordaría bien a Leonor. La noche le impide ver su cara, pero sus facciones, se da cuenta ahora, están perfectamente cinceladas en su memoria. La sonrisa abierta, los ojos color miel, la blancura de su cuerpo.

—No he tenido ocasión de ir al teatro desde que llegué a Madrid.

—¿Y cómo te diviertes?

—Los estudios primero y..., bueno..., esa revolución que tanto aborreces se han llevado todo mi tiempo.

—¿De verdad? Hay cientos de tertulias, teatros, espectáculos... Eso también es Madrid. No sé por qué algunos os empeñáis en mirar solo las partes más tristes de la vida. Ya sé que hay hambre y miseria, pero ¿es que los pobres no tienen derecho a reírse y a bailar? No entiendo qué puede tenerte tan ocupado para no haber disfrutado ni una sola noche de esta ciudad.

—Creo que te decepcionaría escucharlo. Me has tomado por un soldado y no lo soy.

—Eres una pieza valiosa de Prim en Madrid, eso sí lo sé.

—Soy un mensajero. Me encargo de escribir en clave las cartas que la cúpula quiere hacer llegar a los que están de su lado.

Mauro no entiende por qué le cuenta a Leonor los detalles del código que usa para que, si las cartas son interceptadas, los hombres de la reina no le encuentren sentido alguno: resta una letra en la primera línea y, para evitar el rastreo de vocales, por ser las letras más usadas, en la segunda línea cambia el código a dos letras menos, y en la tercera a tres letras menos, y así sucesivamente.

—A ver si eres capaz de descifrar el código de esta canción: «Suripanta, la suripanta, maca trunqui de somatén, sun fáribum, sun fáriben, maca trúpitem sangasinén».

La ha cantado en voz baja, cerca de su oído. Mauro ha intentado concentrarse en el juego de descifrar, pero le ha resultado imposible. La proximidad de Leonor le altera hasta el punto de que no es capaz de pensar. Por eso prefiere asumir su derrota rápido, sin un segundo intento. Sabe que, a veces, su temperamento toma el control de sus actos, que las emociones, por mucho que pretenda ser un hombre racional, le desbordan y no puede hacer nada por contenerlas.

—No sé qué puede significar.

La risa clara de Leonor le sorprende.

—No significa absolutamente nada. Eusebio Blasco, que es el autor, dice que quería que sonara como si fuera griego, pero en realidad son una sarta de palabras sin sentido. ¿Lo ves? En la vida hay cosas que no importan mucho, pero que son divertidas. Yo no podría vivir sin ellas. Ya puede estar ardiendo el mundo, que yo seguiré cantando, riéndome y bailando hasta el amanecer. ¿Por qué no vienes un día conmigo? Digo yo que la revolución podrá pasar un día sin ti, medio médico. ¿Te asusta pasártelo bien?

Mauro y Leonor fantasean con esa próxima noche. Ella le habla del café Capellanes, de Franconetti, el cantaor, de las trifulcas que a veces se montan en el Imperial, de los pintorescos personajes que habitan la noche madrileña, poetas y canallas cuyas aventuras se convierten en la conversación del día siguiente. Del teatro y el champán, de los restaurantes donde se pueden degustar los mejores filetes. Un mundo desconocido para Mauro, que, por el contrario, pasa sus días quejándose de cómo la reina se ha apropiado de parte del patrimonio de España, de las leyes que promulgan unas Cortes que nada tienen de democrático, de la realidad de un país que cada vez está más lejos de la sociedad de otros países europeos, como si se regocijara en quedarse atascado en un pasado que solo es rentable a los ricos, a los poderosos, porque se alimentan del sufrimiento de los más débiles.

—No sé cómo puedes soportar ver el mundo de esa forma. Es como pasear por el infierno.

Leonor no pretende afear la vida de Mauro, más bien se compadece, como quien escucha el relato de un viajero que regresa de una tierra salvaje.

—La fiebre se ha terminado —murmura Mauro después de comprobar una vez más su temperatura.

—Tú y tu aceite me habéis salvado la vida. Otra vez.

Vuelven a quedarse en silencio. Sin embargo, ahora el silencio es diferente. Es suave como un terciopelo, los envuelve como hace la noche, los cobija, y no sienten la urgencia de quebrarlo. Abrazados, ella arrebujada en su manta y en él, y Mauro medio destapado, pasan varias horas. Él se emociona al comprobar que Leonor ha aprovechado un intermedio de sus dolores para quedarse dormida. De pronto le parece que no hay nada más importante en el mundo que proteger ese sueño. No se mueve, no busca un pico de la manta, no quiere despertarla. Acepta el frío y piensa que la noche y esa buhardilla son un nido que por nada del mundo quiere abandonar.

Pero un pálido rayo de luz atraviesa el agujero del techo de la buhardilla y las sombras emprenden la retirada.

Se despiden en la puerta de la casa de Benito. Maruja le ha dejado un vestido a Leonor, que, dolorida, necesita la ayuda del matrimonio para bajar las escaleras. Mauro le ha prometido que irá a verla actuar, pero ahora él debe seguir otro camino. Benito recibió durante la noche un mensaje de Muñiz: están identificando a todos los que han participado en la «sargentada», como rápidamente ha sido apodado el levantamiento. Lo más seguro es que Mauro abandone la ciudad. Un tren sale de la Estación del Norte hacia Francia a las doce, le darán un uniforme y podrá subirse a él como si fuera un revisor.

Leonor echa un vistazo atrás cuando va a girar el primer tramo de escaleras, pero un pinchazo en las costillas la obliga a recuperar la rigidez. Apenas le ha dado tiempo a presenciar durante un segundo a Mauro en el umbral, diciendo adiós con un leve movimiento de cabeza.

Después, en la calle, apoyándose en Maruja y Benito, se confunde entre los vecinos que salen a sus quehaceres, que arreglan los desperfectos causados por la batalla del día anterior, que tienden la ropa recién lavada en los balcones.

Capítulo 6

Pili la recibe con un abrazo impetuoso en su casa de Mesón de Paredes. Después de todo un día sin tener noticias de ella, había llegado a temerse lo peor.

—Como sigas apretándome de esta forma, vas a ser tú mi asesina.

—Ay, Dios mío, lo siento —se disculpa Pili, las manos en la boca ahogando un sollozo cuando Leonor le dice que tiene alguna costilla rota.

Tumba a su amiga entre los almohadones del camastro que comparten y no disimula la preocupación por su respiración trabajosa. «Llegamos juntas a esta ciudad y, acuérdate, juntas tenemos que triunfar, no te puedes morir hasta que nuestros nombres aparezcan bien grandes en los carteles del Teatro del Príncipe», intenta bromear ante la palidez de Leonor, que ahora siente todo el peso del cansancio. Recuerda, hace ya años, cuando conoció a Pili Gallardo en una casa de huéspedes mugrienta de Segovia. Ella había llegado hasta allí unida al grupo de comediantes con el que escapó de su pueblo, de su familia, de una vida que detestaba. Soñaba con transformarse en otra persona, como Pili, que, a pesar de sus risas en la taberna, de su espíritu siempre dispuesto a la alegría, no tenía otro medio de vida más que su cuerpo, manoseado por hombres que aborrecía. También cayó encandilada por el fulgor del teatro, por la fantasía de otra vida, lejos de la realidad. Inseparables desde que sus caminos se cruzaron, después de unos años difíciles en Madrid, asediadas por el hambre, se presentaron a las pruebas de Arderius, en las que su amiga, de forma improvisada, se identificó como Pili la Gallarda, y pasaron a formar parte de esa *troupe* que, por fin, las ha acercado a la orilla soñada: las funciones, la libertad, la amistad, las fiestas, las risas y la noche de Madrid.

—¿Cómo conseguiste salir de la Puerta del Sol?

Pili le cuenta que tuvo suerte; en la calle Hileras, unos vecinos se refugiaban en su portal y ella pudo entrar y cobijarse en el zaguán. Esperó allí horas, hasta que cesó el ruido de los disparos. Luego, volvió corriendo a casa, atravesando el escenario de una ciudad manchada de sangre y cadáveres, de edificios horadados por las balas.

—Me dio un vuelco el corazón cuando descubrí que no estabas aquí.

Leonor relata los detalles de lo vivido, el encontronazo con el soldado a caballo y lo que sucedió en la calle del Espejo y cómo tuvo que pasar la noche oculta en la buhardilla.

—¿Un estudiante de medicina revolucionario? —se interesa Pili con una mueca burlona—. ¿Es guapo?

Un pinchazo en las costillas aplaca el intento de Leonor de contestar con desdén. No quiere ni oír hablar de atracciones sentimentales. El amor, simplemente, ha sido extirpado de su corazón. Tiene sus razones.

El estado de alarma decretado en Madrid supone un alivio. La nota que les llega de Arderius las avisa de que no habrá representaciones durante unos días. Espera que sea tiempo suficiente para que la herida del labio baje la hinchazón y la fractura de las costillas, a base de compresas frías, deje de resultar tan dolorosa. Con un poco de suerte, nadie sabrá por lo que ha pasado.

Una semana después, el dolor de la costilla aún persiste. Arderius le consigue un médico que le receta calmantes, le pone un corsé en el pecho y afirma que su percance se limita a una fisura, pues con una costilla rota apenas podría moverse. Con este tratamiento, su vida empieza a ser soportable, y se decide a dar un paseo con Pili. No quiere desvelarle el objetivo del rumbo que toman, las noticias de la represión del Gobierno de O'Donnell a la algarada harían que Pili exigiera una cautela que Leonor no quiere tener. Siente curiosidad por saber qué ha sido de Mauro y, sin otro vínculo con él que el piso de San Buenaventura, encamina hacia allí sus pasos.

No necesita llegar hasta la casa donde estuvieron. Bajo el toldo de una sombrerería de la carrera de San Francisco, el pequeño cuerpo de Benito Centeno, adornado con una chistera, surge rodante como una bala de cañón. Sin embargo, tan pronto la ve, altera su trayectoria y trata de darle la espalda calle arriba. Leonor acelera el paso para ponerse a su altura.

—Por favor, no me hagas detenerme —le ruega el hombre—. La policía no ha dejado de visitarme desde aquella noche, empeñados en que sé algo de la muerte de un soldado en la calle del Espejo. Y ya ves cómo se las gastan, que no sé cuántos sargentos llevan fusilados en las tapias de la plaza de toros.

—No quiero causarle problemas, Benito. Solo quiero saber si Mauro pudo ponerse a salvo.

—Lo único que me ha llegado es que no subió al tren que debía tomar.

—Entonces, ¿se quedó en Madrid?

—O está detenido o, quizá, muerto. —Benito se para

ante una ebanistería y examina con tanta fruición una silla de anea que parece que fuera a comprarla—. Leonor, la calle está llena de ojos del Gobierno. Y quieren más sangre. Tanta que va a terminar llegando a la alcoba de la reina, ¡ojalá la ahogue! Esta vez sí se han asustado. Sienten que, a la próxima, ya no van a poder resistir y se han decidido a ejecutar hasta al último insurgente, a cualquiera que haya participado de un modo u otro, con armas o sin ellas.

—No le molestaré más.

La amenaza que de nuevo la sobrevuela nubla el ánimo de Leonor. Odia la política y sus venganzas, intoxica todo a su alrededor, como una fiebre, unos por conservar el poder, otros por ocuparlo, cegados por la soberbia de creerse con la razón de «cómo debe ser el mundo» y decididos a imponer esa visión por mucho dolor que traiga. Desprecia tanto las revueltas como las ejecuciones con las que el recién nombrado Narváez ha entrado en el cargo, O'Donnell debió de resultarle poco contundente a la reina.

—¿Estás segura de que ese caballo no te coceó la cabeza?

Pili agarra del brazo a Leonor y tira de ella, alejándose tan rápido como puede de Benito. Sabe que hay compañías que matan y ese hombre pequeño y redondo es una de ellas.

—Bastante con que saliste indemne de esa noche, Leonor. Estás tentando a la suerte.

Es cierto, a ella misma podrían fusilarla por lo que hizo. No tiene sentido ponerse en peligro solo para darle las gracias, o un último adiós, al estudiante revolucionario que le salvó la vida. Con esa convicción, se marcha de allí a toda prisa.

—Mañana reabrimos el Variedades —les anuncia Arderius—. ¿Estás segura de que podrás bailar?

Leonor afirma que los dolores están remitiendo. Puede que su baile resulte algo más rígido, pero mientras consiga levantar las piernas y enseñar los muslos, todo irá bien. Con un poco de maquillaje, el moretón de la boca será imperceptible desde el patio de butacas, cantará y actuará como siempre.

—Allí estará Cándido Serra, no he conocido a cliente más ansioso por volver a ver una representación de *El joven Telémaco*. —No se le escapa al empresario que la afición del hacendado cubano es Leonor y no ninguna obrilla, pero le resulta una amistad conveniente—. He sabido que es dueño de un teatro en La Habana, el Villanueva. Con tu ayuda, quizá podríamos representar los bufos allí.

Hace tan solo unas semanas, a Leonor le habría parecido una buena idea. Le sorprende que no les hubiera contado nada de ese teatro antes, pero, en sus manos, Cándido es tan maleable como la arcilla y no le habría importado manipularlo hasta conseguir el deseo de Arderius, ¿quién rechazaría una temporada en las Antillas? Sin embargo, el recuerdo de ese soldado de la calle del Espejo se compadece mal con su frivolidad de siempre, con sus mañas de seductora. No puede esquivar el hecho de que ha matado a un hombre. ¿Lo hizo por salvar al medio médico que la había socorrido o se sintió transportada por el fragor de la revuelta? No lo sabe, odia la violencia más que nunca, ahora que ella misma la ha ejercido para segar una vida. Varias noches, en el desvelo de los dolores, se le ha presentado el rostro de aquel soldado regurgitando sangre, y ahora le cuesta afrontar la perspectiva de flirtear con Cándido, de sonreír a su veneración, le provoca un malestar que le cuesta identificar al principio, hasta que toma conciencia de que la culpa la está aguijoneando.

—Esta mañana son los últimos fusilamientos. Espero que, con esto, acabe el reguero de sangre.

Pili y Arderius se despiden en la puerta de la casa. Al principio ella no presta demasiada atención, y la descripción de los condenados le llega a retazos. Cree oír hablar de que entre los detenidos está quien mató al coronel Federico Puig Romero. Según comenta el empresario, han circulado diversos rumores por la ciudad: que si el coronel no fue una víctima del levantamiento de San Gil, que si aprovecharon para ajusticiarlo porque podría ser el verdadero progenitor del infante Alfonso, el hijo de la reina...

—No sé si sería el padre, pero, desde luego, nuestra Paquita no lo es. —Ese es el mote con el que se conoce al rey consorte Francisco de Asís, aunque no es el peor sobrenombre que circula por el país—. Lo más seguro es que hayan cogido a cualquier desgraciado para cargarle el muerto. Como al asesino del soldado de la calle del Espejo. A ver quién demuestra que fue realmente él.

Un escalofrío como el hielo recorre el espinazo de Leonor. ¿Van a fusilar a alguien por el crimen que ella cometió?

—Quédate en casa —le ruega Pili cuando, al marcharse Arderius, Leonor se echa una mantilla sobre los hombros, pero es inútil. Necesita presentarse allí, en el lugar de las ejecuciones, dar un paso al frente y confesarse culpable.

Una multitud nerviosa, como si el hambre la agitara, dispuesta a devorar el trozo de carne que le echen, aunque esté putrefacto, se agolpa en la calle Alcalá para seguir la procesión de simones que, de dos en dos, conduce a los condenados hacia la plaza de toros donde van a ser fusilados. Hay niños desharrapados correteando, riendo; una mujer, tal vez una futura viuda, que deshecha en lágrimas apenas se mantiene en pie; un par de adolescentes, sus hijas, intentan sostenerla. No hay gritos de «viva la reina», tampoco se oye el de «Prim y libertad». Lo que rezuma ese gentío es un fervor insano por la oportunidad que se le presenta, el espectáculo de la muerte, una función que ha estado repitiéndose hasta este 7 de julio en el que morirán los últimos de los sesenta y seis condenados. La mayoría, sargentos de San Gil, pero también algún paisano.

Como si sus costillas maltrechas la estuvieran mortificando por dejar morir a un inocente, Leonor avanza con un dolor en el pecho que casi no la deja respirar. Los carruajes se han detenido y los soldados empujan a los reos hacia las tapias. Les ordenan arrodillarse. Un sacerdote se acerca a ellos.

Todos los condenados, un total de seis, llevan el uniforme azul del ejército, como el de los soldados que, fusil en mano, se preparan para ajusticiarlos. Solo uno viste ropas civiles: un saco marrón, sucio, que, entre la gente, Leonor no relaciona con la ropa que llevaba Mauro. Una mujer la aparta de un empellón, buscando la primera fila para disfrutar de la sangre; otros soldados mantienen al público a suficiente distancia. Dos pillos han escalado un árbol escuálido. La ansiedad por lo que van a ver le recuerda, de una manera enferma, a la expectación de la platea del Variedades segundos antes de que se levante el telón.

Pero esto no es una ficción. Los reos están de rodillas, de espaldas a los verdugos, que se han formado en dos filas. La trifulca de unos borrachos, que dejan una vaharada de vino en el aire después de caer al suelo entre puñetazos, abre a Leonor un hueco para acercarse. Los fusiles ya están armados cuando el paisano gira la cabeza para mirar a los ojos de aquellos que van a matarle. Un sentimiento de alivio al comprobar que no se trata de Mauro incomoda a Leonor. De pronto comprende que no se ha apresurado a llegar a la plaza para confesar su crimen, sino para verificar que no era Mauro el detenido que iba a morir en su lugar. Ahora interpreta el dolor de sus costillas como una advertencia: no confieses un crimen que cometiste solo por evitar otro. No lo hagas. Sigue tu camino, que te esperan vivencias bonitas. Un pensamiento consolador y a la vez terrible: ¿cómo puede alegrarse de que sea ese hombre quien está arrodillado? Como si el condenado hubiera detectado que el pecho ha dejado de oprimir a Leonor, la mira y le sonríe. Ella también lo hace, es todo lo que puede hacer por él, entregarle su compañía, aunque sea en la distancia, aunque sea solo con una mirada.

La descarga de fusiles atruena y crea un vacío en el que solo se oye el ruido sordo de los cuerpos de los condenados al estrellarse contra el suelo. La sangre se extiende bajo ellos, roja y rabiosa.

El público calla, como si hubiera sido testigo de una acrobacia imposible.

Leonor se aparta, culpable, aunque también asqueada, no quiere rozarse con ese Madrid, con esa gente que asiste a un fusilamiento de la misma manera que aplaude una comedia. Quiere salir de allí, de la realidad, regresar a las tablas del Variedades, ser una suripanta.

—Lo siento —se disculpa cuando, al alejarse, choca con un policía.

—Espero que no hubiera ningún conocido entre los ejecutados.

A Leonor le desagrada la sonrisa del policía. Tiene una mancha púrpura que se extiende bajo su ojo derecho, como un charco, una marca de nacimiento. La observa de arriba abajo, igual que esos hombres que confunden a las coristas con prostitutas, como si sopesara el valor de la pieza de carne que va a comprar.

Capítulo 7

—

No subió al tren con destino a Francia. Siempre había fantaseado con viajar a París con el derecho a ser presentado como doctor, pero ahora le parecía el sueño de otro. ¿Cómo alejarse tanto de Madrid? Sin embargo, también era temerario quedarse en la ciudad. La pena máxima estaba asegurada si lo detenían.

El único lugar que se le antojó seguro fue su pueblo, Soutochao. Un viaje largo; primero, en un carro de cereal. El mismo hombre que le esperaba con un uniforme de revisor en la Estación del Norte le proporcionó el contacto del carretero. Con la crisis de las cosechas, no dejaba de ser peligroso ir metido entre trigo y avena. A las patrullas de todas las carreteras que salen de Madrid se unían las inspecciones a la producción agraria.

Aun así, llegaron hasta Villalpando, en la provincia de Zamora, sin sobresaltos. Allí separaron sus caminos. Pudo dormir bajo techo en el pueblo; Lorenzo Calderón, un amigo de Ricardo Muñiz, le proporcionó refugio. Deteniéndose por la noche en los márgenes de la ruta, apenas había podido descansar. El sueño le trajo de regreso a Leonor, su piel y su alegría, su voz al cantar y el deseo de estar con ella, de entregarse a la noche madrileña sin más preocupación que la de estar juntos, de reír a su lado. Despertó confuso: ¿qué clase de sortilegio lanzó sobre él en la buhardilla de Benito? La revolución, Prim, la libertad, el fracaso de la revuelta habían pasado a un sorprendente segundo plano en sus pensamientos.

«Ya perdí mi libertad, la prenda que más quería, ya no puedo perder más, aunque perdiera la vida», se descubrió tarareando la cancioncilla al atravesar la provincia de León. ¿Eso es lo que esa mujer le arrebató aquella noche? ¿La libertad? Y, aunque así fuera, Mauro se dio cuenta de que tampoco la añoraba; para él, ahora ser libre significaba estar con ella.

En su condición de prófugo, el camino fue un calvario hasta que decidió arriesgarse y abandonar la soledad. Consiguió una posta en Astorga que lo llevó hasta Verín, compartiendo calesa con un cura y con una señora emperifollada. Él se presentó como médico y hasta se permitió darle un consejo a la dama cuando ella le refirió sofocos y problemas digestivos. Un poquito de hibisco infusionado, unas gotas de lavanda...

Las consecuencias de la «sargentada» le han ido llegando como hojas arrastradas por el viento: los fusilamientos, la destitución del Gobierno de O'Donnell, la reina ha vuelto a entregarle el poder a Narváez; no busca atemperar los ánimos, sino apretar el cepo. La censura ya solo permite las noticias de la *Gaceta de Madrid*, el periódico del Gobierno. La represión debe de estar siendo tremenda y, por un momento, Mauro piensa en Benito, en el miedo de Maruja a que su implicación les trajera problemas.

Es tiempo de lamerse las heridas y esperar otra oportunidad.

Junio ha terminado, es temporada de cerezas. Mauro se acerca a su pueblo, difuminado por la bruma, un lugar que, acostado junto a la raya de Portugal, ha cambiado de soberanía más de una vez a lo largo de los siglos. El contrabando, algún taller de carpintería y la agricultura, las cerezas, son todos los medios de los que dispone para sobrevivir. La pobreza se adhiere a la tierra como el moho a las paredes.

La casa familiar está a la entrada del pueblo, cerca del cementerio de Nosa Señora dos Remedios. Una pequeña huerta, una construcción de piedra que en su planta baja es un establo, con débiles puntales de madera, retorcidos por el tiempo y la humedad, para sostener el voladizo de un techo de pizarra. Eso es todo lo que tienen.

Carmen, su madre, cree que es una aparición cuando lo ve llegar por el camino. Un ánima que viene a despedirse. Deja a un lado el saco de patatas que carga y, temerosa de que pudiera atravesarlo, lo abraza.

—Un regalo de Dios —le dice casi llorando—, ahora que es cuando más te necesitamos.

A Mauro le extraña la sensibilidad de su madre, una mujer curtida en el trabajo en el campo, acostumbrada a soportar el sufrimiento porque en su vida no ha conocido otra cosa. No le deja tiempo para explicaciones y, subiendo los peldaños de piedra de la casa, lo conduce hasta el dormitorio. Su padre, Xurxo, está postrado en la cama; una mula le coceó y no es capaz de mantenerse en pie.

—Ahora estoy aquí. Yo me encargaré de la cereza.

—Tú nunca supiste recogerla.

Antes, ese tono cortante le habría irritado. El tiempo, la distancia, le han proporcionado a Mauro una paciencia con la que depurar las frases de su padre. Como si descifrara uno de esos códigos que se dedicó a diseñar en la revuelta, desentierra lo que esconden las palabras de Xurxo. No hay desprecio en ellas, al contrario. Le está diciendo que él no ha nacido para matarse a trabajar la tierra, que él vale mucho más, que quiere que se marche y no regrese hasta que consiga el título de doctor, que ellos encontrarán la manera de salir adelante, como siempre han hecho, que no sienta el deber de quedarse ni la culpa al marcharse.

—Si no recojo bien la cereza, estás tú para enseñarme.

Septiembre ha entrado sin ruido, ya no quedan cerezas. Las lluvias se han hecho diarias y la temperatura hace de este principio de otoño un invierno. El brezo ha florecido junto al muro de la huerta y la flor blanca le recuerda la piel de Leonor. Cada día, cuando regresa de trabajar, deja que su mano acaricie las flores y piensa que es ella; que allí, en Madrid, Leonor también puede sentir el roce de sus dedos.

La dolencia de la espalda de Xurxo va más lenta de lo esperado, sigue sin poder enderezarse, y aun así, siempre que se sientan a cenar, sus padres le urgen a que retome los estudios de medicina. No les ha contado por qué ha tenido que dejar Madrid; se ha justificado en un arrebato de morriña y ha prolongado la estancia amparado en el estado de salud de su padre. No quiere sumar preocupaciones a su familia confesándoles que formaba parte de la conspiración de Prim, bastante tienen con el precio miserable que les han pagado por las cerezas: apenas les dará para comer en los siguientes meses.

Tampoco entiende cómo la fruta se ha depreciado tanto, pero siempre que se indigna, sus padres hunden la mirada en el plato, callados. Han perdido la capacidad de sublevarse; tan azotados a lo largo de su vida, han asumido que deben tomar lo que les dan sin quejarse. Mauro no descubre qué ha sucedido realmente con esas cerezas hasta que un día, en la taberna del pueblo, Xacobe, un anciano que día sí y día también bromea con que la muerte le está rondando, se lo confiesa.

—Marugán obliga a todo el mundo a venderle la cosecha, pero a mitad de precio. Es un «o lo tomas o lo dejas», porque como te niegues, ya sabes cómo se las gasta el muy cabronazo.

Este es un pueblo en el que todos son pobres, menos uno. Antón Marugán. Él es el dueño de Soutochao, no solo de sus tierras, sino también de sus gentes, como si fuera un viejo señor feudal o un cura que guarda bajo candado las almas de sus feligreses.

Al salir de la taberna, Mauro enfila el sendero a la casa de Marugán, un pazo inundado de robles. Una burbuja de bienestar en medio del desastre general de la comarca. En el jardín, a la última luz de la tarde, el terrateniente juega con unos perros.

—Mauro Mosqueira, pensé que estabas en Madrid. Dicen que vas para médico.

—Vengo a cobrar lo que falta de las cerezas.

—¿Ahora resulta que sabéis de eso en la capital? ¿Del precio de las cerezas?

—Les debes dinero a mis padres, a todos los vecinos.

Los perros corretean felices alrededor de Marugán. Son dos cachorros. Les lanza un palo lejos, y ellos salen a la carrera tras él.

—Con tus estudios, seguro que puedes decirme qué le pasa a una vaca que tengo ahí, en el establo, me tiene preocupado. —Marugán le sonríe como si fuera un camarada—. No me pongas esa cara, Mosqueira. Échale un ojo a la vaca y, mientras, vemos cómo llegamos a un acuerdo con el tema de las cerezas.

Bordean la vivienda. Los establos están apartados, no como en su casa, donde la vaca, los cerdos cuando los tienen, las gallinas duermen en el bajo y su calor es la única manera que tienen de mitigar el frío en invierno. Unos hombres amontonan el forraje. Algo más lejos, Mauro cree reconocer a Nuno; como sus padres, sobrevive de la huerta y un par de animales con los que se las ingenia para alimentar a tres hijos pequeños. Le extraña que esté en el pazo de Marugán.

—No parece que tenga ninguna enfermedad —dice Mauro después de mirar las pupilas de la vaca, que pace en la puerta del establo, algo flaca, pero nada más.

—¿Estás seguro? Porque yo no sé qué le ocurre, que a mí me da la mitad de leche que el año pasado.

Mauro entiende en ese momento qué está ocurriendo. Al mirar a Nuno, ve cómo uno de los hombres de Marugán le da un leve empujón para evitar que se acerque a ellos. A pesar de la distancia, oye que ruega con un grito: «No se repetirá, señor. Se lo juro». Ha debido de esquilmarle parte de la producción de leche a Marugán.

—Pues si la vaca no está enferma y tampoco da la leche que debería, ya no me sirve.

Apenas tiene tiempo de apartarse. Marugán saca una pistola del cinto y descerraja un disparo en la cabeza del animal, que cae con un golpe seco, muerto. Mauro no necesita mirar a Nuno para imaginar su desesperación: acaban de arrebatarle su sustento, los meses que vienen serán de hambre si no encuentra la caridad de algún vecino.

—Vuélvete a Madrid, Mosqueira. No pongas a los perros en danza.

El cacique no espera su respuesta. Guarda el arma y se marcha, abandonándolo junto al cadáver de la vaca. Es absurdo intentar que Marugán le resarza con un precio justo por las cerezas. Es el dueño de todo: Nuno, sus padres... no son más que aparceros a los que él permite vivir y trabajar esas tierras, vasallos a expensas de los caprichos de un dictador. Cualquier síntoma de rebeldía, cualquier intento de resistencia, es castigado. Si te niegas a entregar lo que pide, matará a tus animales, arrasará la huerta.

Se marcha rumiando su frustración. A cada paso, las

razones que le llevaron a unirse a la revolución de Prim le van incendiando como lo hacían al principio. No va a permitir que este mundo siga siendo propiedad de unos pocos, que no existan derechos ni libertad, que sus padres no tengan más opción que agachar la cabeza ante un hombre como Marugán. Ha llegado el momento de acabar con ellos. Cuando se marchó de Soutochao no sabía cómo hacerlo, pero las cosas han cambiado, él ha cambiado. Ahora sabe que es capaz de matar.

Capítulo 8

—¿Ha venido a verte tu revolucionario?

Pili se acerca a ella burlona después de que Leonor mire hacia la platea oculta por el telón del Variedades. El verano se ha ido entre funciones y aplausos, diluyéndose poco a poco, como el nerviosismo de las primeras semanas en que, antes de cada actuación, oteaba las butacas en busca del rostro de Mauro. ¿Por qué lo hacía? ¿Bastaba la promesa del joven de que algún día iría a verla para justificar su expectación? No lo sabe, y tampoco le importa demasiado. La curiosidad por verlo de nuevo ha ido remitiendo, y el olvido va ganando terreno, como la noche en los días de septiembre, cada vez más cortos. Intenta mantener a raya sus amarguras, aunque ha leído en los periódicos que la represión por la «sargentada» no se ha terminado. Siguen buscando a todos los que participaron en la revuelta, incluso a los que se limitaron a ceder algún mueble para montar las barricadas. Si alguien supiera que ella mató a un soldado, no habría forma de escapar del pelotón de fusilamiento.

Su único bálsamo en tantos días de angustia ha sido la interpretación. Ser una suripanta, perderse en la letra hipnótica de la canción, olvidarse de quién es durante un par de horas y después, por la noche, caer en un abandono lánguido.

Hoy no habrá sesión vespertina y tampoco le quedan excusas para negarse a acompañar a Arderius, Pili y Cándido Serra a los Campos Elíseos. Ha ido postergando el momento a pesar de la insistencia del empresario teatral, que cada vez está más interesado en hacer negocios con Cándido. Para su sorpresa, el hacendado cubano ha sido respetuoso con el espacio de Leonor. Al final de cada función, la esperaban un ramo de flores con su nombre y una invitación a cenar o a un café, pero con cada negativa de Leonor, Cándido simplemente asentía, silencioso, aceptándolo con una sonrisa tímida. Es cierto que ha retrasado su viaje de regreso a Cuba, le ha dicho que las consecuencias de la «sargentada» le han obligado a quedarse más tiempo del previsto, pero ella supone que, en realidad, lo ha hecho porque no quiere dejar de verla.

Los Campos Elíseos son una de las cuatro partes del inframundo en la mitología griega, el enclave al que llegan los héroes y los virtuosos, pero, a semejanza de las ciudades de París y de Barcelona, se ha dado este nombre a una zona de diversión y de ocio, a lo que en muchos sitios conocen como un parque de atracciones. Los madrileños lo inauguraron hace apenas dos años en unos terrenos situados a la izquierda de la carretera de Aragón, a pocos metros de la plaza de toros. Se han convertido en uno de los lugares de expansión favoritos de los vecinos de la villa y corte, y la joya de la finca es el Teatro Rossini, un elegante salón de conciertos con capacidad para dos mil personas.

—Un día, los bufos se representarán aquí —dice Arderius convencido.

—A la gente le gusta vernos más de cerca. Aquí, desde la última fila no se ve si somos guapas o feas.

A Leonor le gustaría reír como los demás las bromas de la Gallarda, pero la silueta fúnebre de la plaza de toros le recuerda el fusilamiento, la sangre manchando la arena y, sobre todo, la sonrisa triste del inocente ajusticiado. Un nudo en el estómago le impide disfrutar de las atracciones que hay a su alrededor.

En el jardín de recreo hay varios enormes tiovivos, una ría por la que navegan barcas y un pequeño vapor, una explanada para demostraciones gimnásticas y tiro al arco, una gran pista de baile circular, billares, restaurantes, cafés... Uno de los atractivos principales de los Campos Elíseos es el elefante Pizarro, al que a veces hacen luchar contra cinco toros bravos, para escándalo de muchos, pero lo que más gusta a los visitantes del paquidermo es su habilidad para abrir botellas de champán y beberse su contenido.

—¿Se atreven a subirse en la montaña rusa?

Es la primera que se ha instalado en España. Leonor querría decir que no, pero Pili y Arderius ya están subiendo por la escalera situada junto a la plaza de toros para montarse en uno de los trineos con ruedas. Sin más remedio, Leonor acompaña a Cándido y ocupan el siguiente. La montaña es de tracción mecánica y, una vez arriba, hay solo una bajada tirada por la gravedad. Pese a todo, alcanzan una velocidad endiablada. Leonor deja escapar un grito, no tanto por el susto como porque es la ocasión para liberar toda esa tensión que, desde aquella mañana de junio, le impide respirar con normalidad. Atento, Cándido Serra le coge la mano.

—No tengas miedo.

—No lo tengo —le responde cortante ella una vez abajo, mientras retira su mano.

—Perdona, no quería molestarte.

Leonor se disculpa, sabe que ha sido demasiado arisca. Es difícil explicarle a Cándido que ya no le divierte juguetear con él, que se arrepiente de haberle dado esperanzas, y lo más inteligente sería que se marchara a Cuba y se olvidara de ella.

—Con un carro al que los mozos le ponían ruedas en mi pueblo sí se cogía velocidad, y no con esto —ríe Pili a su lado—. Una vez, cuando se tiraron por el cabezo, volcó el carro y uno perdió todos los dientes. En el pueblo le llaman el Engachao porque desde entonces solo come gachas...

Las risas cubren el silencio incómodo que había nacido entre Cándido y Leonor.

—¿No puedes intentar sonreír un poquito? Imagínate: tú y yo en La Habana, debutando en su teatro...

Mientras Arderius y Cándido van a comprar unas horchatas, Pili intenta dar con un estímulo que despierte a Leonor de una vez. Es como si desde el día de la «sargentada» se hubiera sumido en un letargo del que no es capaz de salir.

—Necesitas olvidarte de todo lo que pasó.

A ella le gustaría responderle que no está en su mano elegir el contenido de sus pensamientos. Que la culpa es pegajosa y a veces piensa que le hará compañía toda la vida. Sin embargo, una mano en su hombro por la espalda, llamándole la atención, le impide hablar.

—¿Señorita Leonor Morell?

Al girarse, enmudece. Ha visto antes a ese hombre, al abandonar las tapias de la plaza de toros; la mancha púrpura de su cara, el bigote abundante.

—Soy el sargento Vicuña, de la Guardia Civil. Tendrá que acompañarme.

—¿Yo? ¿Por qué?

—En el cuartel le daré todas las explicaciones.

Pili se interpone entre el sargento y Leonor cuando él la coge del brazo.

—No puede llevársela porque sí. Ella no ha hecho nada. ¡¿Qué clase de atraco es este?! ¿Dónde está la justicia? ¡¡Es un atropello!!

Los gritos de Pili abren un círculo de visitantes alrededor de ellas y consiguen su objetivo. Cándido Serra corre a su encuentro, preocupado.

—Por favor, señorita, apártese —ordena Vicuña—, no hace falta montar ningún escándalo.

—¿Quién es usted? No sé si es consciente de que está cometiendo un enorme error —le advierte Cándido.

—Soy el sargento Vicuña y no, no cometo ningún error. Esta mujer ha sido identificada en la calle de San Buenaventura por uno de los implicados en el levantamiento de junio, el señor Benito Centeno. Hay sospechas más que fundadas de que está implicada en el homicidio de un soldado. Y ahora, si me permite...

Vicuña tira de Leonor, pero Cándido encuentra la manera de detenerlo.

—Suéltela hasta que sean algo más que sospechas o, de lo contrario, tendré que hablar con mi buen amigo el señor González Bravo. Estoy seguro de que como ministro de Gobernación no le gustará saber cómo trata la Guardia Civil a los ciudadanos decentes. Me ha dicho que se llama usted Vicuña, ¿verdad? Espero que sepa cómo ganarse la vida fuera del cuerpo.

No ha necesitado levantar la voz. La seguridad, la frialdad con la que ha desplegado la amenaza han sido suficientes para que el sargento libere a Leonor. Es obvio para ella que Vicuña se siente incómodo, incluso ridículo, juzgado por toda la gente que los rodea; nadie esperaba un espectáculo así en los Campos Elíseos.

—Ese tal Benito se debe de haber confundido de persona —remacha Pili.

—El señor Benito Centeno tuvo un accidente, quizá

fue eso lo que le ayudó a recordar con una claridad que le sorprendería la noche de la «sargentada». Ha señalado a un conspirador, Mauro Mosqueira, y a usted, señorita.

—¿Insiste? —Cándido no necesita agriar el tono para mostrarse superior al sargento, como el profesor que con una mirada reconviene al alumno—. Creo que haría mejor en buscar a sus culpables en otro lugar. Leonor Morell pasó todo el día y toda la noche de la «sargentada» conmigo en el Grand Hôtel de París. Espero que no se atreva a poner la palabra de ese tal Benito por encima de la mía.

Vicuña no tiene valor para enfrentar la mirada de Cándido. Ha asumido que no debe polemizar con ese señor, que es mejor dejar escapar hoy a la presa para no ponerse en riesgo. Les da la espalda y, acompañado por dos oficiales, se confunde entre el público de los Campos Elíseos que, poco a poco, recupera su deambular.

—Gracias, lo lamento mucho —le murmura Leonor a Cándido.

—Al contrario, soy yo quien siente que esta jornada, que debería haber sido para divertirnos, haya terminado así.

No pide explicaciones, no hace ni siquiera referencia a la mentira que ha dicho para proporcionarle una coartada. Bebe un sorbo de la horchata que trae Arderius y permite que sea el empresario quien reconduzca la conversación hacia temas intrascendentes, como si nada hubiera sucedido. Leonor se deja arrastrar por ellos, aunque no puede extirpar de su cabeza al sargento con la mancha en la cara ni el «accidente» de Benito. Ha oído hablar de los métodos que a veces usan los guardias para conseguir lo que quieren. No duda que Vicuña los usó con Benito y que, más pronto que tarde, los usará también con ella.

EL INFIERNO

SEGUNDO CÍRCULO

Entre aquel día en las escaleras de la iglesia de San Sebastián, siendo dos pilluelos hambrientos sin más propiedad que nuestras palabras, y el día en que nos reencontramos, transcurrieron veinticuatro años. Veinticuatro años que, convertidos hoy en pasado, me parecen mi verdadera vida. Una existencia que, en realidad, ya terminó y que dejó un cadáver andante condenado a vivir. Pero, ya lo dije, esta no es mi historia.

Cruzábamos 1860 y yo era un recién llegado a La Habana. Gracias a las cartas de recomendación que traje conmigo, no tardé en entablar amistad con muchos de los que manejaban el timón de la colonia. Algunos españoles, otros criollos, políticos y hombres de negocios, también médicos. Se reunían en cafés no tan distintos a los madrileños. Yo escuchaba sus tertulias tratando de entender las preocupaciones de esta nueva tierra donde había decidido cambiar de vida y de costumbres.

Lo vi aparecer entre el humo de los cigarros puros, entre las hipérboles que encumbraban a Prim, el héroe de Castillejos, y lo señalaban como el hombre perfecto para liberar a España de los hábitos del pasado con los que la reina la mantenía atada, como si fueran las cadenas de un reo. La seguridad de su expresión, su mirada traviesa, cierta cadencia en los gestos cuando tomó asiento en un banco del café, escuchando silencioso la tertulia, me hicieron preguntarme quién era ese hombre. Había en él algo familiar, pero el traje elegante, la educación distinguida con la que pidió su licor, eran como piezas de un rompecabezas que no encajaba. No me decidí a entablar conversación con él, aunque durante toda la velada noté sus ojos sobre mí, como si se tratara de un padre que se cerciora de los buenos modales de un hijo que se introduce en sociedad.

Muchos se habían marchado, yo también lo hice. Era casi medianoche cuando, en la puerta del café, salió a mi encuentro y me llamó por mi nombre.

—Has cambiado, pero debajo de tanta palabrería todavía puedo ver al compañero de correrías con el que dormía al raso o zascandileaba por las callejuelas de Madrid. Por muchos años que pasen, somos lo que somos al nacer.

Entonces, las piezas encajaron. Una súbita alegría se apoderó de mí. Huérfano, la única familia que conocí en mi niñez fueron aquellos pillos con los que compartí pequeños hurtos, mendrugos de pan duro, carreras huyendo de los guardias, frascas de vino pese a nuestra corta edad y fantasías de una vida mejor. Era evidente que ambos lo habíamos logrado, pero también que él había llegado mucho más arriba que yo y que sabía esconder mejor de dónde venía.

—Hay una taberna aquí cerca donde podemos hablar con calma.

Entendí su invitación: era conveniente mantener nuestros orígenes ocultos en esos círculos, como los signos de una enfermedad que, a la vista, haría que nos trataran con distancia, temerosos del contagio. Dejamos atrás aquel café burgués y lo seguí por sórdidos callejones que me recordaban a los que conocimos de niños hasta una taberna cercana al puerto. Los marineros nos dedicaron una mirada curiosa al cruzar el umbral y pronto regresaron a sus asuntos. Un caldero hervía en un fuego y una negra lo removía con una cuchara de madera, levantando en él un oleaje similar al que Neptuno podría provocar en los océanos.

Con dos vasos y una botella de ron, nos perdimos por los vericuetos de la memoria y, como si alzáramos las telas que cubren los muebles de una casa abandonada, retornamos a aquellas vivencias, al milagro que suponía haber sobrevivido. No sé qué cocinaba aquella mujer, pero el aire de la taberna se fue espesando como nuestras lenguas, bañadas una y otra vez por el ron. Un marinero vociferaba en una esquina, «Carabalí con su maña, mata *ngulo* día domingo», y después estallaba en una carcajada. Las palabras de los africanos todavía eran un lenguaje desconocido para mí. Un gallo entró revoloteando en la taberna, huía de un niño negro desnudo.

Su voz me tenía atado como el imán al metal, se iba volviendo cada vez más grave, más oscura. Tal vez fuera el ron, pero empecé a tener la sensación de que nos hundíamos en un pozo, que el mundo de la taberna se opacaba, se silenciaba a nuestro alrededor. «¿Cuándo fue la última vez que estuvimos juntos?», le pregunté. «En la Puerta de Moros; no quisiste venir a rapiñar carteras a la Puerta del Sol. En el fondo, tomaste la decisión correcta».

Entre nuestros vasos de ron, apareció la cocinera con unos caldos, no se quiso marchar hasta que nos los bebimos. El calor me atravesó la garganta, no me había dado cuenta de que el marinero de antes estaba inconsciente, tendido sobre el serrín de la taberna, que el gallo había sido destripado y colgado sobre el caldero.

Pero él no me dejó salir de la conversación, volvió a tirar de mí, contándome que el Manchado y él se hicieron con una cartera bien abultada aquel día, el último que nos vimos. Había dinero suficiente para pasar una semana a cuerpo de rey. Comieron en tabernas y se gastaron los últimos reales en una partida de cartas, hasta que, de nuevo con los bolsillos vacíos y las tripas rugiendo, intentaron robar en la iglesia de San Ginés, en la calle Arenal. Esta vez, unos guardias los detuvieron. A él lo mandaron a un convento donde le enseñaron hasta latines —y cuando lo dijo pensé que, aunque ríos paralelos, nuestras vidas habían tenido accidentes similares—. El Manchado no tuvo tanta suerte: después de la paliza que le dieron los guardias, entró a servir a un sacamuelas anciano y ciego.

Aunque de niños muchas veces vivíamos la miseria como un juego, todos sabíamos que, si no lográbamos salir de esa charca, acabaríamos ahogados en el barro de la pobreza. Además del Manchado, estaban el Labiopartido y el Largo; no sabía si los había matado el hambre, si habían conseguido escapar de la violencia de los guardias. Le pregunté por ellos.

«Me encontré con el Manchado cuando volví a Madrid», me dijo y su voz ya no era su voz, era un murmullo de viento negro, era —lo he pensado después— el sonido lejano de los tambores africanos cuando, en la madrugada, se hablan con la música de un extremo al otro de la isla. El Manchado le contó que no soportaba al sacamuelas ciego. Lo trataba como a un perro, olía a vejez, era repugnante, le asqueaban los huecos que se intuían bajo los párpados cosidos, le golpeaba con el bastón cuando le venía en gana... Y al final, una noche, le arrebató el bastón y empezó a sacudir al anciano hasta que este, encogido en el suelo, lloró por que parara. No lo hizo. Le dio un golpe seco en la frente. Pensó que lo había matado, la sangre le inundaba las cuencas de los ojos, se filtraba entre los puntos que cerraban sus párpados, pero todavía respiraba. Lo tumbó en la cama y lo ató. Desde esa noche, el Manchado fue el dueño de la casa. Nadie echaba de menos al sacamuelas y, si algún vecino preguntaba por él, respondía que el anciano tenía un catarro, por eso no salía. Durante el día, se gastó hasta el último real del viejo, fue vendiendo a ropavejeros las cosas de valor, la poca plata que había en la casa. Pero cada noche se sentaba al lado del sacamuelas y dedicaba unas horas a su tortura. Con una navaja, le fue arrancando trozos de piel, hasta dejar medio rostro en carne viva.

Podía ver al Manchado. Recordaba la marca púrpura de nacimiento que cubría la mitad de la cara de aquel chico, de ahí el mote. La taberna era un horno, yo sudaba como las paredes exudaban salitre, el sabor metálico del caldo de la cocinera seguía clavado en mi garganta, y podía ver a aquel chico sentado al lado del sacamuelas, levantando metódicamente tiras de piel para descubrir la carne roja, las venas que nos envuelven, lo que realmente somos.

«Otros me dijeron que, cuando entraron en la casa, mucho después de que el Manchado se hubiera ido, encontraron el cuerpo del anciano: apenas le quedaba piel, en el suelo estaban sus dedos, se los había cortado, como la lengua. Ese cuerpo en carne viva era un festín para los bichos».

La sensación de que yo recorría de su mano una galería del inframundo se hizo aún más intensa. No sé cuándo se marchó, el ron me dejó inconsciente, y, a la mañana siguiente, cuando desperté, había desaparecido de la taberna todo rastro de lo que había sido por la noche, también sus habitantes. Una criolla que nunca había visto antes se ofreció a pedirme un coche para regresar a casa.

No debería haber buscado de nuevo su compañía. Recuerdo las señales de las que me habló Bardo al subir al Santa Catalina. La falta de luz, el silencio, el hedor. Como el pescador, yo también cometí el error de seguir a bordo cuando todo me señalaba que abandonara el barco. Que huyera de esa isla.

Desde aquella noche, la realidad empezó a revelar su verdadera cara, como supura lo más abyecto bajo las letras de Santa Catalina de Baracoa. El paraíso se fue desvaneciendo a mi alrededor hasta que tomé conciencia de dónde estaba: en el infierno; y de quién era: un condenado.

Capítulo 9

La ha invitado a tomar un chocolate con sus famosos postres Imperiales de albaricoque en El Riojano, la confitería que Dámaso Maza, antiguo pastelero del Palacio Real, abrió hace ya una década en la calle Mayor. Francisco Arderius no es un hombre dado al dispendio, cada real que abandona su cartera suele estar destinado a regresar a ella, multiplicado por dos o tres. Los versos que publicó *El Sainete* sobre él no mienten:

> *Tiene Paquito Arderius*
> *una caña de pescar*
> *con la que saca los cuartos*
> *del bolsillo más recalcitrante*
> *que se pueda imaginar.*

Por eso, Leonor no se sorprende cuando le pregunta por las acusaciones que aquel policía le hizo en los Campos Elíseos.

—Fue un malentendido. Ya lo dejó bien claro Cándido.

Es la cantinela que ha estado repitiendo durante los últimos quince días. También hace un leve gesto despreocupado con la mano y bromea con que esperaba que este chocolate fuera para proponerle abandonar el coro y ser protagonista de la obra que ultima Ramos Carrión.

—He visto más de una noche a Vicuña rondando el teatro. Serra tiene buenos contactos en el Gobierno, pero ni el mismísimo ministro de Gobernación sería capaz de detener a Narváez si aparecen pruebas concluyentes. No quieren perdonar a ninguno de los implicados en la «sargentada» y ese policía con la cara sucia es de los perros que no sueltan el hueso.

—Un día se cansará, Arderius, porque no existe ninguna prueba. ¿O tú me ves cara de asesina?

Mientras pasean de regreso a la calle de la Magdalena, Leonor inicia una conversación banal, chismes sobre la parroquia del café Imperial, algo que aleje los nubarrones de Arderius. Sabe que el empresario no tiene miedo de que los problemas de Leonor dañen al Teatro Variedades; su desasosiego es porque ella le importa, tanto como cada uno de los miembros de la Compañía de los Bufos Madrileños, una familia por la que no duda en sacar la cara siempre que alguien los insulta. Lo ha hecho por sus chicas, a las que algunos tachan de prostitutas: «Las suripantas, estas lindísimas criaturas, bastante calumniadas por la generalidad de las gentes, son hijas que mantienen a sus ancianas madres, o jóvenes que se mantienen a sí mismas, luchando, como tantos seres desgraciados que hay en el mundo, con la horrible miseria», ha escrito en un diario personal que pretende publicar.

El bullicio del camerino, la inminencia de la función, ese nervio feliz que contagia a cada una de las coristas disipan la angustia que Leonor ha estado ocultando ante Arderius. Ella también teme la insistencia de Vicuña. Hace unos días estuvo paseando por la carrera de San Francisco, se asomó a la calle San Buenaventura y pudo ver a Benito Centeno. El hombrecillo se ayudaba de un bastón para moverse, había perdido esa extraña habilidad para desplazarse como si el suelo fuera hielo resbaladizo. La sombra de los moretones aún oscurecía su cara. Se reconocieron en la distancia y Benito agachó la cabeza de inmediato, como el pecador descubierto. Leonor se dio cuenta de que no le guardaba rencor: ¿por qué habría de exigirle la fortaleza de un mártir cuando tampoco ella la tuvo?

—En la cuarta fila, sentadito al lado del pasillo, está tu Cándido —dice la Gallarda.

Ella acusa la información con hastío y se prepara para la obra ensayando un paso de baile. El único momento en el que su cabeza deja de enredarse en pensamientos obsesivos es cuando pisa las tablas. Se pierde feliz en el «suripanta, la suripanta, maca trunqui de somatén», baila y ríe, mira pícara a los espectadores que abarrotan el Variedades. Cándido disfruta tanto como en la primera función. Hay matrimonios, hombres cuyos cuellos se estiran como avestruces en cuanto ellas pisan las tablas.

Pero esta noche, en uno de los pasos de la coreografía, da un traspié. Ha perdido el ritmo de sus compañeras. Pili lo ha notado, la coge de la mano para que no se separe del grupo. El teatro gira como una peonza alrededor de Leonor; los rostros y las risas del público se confunden en una espiral de angustia. Solo puede verla a ella. La anciana sentada en la segunda fila, con un pelo ralo y cano, ese gesto tan desagradable cuando se moja los labios con la lengua y abre tanto la boca que enseña las encías desdentadas. Asiente sin apartar la mirada de Leonor al hombre que está sentado a su vera. La mancha púrpura del rostro de Vicuña, que se relame como la mujer, satisfecho de comprobar que por fin ha cazado a su presa.

—¿Qué es lo que te pasa?

Arderius va a su encuentro tan pronto como las coristas abandonan el escenario.

—Déjala respirar, ¿no ves que tiene un sofoco?

Pili quiere protegerla, pero sus compañeras ya se están preparando para el siguiente número. Debería salir, aunque Leonor es incapaz de moverse, ni siquiera puede hablar.

—Tú te quedas conmigo. El coro puede seguir con una menos.

A la orden de Arderius, todas vuelven a las tablas, también Pili.

—Y ahora, me vas a decir qué está pasando.

—Me van a fusilar, Francisco. —Las palabras le salen a borbotones, confundidas con las lágrimas—. El policía... tiene a alguien que vio lo que pasó.

Arderius la abraza, protector. Entre bambalinas, mientras el Variedades prorrumpe en un sonoro aplauso a las suripantas, le promete que no la dejará sola.

—Nadie te va a fusilar.

Capítulo 10

Últimamente, pasa mucho tiempo en la taberna. La insistencia de su familia con que regrese a Madrid le angustia. Su padre ha logrado levantarse de la cama y, escondiendo el dolor, ha retomado las tareas del campo. A cosechar más pobreza. Cuando llegue la primavera y sea momento de recolectar el lino para el textil, Marugán lo pagará de nuevo por debajo de su precio, en un ciclo que jamás liberará a sus padres del hambre. La misma que ataca a cada familia de Soutochao; apenas quedan jóvenes, todos se han marchado, ninguno de los amigos que tuvo en su niñez permanece allí.

—¿Qué fue de Mariño? ¿O de Saúl?

—En Cuba, ¿qué futuro iban a encontrar aquí? En la aldea solo quedamos los viejos. Por los *concellos* vienen captadores que cuentan portentos de la vida en las Antillas y es difícil negarse. Todos menos Tomasiño, ¿verdad, Tomasiño?

El aludido es casi un adolescente, no debe de haber alcanzado la veintena, barbilampiño y de aspecto enfermizo, amarillo como la paja, al que Mauro apenas recuerda de cuando vivía en el pueblo. Otro hombre se suma a las burlas.

—Tomasiño tiene miedo a las olas, por eso no se sube a un barco.

—No me subo porque todo lo que cuentan los captadores es falso. La compañía esa, Romasanta, los lleva a Cuba y no cumple lo que promete.

—Y eso tú lo sabes porque lo viste, tú que no te has movido ni a cinco leguas del pueblo.

—No seas cobarde, Tomasiño... —se ríe otro—. Van a estar hasta primeros de diciembre en el puerto de La Coruña. Anda para las Antillas y, cuando vuelvas, les regalas un pazo a tus padres.

Tomasiño se levanta y se va con su copa de aguardiente a un rincón. Mauro no ha dicho nada, pero no le gusta cómo han tratado al chico. No entiende qué les pasa, quizá sea la frustración de no atreverse a plantar cara a Marugán. Desde que visitó al cacique en su casa, ha intentado unir a los vecinos en un frente común, convencido de que, si lo hacían, a Marugán no le quedaría otro remedio que negociar y abandonar sus abusos. Puede prescindir de uno de sus trabajadores —como disparó en la cabeza de aquella vaca—, pero no puede prescindir de todos. En cada uno de ellos, Mauro encontró una negativa temerosa, no solo a asociarse contra Marugán, también al mero hecho de mencionarlo. Su propio padre le rogó que dejara de soliviantar a la gente. El miedo se había enquistado en Soutochao, un miedo heredado generación tras generación, y que había convertido al cacique en una suerte de ser sobrehumano, un dios menor cuya ira evitaban sumisos.

Y, mientras tanto, esa cobardía los llevaba a resarcirse contra el más débil.

—Cuéntale al Mosqueira cómo te cruzaste con la Santa Compaña.

Los hombres ríen en la taberna mientras Tomasiño apura su aguardiente, sombrío. Entre chanzas describen la procesión de ánimas que busca a alguien para entregarle su estandarte y convertirlo en otra alma errante, condenada a penar por los bosques gallegos hasta que algún vivo se cruce con la Compaña. Tomasiño había sido el elegido. Sabía que moriría pronto para cargar con el pendón.

—Te echaremos de menos, Tomasiño, cuando te lleven las ánimas.

Mauro está bebiendo demasiado vino. Teme que la rabia se desboque y prefiere marcharse antes que terminar la noche en una pelea. Encogido dentro de su pelliza, protegiéndose del frío, camina rumbo a su hogar. Madrid y Leonor le resultan un país lejano, la revolución de Prim, la felicidad atisbada al lado de ella. Cruza el cementerio, el panteón de los Marugán, los nichos de sus vasallos. Al llegar a las inmediaciones de su casa, ve a su madre junto a la valla. Está hablando con dos guardias civiles. Su padre sale fuera cuando estos, a empujones, lo apartan para registrar el interior. Xurxo le intuye y en gesto rápido le urge a marcharse.

¿Quién ha podido delatarle? Si la Guardia Civil se ha presentado a esas horas en su puerta, seguramente sea porque han conseguido relacionarlo con la «sargentada»; nada hay más prioritario para las autoridades que capturar a los insurgentes.

Se aleja corriendo, ocultándose en el robledal cercano. La sensación de que está despidiéndose de la tierra que le vio nacer, de los caminos por donde disfrutó de juegos infantiles, de la casa de piedra y de sus padres le hace un nudo en la garganta. Es la vida que ha elegido, lo sabía al unirse a Prim. La condición de prófugo formará parte de su ser hasta que la revolución triunfe y logren expulsar a los Borbones de este país.

Como si el destino hubiera trazado su senda, se descubre a las puertas del pazo de Marugán. Sabe que él está detrás de esa visita de los guardias, pero no es ese convencimiento el que le lleva a rebuscar en el almacén contiguo, entre los útiles de labranza, hasta encontrar una hoz. Es la certeza de que el cacique pagará su desaparición con sus padres. Que seguirá apretándolos hasta que no les quede aire en los pulmones. Un día matará al cerdo, otro a las gallinas, cualquier mañana aparecerá arrasado el campo de lino y sus padres no tendrán más opción que vivir de la misericordia de un pueblo que apenas tiene nada que compartir.

La habitación donde duermen Antón Marugán y su esposa está en la cara este de la casa. Por la mañana, los rayos de sol deben de cruzar el ventanal a través del cual él ve ahora dormir al matrimonio. No es una solución. La solución es llevar a Prim al Gobierno, cambiar el equilibrio de poder de este país. Esto es tan solo una prórroga, una bocanada de paz hasta que las cosas vuelvan a ser como siempre han sido.

Se enciende la luz de un quinqué dentro del dormitorio. La mujer se levanta y abandona el cuarto. Los movimientos de Mauro han dejado de obedecer a la razón, la sensación de autómata regido por la ira es la misma que sintió en las calles de Madrid, cuando todavía no sabía que el levantamiento sería un fracaso. Rompe el cristal de un codazo. Irrumpe tan rápido que Marugán apenas tiene tiempo de darse cuenta de que ha salido del sueño. Tampoco tiene oportunidad de gritar. Le cercena la garganta con la hoz. Luego deja caer la herramienta, que gotea sangre. Al saltar fuera, todavía puede escuchar el boqueo húmedo del cacique, como el de un pez fuera del agua. Corre alejándose del pazo cuando escucha el grito desesperado de la esposa. Ya ha regresado a su habitación. Ya ha encontrado a su marido muerto. El eco se pierde sin respuesta en la noche de Soutochao.

Otras leyendas, además de la de la Santa Compaña, están arraigadas en esas tierras. También la del lobisome.

Aquel hombre de Allariz de quien se afirmaba que la ira lo transformaba en lobo, y, conforme deja atrás la aldea, siente que a él le pasa algo parecido. De repente, Leonor ocupa su pensamiento y, como si fuera el elixir capaz de curar su enfermedad, poco a poco se desprende de la piel del hombre capaz de matar para volver a ser Mauro, el estudiante de medicina que soñaba con salvar vidas.

Le resulta un misterio cómo esa mujer a la que solo conoce de un día se ha convertido en una necesidad vital, el oxígeno que le permite existir.

Capítulo 11

—

—No me fío, Leonor. Es como si Vicuña se hubiera convertido en humo. Preferiría verlo rondar el teatro antes que esta ausencia.

Lleva más de dos semanas escondida en el piso de Miguel Ramos Carrión, un minúsculo cuchitril en la calle de los Cojos, frente al Matadero. Arderius la sacó del Variedades a mitad de función para evitar al policía. Con una nota manuscrita para que la acogiera, ordenó al cochero de un simón que la condujera a la casa del dramaturgo. Arderius prefirió quedarse en el teatro para que Vicuña no lo identificase como cómplice. Más tarde le contó que lo único que le había dicho de ella era que había abandonado la obra por una indisposición. Aunque Vicuña no lo presionó, Arderius está convencido de que tampoco le creyó.

Desde la primera noche, Ramos Carrión le cedió su camastro; él se las ha estado arreglando para dormir en un viejo sillón. Sin embargo, a Leonor le cuesta conciliar el sueño. Los gritos de los animales sacrificados en el Matadero se cuelan por el ventanuco de la casa y transforman su duermevela en pesadilla. Se ha repetido de manera recurrente una en la que ella cae desde una gran altura. No hay nada a lo que agarrarse, tampoco adivina qué le espera al final de ese descenso, mira abajo y solo atisba una profunda oscuridad, como las fauces de un animal. Despierta siempre sobresaltada y sintiéndose indefensa, como cuando vivía con su familia. Ha perdido el control de su vida y, dirigida por un destino implacable, se está precipitando hacia un futuro en el que no tiene ninguna capacidad de decisión.

A sus escasos dieciocho años, el escritor es un muchacho divertido y peculiar. Trabaja ajustando los últimos flecos de *Un sarao y una soirée*, Arderius le está urgiendo a que la termine. Con su enorme bigote, Ramos Carrión imposta una voz grave e, histriónico, con pasos de baile absurdos, declama fragmentos de la obra: «Y finalmente, señores, aquí estoy porque he venido. Me llamo Desuellacaras y soy barbero de oficio. Yo sé lo que nadie sabe, indago, corro, investigo, y soy el correveidile de intrigas y de amorcillos». Leonor sabe que hace todo lo posible por distraerla, por evitar que ella se despeñe por pensamientos fúnebres. ¿Qué solución puede haber para el callejón sin salida que es su vida ahora?

Le contó toda la verdad a Arderius: el suceso con el soldado en la calle del Espejo, la ayuda de Mauro, que le curó sus heridas en la casa de Benito Centeno. No ha ocultado nada, es consciente de que Arderius está arriesgando la vida al protegerla, no habría sido justo mentirle. Él le trae noticias de Pili, de las gestiones que hace con Cándido Serra para que la influencia del hacendado logre exculpar a Leonor.

—Ese hombre está enamorado de ti. No hay puerta a la que no haya llamado, pero te lo dije: Narváez no tiene compasión. Quieren deshacerse de todos los afectos a Prim, como si fueran malas hierbas.

¿De qué sirve lamentar que ella no tiene ningún vínculo político? Que ella es solo una actriz que estaba en el lugar equivocado la mañana de la «sargentada». Arderius le pide paciencia, sabe que no debe de ser fácil este encierro, hasta que se intuya alguna solución. Leonor lo asume sin quejas. Pero no quiere figurarse un mundo lejos de las tablas, del aplauso del público, un futuro sin la compañía frívola de Pili la Gallarda, su única amiga, que ahora, en la soledad, resplandece como una piedra preciosa. Le gustaría dejar de pensar, caer en un estado de hibernación hasta que todo se aclare y detener el flujo de sus presentimientos, que la llevan hacia un lugar incierto que no desea explorar. El destino la empuja hacia no sabe dónde, pero algo le dice que la vida risueña y despreocupada que tanto disfrutaba está tocando a su fin.

Arderius nunca abandona la casa por la puerta principal. Tiene la precaución de subir a los tejados y, desde allí, pasar al edificio contiguo para alcanzar la calle por un portalón que se abre en Arganzuela. Es uno más de los hábitos que ha adquirido en estos últimos días para que nadie pueda relacionarlo con Leonor. Las conversaciones con Cándido se han producido siempre en los camerinos del Variedades, el único territorio donde se siente seguro. También ha prohibido terminantemente a Pili el ir a visitarla. Ni siquiera le ha confiado a nadie dónde se esconde. Cuantos menos lo sepan, mejor.

Noviembre ha traído el viento frío de la sierra a Madrid. Se sujeta la chistera para que no salga volando mientras atraviesa la calle del Carnero. Su pensamiento se desplaza a los nuevos números que piensa introducir en los bufos: el de la cabeza parlante, que podría interpretar él mismo; el baile del cancán, perfecto para sus suripantas. Un fuerte golpe en los riñones le hace caer de rodillas al suelo. No sabe de dónde ha surgido y, al mirar a su alrededor, descubre que la calle está desierta. Solo una sombra se mueve a su espalda.

—Disculpe, no me he dado cuenta.

No necesita ver la cara manchada de Vicuña para saber que es él. Amable y siniestro, el policía le tiende la mano para levantarlo del suelo. Arderius no quiere un enfrentamiento y se la toma, como si en efecto hubiera sido un golpe fortuito.

—No se apure, no ha sido nada. —Finge calma mientras se sacude el polvo de la ropa.

—Últimamente frecuenta usted estas calles.

—En los peores barrios de esta ciudad se esconden las mayores bellezas. Y yo no dejo de buscar chicas para mis funciones.

—Desde luego, sus obras no son como las de Lope de Vega, pero le felicito por el éxito. Cualquier día volveré a asistir a una sesión. Disfruté mucho la última vez.

Vicuña se despide cogiéndose el ala del sombrero, como si fuera un caballero. Arderius le sonríe hasta que el policía le da la espalda. Luego, nada puede tapar el miedo. Hoy ha sido solo un aviso, pero ¿será capaz de resistir si Vicuña lo lleva a los calabozos?

«Felicidad y risas», recuerda Leonor que solía bramar Arderius muchas noches, aquellas en las que ninguna preocupación enturbiaba su pensamiento. La ausencia del empresario, que hace cuatro días que no acude a la casa de Ramos Carrión, le hace temerse lo peor. Ha insistido al autor zamorano en que vaya en su busca al Variedades, necesita saber si ha sucedido algo que esté afectando a su situación. Los presagios se confirman cuando, en mitad de la noche, a una hora en que ya solo los serenos recorren las calles de Madrid, Arderius se presenta en la casa. Le confiesa el encuentro que tuvo con Vicuña, la amenaza del guardia.

—He hecho todo lo que he podido, pero... soy un actor cómico, no un héroe. Si Vicuña me encierra y me tortura, sé que terminaré por hablar.

—Bastante has hecho por mí. Me iré, no sé a dónde..., pero...

—Te perseguirá. Ese hombre es un animal herido. Lo que sucedió en los Campos Elíseos, el ridículo que sintió... No sabíamos que estábamos azuzando a una bestia. Pero hay una opción, Leonor. He estado hablando con Cándido y él... podría ponerte a salvo. Para siempre.

La mirada triste de Arderius hace pensar a Leonor que esa opción viene acompañada de un precio, uno que a su amigo le duele decir en voz alta.

Capítulo 12

—

Vientos de represión azotan el país y Mauro lo nota en la desconfianza de la gente, en las miradas cabizbajas, en las puertas que se cierran cuando antes se abrían de par en par. Nadie le ha ayudado, ni siquiera aquellos por los que él se habría jugado la vida. Los viejos contactos revolucionarios tampoco le han servido de mucho, bien porque han sido fusilados o detenidos, o bien porque el miedo les ha replegado en su caparazón. Un pastor le dio cobijo en León y compartió con él su pan negro y su tocino. A su paso por Valladolid, logró la ayuda de un estudiante universitario que lo recibió como a una leyenda de la resistencia. Pero la ciudad estaba tomada por las tropas de Narváez en busca de elementos subversivos, y Mauro no tuvo más remedio que pasar cuatro días refugiado en el sótano de un edificio.

Polizonte en un tren de mercancías, oculto tras unos sacos de trigo, llega a Madrid. Se baja en una parada unos kilómetros antes, sin entrar en la estación y arriesgarse a que los guardias lo detengan. Debe adecentar su aspecto; tras muchos días sin dormir entre sábanas y sin apenas poder asearse, parece un vagabundo. Es una locura haber venido a la capital, pero, si no lo hacía, sentía que se ahogaba. Tal vez se vea obligado a esconderse, incluso a abandonar el país, pero no puede hacerlo sin ver a Leonor, como la bocanada de aire que toma el buceador antes de sumergirse.

En la pensión donde vivía ya no tienen sus cosas. Por suerte, la señora que le alquilaba la habitación le guarda aprecio y, aunque no le permite quedarse, le consigue ropa presentable y deja que se dé un baño mientras le calienta un plato de lentejas.

—¿Por qué tuviste que abandonar los estudios?

A veces se ha mortificado con esa idea, pero sus ideales han terminado por imponerse. Lo que ha visto en este país, lo que vivió en su pueblo, le ha demostrado que lucha en el bando correcto. Está convencido de que hay cambios que solo pueden llegar por la fuerza.

Críspulo Fernández, el compañero de la universidad con el que más trato tuvo, también era uno de los implicados en el levantamiento de San Gil y cree que es la única persona que puede ayudarle. Mauro se presenta en su casa, un amplio piso de la calle de San Bernardo, pero su madre le dice que está detenido y le ruega por caridad que no vuelva a visitarlo, están haciendo gestiones para liberar a su hijo y lo último que necesitan es que lo relacionen precisamente con él.

—Le han preguntado varias veces por ti. Mi hijo lo único que hizo fue asistir a algunas reuniones, pero, Mauro, ¿es cierto que mataste a un soldado?

Se lo ha negado a la madre de Críspulo, aunque ella no le ha creído. Ha sido una mala idea volver a la ciudad, visitar esa casa. Entregarle información a la Guardia Civil sobre él puede ser una ayuda para lograr la libertad de Críspulo. Cualquier madre lo haría.

Debería abandonar Madrid de inmediato, pero sus pasos le conducen a la calle de la Magdalena, al Teatro Variedades. Están cambiando el cartel, cuelgan uno que anuncia la nueva obra de la Compañía de los Bufos Madrileños, *Un sarao y una soirée,* de Miguel Ramos Carrión. Un mozo subido a una escalera le dice que hoy no hay función, que el estreno es mañana, pero cruzando la calle vienen tres jóvenes muy bellas. A Mauro se le ocurre que tal vez sean compañeras de tablas.

—¿Leonor Morell? Hace mucho que no está aquí, más de un mes.

—¿Sabéis dónde la puedo encontrar?

—Ni idea, desapareció un día sin dejar señas.

Una mujer de aire pizpireto sale en ese momento del Variedades y la corista la señala con un gesto.

—Pregúntale a ella, antes vivían juntas. Si alguien sabe dónde está Leonor, es la Gallarda.

Sentados en el café del Vapor, en la plaza del Progreso, Mauro interroga a Pili. ¿Dónde está Leonor? ¿Por qué se marchó? ¿Le habló alguna vez de él? Sin embargo, al otro lado solo encuentra evasivas y un silencio nervioso. La joven no deja de mirar a su alrededor, inquieta, mientras el pianista del café interpreta uno de los nocturnos de Chopin. La melodía, triste, se confunde con las conversaciones de otras mesas, entre el humo de cigarrillos y los vapores del té.

—Necesito verla.

Pili ha abandonado la frivolidad con la que lo trató al principio. Hay ahora una lámina de agua en sus ojos que, pronto, se enjuga. Respira hondo antes de confesarle que Leonor llevaba un tiempo sin hablar de él.

—Al principio sí lo hacía. Pero no porque estuviera enamorada, a ver qué te vas a pensar, solo se sentía en deuda porque le habías salvado la vida. El medio médico, te llamaba.

Mauro sonríe ante la forma que Leonor tenía de llamarlo. O sonríe para que la sonrisa acolche el aguijonazo que contiene la frase de Pili: Leonor dejó de hablar de él. Le olvidó por completo.

—Pero, en cada función, esperaba que aparecieras. Te buscaba en la platea, asomándose por detrás del telón, y yo le preguntaba qué tripa se le había roto. Creo que quería darte las gracias por haberla ayudado.

Mauro nota cómo se abre paso el sol en el cielo encapotado. Así que Leonor le esperaba cada tarde en el teatro. Como los pobres enamorados que recogen cualquier migaja para seguir alimentando su sentimiento, se agarra a esa frase para dibujar a una Leonor anhelante, amándolo en secreto, tan avara que no quería compartir lo que le estaba pasando ni siquiera con su mejor amiga.

—Para ella no han sido fáciles las cosas. Un policía la relacionó con el asesinato del soldado en la «sargentada».

—Por favor, Pili, dime dónde está. Yo puedo ayudarla.

—No, Mauro, tú ya no puedes ayudarla. —La Gallarda toma aire antes de lanzar la estocada—: Leonor está ahora mismo en un barco, rumbo a Cuba.

Capítulo 13

—

El océano se expande a su alrededor, inabarcable. Una llanura infinita de color cobalto. Nunca había visto el mar y ahora siente que se adentra en otro planeta. Todo ha cambiado tanto, en tan poco tiempo, que ni siquiera puede reconocerse algo más tarde en el espejo de su camarote, mientras una criada le abotona el vestido a la espalda.

—La están esperando.

Menuda y de gesto nervioso, la criada termina de arreglarle el pelo en un recogido. Desde que embarcó, Leonor se ha sentido más cómoda a su lado que junto al resto de pasajeros de primera clase del Ciudad Condal, un vapor que, además de viajeros, transporta mercancía a La Habana.

Recorre la cubierta al atardecer, con el sol hincándose en el Atlántico y bañando la proa de reflejos dorados. Allí están el armador del barco, Enrique Olózaga, también su esposa, Teresa Bañoles, y muchos de los hacendados que han pasado meses negociando con el Gobierno en Madrid. Puede que Arsenio Boada sea el más joven de todos, debe de rondar los cuarenta años. Ha cenado con ellos la mayoría de noches de esta travesía y, casi siempre, la conversación se iniciaba en algún tema relacionado con la reina Isabel II, con el futuro de Cuba, pero, como el elefante que toma el camino del cementerio cuando sabe que va a morir, la charla acababa de manera inevitable en lo que sucedería este día. En los manjares que habían cargado para el banquete en la última escala, champán, ostras, perdices y quesos franceses, carne de lechón. En la música que sonaría —piezas al violín de Beethoven y Bizet— cuando ella avanzara hasta el castillo de proa, donde el capitán del barco, Gamboa, oficiaría la ceremonia.

Cada una de las cosas que planificaron son las que suceden ahora alrededor de Leonor. Ella arrastra la cola del vestido de novia de muselina *beige* que la criada le ayudó a ponerse. Impecable en su traje, firme y sonriente, Cándido Serra la espera junto al capitán para casarse con ella.

Pensó que sería más fácil. Que podría hacerlo fingiendo que se trataba de una ficción, como el papel de una obra de teatro, pero la certeza de que ya no le queda otra vida más que esa la hace caminar despacio. Es inútil posponer el momento, como el condenado que estira el tiempo antes de su ejecución.

Este es el precio que debía pagar.

Madrid pertenece a otra vida. Pili, las suripantas, los cafés y las risas ya no forman parte de Leonor. Aquella noche en la casa de Ramos Carrión, Arderius le dijo que la única manera que Cándido consideraba segura para llevársela a Cuba era como su esposa. El matrimonio sería la barrera que impediría cualquier intento policial de apresarla. Al principio, le pareció una locura: ¿cómo iba a casarse con Cándido? Había sido un hombre atento, respetuoso con ella, pero jamás albergó el menor interés romántico por él. Tiene la edad de su padre y —aunque en ese instante no se lo dijera a Arderius— ya huyó una vez de un compromiso así, en su pueblo. El empresario teatral no intentó convencerla, guardó silencio, sabía que, poco a poco, la realidad derrumbaría la resistencia de Leonor.

Estaba condenada por la policía. No podía seguir en

Madrid ni tampoco huir. Si la suerte le permitía eludir a Vicuña, estaría abocada a ser una prófuga. Sin dinero, sin oportunidad de trabajar en el teatro, ¿de qué iba a comer? Su vida se convertiría en una penosa cuenta atrás hasta que el policía la apresara, porque un día, más pronto o más tarde, eso iba a suceder. La única alternativa era la solución que le proponía Arderius, aunque eso equivalía a renunciar a ser la Leonor que era.

Intenta sonreír pese a las lágrimas. Cándido coge su mano mientras Gamboa inicia el breve discurso que ha preparado. Salta a la vista que la novia desearía estar en cualquier parte antes que allí. Al capitán le gustaría preguntarle por qué ha aceptado este sacrificio, pero espanta esa idea de su cabeza, no le corresponde a él desentrañar los misterios de la vida ni los designios del Señor; bastante tiene con adivinar las mareas traicioneras que cada año mandan a varios barcos como el suyo al fondo del mar.

El capitán les recuerda que el enlace debe ser validado más tarde ante las autoridades civiles y eclesiásticas en el puerto de llegada. Una advertencia que es también un recordatorio para Leonor de que, tal vez, no todo esté perdido. Después, une a los esposos en matrimonio.

Cándido se acerca a Leonor, el océano ya casi ha engullido el sol, unas gotas de sudor perlan la piel del hacendado, de su esposo, se dice ella. Tiene los ojos tan azules que parecen transparentes, como los de un reptil. Nunca se había fijado en ellos con tanto detalle, o puede que sea efecto de la extraña luz que los ilumina, la misma que dibuja sombras en la piel de Cándido, como una telaraña grisácea. Siente sus labios, su aliento, y una sacudida de asco recorre su cuerpo. Es su primer beso.

Durante el banquete, le cuesta prestar atención a las conversaciones que vuelven a girar en torno a la reina, los aranceles de la isla y las negociaciones que cerraron con el

Gobierno de Narváez. Algunos enarbolan su españolismo, su fidelidad a la Corona, otros son más tibios y reclaman un cambio en la relación entre la isla y la metrópoli. Se ha fijado en que Boada, como ella, apenas interviene. Sonriente, asintiendo a unos y otros, parece darles la razón a todos y, al mismo tiempo, a ninguno. Leonor tiene la impresión de que, como ella, Boada es un actor entre todos esos hacendados a los que se les va la vida por la boca en cada discusión. Finge que le importa lo que dicen, pero, en realidad, en cuanto se levante de la mesa habrá olvidado sus palabras, si es que no lo ha hecho ya.

¿Por qué no puede ella hacer lo mismo? En el fondo, no es tan desgraciado el papel que le ha correspondido: es la esposa de un hombre atento y rico, dueño de dos ingenios en la isla. No fue justa con Cándido durante la ceremonia: esa imagen fría y viscosa, como la de una serpiente, no es real. Ha cuidado de ella, le ha ofrecido un futuro, en ningún momento la ha obligado a nada. Pili le diría que se dejara de remilgos y disfrutara en La Habana de su nueva vida. «Me das envidia», le dijo cuando se despidieron en Madrid.

—No soy un hombre dado a expresar sus sentimientos, pero esta noche me gustaría, al menos, intentarlo. Nunca me había enamorado, Leonor. Había leído cientos de novelas, he estado en tantas funciones que es imposible recordarlas, y en muchas se describía ese instante del enamoramiento. Cuando, de pronto, uno siente que el corazón ha tomado las riendas y le hace ver a alguien con un resplandor distinto a todas las demás. Es extraño y maravilloso: mirarte, estar a tu lado, tener la oportunidad de cogerte la mano, son para mí como joyas brillantes que van apareciendo en el camino. Soy consciente de los años que nos separan, de que tú no ves ese resplandor en mí, pero, de la misma forma que yo no esperaba encontrar el amor, puede que para ti también acabe surgiendo. No quiero mentirte. Te deseo. Esta noche me gustaría que, como esposo, me concedieras dormir en tu cama. Solo tienes que decirme qué quieres que haga, cómo puedo hacerte feliz, porque estoy dispuesto a todo.

En la soledad del camarote, con el rumor del Atlántico acariciando el casco del navío y la certeza de que los invitados a su boda duermen, Leonor escucha a Cándido y quisiera hallar en su declaración algo que le hiciera cambiar, algo que, como él dice, le hiciera verle de una manera distinta. Sin embargo, eso no sucede.

Cándido trata de ser cuidadoso, apaga las luces para que ella se sienta más cómoda en la oscuridad, la desviste sin prisa. Ella intenta abandonar de alguna forma su cuerpo, como le han contado que hacen las espiritistas, entregarle a su marido la piel, pero no el alma. Vivir la noche de bodas como si fuera una representación. Durante los primeros besos, cree conseguirlo. Aunque él acaricia sus pechos y hunde la boca en su cuello, ella no está allí, ni siquiera es consciente del cuerpo nervudo y viejo que se pone sobre ella. Siente que está a salvo, que lo que sucede esa noche en el camarote del Ciudad Condal en realidad no está pasando, hasta que la magia se rompe.

Como un relámpago, ve a Cándido sobre ella, penetrándola, los ojos transparentes y esa piel húmeda que brilla, la boca abierta en un gemido ronco de animal, sujetándola de las caderas mientras embiste, fuera de sí.

No hay fantasía que pueda liberarla de donde el destino la ha llevado.

SEGUNDA PARTE

EL INFIERNO
—
TERCER CÍRCULO

La felicidad que viví en aquellos años de 1861 y 1862 fue una impostura. Esa época se dibuja en mi recuerdo como una sucesión de fotografías sonrientes, despreocupadas, en las que poso en un café o en alguna fiesta habanera, en la plaza de Armas. El tiempo me ha otorgado una visión más certera de esos momentos. Ahora me resulta evidente la presencia del demonio que, siempre velado en un segundo término, aparece cínico al fondo de cada retrato, emborronado, pero acompañándome a todas horas como si fuera mi sombra.

Mi amigo —cómo me duele referirme a él en estos términos—, mi antiguo camarada de correrías infantiles en Madrid, no se convirtió en una compañía constante al principio. Pasaron semanas desde la extraña noche en la taberna del puerto donde me habló del Manchado, de las torturas que ese niño con la marca rosácea en la cara había infligido al sacamuelas, hasta que volvimos a vernos. Sucedió en la casa de un rico hacendado donde había ido a cenar.

Más allá de los saludos corteses, me trató con distancia y recordé los términos sobre los que se había asentado nuestra relación. El pasado que compartíamos, miserable y delincuencial, debía permanecer en secreto y, a tal efecto, era preferible no mostrar una cercanía excesiva en público. Nuestra amistad iba a encontrar sus horarios al margen de las reuniones sociales, por la noche, en sucias tabernas o, también, más tarde, en visitas a mi casa ya de madrugada. Entonces, mientras dábamos cuenta de una botella de ron, nos dedicábamos a desgranar opiniones sobre la realidad cubana o yo le planteaba mis aspiraciones laborales, hasta que, poco a poco, él fue dirigiendo las conversaciones hacia un tema que, como descubrí más tarde, le obsesionaba.

—¿Qué es lo que más placer te ha dado en la vida? No te hablo de un placer cualquiera, de una copa del mejor champán o una buena comida, ni siquiera del placer que las mujeres te puedan dar. Te hablo de algo más: esa impresión de que tus sentidos van a estallar, de que el pecho no será capaz de contener a tu corazón. De que tienes ganas de llorar y reír a un mismo tiempo.

De natural reservado, me resultaba embarazoso disertar sobre sentimientos tan íntimos. Sin aportarle nombres o experiencias concretas, le respondí que lo único que se asemejaba a lo que él me describía era el amor. Esa explosión de emociones que tan pronto te arrastra de la euforia a la mayor de las penas, que hace que percibas la realidad de una manera alterada, más viva y hermosa que nunca.

—La gran borrachera del amor —se reía él—. Te aseguro que hay otros caminos para alcanzar esas emociones... Que podemos sentir cosas que ninguna pasión, mucho menos el amor, nos haría sentir.

Nunca me confesaba de qué «caminos» hablaba. Guardaba silencio, como un niño travieso que se sabe dueño de un gran secreto, y me animaba a seguir describiendo el amor como el viajero que relata las maravillas de una ciudad extranjera. «Algún día, amigo, cuando sepa que estás preparado», me decía si yo insistía en preguntarle por esos «caminos» que él decía conocer.

Mientras tanto, la vida me resultaba extraordinariamente fácil. Mis escasos logros personales se vieron multiplicados en la isla: cualquier empresa que emprendía se desplegaba sin dificultad. Las trabas de la administración desaparecían como si, a mi paso, se abrieran las aguas del mar Muerto. No tardé en convertirme en un hombre acaudalado, en trasladarme a una casa que era casi un palacio ni en tener numerosos esclavos a mi servicio. No quería reparar en que, detrás de todos esos éxitos, estaba su mano.

Fue en un descanso de una ópera en el Teatro Tacón. Como tantas noches, la conversación giraba en torno al que había sido el gran tema de La Habana en los últimos tiempos: el papel desempeñado por el general Prim en México y el enfrentamiento que había tenido con el gobernador de Cuba, el capitán general Serrano.

La determinación de Prim tenía sus adeptos, muchos lo consideraban un héroe, pero también sus detractores, especialmente Serrano, ya que lo veía demasiado ambicioso. Hacía solo unos días, el 9 de mayo de 1862, que el español había desembarcado en La Habana.

—El tiempo demostrará que el general Prim no se ha equivocado. Como él mismo dice: «El monarca que suba al trono empujado por las bayonetas extranjeras no podrá permanecer en él cuando aquellas dejen de apuntalarle» —me murmuró mi amigo de camino a nuestros asientos cuando terminó el entreacto. Evitaba significarse en público, aunque a mí sí me reservaba a veces sus opiniones.

—¿Es cierto que has podido reunirte con él?

Era un rumor que circulaba en algunos salones de La Habana y la conexión que pudiera haber entre mi amigo y Prim me intrigaba, pero él me sonrió por toda respuesta y me dijo:

—La próxima semana voy a visitar el primer ingenio que

tuve en Cuba. Sería muy feliz si me acompañaras. Estoy deseando que conozcas Santa Catalina de Baracoa, creo que ya estás preparado.

No pude concentrarme en lo que restó de función. De los muchos vacíos que existían en nuestra amistad, el más llamativo era que apenas me había dado detalles de cómo había alcanzado la posición de la que disfrutaba. La curiosidad por pisar ese cafetal al que se había referido de pasada en alguna ocasión, en el oriente de la isla, un ingenio que casi no le daba beneficios, ocupó mi pensamiento durante esa noche y los días que mediaron hasta nuestra partida.

Yo aún no conocía la leyenda del buque fantasma que apareció en la bahía de Cochinos y estaba lejos de atisbar el nexo con Santa Catalina de Baracoa, pero un presentimiento oscuro me nublaba, como si intuyera la cercanía de una enfermedad. No sabía que, en realidad, ya llevaba mucho tiempo enfermo.

Al oriente de Cuba solo se podía acceder en barco. La red de ferrocarriles, pese a su gran expansión, no llegaba más allá de Matanzas. Tomamos un vapor que nos dejó en la pequeña y hermosa ciudad de Baracoa, la más antigua de las fundadas por los españoles, a los pies del Yunque, la espectacular montaña que se levanta a su lado.

No consignaré aquí las etapas de nuestro viaje ni las jornadas que tardamos en llegar a las puertas del ingenio. Es mejor que nadie sepa dónde se encuentran las puertas del infierno, que nadie pueda emprender el peregrinaje a un lugar que ojalá fuera tan fantástico como la mítica Atlántida.

Cruzamos parajes de una belleza arrebatadora, selva y cascadas, arroyos, bajo el canto de pájaros de colores imposibles, acompañados en algunos tramos por reptiles que me hacían pensar en los dioses que idolatran los africanos. Hermosas flores jalonaban nuestro camino, como si estuviéramos acercándonos a un paraíso primordial, un lugar de naturaleza exuberante que el hombre no había mancillado.

—Aquí, mi querido amigo, no hay más obligación que la de entregarse al placer —me dijo cuando, entre la espesa vegetación, vimos aparecer el arco que daba entrada al ingenio. Grabado en la madera pude leer «Santa Catalina de Baracoa».

Nunca imaginé tanto lujo en un lugar que era un oasis de civilización en mitad de la selva. La sensación de espejismo me acompañó mientras recorríamos el batey, la enorme casa con columnas de mármol blanco que se erigía a un lado, frente a unos establos donde unos esclavos peinaban a purasangres. En el cafetal, a unos cientos de metros, se intuían las siluetas de los trabajadores. Desmontamos los caballos, me guio al interior de la casa y la fascinación persistió ante los muebles de maderas preciosas cubanas, aunque algunos, me dijo, eran obra de artesanos italianos y franceses, traídos expresamente desde Europa. Como la cubertería, las sábanas o los cuadros que colgaban en las paredes de la escalera por la que me condujo hasta mi habitación.

—Estarás cansado, ¿por qué no duermes hasta la cena? Si necesitas cualquier cosa, no tienes más que pedírsela a Ermelinda.

No la había escuchado acercarse, pero, al girarme, allí estaba ella. Mi primer impulso no fue el del deseo, sino el de la admiración: jamás había visto a una mujer de tal belleza que abrumaba. Unos ojos verdes que resplandecían en la penumbra de aquel pasillo y unas escarificaciones en la cara como estrellas, parecía llevar el cielo dibujado en el rostro. Alta y de formas rotundas, era fácil imaginar su cuerpo bajo el vestido que dibujaba su contorno. Una suerte de vestal negra, una sacerdotisa africana. Creo que él intuyó mi turbación: «No está aquí para que le rindas culto, sino para servirte», bromeó.

Ermelinda, silenciosa, colocó el ligero equipaje que había traído conmigo y se marchó sin que tuviera ocasión de escuchar su voz.

Entré al baño, donde había un ingenioso sistema para que cayera agua caliente desde una especie de regadera situada sobre la bañera; al ponerme debajo de ella tenía la increíble sensación de que llovía un agua tibia muy agradable. Después del aseo, me tumbé e intenté dormir. No pude hacerlo. La presencia de Ermelinda flotaba en el aire, la excitación de volver a verla me impedía cerrar los ojos. Pensé entonces en ese desbordamiento de los sentidos que le describí a mi amigo cuando intentaba definir el amor. Sin embargo, ya no era un joven inexperto, los años me habían convertido en un hombre adulto, me resistía a aceptar que pudiera experimentar sentimientos de esa intensidad.

Hasta la cena no descubrí que no era el único invitado al ingenio. Al principio, consideré unos extraños a esas tres personas que acompañaban a mi amigo y que se pusieron en pie cuando entré en el salón.

—¿Tanto hemos cambiado?

Quien me había interpelado tenía una mancha púrpura en la cara. Las asociaciones que hacía mi memoria me parecían imposibles.

—¿Manchado?

—Vamos a olvidar los apodos, prefiero que me llames por mi nombre.

A continuación, me lo dijo. Como hicieron los otros dos, aunque yo siempre los había conocido como el Largo y el Labiopartido. Una alegría desconocida se apoderó de mí al descubrirme reunido con los mejores amigos de mi niñez. Como si los años no hubieran pasado, la conversación brotó torrencial entre bromas y anécdotas de aquellos primeros días en Madrid. También hablamos de la situación en la que se hallaba cada uno de ellos ahora. Según fui averiguando, el Labiopartido vivía en Estados Unidos y estaba bien relacionado con el Gobierno sureño, en plena guerra por mantener su sistema de esclavitud. El Largo era el capataz del cafetal de mi amigo.

—No me creerás —me confesó el Manchado entre risas—. Ahora soy policía en Madrid.

Reímos de buena gana. No me detuve a preguntarme el objetivo de este reencuentro, ni lo extemporáneo del lugar que mi amigo había elegido para sentarnos a la mesa. Ni siquiera vino a mi memoria la historia de la tortura al sacamuelas del Manchado. Regamos una abundante cena con más vino y ron. Un fervor casi animal se iba apoderando de nosotros, una especie de celebración por haber sobrevivido a unos orígenes tan adversos, como si hubiéramos escapado de una batalla en la que han perecido todos los soldados. Mi amigo sonreía ante nuestra efervescencia, nos dijo que estaba feliz de habernos podido reunir. Pero ese no era el único regalo que nos tenía reservado.

Bien avanzada la noche, cuando el alcohol ya entumecía nuestros sentidos, entraron en el salón cuatro mujeres y tres hombres. Desnudos, exhibiendo sus cuerpos perfectos. «Son vuestros», nos dijo. Hubo risas y el Largo le ordenó a una de las mujeres que se sentara en sus rodillas. Ermelinda estaba allí, luminosa y con el firmamento tatuado en el rostro. Se sentó a mi lado y me cogió la mano para apoyarla en uno de sus pechos. Yo encogí el brazo, como si hubiera sufrido una descarga eléctrica, azorado. No quería poseerla de esa forma, pero la noche había tomado un desvío del que ya no regresaría. Vi al Manchado besar a una de las mujeres. El Labiopartido empezó a desprenderse de su ropa. El Largo golpeaba la mesa con unos cubiertos mientras nos animaba a yacer con las mujeres o los hombres. Los esclavos no oponían resistencia; al contrario, buscaban nuestras bocas, nuestro sexo.

Recuerdo que fue la primera vez que me planteé el dilema de la esclavitud. Hasta ese día, mi vida en Cuba no había encontrado ningún obstáculo moral en que hubiera africanos o chinos a nuestro servicio. Yo mismo tenía domésticos en casa y en mis negocios. Formaban parte del sistema económico de la isla y, aunque había oído casos de malos tratos en los ingenios, mi vida en La Habana me había evitado presenciarlos y, por lo tanto, plantearme la injusticia de que existiera esa realidad. Esa noche no podía mirar para otro lado. Estaban delante de mí, esos hombres y mujeres de raza negra, sometidos a la voluntad de los blancos que estábamos al mando.

Podría detener aquí mi relato, debería hacerlo, porque me duele recordar, pero si la cobardía ha sido la constante de mis actos, no quiero que lo sea también de este manuscrito.

Esto fue lo que sucedió y esto fue lo que hice.

Aquel salón, iluminado bajo la luz parpadeante de una chimenea, con el vaho en los cristales por la humedad de la selva, se transformó en una bacanal. El Manchado, el Largo y el Labiopartido yacieron de manera alterna con diferentes mujeres y hombres, en ocasiones con más de uno a la vez. Intenté marcharme, pero Ermelinda me retuvo: «Si te marchas, será culpa mía», esas fueron las primeras palabras que escuché de su boca. Se sentó sobre mí, me besó en el cuello. Quise oponerme, pero la excitación se adueñó de mí y pronto correspondí a sus besos, olvidándome de todo lo que sucedía a mi alrededor. De los gemidos y respiraciones de placer de los demás. Hasta que un grito rompió la burbuja. Al apartar a Ermelinda, vi a mi amigo con la camisa manchada de sangre. El rostro desencajado, como si se hubiera superpuesto una máscara de rabia a su cara. Primero pensé que había sufrido un accidente. Después vi el cuchillo en su mano.

Lo descargaba una y otra vez sobre el pecho de un hombre que se retorcía de dolor en la mesa. Le abría heridas como latigazos en la piel negra. La sangre desbordaba la mesa, goteaba al suelo. Las palabras se amontonaron en mi garganta, incapaces de salir en un alarido. No tuve ocasión. De repente, la violencia había explotado y ya no solo era mi amigo, sino también el Largo, el Labiopartido, el Manchado. Unos con palos, otros con cuchillos, mezclaban su deseo sexual con la furia. Una mujer estaba en el suelo, arrastrándose, alguien le golpeaba en la espalda con la pata de una silla que habían desarmado. Un hombre aullaba de dolor, tenía un cuchillo clavado en el fondo de la boca. Ermelinda se abrazó a mí, me besó. «No me dejes», me rogó. Y entendí que su suerte pasaba por mí. Por lo que yo decidiera hacer con su cuerpo.

—¡¡Parad!! —les grité.

Nadie respondió. Como animales carroñeros, un instinto voraz los dominaba. Seguían golpeando, hiriendo, vejando a los hombres y mujeres que había allí. Uno de los esclavos intentó huir del salón. No era difícil y me pregunté por qué no lo hacían los demás. Tan pronto cruzó el umbral, resonó un disparo. Me di cuenta de que sabían lo que les esperaba si se resistían. Dentro de la orgía brutal en la que se había transformado esa estancia, aún les quedaba una oportunidad de sobrevivir.

Cogí a Ermelinda de la muñeca, traté de llevármela a mi habitación.

—Suéltala.

Al volverme, vi los ojos inyectados en sangre de mi amigo.

—No quiero estar aquí.

—Un día querrás estar aquí. Un día querrás descubrir qué se siente.

—Estáis enfermos y no voy a permitir que le hagáis daño.

—Tú no puedes impedirme nada. Tu vida es mía: ¿estás dispuesto a perder todo lo que tienes?

Un hombre me cogió por un brazo, debía de ser uno de los que, fuera del salón, se aseguraba de que nadie lo abandonara. Me separó de Ermelinda y me arrastró fuera, hasta mi dormitorio. Grité y bregué por zafarme, pero fue inútil. Cuando se marchó, cerró la puerta, pero no escuché ningún candado. ¿Qué necesidad había? ¿Adónde habría podido escapar? Estaba en Santa Catalina de Baracoa, un ingenio perdido en Oriente, rodeado por kilómetros de selva.

Cuando mi agitación se contuvo, pensé en las palabras de mi amigo: «Tu vida es mía: ¿estás dispuesto a perder todo lo que tienes?», y, de golpe, me resultó evidente cómo lo que había logrado en la isla había sido, en realidad, gracias a él. Mi posición en la sociedad cubana, el éxito de mis negocios, mi prosperidad, los había tejido él, como el que trenza un tapiz. Para él sería tan fácil arrebatarme todo como había sido dármelo. ¿Quién creería mi relato en La Habana? ¿A quién darían crédito, a un don nadie como yo o a una de las personalidades más importantes de la isla?

Me tapé los oídos, pero los gritos retumbaban por toda la casa. El sufrimiento, el martirio, continuó durante horas. Yo mismo gritaba, pugnando por acallar las voces de los esclavos que estaban siendo torturados. Quizá alguna de esas voces de dolor era la de Ermelinda. Y yo, cobarde, me mantuve encerrado en mi habitación. Protegiéndome con justificaciones: no podía huir, tampoco podía enfrentarme, cualquiera de esos hombres me habría disparado, no podía hacer otra cosa que escuchar el sufrimiento de los demás y callar.

El Manchado no fue el protagonista de la historia de las vejaciones y mutilaciones al sacamuelas, en esa noche me pareció obvio. Fue mi amigo quien inició en ese momento su carrera de perversión, su transformación en demonio, si es que no lo era desde el instante en que nació. Había infectado a nuestros viejos amigos. De la misma manera que a mí me había obsequiado con riquezas, a ellos les había regalado una estupenda posición. Un futuro con el que jamás habían soñado. Los había convertido en cómplices de su depravación.

«¿Qué hay más poderoso que arrebatar una vida?», me había dicho cuando éramos solo unos niños. Luego me había hablado del placer extremo. La red estaba tejida y yo era su preso.

Al alba, los gritos cesaron. En el silencio de la casa, solo se podía escuchar el ladrido de un perro. Enrabietado, ladraba hasta ahogarse. Casi pude ver a mi amigo transformado en ese animal, echando espuma por la boca, con el sexo erecto, después de su banquete.

No me atreví a salir de mi cuarto hasta que una criada, avanzado el día, vino a buscarme. Me dijo que el señor había decidido regresar a La Habana. Hice el equipaje. En la puerta del ingenio nos esperaban unos caballos. Él me sonrió y lamentó que tuviéramos que marcharnos tan pronto. Unos asuntos reclamaban su presencia en la ciudad. No hizo ninguna alusión a la pesadilla de la noche anterior.

Cuando pasamos bajo el arco del ingenio, miré atrás y creí ver a Ermelinda cruzando el batey. Tal vez fuera una ensoñación, una manipulación de mi conciencia para acallar la culpa que me empezaba a devorar por mi cobardía.

No surtió efecto, la culpa siguió creciendo como un monstruo y nunca ha dejado de hacerlo.

Capítulo 14

—Feliz Navidad.

No sabe cuántas veces lo ha dicho ya. Cándido está decidido a presentarle hasta al último invitado de la fiesta del gobernador, y Leonor, como una autómata en su vestido de organza blanco, una sonrisa cincelada en el rostro, rebota de un rico hacendado a la esposa de un marqués, del conde de Lucena a Julián Zulueta, que dicen es el hacendado más influyente de la isla, o al propio gobernador, Joaquín del Manzano. Nombres que olvida o confunde tan pronto se los dicen, igual que sus rostros acaban mezclándose en una extraña amalgama de rasgos indefinidos que forman la cara de todos y de ninguno. Ya se ha dado cuenta de que es la ocasión perfecta para darse a conocer en la sociedad de La Habana, una ciudad luminosa en la que el bullicio y la elegancia conviven con armonía.

—Esperemos que el próximo año de 1867 sea mejor que este.

Cándido no contradice a Gregorio Collantes, espera a dejarlo atrás para murmurar al oído de Leonor:

—Collantes tenía una buena posición en Memphis y todavía no ha asumido que el Sur perdió la guerra en Estados Unidos. En ese país, ya no volverá la esclavitud ni él recuperará sus plantaciones. Tendrá que acostumbrarse a vivir en Cuba.

Cuando Leonor echa la vista atrás, descubre que Collantes, sudoroso, exhalando el humo de un cigarro puro, no ha dejado de mirarla. Hay algo lascivo en cómo la observa, parece imaginar su cuerpo bajo el vestido. Se humedece los labios con la lengua y, al hacerlo, ella descubre que tiene un labio leporino, partido por la mitad, y que antes le pasó desapercibido bajo un poblado bigote.

—¿Te importa quedarte en compañía de nuestros amigos unos minutos? Necesito tratar unos asuntos con Loynaz. Hasta en el día de Navidad uno tiene conversaciones pendientes con su abogado.

Cándido deja a Leonor, como a un náufrago al que las olas abandonan a la orilla de una isla, junto a Arsenio Boada, Enrique Olózaga y su esposa Teresa, compañeros de viaje y testigos de su boda en altamar. Le cuesta seguir su conversación, todavía no se ha acostumbrado al calor y la humedad de La Habana y siente que sus piernas no la sostendrán en pie mucho tiempo. Tal vez porque Boada ha notado su debilidad, la acompaña a una mesa y le ofrece algo de comer. Por suerte, los platos que han servido en el palacio del gobernador no son el plátano frito o el arroz con habichuelas que desde su llegada han sido una constante en el menú. Hay perdiz asada, cerdo, delicias traídas de Europa, acompañadas por botellas de champán.

—¿Le han presentado a Pildaín? Me pareció verlo al llegar dando buena cuenta de la perdiz en una mesa; los actores son como los gatos callejeros, nunca olvidan el hambre que pasaron en sus primeros años.

De todas las personas que ha conocido desde que dejó atrás Madrid, Boada es el único con el que se siente cómoda. Se dice a sí misma que su buena disposición hacia él no tiene nada que ver con su atractivo físico, su rostro de galán siempre bienhumorado y exhalando un perfume en el que ella reconoce matices de vainilla. Agradece su elegancia y su buen porte, pero es su mirada del mundo, levemente desdeñosa, siempre divertida, como dispuesta a quitarle hierro a los problemas, lo que construye la afinidad entre ellos. Además de los días en el barco, el hacendado la ha visitado en la casa de la calle Belascoaín, el palacio donde se instaló nada más llegar a la isla, y estaba presente cuando Cándido le entregó a Leonor el texto de *La reina esclava* como si fuera un diamante. «Es la obra perfecta para tu debut en La Habana», le dijo, y pronto pasó a elogiar al autor, Aquilino Pardiñas, la mejor pluma de la isla, así como el relumbrón del que sería su *partenaire* en escena, Pablo Pildaín; su nombre en el cartel bastaría para llenar las butacas del Villanueva. Azorada, Leonor fue incapaz de responder al entusiasmo de Cándido, que ya soñaba con los elogios de los periódicos cuando los críticos descubrieran la gema que había traído de España. Boada, al que le ha descubierto la sorprendente habilidad para detectar su estado de ánimo, intercedió a su favor, haciéndole ver a Cándido que Leonor necesitaba un tiempo para asimilar todas las novedades que habían llegado a su vida: Cuba, el matrimonio, la oportunidad de ser la primera actriz de una representación.

Como si obrara una suerte de embrujo, el hacendado convenció a Cándido de moderar su fervor. «Tienes razón, no hay ninguna prisa», le concedió su esposo y, de algún modo, esa frase se transformó en una máxima que ha regido sus días en la isla, no solo a nivel profesional, sino también íntimo. Duermen en habitaciones separadas y él no ha vuelto a exigirle sus derechos conyugales desde la noche de bodas en el barco. Sabe que podría hacerlo. En el momento en que certificaron su boda, ya en La Habana, Leonor se transformó en una posesión de su marido, como eran los ingenios azucareros o el edificio del Teatro Villanueva. Su cuerpo estaba a disposición de su esposo.

Sin embargo, Cándido ha dado un paso atrás. Atento, detallista, sus maneras le recuerdan a las del enamorado que la galanteaba a la salida del Variedades, cuando recorrían la noche de Madrid en compañía de Arderius y Pili. Un día teme que colmará su paciencia, porque la otra opción —que suceda el milagro de que se descubra enamorada de él— le parece imposible.

Se ha resignado a ser un fantasma, un reflejo desvaído de sí misma, que ahora vaga por las calles de La Habana, que deja pasar los días como sueños ajenos tras las sombras del enrejado de la ventana de su casa, mirando sin ver cómo se sucede al otro lado una vida que no le interesa. Las negras al servicio de los españoles, los carruajes, los vistosos atuendos de los mayordomos negros, de librea roja, cubiertos con galones de oro y botas que les llegan casi hasta los muslos, el bullicio de las calles del Obispo y O'Reilly, llena de modistas, o las confiterías del paseo de Isabel II, los cafés y los mercados, que retumban con el estruendo de las tertulias, los primeros, y el acento de los negros, los segundos, todo ese universo le llega con sordina, como si estuviera enterrada y percibiera ese mundo exterior por su vibración, pero no pudiera sentir nada más que el frío de la tierra húmeda pegada a su piel.

—¿Han cerrado una fecha para dar comienzo a los ensayos?

La pregunta de Boada devuelve a Leonor al presente, a la celebración de la Navidad en el palacio del gobernador, de la que sus pensamientos la habían evadido.

—En cuanto terminen las fiestas. Estoy deseando conocer al autor. Cándido afirma que no existe en España un escritor a la altura de Aquilino Pardiñas.

—Le hará bien, Leonor. Además de que, en esto, tengo que darle la razón a su esposo: La Habana no será la misma cuando actúe.

Sabe que Boada no habla de fama, tampoco del reconocimiento artístico, habla de ella, de Leonor, de cómo su visión de la ciudad se puede transformar si se aferra a una ilusión. No hay medicina más eficaz que una mentira, piensa, y, al hacerlo, sonríe, siente que esas podrían ser palabras de Arderius.

—Si me disculpa.

Boada se pone en pie, se estira la pernera del pantalón, de pronto revitalizado. Algo ha cambiado, hay una carga distinta en el ambiente, Leonor no sabe si es un perfume o una textura nueva, como la electricidad del aire cuando se acerca la tormenta, pero sea lo que sea, ha avivado a los invitados del gobernador que antes languidecían en conversaciones de corrillo y ahora se mueven azorados buscando dónde colocarse en el salón, como si trataran de encontrar un lugar seguro.

Boada se hunde entre los presentes que le ceden el paso de la misma manera que lo harían ante un cortejo. El ruido de las voces se ha amortiguado hasta el silencio y, feliz, saludando solo con un leve movimiento de cabeza, avanza la señorita Bru. Leonor sabe su nombre, Cándido ya la había advertido de que podría asistir a la fiesta. Tiene pocos años más que ella y, con su vestido celeste, desprende el ascendiente de una reina en el baile. Boada ha llegado a su encuentro y, con una reverencia, le besa el dorso de la mano. Ella ríe, divertida por lo que le parece un gesto de otro tiempo, y se recoge la melena dorada tras los hombros. La piel blanca de su cuello brilla con una piedra preciosa engarzada en una gargantilla de oro. Llevar el pelo suelto es una afrenta a las buenas costumbres habaneras, que señalan a las que lo hacen como revolucionarias, pero a Amalia Bru no parece importarle lo más mínimo qué puedan pensar de ella las decenas de invitados, lo más granado de la alta sociedad cubana.

Un grupo de cuerda empieza a tocar una danza criolla, el baile más popular en estas fiestas, y pronto se organizan las parejas que bailan de la mano y, en grupo, dibujan un círculo como si fuera un tiovivo que, conforme avanza la canción, se va haciendo más complejo. Si Leonor pudiera verlo desde arriba, reconocería semejanzas con los engranajes de un reloj. Es asombroso que, esté donde esté —ya sea en mitad del salón o, llevada por la coreografía y Boada, su pareja, en un lateral—, Amalia Bru parece ser siempre el centro del baile. Al igual que el resto de invitados, Leonor no puede apartar los ojos de ella hasta que la pieza termina y, al prorrumpir en un aplauso, el desorden regresa al salón, haciéndola desaparecer entre la gente.

Se va a levantar para buscar a Cándido, cuando le sorprende que Amalia Bru venga a su encuentro.

—¿No te apetece descansar un poco de tanta formalidad? Creo que voy a gritar si tengo que felicitar las Navidades a una sola persona más.

La coge de la mano y, rápida, la guía hasta la puerta por donde acceden los camareros. Conoce el palacio y no tarda en localizar unas escaleras que, después de quitarse los zapatos, sube de dos en dos. Hay algo salvaje en Amalia que recuerda a Leonor la mujer que fue, la que tuvo el valor de escapar de su pueblo miserable y de una familia no menos ruinosa. Sabe que, en realidad, no se parecen en absoluto. Cándido le ha contado que los padres de Amalia fallecieron seis meses atrás, cuando su barco naufragó cerca de la costa de Florida. Ella, hija única, ha heredado su enorme patrimonio: un palacio en La Habana, además de un ingenio sobre el que sus padres construyeron una fortuna. Sus vidas no pueden haber sido más distintas.

Amalia empuja una portezuela al final de las escaleras y, de pronto, Leonor se descubre en la azotea del palacio.

A su alrededor, como si estuviera postrada a sus pies, la ciudad de La Habana. Una brisa refresca el ambiente. La señorita Bru se apoya en la balaustrada y saca una pitillera de oro.

—Gracias —acepta Leonor un cigarro.

—Cuéntame, ¿quién es Leonor Morell? ¿Por qué una muchacha como tú se ha casado con alguien como Cándido Serra?

—Cándido es un buen hombre.

—Por favor, si un día me quiero casar, no me lo permitas si describo a mi esposo como un «buen hombre».

Leonor sonríe, descubierta. Da una profunda calada al cigarro y pierde la mirada en el horizonte. Desde la azotea se puede intuir el puerto. Como el ronquido de un animal, oye el rumor del mar.

—Si un día nos conocemos de verdad, quizá te cuente mi historia —se decide a responder Leonor y, al hacerlo, siente que esas palabras sí son suyas, no las de un fantasma.

—Cuba puede ser un paraíso. Está claro que cuando muera mi alma arderá eternamente, pero, mientras viva, quiero disfrutar de este edén. —Bru desliza una mirada pícara a Leonor—. Y creo que acabo de encontrar una buena compañía para hacerlo.

—¿Cómo puedes estar tan segura?

—Boada me ha hablado de ti. Y me gusta cómo fumas.

Amalia le regala una risa limpia, como una bocanada de aire. Leonor tiene la sensación de que, junto a ella, quizá pueda recuperar el timón de su vida y, tal vez, dejar de ser la hoja que empuja a su capricho el destino.

En el puerto, atraca un barco. El mar sigue murmurando en el silencio de La Habana, como si recitara un secreto en un idioma que nadie entiende.

Capítulo 15

Después del rasguido metálico del cerrojo, la trampilla de la bodega se abre. Los cerca de ochenta hombres que se amontonan en la barriga del barco retroceden por instinto, han sido pocas las veces que esa puerta se ha abierto para bien.

—Vamos, hay que salir. —Es un acento nuevo el del hombre que les grita, con una melodía más suave, ninguno en la tripulación sonaba así—. ¿No tienen ganas de conocer La Habana?

Hace horas que notaron que el barco había fondeado, pero no estaban seguros de haber llegado a puerto. La travesía ha sido una tortura de semanas. Hacinados en la bodega, sin ningún espacio de intimidad, pasando frío y sufriendo por la humedad y la escasa y pobre alimentación. Zarandeados por las tormentas como fardos. Algunos hombres, unos jóvenes que viajaban juntos desde Cachamuiña, en Orense, protestaron por las condiciones del viaje y fue peor: durante dos días no recibieron ningún alimento. A pesar de todo, nadie ha muerto, la Compañía Romasanta supo elegir a hombres capaces de soportar este martirio hasta la Perla de las Antillas.

—Hemos llegado. ¿No querías ser el primero en poner el pie en La Habana?

Tomás Cascabelos continúa encogido en un rincón de

la bodega, ha estado vomitando los últimos días y apenas le quedan fuerzas para incorporarse. Mauro se encontró con él en las oficinas de la compañía en La Coruña, el mismo día que firmaron el contrato y embarcaron. Desde entonces, Tomasiño ha sido su sombra, el niño que se esconde tras las faldas de la madre, temeroso de la tripulación, pero también de los compañeros de viaje. «No me estoy marchando porque piense en dinero ni en conocer mundo. A mí, lo grande que sea el mundo me da igual. Ojalá pudiera quedarme en la aldea, pero tengo que huir lo más lejos posible para que la Santa Compaña no me encuentre nunca». Tomás se había enrolado a trabajar en los ingenios de Cuba para evitar la condena que suponía haberse cruzado con la procesión de ánimas. Era un prófugo de la muerte. «Aunque, eso ya lo sé, a la muerte no se la puede engañar», se lamentaba en los días más oscuros del viaje. Mauro intentaba levantarle el ánimo haciéndolo soñar con la belleza de la isla de Cuba, con sus selvas y todas esas frutas exóticas que había leído en crónicas periodísticas y cuyos nombres era incapaz de recordar, con la exuberancia de una tierra que nada tenía que ver con la miseria del pueblo gallego donde nacieron. «Tú también estás huyendo», le dijo una noche Tomasiño como para desmontar las fantasías de prosperidad con las que Mauro trataba de enardecerlo. Fue aquella noche cuando le confesó que sí, que estaba huyendo por su implicación en los sucesos del levantamiento del cuartel de San Gil en Madrid, por la muerte de Marugán, porque todos en la aldea, incluida la Guardia Civil, suponían que Mauro había tenido algo que ver. «Pero no huyo hacia ningún sitio», le dijo y, entonces, convirtió su voz en un murmullo para hablarle de Leonor. Por reencontrarse con ella había firmado el contrato con la Compañía Romasanta: era la única manera a su alcance para cruzar el Atlántico.

Apoyado en Mauro, Tomás Cascabelos sube a la cubierta. Dejan atrás la atmósfera ácida de la bodega, como si se desprendieran de una telaraña. El hombre que les avisó de que habían llegado se llama Ramírez. Es un negro de casi dos metros que los va organizando, marcial, y les entrega ropa nueva para que desechen los harapos que traían en el barco.

—¿Tú crees que hoy es Navidad? —pregunta Mauro a Tomasiño mientras eleva una mirada a la silueta que dibuja La Habana contra un cielo limpio y punteado de estrellas.

—Según las cuentas que llevábamos, sí. —El muchacho se lo confirma con la mirada fija en el cielo—: ¿Serán estas las mismas estrellas que veíamos en Soutochao?

Ramírez no les permite holgazanear. Se desnudan y se enfundan sus nuevos ropajes: pantalones livianos, camisas blancas y un sombrero de paja para cada uno. Desembarcan y, después de tanto tiempo, caminar por tierra firme les resulta tan difícil como atravesar la cuerda de un funambulista. Los músculos se van desentumeciendo con la actividad que, siguiendo las órdenes de Ramírez, como si fueran polizones en la noche habanera, los lleva a dejar atrás el muelle de Tallapiedra para encontrar una vía donde espera un tren. Los dividen en grupos de cinco o seis personas, según el ingenio de destino donde habrán de trabajar.

—Los del ingenio Magnolia, a ese vagón —les ordena Ramírez.

Mauro, Tomasiño y otros cuatro suben de un salto al coche que parece más preparado para transportar ganado que hombres. Galea, un gallego que frisa los treinta años y que, en las primeras semanas del viaje, bravucón, se enredó en varias peleas, se derrumba como un animal abatido por un disparo tan pronto se montan. Mauro palpa su frente, ardiente y sudorosa. Espera que soporte la fiebre hasta que lleguen al ingenio y allí un médico le atienda.

La locomotora se pone en marcha con un aullido metálico y escupe una gigantesca nube de vapor. Poco a poco, el convoy abandona las vías del puerto. Mauro, agarrado a la puerta, ve cómo la noche engulle La Habana —sus edificios, las calles por donde supone que pasea Leonor, su casa y su habitación, su cama, todo—, mientras el tren se aleja. Antes de que coja velocidad, siente la tentación de saltar, de lanzarse a la búsqueda de Leonor, sería capaz de llamar a cada puerta hasta dar con ella, pero sabe que eso podría acarrearle problemas.

Tiene que hacerlo bien. Cuando llegue al ingenio, negociará el pago de su viaje, tal vez trabajando duro unas semanas, y volverá a esta ciudad que ahora se pierde en la sombra entintada, como un hermoso sueño que no se consigue retener al despertar.

Capítulo 16

Idalina ayuda a Leonor a desvestirse. Nunca había tenido una criada y, como ya le pasó en el barco, le cuesta dejarse hacer como si fuera una anciana impedida.

—Soy perfectamente capaz de ponerme el camisón. Siéntate, por favor; prefiero que hablemos, todavía no tengo sueño. Y tú, ¿estás cansada? A lo mejor prefieres irte a dormir.

El encuentro con la señorita Bru ha transformado el ánimo de Leonor, indolente desde que abandonó España. Por primera vez mira a su alrededor con interés, siente que las personas y los lugares que la rodean sí le atañen, que no puede permanecer indiferente a ellos. Idalina le ha servido con afectos maternales desde que llegó, pero Leonor apenas le había prestado atención. ¿De dónde viene?, ¿está casada?, ¿qué hacen los criados cuando no están trabajando?, ¿cuánto tiempo lleva sirviendo en la casa de su esposo?

—Dime, ¿cuál es tu nombre completo? —empieza por algo sencillo.

—Me llamo Idalina Serra, señora. El señor me presta su apellido.

Tímida, la mujer parece dar todo por contestado con esas dos frases. No debe de alcanzar los cuarenta años, aunque en su cuerpo, en su mirada, pesa la gravedad de la experiencia. Leonor no dudaría en pedirle consejo, como está segura de que muchos hacen convencidos de su sabiduría.

—¿Te ha adoptado?

Idalina desgrana una explicación con cautela, como el que entra por primera vez en casa ajena. Era poco más que una niña cuando la subieron en un barco en el estuario del río Gallinas, en África. La vendieron al llegar y trabajó varios años en ingenios de la provincia de Cienfuegos y Cárdenas, hasta que el señor Cándido la compró y la convirtió en doméstica. Le dio un apellido cristiano, en la isla es costumbre que los señores hagan eso con sus esclavos.

—He sido afortunada, no es fácil la vida de trabajo en los cafetales o con la caña de azúcar.

—Pero no todo en la vida es trabajo. —Leonor ha intuido una sombra en el relato, todavía no sabe si pícara o triste—. Vamos, puedes confiar en mí. Me has conocido como esposa de Cándido, pero ¿quieres que te cuente mi secreto? Nunca he sido una señora. He pasado hambre y he tenido que buscarme la vida hasta que logré ser actriz. Ni siquiera una de renombre, soy una suripanta, que en España la mayoría de la gente las confunde con las prostitutas, así que imagínate.

La criada está desubicada al ser el centro de atención, como si fuera un animal que provoca los desvelos de su amo. Podría responderle que es imposible que sus vidas guarden similitudes: Leonor es blanca, Idalina, negra, sus mundos son tan extraños como el océano y el desierto.

Pero la señora sigue preguntando e Idalina, porque es su obligación, le contesta. Cuenta que los esclavos también han celebrado las fiestas a su manera, que fueron a bailar a las tabernas del puerto, que sus ritmos son distintos a los danzones y las contradanzas que se celebran en salones como el del palacio del gobernador, igual que su fe no es la de los santos que los curas han intentado inculcarles.

—A veces, usamos sus nombres, los de los santos y las vírgenes, para que se queden conformes, pero debajo del nombre sabemos que hay un espíritu africano. Son fuertes y, cuando muramos, se llevarán nuestra alma de vuelta a la tierra donde nacimos.

Van cayendo las horas. La falta de sueño de Leonor ahora no es producto del entusiasmo por haber conocido a Amalia Bru, sino porque tiene la sensación de que Idalina le ha abierto la puerta a un mundo que era invisible. Piensa en los espíritus en los que muchos creen, en ese universo de fantasmas, de ánimas que penan a nuestro lado, pero que muy pocos pueden percibir. Esa le parece la realidad de Idalina. De momento, solo ha llegado a atisbar una pequeña porción, pero su mera existencia le fascina.

—No me has contado si hay algún hombre en tu vida.

—Lo hubo —se atreve a murmurar la criada, aunque de inmediato se pone en pie. Teme estar haciendo demasiadas confesiones.

—¿Qué pasó?

—Murió. Yo estaba embarazada y... di a luz a una niña, pero... Nos separan de nuestras hijas. Se las llevan para que no nos interrumpan el trabajo. Luego, el señor me compró y vine a servir a La Habana.

—¿Y tu hija?

Un resplandor rojizo baña la piel negra de Idalina. A Leonor le parece imposible que lleven tanto tiempo hablando como para que haya llegado el amanecer. Cuando la luz cobra intensidad, se acerca a la ventana y ve que la casa de enfrente está ardiendo.

Como un ejército que busca sus puestos ante una invasión repentina, los domésticos de la casa abandonan sus cuartos en la buhardilla y bajan las escaleras en tropel. Algunos ya cargan baldes de agua. Envuelta en un chal, Leonor sale con Idalina a la calle. El edificio de dos alturas, frente a la Casa de Beneficencia y Maternidad, escupe llamaradas por las ventanas. Muchos vecinos se han lanzado a la tarea de apagarlas. Su esposo está entre ellos, dando indicaciones a un grupo de guardias civiles que llega entonces, pero pronto lo pierde, arrollada por los gritos y la agitación del momento.

—Regrese dentro, por favor.

Leonor hace caso omiso del ruego de Idalina, que se ha unido al contingente que lucha contra el fuego. Podría extenderse al resto de edificios, reducir a cenizas la manzana entera, incluso su propia casa. De la puerta de servicio, en un lateral del edificio, ve surgir un perro. Está ardiendo y nadie le presta atención. Incandescente, la boca del animal se abre como un pozo negro cuando aúlla. Ella no sabe cómo ayudarlo y, al llegar a él, le echa el chal por encima para ahogar las llamas. El perro se derrumba en el suelo, parece que ha llegado al final de sus fuerzas, pero cuando se arrodilla a su lado, descubre que aún respira. Intenta quitarle el chal, que se ha quedado adherido a la piel, en carne viva y que, al tirar del paño, se levanta como brea.

Entonces, ve una silueta negra a través de la misma puerta de servicio por la que huyó antes el perro. Es un hombre. Está desnudo y, con pasos imprecisos, como si estuviera a punto de desplomarse en cada uno de ellos, trata de alcanzar la salida. Leonor se pone en pie y grita pidiendo ayuda, pero su voz se pierde en el torbellino. Busca a Cándido, está ayudando a traer baldes de agua del edificio de Beneficencia.

Un lamento que parece el de un recién nacido la obliga a mirar de nuevo al hombre. Ha logrado avanzar unos metros, mientras las llamas devoran el interior de la casa. Leonor se decide a entrar cuando, al llegar al umbral de la puerta, puede verlo con claridad. El fuego se ha comido su piel, un mar de llagas, pero su cara le es familiar. El labio leporino, partido, que hace solo unas horas vio en la fiesta del gobernador: Collantes, el nombre se forma en su cabeza como un destello cuando ve su rostro al completo. Lo tiene bañado de sangre y, durante unos segundos, le da la impresión de que algo le ha cercenado parte del cráneo, cortado solo unos centímetros por encima de las cejas. No hay rastro de su pelo, solo una masa sanguinolenta que se desborda sobre su frente, y, dentro, parece haber clavado algo, ¿un crucifijo retorcido? ¿O es una especie de palo? Una mano retiene a Leonor cuando ya se está acercando al umbral. Es Boada quien ha evitado que irrumpa en la casa. Un instante después, las vigas del piso superior se derrumban, enterrando a Collantes y escupiendo una llamarada.

Boada la empuja antes de que el fuego los alcance. Leonor cae al suelo, junto al perro, que ya ha muerto. Intenta ordenar algunas palabras, describir lo que acaba de ver, pero solo consigue articular un murmullo sin sentido.

—Ha estado a punto de cometer una locura —la reconviene Boada.

—¿Qué estás haciendo aquí?

Cándido llega a su encuentro sin esconder el miedo al descubrir a su esposa tan cerca del incendio. Se arrodilla a su lado y la abraza. Ella no puede apartar la mirada de las últimas llamas que se pliegan bajo baldes de agua y paladas de arena. Sin el fuego, la vivienda es una ruina negra, un esqueleto recién exhumado de la tierra.

—Collantes —logra decir al final.

—Lo sé, es su casa —la tranquiliza Cándido.

—No me extrañaría que este fuego haya sido provocado, Collantes se había ganado el odio de muchos... —oye mascullar a Boada mientras se aleja.

Lo que ha visto ha debido de ser una alucinación, fruto del cansancio, porque no encuentra lógica alguna al deambular de alma en pena de Collantes, a su cabeza mutilada, abierta en el cráneo, a la masa que como lava caía sobre su frente, entre los ojos.

Capítulo 17

La campana suena a las cuatro de la madrugada, inclemente, cuando apenas han cerrado los ojos. Se bajaron del tren en la estación de Artemisa, Mauro pudo leer su nombre pintado en un muro. Guiados por Ramírez y a pie hicieron el resto del camino hasta el ingenio Magnolia. Cuba era una desconocida. Guarecida en las sombras de la noche, solo escucharon los sonidos nocturnos de los animales que se escondían entre la vegetación, unos tambores lejanos, constantes, como si los estuvieran vigilando, los acompañaron también buena parte del trayecto. «Son los esclavos», les explicó Ramírez, «hablándose de un ingenio al otro». Tomasiño y Mauro cargaron con Galea, incapaz de dar un paso por sí solo. Febril, vomitaba hasta el agua que le daban.

La caña de azúcar, mecida por una suave brisa, crepitaba como el fuego en un rastrojo. Las construcciones del ingenio Magnolia los vieron llegar en silencio: los almacenes, las viviendas, el barracón al que Ramírez les dijo que pasaran. Los seis gallegos entraron en un cuarto que olía a cuadra, pero estaban tan cansados que no les importó porque pudieron tenderse sobre un lecho de paja y barro. Antes de que el sueño le venciera, Mauro pensó en ese idioma secreto de la música de los tambores. ¿Qué se contaban los esclavos? ¿Qué historias los mantenían toda la noche en vela? ¿Serían memorias de la tierra que dejaron? Luego, un momento antes de dormir, recordó el código que él mismo usaba para trasladar los mensajes de la revolución.

Ahora, Ramírez los obliga a salir del cuarto mientras la campana sigue repicando.

—Necesita que alguien lo atienda.

Mauro, sentado en el suelo, ha acomodado la cabeza de Galea entre sus piernas y se la gira para que no se ahogue en su propio vómito. Tiene una mirada errante, los ojos tratan de huir de la enfermedad.

—Es el mal del calor. En unos días estará bien.

—Puede ser peste, ha vomitado negro.

—¿Quién te has creído que eres? ¿Un doctorcito?

Ramírez levanta de un tirón a Mauro y lo empuja fuera, al pasillo del barracón donde un enjambre de hombres se prepara para ir al trabajo. La mayoría son negros, todavía es incapaz de diferenciarlos, pero con el tiempo le será evidente distinguir a los congos, fuertes y oscuros; los mandingas, altos y orgullosos como Ramírez; los carabalíes, con fama de fieros... También hay algunos chinos que, ajenos al bullicio de los africanos, abandonan sus cuartos con la melancolía de los animales de granja.

—No te van a morder —bromea Mauro cuando descubre a Tomasiño paralizado, con más miedo en el cuerpo que cuando se cruzó con la Santa Compaña.

—¿Qué estamos haciendo aquí, Mauro?

—¡Vamos, fuera!

Ramírez les hace abandonar el barracón. «Trabajar», le ha dicho Mauro a Tomasiño. «Ganar un dinero para mandárselo a tus padres en Soutochao y para forjarte una vida en la isla». Pero no era eso lo que pensaba. La pregunta de su amigo, aunque él la haya hecho por ese temor al extraño, natural en un chico que jamás se había alejado más que un par de leguas de la aldea y jamás había visto negros u orientales, ha removido los cimientos de optimismo con los que Mauro pisó la isla. Han dormido en el mismo barracón que los esclavos. A Ramírez no le ha importado lo más mínimo la salud de Galea. Ningún español se ha visto en la obligación de darles la bienvenida. ¿Dónde están los representantes de la Compañía Romasanta que debían recibirlos?

Aunque no ha salido el sol, la noche clarea en tonos rosados, el amanecer no tardará en abrirse paso. Los han llevado hasta una plaza, el batey. En el centro destaca el campanario que ha estado sonando hasta que todos los trabajadores han emprendido el camino a la plantación. Alrededor de ese batey se reparten las principales edificaciones del ingenio. Los dos barracones que, vistos desde fuera, encalados, punteados con diminutos ventanucos para la ventilación, contradicen su interior, como el enfermo terminal que viste ropa limpia y perfumada. Frente a ellos, al otro lado del batey, se levanta la Casa Grande: ese es el nombre que le ha dado Ramírez, un palacio blanco de dos alturas al que se accede después de atravesar un cuidado jardín por un sendero bordeado de álamos.

—En la Casa Grande no se os ha perdido nada. Nadie se acerca a ella a no ser que alguien se lo ordene. A vosotros lo único que os importa es el mar de caña.

Mauro desplaza la mirada a donde Ramírez les señala. A unos cientos de metros se extiende la plantación, la misma que hace solo unas horas, cuando llegaron, parecía vibrar como una chicharra por el calor. Tiene razón Ramírez, recuerda a un mar que va engullendo a los africanos y chinos dispuestos a cortarla, aunque, tan pronto han desaparecido entre la caña, el mar recupera su leve mecer como el de un oleaje arañado por la brisa.

—¿Quién es el doctor?

Mauro sabe que se refieren a él cuando descubre que Ramírez está ahora junto a otro hombre, un español flaco, de piel curtida por el sol y barba pelirroja que no llega a tapar una cicatriz en la mejilla. Lleva un chaleco de cuero sobre la camisa y un pañuelo anudado al cuello, también un sombrero que le resulta excéntrico, una especie de chistera baja de fieltro negro con una banda que podría ser de seda roja. Es Alfonso Bidache, el encargado de explicarles las condiciones de trabajo en el ingenio.

—El mayoral te ha hecho una pregunta.

Mauro sabe que lo último que le conviene es destacar entre los gallegos recién llegados, pero ahora tampoco puede, ni quiere, echar marcha atrás.

—Galea ha estado vomitando desde que pisamos la isla. Un vómito negro que puede ser peste.

—¿Y tú por qué sabes tanto de medicina?

—No sé, señor. Solo que una vez vi a un enfermo de peste y vomitaba igual.

Bidache se acerca a él, consciente de que su mera presencia infunde miedo: el revólver colgado de una cartuchera, el látigo de cuero con el que juega cuando, con una sonrisa altiva, mira de arriba abajo a Mauro.

—Muy bien, doctor, llevaremos a su amigo a la enfermería. Puede estar tranquilo.

Se quita la chistera de fieltro, se atusa con los dedos un pelo grasiento. Deja atrás a Mauro, como si ya lo hubiera olvidado, y pasea frente a los demás, en una suerte de ridículo pase de revista militar. Tomasiño tiene la mirada fija en el suelo, Mauro espera que Bidache no encuentre ninguna razón para tomarla con él.

—Soy el mayoral de este ingenio —acaba por romper el silencio—. Solo hay una norma: obedecerme. ¿Entendido? Si digo que comáis, coméis; si digo que durmáis, dormís; si digo que trabajéis, trabajáis, y si digo que os tiréis por un precipicio, os tiráis. ¿Alguna pregunta?... Mejor, no me gustan las preguntas. Hoy aprenderéis el trabajo en la caña. Mañana tendréis que ir al mismo ritmo que los demás.

—Es la Seca —le explica Emiliano, un africano congo de aire desgarbado, tan flexible como la caña que cortan; ha superado los veinte años, pero los rasgos del niño que fue todavía no se han borrado de su cara—. Ahora es cuando más se trabaja. Dieciséis horas al día. Hay que cortar toda la caña antes de que lleguen las tormentas.

Apenas clarea el alba y ya sufren el calor. La humedad hace el aire pegajoso, como si en cada movimiento tuviera que vencer una resistencia. Mauro duda que su cuerpo pueda trabajar todas las horas que Emiliano ha dicho con este clima.

—Agarra las cañas y corta lo más cerca de la tierra, gallego. Si cortas muy alto, te las ves con Bidache, que no se le escapa una.

Imita los movimientos de Emiliano. Agarra la caña y, con una hoz, la corta. Es mucho más dura de lo que parece a primera vista. Luego debe quitarle las hojas; algunas son fáciles de arrancar con las manos, pero para otras hace falta usar la hoz, siempre con cuidado de no llevarse dos dedos en un movimiento en falso. La caña tiene cerca de tres metros. Cuando ya la han arrancado, la cortan en tres antes de atarlas de cincuenta en cincuenta formando una gavilla.

—Las hojas que vayas cortando que no sirvan para atar las cañas déjalas junto a las raíces, así las protegerán.

No sabe dónde está Tomasiño, le asignaron un chino para enseñarle la tarea. Dentro del mar de caña, solo intuye la presencia de otros trabajadores, el ruido de sus hoces. Espera que no tenga problemas, en realidad está más acostumbrado al trabajo en el campo que él. De repente, le sorprenden unos ojos que lo miran. A unas decenas de metros, entre las cañas y las sombras de los jornaleros, un africano de pelo cano y rostro cubierto de cicatrices que parecen pliegues le observa, pero, tan pronto Mauro detiene su labor con un escalofrío que no entiende de dónde proviene, el anciano desaparece, se pierde entre los tallos, como si nunca hubiera estado ahí. Antes de pedirle una explicación a Emiliano, el joven le advierte:

—No lo busques, ni te quedes mirándolo la próxima vez que lo veas. Nadie mira a los ojos del Brujo. Habla con los espíritus y te los puede poner en contra. Venga, coge la hoz. Sigue cortando, que Bidache no te encuentre descansando.

Tres hombres llegan con una carreta para recoger las gavillas. Mientras cargan, les ofrecen agua de una vasija. Sobre el mar de caña, el mayoral a caballo supervisa el trabajo como un niño que pierde las horas observando el trasiego nervioso de un hormiguero.

—¿Alguna vez veis al dueño del ingenio?

—El señor Boada no tiene trato con los esclavos. Cuando viene, no sale de la Casa Grande.

—¿Tampoco con los colonos? Nos dijeron que aquí habría alguien de la Compañía Romasanta. Necesito hablar de mi contrato... ¿O tengo que hacerlo con Bidache?

Emiliano cabecea sonriente, como si hubiera escuchado un buen chiste, y sigue cortando caña. Le insiste en que regrese al trabajo. Oye relinchar al caballo del mayoral. Unas voces de Ramírez: «¡Ya está quedándose atrás! ¿Es que no aprendes, chino? La madre que te parió».

—¿Qué es lo que te parece tan gracioso?

—¿Es que no sabes dónde estás?

Un grito de dolor impide que Mauro responda. Un

silbido corta el aire y, al girarse, ve cómo la punta del látigo de Bidache se levanta sobre el mar solo para volver a caer como un relámpago. El ruido del latigazo, es fácil imaginar la carne abriéndose, de nuevo un grito.

—Los chinos llegaron como vosotros, con un contrato, pero también con una deuda: la del viaje, la de la comida, la de lo que se les ocurra..., esa deuda no se termina nunca, doctorcito. Ya han dejado de decir que son colonos. Tú también te olvidarás de esa tontería y te darás cuenta de la realidad. Los negros, por lo menos, no nos engañamos. Desde el primer día sabemos qué somos: esclavos.

Ramírez y otro hombre arrastran el cuerpo inconsciente de un chino. Tiene la espalda de la camisa rota, ensangrentada.

—Si no trabajas bien, tendrás el látigo. Si das problemas, irás al cepo. Y hazme caso, no te interesa dar problemas.

El sol le quema la piel. Emiliano no pierde la sonrisa ni el ritmo de trabajo. Bidache vuelve a recorrer los pasillos de la caña de azúcar. A Mauro le palpita la cabeza, el calor le hace sentirse enfermo. Trabaja el resto de las horas en silencio, al final del día tiene callos en las manos, está tan cansado que apenas siente su cuerpo. Pero la rabia, la culpa por su ingenuidad, no han dejado de crecer un solo segundo, como una tenia que ha nacido en el estómago y, poco a poco, se estira, invade hasta el último recoveco de su interior, los pulmones, los brazos y las piernas, recorre su esófago voraz para buscar el exterior a través de su boca.

Ya ha anochecido cuando les permiten regresar al barracón. Mauro necesita explotar, gritar contra esta realidad en la que se ha descubierto atrapado, pero todo lo que le sale es un gruñido de cansancio cuando se reencuentra con Tomasiño. No tiene fuerzas para escuchar el relato de la jornada de su amigo. Ahora no puede pensar en otra cosa que en la silueta de La Habana, la noche pasada, cuando la dejaron atrás en el tren. Leonor. Es probable que estén tan cerca y, sin embargo, como la Luna jamás podrá rozar la Tierra, la premonición de que nunca podrá volver a tocar su piel le atenaza.

Cuando entran en el barracón, el cuerpo de un hombre pende ahorcado de uno de los travesaños del techo. Gotea sangre y, mecido por el viento, al ver su espalda, Mauro se da cuenta de que es el oriental que recibió los latigazos en la plantación.

—La mayoría de chinos acaba guindándose —le explica Emiliano, que trata el suicidio con una cotidianidad que le asusta—. No pueden soportarlo. Se dejan morir de hambre y sed, se ahogan en el río o se rebanan el cuello con las hoces. Hasta se guindan de sus propias coletas...

—Galea ha muerto —le informa un instante después Tomasiño.

«¿Qué estamos haciendo aquí?». Su memoria atrapa la pregunta que le hizo su amigo cuando los empujaron al batey y, ahora, la respuesta que no encontró, que tampoco se permitió pensar porque destruía sus planes de mudarse pronto a La Habana, surge diáfana, como un cielo después de la tormenta: «Hemos venido a morir».

Pero no llega a pronunciarla en voz alta.

Capítulo 18

Desde la noche del incendio, Leonor no ha dejado de tener pesadillas con la figura temblorosa de Collantes, desnudo, comido por las llamas. Con sus sollozos infantiles y el cráneo cortado. Esa cruz retorcida y escuálida clavada en el cerebro. En sus sueños, dentro de la cabeza borbotea una masa hirviente, como si fuera una cazuela en la lumbre. Es el único detalle que ha omitido cuando le ha contado a Bru lo que sucedió, está convencida de que esa mutilación de la cabeza fue un engaño de la visión.

—¿Cuándo llegó Boada? —se intriga Amalia y, al señalar Leonor que estaba allí desde el principio, explica su extrañeza—: Boada tiene su casa no lejos de aquí, en la calle Compostela. No sé qué podría hacer en el barrio de San Lázaro a esas horas.

Pero acto seguido espanta la preocupación como si fuera una mosca y vuelve a sonreír, liviana, indiferente. Un camarero les sirve confites y refrescos. Se han sentado en La Dominica después de pasear por las tiendas de Ricla, Obispo y O'Reilly, las más lujosas de la colonia.

—¿Puedo preguntarte qué hay entre Boada y tú? —pregunta Leonor.

Los nervios del hacendado no le pasaron desapercibidos en la fiesta del palacio del gobernador, tampoco que fuera su pareja de baile. Cándido ya le ha contado que la señorita Bru es una de las solteras más deseadas de la isla, por su belleza, pero sobre todo por el enorme patrimonio que ha heredado.

—Me ha pedido matrimonio. —Y añade, pícara—: Es un «buen hombre».

Leonor ríe al recordar que esas fueron también las palabras con las que ella misma describió a su esposo. Amalia se levanta, quiere enseñarle uno de los lugares más pintorescos de la ciudad. A unos metros de ellas, Ricardo da un paso al frente, como el guardián que se pone en estado de alerta. El esclavo doméstico de la señorita Bru las ha escoltado desde que se encontraron, ha cargado con las compras, siempre unos metros por detrás, pero sin dejar de mirar a su ama, o quizá sería más exacto decir «admirar», porque de esa forma es como Leonor cree que observa a Amalia: como el cuadro más hermoso de un museo. Vestido de gala, así lo hacen los criados de las casas importantes, más que un esclavo le parece un príncipe africano que les ha concedido el honor de acompañarlas. Amalia le ha dicho que Ricardo es un carabalí, pero a Leonor todavía le cuesta diferenciar los orígenes de los africanos, se confunde entre mulatos y cuarterones, congos, mandingas o gangás...

El Mercado de Cristina, en la Plaza Vieja de La Habana, es una algarabía de acentos y sabores exóticos. Hay pilas de naranjas, de mangos, piñas y plátanos de todos los colores, grandes pirámides de coco que el vendedor abre con golpes hábiles de machete para que el cliente pueda beber su agua, también cañas de azúcar que muchos chupan como si fuese un caramelo. Amalia Bru va instruyendo a Leonor en los nombres de todo lo que ven: anones, zapotes, mameyes colorados...

—El agua de coco es muy dulce. Luego en casa te la doy a probar mezclada con *brandy*, verás qué sabrosa...

Los puestos se despliegan en un gran cuadrado de piedra que alberga en su interior un patio sin techo. En el centro están los de alimentación, donde los vendedores gritan su mercancía: verduras, tasajo —una carne seca que sirve de alimento para los más pobres—, legumbres, maíz y maloja. Las baratijas y la fruta se extienden bajo las arcadas que hay a los lados del cuadrado.

Leonor trata de abandonarse a todos esos nuevos estímulos, pero el recuerdo de Collantes la persigue como un fantasma. Amalia ha dejado atrás el tema como si le hubiera hablado de un suceso ocurrido en un lugar lejano y, por lo tanto, intrascendente en su vida. Algo parecido ha sentido cuando, por la mañana, ha preguntado a Cándido si la Guardia Civil había averiguado algo sobre las causas del incendio. «Si lo han hecho, no me han contado nada, pero seguro que alguno es más feliz ahora», le ha contestado su esposo sin darle más importancia, aunque insinuando la gran cantidad de enemigos que tenía el fallecido, y después se ha marchado a visitar a su abogado por unos contratos pendientes. Cuando ella salió de casa, unos trabajadores estaban retirando los últimos cascotes del edificio, que acabó por derrumbarse poco después del siniestro. Entre los restos, también debían de haber sacado los de Collantes en algún momento. Leonor esperaba obtener alguna referencia al estado en que se hallaba, pero ningún trabajador, ni el guardia civil que vigilaba lo que hacían, dio a entender que hubiera nada llamativo en el cadáver. Tampoco que les importara demasiado que Collantes hubiera muerto.

Los días en La Habana se suceden en esta nueva rutina. Los paseos por la mañana con la señorita Bru, las tardes en la plaza de Armas y, después, en el café del Louvre, acompañada por Cándido, donde suelen encontrarse con Boada o con Olózaga y su esposa. La ciudad es mucho más moderna y está más cuidada que Madrid, como si esta fuera la metrópoli y aquella la colonia. También Leonor siente que la mujer que ahora pasea por el mercado podría ser la auténtica Leonor, y la suripanta que bailaba en el Variedades, una especie de imitación.

Ha llegado 1867, ha pasado el día de Reyes, la ciudad se despereza tras las fiestas. A la hora del ángelus, las campanas de las iglesias de La Habana inician su concierto: aunque deberían tañer al unísono, coordinadas con las de la catedral, no sucede tal cosa: Leonor ya sabe que, durante un minuto, el ruido es infernal y resulta imposible mantener una conversación, hay que callar y esperar, aunque se viaje en la calesa de la señorita Bru.

—¿Cuándo está previsto el estreno de la obra? —pregunta Amalia todavía aturdida por el eco de las campanas.

—Cándido calcula que necesitaré un mes de ensayos, pero no sé si será suficiente. En Madrid solo bailaba y cantaba, nunca me he enfrentado a un personaje como el de *La reina esclava*.

—Pildaín es un gran actor, seguro que te puedes apoyar en él. De hecho, si sigue comiendo arroz con habichuelas de esa manera, descansar sobre él será como tumbarte en un diván.

Cándido le presentó a Pildaín hace solo unos días en el café del Louvre. Un hombre corpulento con un bigotito fino a modo de nota discordante. Pudo ser atractivo, pero, no sabe si la culpa es solo del arroz con habichuelas, ahora guarda más parecido con un armario que con un galán. Le resultó algo pagado de sí mismo: gran parte de la conversación, entre bocado de plátano frito y tragos de champán, la centró en glosar sus abundantes éxitos teatrales, pero también se mostró dispuesto a ponerle las cosas fáciles a Leonor, bien por galantería, o bien por deuda con su esposo.

—Te envidio. —Le sorprende el comentario de Amalia cuando bajan en la puerta del Teatro Villanueva, en la calle del Morro, pegado a la muralla que en tiempos defendía la ciudad—. A mí gustaría tener un talento como tú.

Cándido le ha contado que, hasta hace unos años, el teatro se llamó Circo Habanero y allí se representaban óperas, espectáculos de magia y obras de variedades. También se celebraban bailes. Tras la muerte del conde de Villanueva, el constructor del ferrocarril en la isla de Cuba, se le cambió el nombre en su honor. Fue entonces cuando Cándido lo compró e hizo algunas obras para modernizarlo. Seguida de la señorita Bru, Leonor recorre el pasillo del patio de butacas y se da cuenta de que su esposo ha pecado de humildad al describirle el teatro. Allí caben más del doble de espectadores que en el Variedades de la calle de la Magdalena.

—¡¡Fuera de aquí!! ¿Quién se ha creído para irrumpir en este templo del arte con esas maneras de marquesa?

Leonor no sabe si las imprecaciones están dirigidas a ella. Un hombre con una melena alborotada, de estatura mediana, fornido, de brazos de herrero, embutido en un traje que le queda pequeño, avanza como una locomotora hacia ella. Detrás de él, Pildaín resopla intentando detenerlo, pero parece asfixiarse y lo deja por imposible.

—Señor Pardiñas, moderación, por favor —ruega el actor sin aliento.

—¿Usted es Aquilino Pardiñas? —pregunta Leonor cuando el autor se planta firme frente a ella—. Quería decirle que *La reina esclava* me parece un texto maravilloso.

—¿Acaso no brilla el sol? ¡Desde luego que es un texto maravilloso! Y precisamente por eso, usted no va a encarnar ningún personaje. Mucho menos, la protagonista.

La vehemencia de Pardiñas contrasta con su escaso tamaño. Habla tan alto que todo parece decirlo en un grito.

—Pardiñas —intercede Pildaín—. Ni siquiera ha visto interpretar a la señora esposa de don Cándido Serra, dueño de este teatro.

El autor mira con desprecio al actor, molesto por cómo ha subrayado quién es Leonor.

—Lo único que importa, Pildaín, es lo que tengo aquí delante. Una mujer hermosa, no cabe duda, pero que, debajo de ese vestido que habrá costado sus dineros, no es más que una corista de tercera, una suripanta. ¿Se piensa que a esta isla no ha llegado el éxito de los bufos? Ha llegado, acompañado por la vulgaridad de sus textos y la ínfima categoría de sus actrices. Que bailan y cantan regular, pero que están en el escenario para lucir, no para interpretar, menos para hacer arte. No necesito que me demuestre lo mala actriz que es, señora Leonor, el simple hecho de no haber rechazado esta obra ya me dice que, además de poco talento, usted tiene demasiados humos.

—No sé qué le habrá dicho mi esposo —logra murmurar ella abrumada por la retahíla que Pardiñas le ha lanzado sin apenas tomar aire—, pero le aseguro que vengo para aprender con toda la humildad.

—¡¿Para aprender?! ¡¿Con humildad?! —brama Pardiñas como poseído de algún espíritu maligno en mitad del teatro, que, vacío, amplifica sus voces—. ¡¿Cómo se aprende a ser negra?! Porque dice que ha leído mi obra: ¿no ha notado que la protagonista es una esclava negra? ¡¿Me quiere explicar en qué ayuda la humildad para ser negra?!

—Vamos, señor Pardiñas —intercede Amalia, divertida—. Basta con que le tizne el rostro. Anda que no se ha hecho veces...

La cara de Pardiñas enrojece hasta el punto de que parece que podría explotar, pero al final opta por dejar escapar un bufido, como el de la chimenea de un tren, y marcharse mascullando una salmodia ininteligible. Leonor no sabe dónde esconderse, creía que eso era un tema más que hablado y, al enfrentarla de esa manera, Pardiñas la ha hecho sentir ridícula.

—¡Qué carácter! —desdramatiza Amalia cuando la sigue fuera del teatro, pues Leonor ha salido para tomar una bocanada de aire.

—Tiene razón. ¿Qué hago yo en el papel de una esclava negra?

—¿Qué haces? Teatro. ¿O piensas que hay actrices negras en La Habana? Y, menos aún, público dispuesto a ver una función con una negra en el cartel.

—Pero no es justo.

—Hay injusticias mucho más grandes en esta isla, créeme. En el fondo, pienso que sería bueno que se viera una obra que hable de la realidad de los esclavos, aunque la protagonice una blanca.

Leonor mira sorprendida a Amalia; en el tiempo que la ha conocido, la ha escuchado hablar siempre de forma trivial, divertida, pero ahora se ha deslizado en su tono una tristeza nueva en ella, la misma que matizaría una confesión difícil.

—Vivimos en uno de los últimos lugares del mundo donde la esclavitud es legal. Hay hombres que tratan a los africanos como a los animales que se sacrifican cuando son demasiado viejos y ya no pueden hacer su trabajo. Los hay que les hacen daño por el simple hecho de que pueden hacérselo. Estamos muy lejos de que también podamos luchar por que una negra se suba al escenario.

De repente, algunos detalles se conectan, como el dibujo que surge al seguir una serie de puntos. Recuerda cuando Cándido le dijo que Collantes tenía una buena posición en una ciudad del sur de Estados Unidos, que todavía añoraba el sistema esclavista de esos estados. «Algunos serán hoy un poco más felices», le dijo también al respecto de su muerte.

—Collantes era uno de esos hombres —advierte la española—. Por eso no sentiste ninguna lástima por él.

—En esta isla hay una revolución en marcha, Leonor. Una que no es tan distinta de la que se prepara en España, pero las batallas se lidian de otra manera, no con ejércitos.

Amalia no le dice nada más. Regresa hacia el carruaje donde la espera Ricardo, su esclavo. Leonor no quiere plantearse que su amiga pueda tener algo que ver con el incendio, pero la sensación de indefensión que tuvo en el viaje en barco a Cuba, la impresión de ser un juguete del destino, vuelve a invadirla. La revolución que la cruzó con Mauro acabó por expulsarla de España. Ahora, en la isla, siente que hay otras fuerzas en movimiento y, aunque no sabe por qué, la domina la certeza de que esas fuerzas serán también las que determinen sus futuros días.

Capítulo 19

La mecánica del ingenio Magnolia funciona con la precisión de un reloj. A las cuatro de la mañana, nueve tañidos de la campana, todos en pie y, después de un plato de arroz con habichuelas, a ese mar de caña infinito —da igual cuántas horas pasen allí, cuántas gavillas de caña hagan, al día siguiente parece no haber menguado ni un metro—; un descanso a las once para comer tasajo, viandas y un mendrugo de pan y, luego, vuelta al trabajo; nada se detiene, el látigo de Bidache lo impide, hasta que cae la tarde, la oscuridad anuncia el sonido de la campana del silencio y todos regresan al barracón, rotos, las ampollas en las manos, las heridas al limpiar la caña, al dar un mal tajo con la hoz, sangrando. Ramírez echa el cerrojo una vez están todos dentro. Más que dormir, mueren cada noche para, al día siguiente, resucitar y padecer el mismo suplicio.

Mauro quiere soñar con Leonor, intenta invocarla cuando cierra los ojos en el cuartucho del barracón, al son de las respiraciones profundas de Tomasiño y los otros gallegos, pero nunca lo consigue. Su rostro se vuelve borroso, le resulta imposible imprimirle detalle, se deshace como la bruma, y el sueño se transforma en pesadilla: intenta escapar del ingenio, alcanzar los montes que se alzan a unos kilómetros, pero Ramírez lo persigue, Bidache espolea su caballo, lo derriba de un golpe, de un disparo otras veces, lo castiga a latigazos hasta que pierde el conocimiento.

El domingo es el único día en el que se altera la rutina. Las mujeres lavan las *esquifaciones* —los uniformes de trabajo— y las tienden al sol. Los chinos se reúnen silenciosos en sus cuartos, muchos gastan sus escasas monedas en los billeteros que vienen ofreciendo lotería, como si el premio, que nunca llega, pudiera liberarlos de la esclavitud. Los africanos se ocupan de sus conucos —los huertos—, el amo les ha dejado plantarlos en las inmediaciones del ingenio, y gracias a sus frutos no están enfermos, hay hasta el que cría algún *cochinatico*, que es como llaman a los cerdos. Pero, sobre todo, el domingo es día de juegos y de baile.

A Mauro le sorprende lo bien que se ha adaptado Tomasiño a la vida en el ingenio. Juega al tejo con Emiliano, se han hecho inseparables, y cuando el gallego gana la partida al derribar con una piedra la moneda que hay sobre la mazorca de maíz, lo celebra alborozado, brazos al viento, bajo la indignación fingida de Emiliano.

—¡Estabas pisando la raya! ¡Trae aquí esa moneda!

Mauro no puede soportar la normalidad instalada entre los esclavos. Trabajan y ríen, bailan al ritmo de sus tambores, como si hubieran olvidado su situación. No está en su carácter, pero entiende el derrotismo de los orientales que, tan rendidos como los demás a las cadenas, al menos tratan de liberarse de ellas por medio del suicidio.

—¿Qué miras, gallego? —Emiliano, divertido, suelta una colleja a Tomasiño, embobado con las domésticas que ve trabajar en el jardín de la Casa Grande—. ¿Es que quieres traer a un mulatico al ingenio?

—Creo que me he enamorado.

—¿De cuál? A ver si tenemos que llegar a las manos.

—De la primera que me hable, me da igual.

Tomasiño está fascinado con la belleza de las africanas. En el batey, tumbados bajo una palmera, Mauro entrevé por primera vez la sombra de una tristeza en Emiliano cuando nombra a Rosana, una de esas mujeres que están limpiando las estatuas del jardín. Al gallego le parece una niña, no debe de tener más de dieciséis años.

—Nació en el ingenio —les cuenta Emiliano—, y don Arsenio Boada se la llevó para la casa. Mejor, así no tiene que matarse con el azúcar. Esta noche, antes de que toque la campana, la veré en la tienda del español. Ya son tres años que no dejamos pasar un domingo...

La tienda del español es un chamizo al borde del ingenio donde un sargento retirado del ejército vende a precio de oro leche y chorizos. Los esclavos asumen el engaño, no tienen alternativa. Emiliano se encontrará allí con Rosana al final del día, se dirán cuánto se quieren, cuánto se añoran, tal vez sueñen con otro futuro mientras se besan cerca del río. Luego, Emiliano dormirá más feliz que otras noches. En este infierno, hay espacio también para el amor.

De nuevo, Mauro siente la rabia inflamándole los sentidos. La misma que se desbocó en Soutochao por la explotación del cacique, la que le llevó a unirse a los revolucionarios de Prim en Madrid. No sabe cuántas veces ha escuchado que tienen suerte de estar en el ingenio Magnolia; que don Arsenio Boada es el mejor hacendado de la isla; que las máquinas que compró han hecho el procesado del azúcar mucho más liviano; que si uno trabaja bien, no tiene problemas con Alfonso Bidache; que después de la Seca, allá por mayo, la vida en el ingenio es más fácil... Tomasiño y los demás gallegos se han conformado con lo que les dijo el capataz sobre su contrato: una vez cubiertos los gastos del viaje, serán libres de hacer lo que quieran.

Se saben estafados, pero también atrapados, y a la indignación de los primeros días siguió la mansedumbre. La sumisión vuelve ciega a la gente, como lo eran sus padres, como lo ha sido buena parte del pueblo español, incapaz de ver que no pueden tratarlos como animales, que no es justo que haya unos pocos que disfrutan la vida, realmente libres, y que para acabar con esa situación es imposible evitar la sangre. Nadie renuncia a sus privilegios si no es bajo la amenaza del cuchillo.

En el barracón, suenan los tres tambores de la yuka: la caja, la mula y el cachimbo.

—Vamos, doctorcito, no es tan difícil —Emiliano anima a Mauro para que se una al baile, pero él prefiere mantenerse al margen.

Tomasiño intenta seguir sus pasos sin éxito, el africano da vueltas cada vez más rápido, como una hoja en un remolino que, en cualquier momento, podrá elevarse y volar, hasta que la música se interrumpe de manera abrupta. Ramírez lo ha ordenado. Mauro teme que los caprichos del capataz, un esbirro de Bidache, puedan traer problemas, pero después de quitarse la camisa, Ramírez exige a los músicos que toquen maní. Aunque ha oído usar esa palabra con respeto entre los esclavos, el maní no es más que otro baile.

Pronto, todos se organizan formando un círculo. Ramírez pasea por el centro, es evidente que le gusta exhibir su cuerpo, roza los dos metros y cada músculo está cincelado como en una estatua griega. Sus ojos buscan entre los demás, parece que más que ir a la caza de una pareja de baile estuviera detrás de un contrincante. Mauro se da cuenta de que Emiliano trata de esconderse entre la gente, supone que tiene miedo del capataz, también en las jornadas de trabajo ha notado cómo hacía lo posible por no enfrentarse a él. Los tambores, cadenciosos, suenan graves y las palmas de los esclavos se suman a ellos, convirtiendo el ritmo en un mantra oscuro y penetrante. El maní no es un baile festivo, pero Mauro todavía no sabe bien de qué tipo de baile se trata.

Ramírez se mueve con ademanes agresivos, los puños cerrados, amaga golpes, los que están alrededor se protegen, hasta que, después de buscar a su presa, descarga un leve puñetazo en el hombro de Emiliano. El chico, que había intentado esquivarlo, no tiene otro remedio que salir al centro del círculo. Aumenta el ritmo de las palmas y los tambores, también las risas. Emiliano y Ramírez trazan movimientos que, aunque al son de la música, parecen más bien pugilísticos. Lanzan puñetazos y patadas al aire, en una suerte de exhibición de sus habilidades. Emiliano es grácil, flexible, pero Ramírez impone en cada uno de sus gestos sus músculos tensos, la velocidad de los ademanes hace sonar el viento. De pronto, Ramírez suelta un puñetazo en la mandíbula de Emiliano. Mauro tiene la tentación de saltar al círculo para detener la pelea cuando, al escuchar a los esclavos jalear, seguir palmeando, los tambores aún más rápidos, se da cuenta de que en esto consiste el maní. Una danza violenta. Emiliano suelta una patada en el estómago a Ramírez que habría tumbado a cualquiera, pero no al capataz, que apenas cambia el ritmo de su baile. No se defienden. No tratan de evitar los golpes. Solo consiste en ver quién es capaz de encajar más.

Los turnos se suceden y cada golpe de Ramírez abre una brecha: la nariz partida, la boca roja, el estómago entumecido. Débil, los ataques de Emiliano apenas causan daño al gigante. El baile se ha transformado en un castigo, Mauro no entiende por qué Emiliano no se retira ni nadie detiene la barbarie. El chico ya suelta sus golpes al aire, mientras el otro hunde el puño en su estómago, le hace caer de rodillas de una patada, le suelta un codazo en la cabeza que acaba por tumbarlo. Emiliano yace inconsciente, hilos de sangre se derraman por la boca. Los esclavos celebran el final como si fuera una gran pirueta. Las palmas, los tambores, el jolgorio alucinado de un público que parece en trance gracias a la violencia.

—Trae tierra de donde enterraron a vuestro gallego.

Tomasiño y Mauro han arrastrado a Emiliano hasta un cuarto del barracón. Apenas han tenido tiempo de acomodarlo cuando el Brujo, aquel anciano cano que Mauro atisbó entre el mar de caña el primer día, se ha presentado.

—Lo que hace falta es hilo y aguja para coserle las heridas.

—Tú no puedes curar lo que curan los espíritus del palo mayombe.

—No voy a escuchar tus supercherías. ¿A qué ha venido lo que ha pasado fuera? ¿Eres tú el que los ha convencido de que jueguen esta salvajada del maní?

—Necesito la tierra de la tumba.

El Brujo se ha arrodillado junto a Emiliano y, colocándole una mano en la frente, inicia lo que parece una oración en su idioma africano, ajeno al desprecio de Mauro.

—Haz lo que dice... —murmura Emiliano y Tomasiño sale del cuarto para ir hacia el cementerio, ya sabe que está al otro lado de los almacenes.

No solo está allí enterrado Galea, también otros muchos esclavos, muertos en el ingenio a lo largo de los años.

A pesar de las heridas, Emiliano se incorpora un poco y apoya la cabeza contra la pared. La última luz de la tarde, filtrada por el ventanuco, ilumina el cuarto polvoriento. La sonrisa del chico es la de un payaso triste, ya se le han empezado a hinchar los ojos, tiene un pómulo morado y, cuando habla, enseña los dientes tiznados de sangre.

—No se puede evitar el maní. Si te eligen, tienes que bailar...

—¿A esa locura le llamáis baile?

—Ramírez ha ido a por mí. —Emiliano calla, como si esperara que su corazón volviera a latir, a inyectar vida en el resto de su cuerpo—. Bidache quiere negros fuertes para la plantación, quiere encamar a Ramírez con Rosana. Y es lo que hará.

Las lágrimas le desbordan los ojos, las mismas que no vertió a pesar del dolor de los golpes. Mauro se da cuenta ahora de que todo esto ha sido solo para evitar que los esclavos se encontraran en la tienda del español, como cada domingo, para que Emiliano no olvidara cuál es su posición en el ingenio.

—No lo soporto más, Mauro.

Emiliano golpea con impotencia el suelo, como el niño que acaba de enfrentarse a sus límites, cuando Tomasiño regresa con la tierra de las tumbas. El Brujo escupe sobre ella y fabrica un emplaste que extiende sobre las heridas.

—Tengo que salir de aquí, me echaré al monte, me haré cimarrón y, cuando tenga mi palenque, sacaré a Rosana.

No todos están dormidos en el ingenio. No todos los esclavos han asumido su realidad. Mauro ha oído hablar de los que huyen, los cimarrones, y se instalan en las zonas más inaccesibles del monte, en cuevas, los palenques, lejos del control de mayorales como Bidache.

—Vamos a escapar, Emiliano —le promete Mauro.

—Hace poco más de un año, unos cuantos negros de nación conga lo intentaron. Los mataron antes de llegar a las faldas del monte —les advierte el Brujo.

—Necesito unos días. Creo que sé cómo lo podemos hacer.

No es la primera vez que Mauro ha pensado en la huida. Mientras trabajaba, se ha fijado bien en las rutinas de Bidache, de Ramírez y el resto de hombres del ingenio. En los lugares donde podrían ponerse a salvo, en cómo ganar el tiempo suficiente para que su fuga sea un éxito.

Capítulo 20

—

Arsenio Boada encuentra la oportunidad para sentarse a su mesa en el café del Louvre. Amalia Bru y Leonor necesitan respirar del cacareo incesante de Teresa Bañoles, que más que la esposa de Olózaga parece su hagiógrafa, pues no para de alabar los logros de su marido, sus buenas relaciones con la Corona o el número de mercancías y pasajeros que sus navíos mueven entre España y Cuba.

—Sin nosotros, la economía de esta isla no sería la misma.

—Eso es algo que nadie pone en duda, doña Teresa. Más pronto que tarde, Olózaga tendrá una calle o una plaza en esta ciudad. Bien merecido lo tiene. —Y después del halago, Boada adopta un tono confidente y murmura algo al oído de la señora Bañoles, que, con una sonrisa nerviosa, se excusa y se levanta de la mesa.

—No quiero saber qué le has dicho, Arsenio.

—¿No lo imaginas, Amalia? Que quería cortejarte, ya sabes que están deseando que hagamos público nuestro compromiso, pero no te preocupes, mañana en el teatro les diré que he vuelto a ser rechazado.

—Vas a conseguir que mi fama de rompecorazones llegue a la madre patria.

—Es lo mínimo que mereces —bromea Boada—,

porque no le he mentido: ¿has pensado ya si vendrás unos días al ingenio Magnolia?

—Que yo sepa, nada ha cambiado. Además, estos días tengo que estar en La Habana, quiero hacer compañía a mi buena amiga Leonor, que está a punto de empezar los ensayos de su próxima obra.

Amalia se coge del brazo de Leonor. No es la primera vez que la usa como parapeto para esquivar los embates románticos de Boada. Nunca son incómodos. Él se divierte con sus negativas, como si formaran parte de un baile en el que cada uno sabe qué paso debe dar. A diferencia de otros hacendados de la isla, Arsenio Boada no es prisionero de las apariencias y de las viejas costumbres, tan férreas en La Habana como en la calle Mayor de un pequeño pueblo de España. Leonor sabe que no desentonaría en la *troupe* de artistas del Variedades que recorría la noche de Madrid.

—Algo sí ha cambiado —la corrige él—. Tú no serás la única invitada. Un par de señoras recién llegadas de Europa también asistirán. Tal vez hayas oído hablar de una de ellas: *madame* Bisson.

Como si fuera una fórmula mágica, ese nombre transforma la actitud de Amalia, hasta entonces tan inalcanzable como siempre, y, de repente, está ansiosa, como si Boada hubiera colocado sobre la mesa el juguete más deseado. Leonor se disculpa, arguye que quiere sentarse a la mesa que ocupa Cándido, que lleva sin su compañía demasiado tiempo, pero solo quiere dejar a Amalia a solas con Arsenio, ha notado que es lo que su amiga espera. Por primera vez, hay un tema del que necesita excluir a Leonor.

Rodeado por Loynaz, su abogado, y otros hacendados, la conversación de su esposo le resulta soporífera. Como muchas otras noches, discuten sobre la situación de la isla respecto a España: unas voces claman por la independencia, otras, por la anexión a Estados Unidos, aunque siempre se imponen las que desean mantener el vínculo con la Corona. La política es un magma espeso en La Habana, tanto que ha enterrado cualquier rumor acerca de la muerte de Collantes. Poco a poco, se ha impuesto la idea de que todo fue resultado de un accidente, tal vez una vela que prendió las cortinas, una imprudencia de Collantes, a quien se había visto beber demasiado en el baile de Navidad del gobernador. Una mentira que ha dejado satisfechos a todos.

—¿Estás cansada? —Cándido ha notado su hartazgo.

—No hace falta que me acompañes, le pediré a Bernardo que me lleve a casa en la volanta.

Han adquirido la costumbre de encerrarse en el dormitorio y conversar hasta bien entrada la noche. Leonor ve en Idalina el remedo de su propia madre, que, en realidad, nunca fue cariñosa ni atenta con ella, al contrario que su esclava, que se interesa más que nadie por su estado de ánimo, y siempre encuentra consejos con los que aliviar sus inquietudes.

—Puede darle las vueltas que quiera, pero, al final, el cuento acaba igual: Collantes está mejor donde está ahora.

—Dicen que era una bestia con sus esclavos, pero ¿también tenía problemas con las autoridades? ¿Por qué nadie ha investigado si fue un asesinato?

—Era más que una bestia, señora Leonor. Y no le importaba hacerlo en público: más de una vez vieron cómo molía a palos a sus esclavos en el Mercado de Cristina. Y eso no le gusta a nadie. Ni a los negros, ni a los que quieren que todo siga igual. Tienen que aparentar que en Cuba se trata bien a los esclavos... Lo que pase en los ingenios, en los ingenios se queda.

Leonor aún no ha estado en ninguna plantación de azúcar. Le gustaría visitar la de Arsenio Boada con Amalia, ver cómo funcionan esos ingenios que tanta riqueza generan, pero, cuando nombra a Idalina el ingenio Magnolia, la mujer se remueve incómoda en su silla, como si hubiera citado un lugar que es mejor no pisar.

—Al contrario, señora —le explica Idalina cuando se lo hace notar—. Mi hija... Usted sabe que nos separaron. Cuando nació, yo servía en el ingenio Magnolia, de don Arsenio Boada: cuando mi niña cumplió cinco años, él me vendió al señor Serra y a ella se la quedó para servir en la casa. Se llama Rosana y es doméstica, como yo. A veces, me envía notas contándome cómo está. Yo no sé leer, pero en el Mercado del Cristo un mulato te lee y te escribe una respuesta por un real.

Tan lejos y tan cerca, piensa Leonor: hace más de diez años que Idalina no ve a su hija, como si estuviera en otro continente, cuando solo está a una jornada de viaje en tren. Si pudiera, no dudaría en ir al ingenio Magnolia y averiguar de primera mano cómo está Rosana, pero esta semana debe volver al teatro.

Cuando le contó a Cándido el desencuentro que tuvo con Aquilino Pardiñas, su marido le pidió que no le diera demasiada importancia, la explosividad del escritor era bien conocida y, a veces, ese talante le hacía comportarse como un energúmeno. Él se iba a encargar de reconducir la situación.

—¿Dónde está el señor Pardiñas?

En el Teatro Villanueva la reciben Pablo Pildaín y otro hombre, que se presenta como Ortiz Tapia, un andaluz de acento cerrado y hechuras de torero al andar, aunque debe de haber cumplido los sesenta años.

—¿Es usted doña Leonor Morell, la esposa de don Cándido? Encantado de conocerla, aquí tiene su libreto, su personaje es el de Bartola. El señor Pildaín hará de Pelón.

Cuando le entrega el libreto, Leonor lee en la portada: «*La flor de la calabaza*, parodia de *La flor de un día*», seguido de una especie de descripción: «Capricho melo-mímico, tragicómico, dramático-burlesco en un acto».

—Cuánta cosa —se sorprende.

—Un *tour de force* para unos actores ambiciosos como nosotros —trata de entusiasmarse Pildaín.

—Pero ¿qué ha pasado con *La reina esclava*?

—¿No se lo ha dicho su esposo? —El actor se ruboriza al dar estas explicaciones—. Aquilino Pardiñas no ha querido que se represente su libreto en «estas condicio-nes»..., pero verá como salimos ganando: *La flor de la ca-labaza*, del señor Ortiz Tapia, es un juguete cómico de primera.

El dramaturgo no quiere oír hablar de Pardiñas, al que tiene por un soberbio. Sentados en unas sillas en el escenario, Leonor y Pildaín dan comienzo a la lectura del texto, que está escrito imitando el acento andaluz («¡Es muy hermoso, *señó*, vivir en la compañía del bravo de *Andalusía, aonde* nunca nos dé *er so*!»), algo que Leo-nor duda que se entienda en La Habana, aunque, des-pués de unas páginas, se da cuenta de que el acento en *La flor de la calabaza* es lo de menos. Puede ser todas las cosas que pone en su portada, pero, desde luego, no es graciosa ni es un buen libreto.

—Esto va a ser un fracaso. —Pildaín no es capaz de mantener la ilusión cuando, en un descanso, se queda a solas con Leonor.

—Usted es un gran actor: ¿de verdad prefiere interpre-tar esto a la obra de Pardiñas?

—Yo era un gran actor, Leonor; ahora soy solo su recuerdo, ¿no me ve? Gordo y borracho la mayor parte del día. Su esposo me paga como si fuera una obra de caridad. ¿Quién soy yo para decirle que no a Cándido Serra? Podría haber tenido un último triunfo con *La reina esclava*, pero Pardiñas es demasiado testarudo... Terminaré mis días de actor hablando andaluz en una mala comedia por culpa de ese escritor arrogante. Si me disculpa, necesito un vino, tengo que ahogar este desasosiego...

La calle San Juan de Dios es muy estrecha, de apenas cinco cuadras y con casas muy precarias, desvencijadas, con barrotes de madera pintados de verde. En el centro se forma un cenagal hediondo. Muchos habaneros la llaman todavía calle de la Bomba por una que cayó allí hace cien años, en los tiempos del sitio inglés a La Habana. En la entrada de la calle por el recinto emerge el paredón de una iglesia vecina, que la cierra como si fuera una covacha.

—Este no es lugar para una señora.

—No tardaré mucho.

Leonor no se deja amedrentar por los miedos de Bernardo, sabe que es el más leal de los criados de Cándido, uno de esos hombres que tienen grabado a fuego cuál es el lugar de los señores y cuál el de los esclavos, y está deseando llevarla de vuelta al palacio de la calle Belascoaín. Tampoco le imponen las miradas de las mujeres con las que se cruza. No tienen que explicar a qué se dedican, las conoce bien de las calles madrileñas.

En el número 5 es donde Pildaín le ha dicho que vive Aquilino Pardiñas. El sol que inunda la calleja no alcanza a penetrar en la empinada escalera. En el primer piso, la única puerta del descansillo está abierta. Dentro hay sillas desfondadas, una mecedora grasienta, una mesa en la que quedan restos de la última comida que se hizo allí y un biombo que no llega a ocultar una cama con una colcha que acumula la suciedad de años... La pared está llena de estampas de santos, le llama la atención la de uno que se parece a san Pancracio por su postura, pero en negro.

—¿Qué quiere? No atiendo a mujeres —le dice brusca una mujer que ha salido de detrás del biombo.

—Busco a don Aquilino Pardiñas.

—Arriba, pero no le va a abrir. Todo el que viene es para reclamarle dinero.

En contra de lo que le ha dicho la mujer, Aquilino entreabre la puerta y asoma su cara por la rendija.

—¿Qué hace aquí?

—Déjeme pasar, se lo ruego, necesito hablar con usted.

—Sus necesidades me importan tanto como las almorranas del santo padre de Roma.

Sin más, cierra de un portazo en sus narices. Mientras escucha gruñir al escritor al otro lado, Leonor piensa en cómo conseguir que le conceda al menos unos minutos.

—Me gustaría pagarle por el tiempo invertido en la preparación de la obra —se le ocurre de pronto.

No sabe si la promesa de dinero servirá para convencerlo, pero, al menos, de momento ha dejado de escuchar a Pardiñas rumiar por la casa. Tras un rato más de remoloneo, al fin el escritor abre de nuevo.

—Soy un hombre que no puede darle la espalda a la justicia, y es de justicia que se me pague la decepción que me supuso conocerla.

Leonor sigue a Pardiñas al interior de la casa, un salón que parece un baúl repleto de manuscritos y montañas de libros que forman un laberinto hasta tapiar la única ventana. Una mesa descoyuntada sostiene precariamente una máquina de escribir.

—Solo tengo una silla y la guardo para mí, pero, como supongo que gusta de lucir palmito, no le importará quedarse de pie mientras saca mi dinero de su bolso.

—Le pagaré, pero antes quería pedirle algo: que vuelva al teatro.

—Ya no hay vuelta atrás. Le dije a su esposo lo que pensaba de él: que no es más que un zoquete con ínfulas y dinero. Se cree un señor y no es más que un burro, un trozo de carne con menos raciocinio que un camaleón, pero igual de mentiroso.

—Si yo hablo con él...

—Lamento decirle que Aquilino Pardiñas no está dispuesto a arrastrarse ante nadie. Le sorprenderá que existan hombres así, porque está claro que usted hincó la nariz en un lodazal para casarse con un anciano como Cándido Serra a cambio de unos buenos dineros. ¡Pero yo no soy así! ¡Yo mando en mi hambre!

—¿Cómo se atreve...? ¿De qué me conoce para juzgarme así?

—Cierto, me dejo arrastrar por el cliché que define a las prostitutas, porque, ¿acaso no son eso las suripantas?

Una tos cargada de flemas suena al otro lado de la única habitación de la casa. La puerta está abierta y deja ver una cama y, en el suelo, decenas de botellas de licor vacías, algunas de pie, otras tumbadas. Pardiñas se levanta para cerrar el dormitorio.

—Personalmente, tasaría mi tristeza por ver arruinada la representación de *La reina esclava* en cien pesos.

Leonor busca el dinero en su limosnera. Lo arroja junto a la máquina de escribir.

—Puede ser el mejor escritor de la isla, pero también es la peor persona de Cuba.

Cuando está saliendo, alcanza a escuchar a Pardiñas mientras cuenta el dinero.

—¡Señora, no espero su cariño! ¡Sé que nunca podría pagarlo!

Ha intentado borrar de su memoria la visita a Aquilino Pardiñas, pero las burlas del escritor se han clavado dentro de ella y la hunden en un silencio hosco durante la cena con su esposo. Apenas puede tragar bocado. Nunca se avergonzó de su trabajo sobre las tablas, respondía a los insultos de algunos madrileños con altivez y a veces hasta con una sonrisa. Era inmune. Sin embargo, ahora, ¿es la misma Leonor que se divertía con la Gallarda y Arderius en cada función? Sabe que, si se conociera en estos días, se despreciaría: casada con un rico que podría ser su padre y que le concede el capricho de ser la estrella de uno de los mejores teatros de La Habana sin tener otro mérito que el matrimonio. Disfrutando de los lujos de su casa, del servicio de los esclavos, las reuniones despreocupadas en el café del Louvre y los paseos en volanta, las compras en O'Reilly sin preguntarse jamás por el precio.

—¿Qué es lo que te preocupa, Leonor? —se interesa Cándido.

—No debiste imponerme como protagonista de *La reina esclava*. Esa es la obra que deberían estar ensayando en tu teatro, con una negra de protagonista, y no la ridiculez de *La flor de la calabaza*.

Cándido abandona los cubiertos junto al plato. Su mirada, cenagosa, naufraga en las sombras de la casa. Parece agotado, como si hubiera perdido todas sus fuerzas, ni siquiera estaba así cuando pasaban la noche en vela en el Grand Hôtel de París.

—¿Qué quieres que haga? —murmura él en un lamento—. No hago otra cosa que pensar en tu bienestar.

Ha sido cruel al achacar a Cándido su situación. Ella es quien se ha convertido en una persona que no soporta, ella es quien pensó que podría vivir como una prostituta sin que nada le afectara. Porque así es como se siente: en los días malos, una prostituta; en los buenos, un personaje de una comedieta infumable. Tal vez por eso le hirieron tanto las acusaciones de Pardiñas.

—Tienes razón, tú no tienes la culpa de nada. Necesito pensar, han sido demasiados cambios en mi vida, demasiado rápido. Si no te importa, me gustaría viajar con Amalia a la plantación de Arsenio Boada. Creo que alejarme de La Habana, pasar unos días en el ingenio Magnolia, me hará bien. Te prometo que, al volver, seré la mujer que te mereces.

Capítulo 21

—Dicen que puede convertirse en un perro.

—¿De verdad te lo crees, Tomasiño?

—¿Viste lo que hizo con las heridas de Emiliano? El ungüento con tierra de la tumba lo curó. Al día siguiente, ni siquiera le quedaba una hinchazón... Tienen sus propios dioses, Mauro, y ten por seguro que escuchan más que el nuestro. Ayudan a sanar y les dan poder para castigar a sus enemigos...

—No deben de darles mucho poder; echa un vistazo a tu alrededor. ¿De qué le sirve al Brujo transformarse en un perro? ¿Para ir a orinar en la ventana de Bidache? Porque, desde luego, para conseguir la libertad, no.

Tomasiño Cascabelos da un bocado al tasajo, huraño. Pronto sonará la campana y tendrán que volver al mar de caña. Mauro sabe qué ronda la cabeza de su amigo; aunque haya dejado muy lejos las tierras gallegas, sigue temiendo que la Santa Compaña descubra dónde se esconde, que venga a reclamar que porte su estandarte. Los dioses del mayombe, de nombres impronunciables para ellos, quizá puedan defenderle, levantar un escudo alrededor de él para que su vida no se detenga. Por extraño que pueda parecer, el chico está feliz en el ingenio Magnolia; le pesa el trabajo como a todos, le duele la falta de sueño, pero ha encajado en esta pequeña sociedad, ha encontrado entre los africanos el respeto, también el cariño, que nunca le tuvieron sus paisanos de Soutochao.

Una guitarra rasga el silencio de esos minutos de modorra, el breve descanso en la jornada. Un mulato canturrea una canción para sí mismo con nostalgia.

¿No recuerdas, gentil bayamesa,
que tú fuiste mi sol refulgente,
y que alegre en tu cándida frente,
blando beso imprimí con ardor?

¿No recuerdas que un tiempo dichoso
me extasiaba en tu pura belleza,
y en tu seno doblé la cabeza,
moribundo de dicha y amor?

El viento pierde la voz del mulato cuando van de regreso al mar de caña. Dicen que esa canción la compuso un tal Fornaris, dicen que ahora se canta en cada ingenio de la isla. Desde el primer día que la escuchó, a Mauro le ha recordado a Leonor, a aquella felicidad ya tan lejana que parece un sueño, a la canción que ella entonó en la buhardilla.

Todo lo que planeó ha resultado inútil. No tiene libertad para viajar a La Habana, para buscar a Leonor en sus calles, así que escapar del ingenio es la única solución. Lleva días ideando el modo de hacerlo y, aunque no ha sido fácil, ha convencido a Emiliano y a otros esclavos de que deben esperar la ocasión propicia. Las condiciones de trabajo en las que llevan años, algunos toda su vida, les hacen pensar que no tienen ningún valor, que el amo no hará nada por protegerlos, pero Mauro sabe que eso no es del todo cierto. El ingenio necesita mano de obra, alguien tiene que cortar el azúcar, no pueden permitirse perder un solo día. Está seguro de que si prenden fuego al barracón, Bidache y sus hombres tendrán tanto miedo de que se produzca una desgracia que les lleve a quedarse sin trabajadores que harán lo imposible por aplacar el incendio. Ese será el momento en que Mauro, Emiliano y quien quiera sumarse a ellos emprenderán la fuga. Aunque esta no pueda ser una fuga hacia la libertad, sino a otro tipo de cautiverio: el de los cimarrones.

Los africanos le han contado que hay muchos escondidos en los montes de la isla. La única manera de conservar esa libertad es permanecer ocultos en los palenques, lejos de cualquier contacto con la gente, ni siquiera pueden acercarse a los pueblos: la isla está llena de cazarrecompensas, los matarían a cambio de unas monedas. Lo último que quiere el Gobierno de Cuba es que los esclavos crean que es posible ser hombres libres.

—¿Qué es lo que te pasa?

Mauro ha encontrado a Emiliano en mitad del mar de caña, la mirada clavada en el suelo, la hoz colgando de su mano, petrificado como una estatua. No parece haber escuchado su pregunta y el gallego intenta que vuelva al trabajo; si Bidache lo ve sin hacer nada, se lo hará pagar con el látigo.

—Eso es lo que quiero.

La determinación de Emiliano cuando Mauro le advierte del peligro de Bidache, el modo en que aprieta la empuñadura de la hoz con más fuerza, le ayudan a entender qué ronda su pensamiento.

—Hacerlo ahora es una locura. No lo vamos a conseguir. Tenemos que esperar.

—No te pido que vengas conmigo.

Montado a caballo, la cabeza calada con su media chistera ondeando sobre el mar de caña, Bidache se está acercando a ellos, ha debido de notar el retraso de su fila respecto a los demás.

—¿Para qué se arriesgó Rosana? —Mauro intenta que Emiliano recupere la razón; Rosana corrió peligro al robar una caja de cerillas de la Casa Grande, es todo lo que necesitan para provocar el incendio que les dé ventaja en la huida—. He oído que, en un par de noches, Boada estará en el ingenio. Viene de La Habana acompañado de más gente. Ese será el momento de hacerlo. Van a estar demasiado ocupados en atender al señor y a sus invitados...

Los ojos de Emiliano se desbordan de lágrimas, rojos como si estuvieran bañados en sangre. Mira atrás un instante, hacia donde Bidache está ya gritándoles qué cojones pasa, por qué no están cortando caña.

—He visto a Rosana antes, en el jardín de la Casa Grande. Tenía el labio partido y la cara amoratada... Hizo lo que pudo, me lo ha dicho un doméstico, pero Ramírez...

Mauro no necesita que le explique nada más. Los intentos de la muchacha por evitar al capataz de Bidache no han servido de nada. Todos sabían que antes o después esto iba a suceder, pero eso no hace que la violación de Rosana le duela menos a Emiliano.

—Voy a matarlos..., y me voy a echar al monte.

No espera más y, enarbolando la hoz, se lanza contra Bidache, que ya estaba solo a unos metros de ellos. La sorpresa del ataque permite a Emiliano lanzar un primer golpe, pero el otro lo evita tirando de las cinchas del caballo, la hoz se clava en el pecho del animal, que se encabrita y con las pezuñas tumba al esclavo en el suelo. El mayoral busca la pistola en su cinto, avisa a gritos a sus hombres, ya deben de estar viniendo Ramírez y los demás. Emiliano se arrastra entre las cañas, dolorido por el golpe del caballo, mientras su jinete desmonta.

Mauro sabe cuáles son las consecuencias: no ha sido fácil conseguir las cerillas, y usarlas ahora también supone renunciar al plan que lleva días pergeñando, pero si no hace algo, su amigo es hombre muerto. Enciende uno de los fósforos, prende con él unas hojas secas y las echa unos metros por delante de Emiliano. En pocos segundos, la llama enciende las cañas y levanta un muro que los protege de Bidache.

—¿Puedes correr?

Mauro levanta al esclavo del suelo, todavía le cuesta respirar por la coz, solo asiente y, de inmediato, se lanzan a la carrera entre el azúcar.

A su alrededor, se eleva un caos de gritos y fuego. Algunos hombres van en busca de baldes de agua. Ramírez, pueden oír su voz, ordena a los esclavos que abran un cortafuegos para evitar que las llamas acaben con toda la plantación. Los dos fugitivos corren, dentro de unos metros saldrán de entre las cañas, cerca de una de las puertas del ingenio, y, solo un poco después, alcanzarán la falda de un monte agreste donde será casi imposible seguir su rastro.

Tan pronto salen al espacio abierto, sienten el aliento de un animal caliente y febril. Un golpe seco en la espalda tumba a Mauro, un disparo que le roza la pierna derriba a su compañero. El caballo se para en seco, Ramírez desmonta y clava el cañón de su arma en la frente de Emiliano.

—¡No dispares! —La voz de Bidache impide que su capataz apriete el gatillo—. Llévatelos al cepo, a ver si así aprenden...

Ramírez se conforma con descargarle un golpe con la culata en el mentón, pero a pesar de que se le ha abierto una herida, Mauro ve cómo su amigo sonríe.

—Has perdido tu oportunidad. Te juro que, la próxima vez, te mataré —se atreve a amenazar Emiliano.

—Eso será si sales vivo del cepo.

Capítulo 22

El sol se pone al otro lado de la caña de azúcar. Cúmulos de nubes púrpura rotos por resplandores rosados. Leonor rechaza la oferta de un agua de coco, sentada en el porche de la casa de Arsenio Boada. La doméstica, una mujer voluminosa, regresa al interior con la bandeja. Al otro lado del jardín y las estatuas, por el batey, han desfilado los esclavos bajo el tañido de la campana del silencio. Después de la jornada de trabajo, regresaban a su barracón, un edificio encalado que se tiñe con los colores del anochecer. Hace dos días, le ha contado Boada, hubo un incendio en la plantación que ha retrasado la cosecha, todavía están evaluando las pérdidas y limpiando el campo. Tendrán que aumentar las horas de trabajo para recuperar el tiempo perdido.

Lejos de La Habana, en el ingenio Magnolia, rodeada de una naturaleza que inundó la isla mucho antes de que ningún español pusiera un pie allí, Leonor siente que la vida adquiere otra velocidad. El viaje ha sido extraño, Amalia Bru apenas habló en el tren y, tan pronto llegaron al ingenio, se refugió en su dormitorio, presa de una inquietud que volvía temblorosa cada sonrisa cuando ella intentaba darle conversación. No sabe a qué se debe una actitud tan esquiva, que añade un poco de soledad a su espíritu, un tanto frágil después de su encontronazo con Aquilino Pardiñas.

Como una actriz sin guion, así se siente Leonor. En mitad del escenario, sin saber cuál es su texto ni su rol. A expensas de lo que los demás decidan por ella, pero ¿quiere ser la esposa de Cándido Serra con todo lo que eso acarrea? Es demasiado tarde para hacerse esa pregunta, lo sabe. Es una prisionera del destino, tan falta de libertad como un reo en un penal. Sin embargo, ahora, en el último tramo de la tarde en el ingenio Magnolia, cree posible recobrar parte de sus fuerzas para agarrar las cinchas del caballo y domarlo.

—La cena no tardará en estar lista. Si lo desea, una criada la atenderá en todo lo que necesite.

Arsenio Boada pretende sonar relajado, pero conforme han pasado las horas en el ingenio, en especial desde que llegó el carruaje con esas invitadas europeas que tentaron a Amalia, los nervios han ido constriñendo los gestos del hacendado, robándole naturalidad a la cortesía de anfitrión con la que quiere tratar a Leonor.

Mientras regresa a la casa y sube las escaleras a su dormitorio, tiene la impresión de que la impaciencia ante la cena de esta noche impregna cada rincón, que ha contagiado el silencio con el que las criadas preparan la mesa en el comedor, las cortinas que han corrido para dejar las estancias en penumbra, los candiles que se encienden, una atmósfera que presagia que algo importante va a suceder entre esas paredes, como el salón que se engalana para una declaración que se sabe será histórica.

Una muchacha la espera en la puerta de su habitación. Se ofrece a asearla y peinarla, a ayudarla a vestirse. No debe de tener más de dieciséis años y, con la mirada hundida en el suelo, intenta evitar que note que tiene el labio ligeramente hinchado, un verdugón en el pómulo.

—Un resbalón cuando limpiaba las ventanas, soy muy

torpe, siempre me voy tropezando —justifica con poca convicción cuando le pregunta qué le ha pasado.

—A mí no tienes que mentirme. Puedo hablar con el señor Boada, si no estás bien aquí. —Leonor busca su complicidad, pero la muchacha rehúye su mirada—. ¿Cómo te llamas?

—Rosana. No tiene que preocuparse por nada. De verdad, fue un accidente. ¿Quiere que le prepare un baño? El señor Boada tiene un sistema que hay en pocas casas. Lo llaman ducha: es como estar bajo la lluvia.

—Conozco a tu madre. Trabaja para mí —se da cuenta Leonor—. Idalina.

El nombre abre una rendija en el caparazón bajo el que Rosana se esconde, puede ver cómo el deseo de hacer mil preguntas se amontona en su pecho, pero la desconfianza le impide liberarse.

—Tu madre está bien —se adelanta Leonor—. En mi casa tratamos muy bien al servicio. Podría decirse que es una de las mejores amigas que he hecho desde que llegué a la isla; me habló de ti, de que le escribes cartas de vez en cuando. Está convencida de que estás a gusto aquí, en el ingenio de Boada, pero no es así, ¿verdad? Cuéntamelo, puedo ayudarte.

—Si de verdad quiere ayudarme, dígale a mi madre que me vio feliz.

—¿Quién te ha pegado?

—Nadie, señora. ¿Le contará lo que le he dicho? Dígale que estoy enamorada y que un día me casaré con un esclavo, se llama Emiliano, y, cuando seamos libres, iremos a visitarla.

Quiere seguir insistiendo, obligar a Rosana a confesar cuál es su realidad, pero la muchacha tiene los ojos bañados en lágrimas, su respiración se entrecorta, quizá porque el miedo a preocupar a su madre es mayor que el que está padeciendo en el ingenio. Quizá porque es consciente de que de nada sirve atormentar a Idalina, nunca podría hacer nada por ayudarla.

—Te lo prometo —le concede al fin Leonor.

No logra liberarse de la tristeza por su breve encuentro con Rosana cuando acude al comedor. Amalia Bru y Arsenio Boada ya están sentados en torno a una mesa circular. La noche ha caído y la escasa iluminación de la estancia envuelve a los dos en sombras. Silenciosos, apenas murmuran un saludo cuando Leonor se sienta junto a ellos. No se fija en que no hay servicio en la mesa, solo una vela apagada en el centro, su pensamiento se ha enredado en otros asuntos: se ha propuesto cumplir la promesa que le ha hecho a Rosana, pero al mirar a Boada siente la necesidad de hablar del trato que se da en ese ingenio a los esclavos, tal vez incluso podría comprar la libertad de Rosana, llevársela a La Habana. Sin embargo, no tiene ocasión de plantear nada, porque su anfitrión se pone en pie.

—Ya están aquí nuestras invitadas. Leonor, Amalia, es un placer presentarles a *madame* Bisson y a su acompañante, la señora Clara de Villafranca.

Una anciana avanza agarrada del brazo de su acompañante. De baja estatura, envuelta en un vestido negro y largo que no parece de la mejor tela, sin apenas adornos, solo unos encajes en los puños, el pelo cano recogido en un moño austero y unos lentes casi negros, que en la penumbra del comedor deben de hacer imposible ver absolutamente nada.

—*Bonsoir*—murmura con un hilo de voz oscuro.

Clara de Villafranca la ayuda a sentarse. Frente a la sobriedad del atuendo de *madame* Bisson, su acompañante viste como una mujer de la alta sociedad europea, las manos y el cuello adornados por joyas que Leonor supone deben de ser muy valiosas.

Las puertas del comedor se han cerrado, todo el servicio ha desaparecido, dejándolos a solas. Boada prende una cerilla y enciende la vela que oscila por un viento que no sabe por dónde se filtra y dibuja sombras en los rostros de los cinco ocupantes de la mesa.

—No sé si todos ustedes han asistido con anterioridad a alguna sesión de contacto con el otro mundo.

Clara recorre con su mirada a los presentes y se sonríe al descubrir el miedo en Leonor. Ella no sabe si debería levantarse de la mesa, nunca le han gustado estos juegos con fuerzas que no entiende, pero Amalia la coge de la mano.

—Sé que debería habértelo dicho, pero temía que no quisieras asistir, y te necesito a mi lado. Necesito a una amiga. Estoy tan asustada como tú.

—No quiero resultar maleducada, Amalia... He oído que hay personas que han experimentado maravillas, pero... realmente yo no creo en estas cosas. Me parece que sería más apropiado dejaros a solas.

—Todo lo que hayan oído, incluso lo que hayan vivido en otras sesiones —advierte Clara—, deben olvidarlo. La puerta que *madame* Bisson puede abrir no puede abrirla nadie más. Leonor es su nombre, ¿verdad? Verá como lo que suceda aquí esta noche no es una cuestión de fe, sino de hechos.

Leonor se remueve en su silla, quisiera levantarse, pero Amalia la agarra con más fuerza y, antes de encontrar las palabras para excusarse, *madame* Bisson murmura algo en francés. Clara se inclina ligeramente para escuchar el susurro de la anciana y asiente.

—No son sus fantasmas los que vamos a convocar esta noche —traduce Clara refiriéndose a Leonor—. Esta noche nos hemos reunido por la señorita Amalia Bru. Ella es quien está preparada para encontrarse con los que perdió.

Un escalofrío recorre la espalda de Leonor. ¿Se refería esa anciana a lo que pasó en la calle del Espejo? Se pregunta si en ese comedor apenas iluminado por la vela podría estar el alma del soldado muerto, guarecido entre las sombras, esperando que Leonor cumpla condena por su asesinato. *Madame* Bisson se quita los lentes y descubre unos párpados cosidos —«Ha elegido permanecer ciega al mundo material», les explica Clara—, y después, los cinco unen sus manos en un círculo.

—¿Puede sentirlos? —pregunta asustada Amalia—. A mis padres...

Un silencio pegajoso es la respuesta, nadie se atreve a hablar, apenas a respirar, ni Amalia ni Boada, ni mucho menos Leonor, que percibe la palpitación de la sangre en la muñeca que tiene engarzada a su mano. La tela que separa el mundo de los vivos del de los muertos parece ahora traslúcida, como si pudiera ver en las paredes del comedor las siluetas de decenas de hombres y mujeres muertos que habitan a su lado, pero siempre han sido invisibles. Tal vez algunos de ellos sean los padres de Amalia, no lo sabe, o el soldado de la calle del Espejo, o el inocente al que ajusticiaron en la plaza de toros de Alcalá, o los que perecieron alguna vez, años atrás, entre los muros de esta casa. Un rumor que al principio le recuerda al del mar, pero que, después, lejano como el viento, descubre que son voces, cientos de voces que se entremezclan en una conversación caótica, como si nadie escuchara al otro y todos clamaran por ser escuchados, parece reverberar en el silencio, muy lejos, muy hondo, y, entonces, *madame* Bisson comienza a murmurar de nuevo en francés, en una retahíla de palabras monocordes que, al tiempo que abandonan su boca, Clara traduce.

—El barco está en medio de una tormenta, es como si todavía pudiera verlo. Ha empezado a entrar agua y los marineros gritan al pasaje que vaya a cubierta, temen que se hunda, quieren a todo el mundo preparado para subir a los botes salvavidas..., pero tu padre no quiere marcharse sin recuperar algo...

—¿Es ella? ¿Es mi madre quien está hablando? —pregunta Amalia al borde del llanto.

Un leve gesto de Clara le ordena silencio mientras sigue traduciendo la logorrea que ha poseído a *madame* Bisson, que, como mera transmisora, emite lo que desgrana de ese vocerío de almas que resuena en lo profundo del cuarto.

—Estoy asustada, pero voy con él, baja al camarote. Está en la caja fuerte, pero los nervios y las andanadas de agua que atraviesan los portillos del camarote hacen imposible meter correctamente la combinación. Le grito que lo deje, que debemos huir, pero él me dice que hemos hecho este viaje a Florida solo para entregar esto, que si morimos y se lo traga el océano, su sacrificio será inútil.

—¿Qué hay en esa caja fuerte? —necesita saber Amalia.

—El barco apenas puede mantener la estabilidad y, en un vaivén, me resbalo —continúa Clara traduciendo sin responder a su pregunta—. Resbalo y, aunque él intenta cogerme, caigo contra la mesa. No recuerdo el dolor, solo el color rojo tiñendo el agua que ya inunda el camarote. Él grita y llora, es mi último recuerdo...

—Amalia. Hija.

Todos se vuelven a *madame* Bisson. Las palabras han salido de su boca, pero no con su voz; es la de una mujer en la flor de la vida, en un perfecto castellano.

—¿Madre? —murmura Amalia con el miedo de quien no sabe qué respuesta prefiere.

—Yo no quería que te quedaras sola en el mundo, eres tan joven... —continúa *madame* Bisson—. Pero tu padre...

Los dos morimos esa noche, lo que queda de nosotros estará enterrado en la profundidad del Atlántico, frente a la costa de Florida. No importan nuestros cuerpos..., pero lo que llevábamos en la caja fuerte... nadie lo encontrará, el agua acabará por borrar las palabras de esos papeles...

—¿Qué había en esos papeles?

Un nuevo silencio se instala en el comedor. *Madame* Bisson, inalterable, no responde. Leonor cree que las voces que antes murmuraban en la oscuridad también se han callado.

—Vuelve a casa —dice de repente *madame* Bisson, pero ahora su voz no es la de una mujer, sino la de un hombre entrado en años, cansado—. En el escritorio escarlata encontrarás una copia. Haz lo que debes. Tu madre y yo sabemos el tipo de persona que eres y jamás nos habríamos podido sentir más orgullosos. No temas las consecuencias, sean las que sean. Hay un infierno que tú puedes apagar.

—¡Padre!

No tiene tiempo de más, como la sábana que vuela vacía antes de caer al suelo, *madame* Bisson se derrumba sobre la mesa. Clara evita que se golpee, la sujeta cariñosa de la frente, mientras le ruega a Boada que abra las ventanas, porque la anciana necesita aire, se ahoga. El hacendado obedece, los criados regresan al comedor, dos de ellos ayudan a Clara a incorporar a *madame* Bisson, que ha perdido el conocimiento.

Amalia, congestionada por las lágrimas, no es capaz de permanecer allí más tiempo. Se levanta y, sin decir nada, se marcha del comedor. Encienden algunos candiles y, con la claridad de la luz, se acaba de disipar la niebla del otro mundo que los había envuelto.

Los tambores africanos suenan en la noche, a Leonor le han explicado que es un modo de comunicación entre los esclavos de los ingenios cercanos, pero la experiencia vivida en el comedor le ha dejado los nervios a flor de piel. No puede dormir, tampoco comer. Boada le ha ofrecido un tentempié, pero ha preferido salir a pasear por el jardín de la Casa Grande. La temperatura es agradable, intenta enfocar sus sentidos en lo más inmediato: las hojas de los árboles, las flores que roza con la punta de sus dedos al pasar, la humedad que moja su piel, cualquier cosa que la aleje de ese universo inmaterial cuya puerta ha abierto *madame* Bisson y que, ahora, siente que la cerca.

—Es difícil superar el miedo, pero un día sucede y una aprende a vivir de otra manera. A ver el mundo que la rodea con otros ojos, sabedora de que nuestra visión solo nos enseña una porción muy pequeña de la realidad.

Clara de Villafranca está fumando un cigarro en uno de los caminos del jardín. Le cuenta que *madame* Bisson está durmiendo, necesitará varios días hasta que se reponga de la sesión, cada vez le resulta más agotador convertirse en médium de las voces del otro lado. Es el sacrificio que hace por todos aquellos que alguna vez necesitan hablar con los que se fueron.

—Yo no habría sido capaz de seguir viviendo si no hubiera sido por ella —le confiesa Clara—. Era una niña cuando perdí a mi hermana, Lucía. No puedes imaginarte a todo lo que se enfrentó, a todo lo que venció, para que, al final, el cólera acabara matándola. —Aunque es un recuerdo lejano, la mirada se le humedece por el dolor y la voz le tiembla—. Lucía se marchó porque yo ya estaba a salvo. No necesitaba seguir luchando contra este mundo, que siempre es más cruel con nosotras que con los hombres, que es tan injusto porque tu suerte suele estar echada al nacer: si eres pobre, rara vez abandonarás esa pobreza, que en la mayoría de ocasiones es también tu asesina. Yo, que nací en la miseria, soy una de esas pocas excepciones.

—¿Pudiste hablar con tu hermana?

—*Madame* Bisson fue su médium, le dio la voz para que Lucía pudiera despedirse. Y para que yo pudiera agradecerle todo lo que había hecho por mí. Todos, en algún momento del camino, tenemos esa necesidad: la de hablar una última vez con los que se han ido.

Leonor guarda silencio, repasa las ausencias de su vida y, de repente, un recuerdo inesperado la asalta: ¿qué será de Mauro, el estudiante revolucionario?, ¿y si nunca logró huir de Madrid?, ¿y si su fantasma está a su lado, rogándole que le escuche para despedirse?

—A veces, culpamos de todo al destino, a que somos un títere en sus manos..., pero no es verdad: hay fuerzas ocultas que podemos aprender a ver, podemos elegir abrir los ojos y, sin miedo, enfrentar lo que sucede. Tomar nuestras propias decisiones.

—¿Eso es lo que hizo tu hermana?

—Lucía también tuvo miedo, pero eso nunca bastó para detenerla.

Leonor regresa a su habitación bien entrada la noche. Esperaba que este viaje al ingenio le sirviera para asumir su nuevo lugar en el mundo, pero lo que le está pasando es justo lo contrario: tal vez haya sido demasiado sumisa, tal vez sea hora de rebelarse y soltar las cadenas del miedo para volver a ser realmente libre. Antes de llegar a su cuarto, descubre a Rosana; al fondo de un corredor que da acceso a las cocinas, está envolviendo algo en un hatillo.

—¿Te marchas? —le pregunta.

—Es comida, agua... y un ungüento... No es para mí —le cuesta confesar a la esclava—. Emiliano está en el cepo. Ya van a ser tres días y... apenas les dan agua ni comida. Se van a morir allí.

—¿Qué es el cepo?

Capítulo 23

—

Hace tiempo que dejó de sentir los brazos. De rodillas, con la cabeza y las manos apresadas entre dos tablones de madera, así han estado desde que intentaran escapar de la plantación, en el cepo. Cuando el agotamiento los vence y sus cuerpos se derrumban, la madera se clava en las muñecas y en sus cuellos, apenas les permite respirar y no queda más remedio que recuperar la postura, seguir de rodillas aunque no tengan fuerzas, evitar dormir porque el sueño puede matarlos.

Hace también horas que Emiliano y Mauro no se hablan. El simple ejercicio de respirar se ha convertido en un suplicio.

Huele a orines y excrementos. Los labios secos, el estómago clava punzones de hambre, el arroz que Ramírez les ha dado un par de veces ha sido todo su alimento, el agua se la han echado en baldes a la cara, ávidos han sorbido las gotas que resbalaban por sus bocas.

«¿Quieres que monte a tu Rosana aquí delante? ¿Quieres que ponga su cara delante de la tuya mientras la arremeto por detrás?», le ha dicho no hace mucho Ramírez a Emiliano. ¿Cuánto ha pasado desde entonces?

Febriles, han perdido la noción del tiempo y de la realidad.

Mauro ha querido aferrarse a una idea: no les sirven muertos. El castigo terminará para que vuelvan al trabajo.

Bidache los insulta, negro de mierda, gallego de los cojones, doctorcito, ¿quiénes os creéis para quemar la caña del señor Boada?

Hubo una patada, seca, con la bota de montar, que le rompió la nariz a Mauro, tal vez cuando gritaba encerrado en el cuarto del cepo que alguien viniera a ayudar a Emiliano. Su compañero había enloquecido y afirmaba sin cesar que había un perro a su lado, que le estaba gruñendo, que lo iba a matar. Un puñetazo de Bidache lo calló y, después, la patada a Mauro sirvió para dejarles claro que no debían molestar.

¿Los han olvidado allí, en el cuarto que hay junto al barracón, en el cepo? Mauro tiene la sensación de que los días pasan, una eternidad.

Es de noche, suenan tambores lejanos. Hay olores arrastrados desde el monte, como una muestra de lo que podía haber sido su vida si la fuga hubiera triunfado.

Una melodía le hace pensar que, definitivamente, ha perdido la razón. Un tarareo que, después, una voz femenina convierte en canción: «A las rejas de la cárcel, no me vengas a llorar...». ¿Es Leonor? Su aliento cálido en un Madrid revolucionario, sus armonías en la intimidad de una buhardilla que aquella noche contenía todo el universo. «Ya perdí mi libertad, la prenda que más quería, ya no puedo perder más, aunque perdiera la vida».

Y la canción de Leonor se apaga como una brisa extingue la llama de la vela y deja su humo suspendido en el aire.

Si la locura es esto, si el delirio le da la oportunidad de volver a ver a Leonor, el cepo habrá merecido la pena.

«¿Qué está haciendo aquí? Señora, apártese, por favor...».

La voz de Bidache suena firme y Mauro, alucinado, intenta mirar al ventanuco de la puerta: unos ojos fugaces, ¿son los de Leonor?, se encienden y apagan como fuegos fatuos.

«¿Quién está ahí dentro? Quiero verlos».

Mauro cree que está soñando. Sigue oyéndola, como si estuviera al otro lado. Quiere gritar, pero le arde la garganta, no es capaz de exhalar nada más que un gemido.

«El señor Boada se lo explicará».

Todo se va, como una marea recoge el mar, se aleja, la voz y la canción de Leonor, la esperanza de volver a verla algún día. El ruido del cuerpo de Emiliano que, agotado, se derrumba en el suelo, ya sin fuerzas para mantenerse de rodillas, aunque la madera del cepo le esté rajando bajo la quijada.

Es de noche. Los tambores de los esclavos, que llegan desde otros ingenios, parecen marcar el ritmo de su agonía.

Mauro no sabe si despertarán. Si volverán a ver la luz del día. Si esta es su última noche, pero cierra los ojos, intenta recordar la voz de Leonor, guardarla como un tesoro, cantando «Ya no puedo perder más, aunque perdiera la vida».

EL INFIERNO

CUARTO CÍRCULO

No hay castigo más cruel para el cobarde que la conciencia. Como la gota que horada la piedra, constante, nunca te abandona, hurga en lo más profundo de tu alma, te recuerda en cada minuto, en cada pensamiento, quién eres, todo lo que no hiciste.

A mi regreso a La Habana, me convertí en un insomne que, al caer el sol, debía bregar con todos sus fantasmas. Intenté escapar de ellos a través del alcohol. Los primeros días el ron conseguía mitigar el ruido de la culpa, esas voces que bramaban dentro de mí, insultándome, pero el espejismo se desvaneció y la borrachera se descubrió inútil. La conciencia siempre se imponía, me perseguía —y me persigue— como el ojo sin párpado a mi espalda. Solo desaparecía cuando el alcohol me dejaba inconsciente.

Si tuviera valor, moriría, pero —a pesar de haber tenido el revólver en la sien, el veneno en el vaso— el miedo acaba por vencer, ¿y si el castigo del más allá es aún peor que el de este? Otra letanía del cobarde.

Mientras me lamentaba, Ermelinda, la esclava con las constelaciones dibujadas en el rostro, seguía atrapada en el ingenio de Santa Catalina de Baracoa. Como los demás esclavos, no sabía cuándo su vida se convertiría en el juguete de mi amigo, de su corte enferma: el Manchado, el Labiopartido, el Largo...

¿Qué podía hacer yo? ¿Qué debería haber hecho para detener esa situación?

A cada pregunta, encontraba respuestas que justificaban mi falta de acción. Regadas con la abundancia del alcohol, las consideraba acertadas.

No era nadie, no podía hacer nada.

Abandoné mis negocios, pero el hecho de que dejara de prestarles atención no mermó su éxito, como un huerto en el que los frutos siguen brotando, aunque nadie lo riegue.

Mi amigo estaba detrás, no necesitaba pruebas para saber que era así.

Lo evitaba, dejé de asistir a reuniones sociales por miedo a encontrarme con él, no pisaba el teatro ni los cafés, me hundía en las tabernas del puerto hasta perder el conocimiento en una espiral en la que ya no tenía noción del día y de la noche, pero nunca logré borrar del todo mi identidad, dejar de reconocerme en el espejo, para, convertido mi pasado en tierra quemada, superar el dolor de la culpa y renacer como un hombre nuevo.

Pero cada ser humano tiene una historia que le persigue.

Una noche, tambaleándome por la calle del Inquisidor, me acerqué al calor de una taberna igual que el mosquito a la luz. Al entrar me resultó familiar, era la misma en la que había estado con él aquella noche de nuestro reencuentro en La Habana. Pedí un vaso y un ron, me trajeron una botella llena de un líquido ambarino sin marca comercial, uno de los muchos procedentes de los cientos de alambiques ilegales de la isla. Un hombre se acercó a mi mesa. No era habitual ver a blancos por esa zona, siempre habitada por negros, mulatos o cuarterones.

—¿Me invita a un trago, amigo?

Le señalé el banco que había del otro lado de la mesa y se sentó. El tabernero le trajo un vaso, se sirvió.

—No es la primera noche que le veo bebiendo por estas

tabernas —me dijo, su voz profunda ejerció un extraño efecto sedante en mi ánimo, desde hacía tiempo agitado, y como no le respondía, preguntó—: ¿Es español?

Asentí y volví a llenar los vasos. No hallaba fuerzas para hablar, pero tampoco quería que se marchara. Había en su compañía algo sanador, como si, febril, tuviera a un médico velando mis pesadillas. Me contó que él era criollo, me habló de su infancia en La Habana, de sus estudios en Barcelona, donde tuvo la fortuna de educarse. Pero no era el oropel de la península lo que le fascinaba, sino las historias de esta isla de Cuba. La religión que habían traído los africanos, las leyendas de los esclavos, de los indígenas que prácticamente habían sido exterminados con la llegada de los españoles. Me contó algunas aquella noche y, después, como, sin necesidad de citarnos, nuestros encuentros se convirtieron en costumbre en esa taberna del puerto, me contó muchas otras. Sabía tejer una red con su relato, fuera este el que fuera, en la que me atrapaba y, cuando su voz desgranaba las aventuras de un pirata inglés en la isla o de un negro en un palenque, de un príncipe africano apresado en un barco negrero, conseguía dejar atrás el martillo de la culpa con más éxito que cuando lo intentaba con el ron.

Ojalá nunca nos hubiéramos encontrado, ojalá no hubiéramos trabado esta amistad. Él es un buen hombre al que mi desgracia ha infectado. Se merece otro lugar en el mundo, no el que ha ocupado a mi lado, atendiéndome con un cariño que nadie aprobaría, regalándome su compasión.

—Ocurrió en 1852, en la ensenada de la bahía de Cochinos —me empezó a contar cuando solo hacía unas semanas que nos conocíamos—. Dos pescadores salieron a faenar al amanecer, Anatael y Bardo, dicen que se llamaban.

Él no podía imaginar la puerta que estaba abriendo. La historia de los pescadores de la Ciénaga de Zapata era, para él, otra más de las muchas que me había contado.

Pero, para mí, poseía otro significado, era el origen del horror que había presenciado en aquel ingenio de Oriente. El buque fantasma Santa Catalina.

El nombre del barco me puso en alerta por ser el mismo que el del ingenio de mi amigo, la descripción de la tortura que había sufrido el capitán me hizo pensar en aquella que mi amigo atribuyó al Manchado, la del sacamuelas, pero fue el mito que se había difundido por la isla el que me convenció de que ese barco guardaba relación con la llegada de mi amigo a La Habana.

—Dicen que en ese barco viajaba el demonio —me desveló en la taberna.

No delaté el pánico que me infundía esa historia, pero al día siguiente emprendí viaje a la Ciénaga de Zapata. Busqué a los pescadores, hasta dar con Bardo. Su relato en primera persona me estremeció, en especial cuando describió a aquel perro que, al final de todo, encontraron en la cubierta: «Nos miraba y parecía decirnos: vosotros no deberíais estar aquí. Este es mi reino. Os condenaré para siempre por subir a mi barco».

Recordé al perro que oí ladrar en el ingenio a la mañana siguiente.

Me convencí de que mi amigo, transmutado, era ese mismo perro; de que bajo su piel habitaba el demonio; de que mis antiguos compañeros de niñez se habían transformado en sus súcubos.

De que la destrucción que ardía en el ingenio de Santa Catalina de Baracoa pronto se extendería por toda Cuba.

Regresé a La Habana aterrado. Abandoné mi casa por miedo a que él fuera a buscarme, evité las tabernas del puerto, no quería que mi desgracia afectara a ese hombre que había conocido allí y que hasta entonces me había aliviado con sus historias. (No consignaré aquí su nombre, como no lo describiré ni detallaré las circunstancias de nuestra singular amistad. Solo diré que su cercanía, su abnegación y entrega, han sido la única luz en estos días, espero que los últimos de mi vida.)

Como contaba, a mi vuelta de la Ciénaga renuncié a todo lo que tenía: dormí en los arrabales, en chozas abandonadas, me alimenté del licor que robaba en tabernas, a la espera de que el buen Dios hiciera el trabajo que mi mano no se atrevía a cumplir: mi muerte.

—¿Cómo crees que debería sentirme? Te di todo, te abrí las puertas de mi ingenio, ¿y de qué manera me has respondido?

Entreabrí los ojos en el amanecer de un callejón de La Habana, todavía borracho, sucio y enfermo. Él se acuclilló a mi lado y me sonrió después de afearme que le hubiera dado la espalda.

—Te he concedido tiempo, esperando que supieras valorar todo esto, pero ¿qué has hecho? Preguntas que nadie debería hacer a ese pescador de la Ciénaga.

No sé cómo pudo averiguar que había estado con Bardo, menos aún cuál había sido el contenido de nuestra conversación.

—Puedes estar tranquilo, no te guardo rencor, pero ha llegado el momento de volver al ingenio. Ha llegado el momento de que formes parte de lo que te enseñé. De que sientas qué significa quitarle la vida a alguien... No me pongas esa cara, no deberías tener miedo. Vas a transformarte en un dios.

—No quiero ser ningún dios.

Me puso en pie. Arrastrando mi cuerpo, me llevó hasta una volanta. Me dijo que me llevaría a casa, me lavaría y me daría rompa limpia. Íbamos a emprender viaje a Oriente.

—Sé que, como les pasa a todos los hombres, tu debilidad es la pasión, ¿o me equivoco? No pudiste contenerte con Ermelinda, estoy convencido de que te habría gustado yacer con ella aquella noche. Posiblemente hayas soñado con esa esclava muchas veces desde entonces —me dijo en su casa cuando ya nos disponíamos a salir hacia el puerto para embarcar—. El sexo, el amor, todas esas pasiones no son nada al lado de lo que quiero regalarte. Supongo que ya lo habrás imaginado: no fue el Manchado quien vivió con aquel sacamuelas. No fue él quien descubrió el placer del dolor ajeno. Fui yo quien, con los viejos instrumentos para arrancar dientes, le levantaba tiras de piel. Fui yo quien encontró una excitación más grande que cualquier otra emoción cuando destapaba su carne. Pero entonces solo era un crío que estaba aprendiendo a jugar. Han pasado los años. He cambiado, me he refinado. —Y se permitió una carcajada.

El barco abandonó el puerto. Encerrado en mi miedo como si fuera una mortaja, era incapaz de rebelarme, no opuse la menor resistencia. Las olas acariciaban el casco del navío y no dejaba de pensar en el clíper fantasma de la bahía de Cochinos. En el capitán torturado. En el perro.

—Si se realiza la operación con suficiente cuidado, se puede levantar el hueso del cráneo sin apagar la vida. El oxígeno los narcotiza, creo que tienen alucinaciones, se convierten en títeres; su visión, su capacidad de lengua-je, todo pasa a estar en tus manos. Yo uso un palo, en realidad anudo dos como si fueran un puñal o una cruz para no mancharme. Cada vez que la clavas en el cerebro les arrebata un poco de humanidad. La poca que tienen.

Crees ser Dios, entendí que me contaba mi amigo, ex-tirpando el hálito de vida que un día les regalaste a tus criaturas.

—Nunca serás un dios —me atreví a decirle a mitad de travesía—. Solo eres el demonio.

Capítulo 24

No hay piedad con los esclavos, ni con los castigados. No hay piedad con nadie. Cuando se los libera del cepo caen como fardos al suelo y reptan hacia la salida, hacia la claridad que les quema los ojos. El esfuerzo sería soportable si los esperara el camastro, unas horas de descanso para desentumecer los músculos y recuperar las fuerzas. Pero los conducen al mar de caña, al tajo, y ellos saben que deben mantenerse en pie, aunque las piernas se comben a cada segundo y tengan que sujetar la hoz con una fuerza de la que no disponen. Las articulaciones están deformadas, las heridas de la piel escuecen como la sarna, los hombros luxados. Ambos sufren un descoyuntamiento que les provoca mareos. No están en condiciones de trabajar y, sin embargo, saben que no hay otra opción.

Bidache los vigila con sadismo, está deseando encontrar un motivo para encerrarlos de nuevo en el cepo. Mauro achina los ojos cada vez que levanta la hoz al cielo y recibe los rayos del sol. Descarga los golpes sobre las raíces de la caña como si fuera un mecano diseñado para eso. Débilmente piensa que lo único que lo sostiene es la sugestión de haber escuchado a Leonor al otro lado de la puerta, el destello de sus ojos. A Emiliano, en cambio, lo mantiene en movimiento el odio. En cada machetazo hay más rabia y menos humanidad. Es un animal herido que aguarda su oportunidad para vengarse, una bomba a punto de estallar. Cabizbajo, evita la mirada de Bidache, como si supiera que un solo segundo de contacto visual le haría perder los estribos.

El mayoral admira la abnegación con la que trabajan los dos castigados. No es normal desenvolverse así después de una semana con los grilletes. Se aleja hacia el otro extremo de la plantación, como si no quisiera presenciar por más tiempo esa lección de coraje.

—¿Es tan horrible el cepo como dicen? —Tomasiño encuentra la oportunidad para acercarse a Mauro, un aparecido, pálido y fantasmal.

—La he sentido.

—¿Qué?

—A Leonor, la he sentido. Creo que estaba allí.

El muchacho busca una explicación en Emiliano, ¿ha perdido la razón Mauro en los días de tortura?, y el esclavo, sudoroso, grave, parece compartir en silencio su estupor. La única respuesta es que viviera un espejismo provocado por el cansancio o la fiebre. Es imposible que Leonor Morell se asomara al cuarto del cepo en medio de la noche.

—Quizá fue un sueño. No hagas caso a los sueños, Mauro, solo son engaños para que no nos demos cuenta de lo que es la vida...

—¿Me lo dices tú, que has llegado hasta esta isla huyendo de la Santa Compaña? Te dio igual que te dijeran que era un sueño. Y a mí también. Leonor estaba al otro lado de la puerta, nadie me va a convencer de lo contrario.

Devoran la comida del almuerzo, Tomasiño y otros esclavos les dan sus platos de arroz con habichuelas. Caen derrengados a la sombra de una palmera, los minutos de descanso antes de volver al trabajo, tan agotados que ni siquiera pueden cerrar los ojos. Una esclava se aproxima a ellos para citarlos junto al río, en el camino de la tienda del español, allí los buscará Rosana antes de la campana del silencio. Mauro no se plantea el peligro, la posibilidad de volver al cepo si son descubiertos. Necesita demostrar a todos que la aparición de Leonor no fue una alucinación. Esa es la gran quemazón que siente, por encima de las laceraciones de los hierros y del dolor mortificante.

La jornada ha prolongado el suplicio. El rumor del arroyo sirve de bálsamo precario para sus padecimientos. Emiliano se entretiene quebrando una rama en pequeños pedazos. Mauro se moja los pies en el agua cristalina, hasta que su compañero se pone en tensión.

—Ahí viene.

De lejos no lo perciben, pero cuando se acerca, las marcas de golpes en el rostro de Rosana opacan cualquier otra pregunta. Ella le quita importancia ante la alarma de ambos, pero Emiliano sabe que las amenazas de Ramírez en su cautiverio no eran bravuconerías. Las ha hecho realidad.

—¿Te ha vuelto a violar? Quiero saberlo.

Ella humilla la mirada, no hace falta más, no quiere recordar.

—Los voy a matar, a él y a Bidache.

—Nos tenemos que ir de aquí, Emiliano. No lo voy a soportar. Rafael el Brujo me ha dado unas hierbas para que no germine nada dentro de mí. Pero no confío mucho en ellas.

—Nos iremos, Rosana. Muy pronto. Saldré de aquí y, luego, vendré a por ti.

—¿Cuándo? Siempre lo decimos, pero el día no llega nunca.

—En el carnaval. Como hablamos. El primer domingo de carnaval, en Matanzas. Iré a buscarte allí, porque para ese día ya seré un cimarrón. Te lo juro. Y, entonces, nadie volverá a separarnos.

Ella sonríe, ilusionada, aunque una sombra de escepticismo empaña su rostro, tal vez sea la pregunta que ha preferido obviar: ¿cómo lo va a hacer?, ¿cómo va a huir del ingenio Magnolia? Emiliano lo nota, le gustaría eliminar su desconfianza de un soplido o con una caricia. Pero no puede.

—Mi amigo el gallego tiene algo que preguntarte.

—Una blanca. Quiero saber si había una blanca en el ingenio cuando estábamos en el cepo.

—El señor Boada tuvo varias invitadas. Una francesa que venía con una española de Europa y dos señoras más, de La Habana. La señorita Bru y una amiga suya. He oído decir que es actriz.

—¿Leonor Morell? —pregunta Mauro como el que maneja un explosivo.

—Sí, así se llamaba...

Él no acierta a decir palabras, los ojos se le llenan de lágrimas. ¿Lo reconoció ella? No, seguro que no; si lo hubiera hecho, le habría hablado, le habría ayudado. O quizá es que lo ha olvidado, han pasado muchos meses desde esa noche de junio en Madrid. «Leonor», murmura, y el nombre escapa de sus labios como el aleteo de un pájaro que emprende el vuelo. No fue un sueño, estuvo allí, al otro lado de la puerta, eran sus ojos y su voz la que cantaba, despreocupada.

—Una mujer muy amable, la nueva ama de mi madre. Me trajo noticias suyas...

—¿Podrías hacerle llegar una carta?

—Mañana, el español de la tienda se va para La Habana, compra vino en el Mercado de Cristina. Siempre le hago llegar cartas a mi madre a través de él. Pero me la tienes que dar antes de que anochezca.

—¿Dónde vas a conseguir papel y lápiz, doctorcito?

—Yo te mando con Aurelienne, a nadie le extraña que ella ande por el barracón —soluciona Rosana.

La mulata que trabaja en la cocina tiene la bula de Bidache para andar entre los esclavos. Sabe que los hombres necesitan de vez en cuando compañía femenina y más de una vez la ha convertido en el premio de un esclavo que cumple sus órdenes.

Mientras Emiliano y Rosana se despiden, Mauro se aleja, hundiendo los pies en el agua del río: escribirá la carta con el sistema de codificación que le enseñó aquella noche, por si alguien la intercepta, pero ¿qué le dirá a Leonor? Necesita confesarle cómo, en su separación, lejos de olvidarla, ha germinado en él un amor tan vital como sus pulmones. Con él, respira cada día. Pero, más allá de las efusiones amorosas, tiene que relatar lo que están viviendo los gallegos en el ingenio Magnolia. Ellos son lo primero.

Esa noche, Aurelienne cumple su parte. Habla castellano con acento francés, pero se hace entender perfectamente. Con la excusa de visitar a uno de los esclavos, le ha llevado lo que Rosana le prometió y ahora espera a que él le entregue la carta. Se la guarda en el refajo cuando Mauro se la da con el pulso tembloroso.

—Gracias, bonito. ¿Quieres que le pida a Bidache que me deje venir a verte?

—No hace falta.

—¿Amas a una mujer?

—Sí.

—Ya la olvidarás... Aquí no se recuerda a nadie.

Aurelienne se va con la carta en la que están todas las

esperanzas de Mauro. Le han dicho que mañana por la tarde llegará a las manos de Leonor. La noche ya ha caído y muchos de sus compañeros, agotados tras la jornada de trabajo, están durmiendo. Tomasiño y Emiliano le han guardado un cuenco de comida.

—¿Crees que nos va a ayudar?

—No lo sé. Ni siquiera sé qué posición tiene Leonor en Cuba. Rosana me ha dicho que es la nueva ama de su madre. Nunca la imaginé de propietaria de una esclava, solo era una suripanta.

—«Suripanta, la suripanta, maca trunqui de somatén», ¿era así? —recuerda Tomasiño el estribillo que Mauro le enseñó en la travesía en barco.

—¿Qué es eso? —se ríe también Emiliano—. ¿Es español?

Le explican qué eran las suripantas y, por un instante, se olvidan de que son esclavos, que el castigo por no obedecer a Bidache es el cepo, que en cualquier momento les pueden dar latigazos por nada y que puede que ahora mismo Ramírez esté violando a la mujer que ama Emiliano. Cascabelos les cuenta que mientras estaban en el cepo se suicidaron dos chinos más. Seguro que hasta el mayoral de Magnolia tiene alguien al que debe dar explicaciones sobre el suicidio de unos trabajadores, aunque lo más probable es que nadie haga preguntas y los mande enterrar en el cementerio donde se acumulan los cuerpos de tantos que han caído en el ingenio. Tomasiño recuerda a Galea, el gallego al que venció la enfermedad, y también a aquel primer chino que le enseñó el trabajo. Esa misma noche pendía ahorcado en el barracón.

—A veces pienso que los chinos son más valientes que nosotros —rumia derrotado Emiliano—. A ellos no los humillan, pueden quitarles la libertad y la vida, pero no los humillan. A mí me separaron de mi madre, me han maltratado toda la vida, me castigan, abusan de Rosana y aquí sigo, cortando caña... Los chinos tienen más dignidad.

—Vamos a luchar —le promete Mauro.

—Yo quiero matar a Bidache y a Ramírez, escaparme de aquí para vivir con ella.

—Lo primero es ser libres, ya volveremos después a matarlos.

—Tiene que ser deprisa, tenemos que fugarnos. Cuando nos llevan a cortar la caña tenemos hoces y machetes. Los guardias son muchos menos que nosotros.

—Pero tienen pistolas. El Smith & Wesson que llevan puede disparar siete veces seguidas sin recargar. Aunque sean menos que nosotros, hay balas para todos.

—No pueden matarnos a todos. Tú mismo lo dijiste.

—Pero sí a unos cuantos. ¿Convences tú a los demás de que es una cuestión de suerte? Ahora toca esperar: cuando la carta llegue a Leonor, ella podrá ayudarnos.

Tomasiño ha permanecido en silencio mientras Mauro y Emiliano fantaseaban con la huida, como si el sueño de libertad les hubiera devuelto las fuerzas perdidas en el cepo. Las horas van pasando. En la lejanía, suenan los tambores de los esclavos de otros ingenios.

—Mayombe. Son ritos de los nuestros.

—¿Para qué sirven?

—De aliento, de eso sirven. Alimentan el deseo de libertad.

—Yo no quiero fugarme —confiesa de pronto Cascabelos.

Mauro lo mira sin entender por qué lo dice.

—¿Quieres ser un esclavo?

—Yo siempre he sido un esclavo, aunque no me diera cuenta.

—No digas tonterías. En la aldea no eras un esclavo.

—Aquí estoy bien, Mauro. Nadie se ríe de mí, tengo un

trabajo. Y el valle es muy bonito, no me digas que no.
—Ninguno se atreve a rebatir a Tomasiño. Por primera
vez, ha logrado encajar en algún sitio, aunque este com-
ponga la imagen atroz de un ingenio esclavista—. Os echaré mucho de menos —murmura el muchacho antes de
girarse hacia un lado en el catre y arroparse con su manta.

Capítulo 25

—¿Pudo hablar con mi hija?

Idalina sostiene un parasol para proteger a Leonor del sol inclemente que a esas horas golpea en el mercado y cuartea la piel de las frutas y las hortalizas, que parece que se van a derretir en cualquier momento. La española pasea con languidez y tarda en procesar la pregunta que le lanza su esclava. Se le ha metido dentro una rumia que no la abandona desde que se acercó a ese cuarto junto al barracón del ingenio Magnolia. El cepo, lo llamó Rosana, una herramienta infausta de tortura. No alcanzó a ver qué había dentro, al menos con claridad; solo pudo atisbar dos sombras arrodilladas, dos esclavos, como le había dicho la muchacha. En el viaje de vuelta a La Habana quiso compartir con Amalia sus preocupaciones, pero la señorita Bru tenía las suyas propias, vivía bajo el impacto de la sesión de espiritismo con *madame* Bisson; la voz de su padre, como un zarpazo, impregnando su alma, apelando a un escritorio escarlata que ella debía encontrar.

—Señora..., ¿la vio usted? A mi hija...

—Sí que la vi, Idalina, y parecía muy feliz. —Leonor deja caer la mentira como quien se deshace con vergüenza de un poco de basura. No ha olvidado los moretones en el rostro de Rosana, tampoco la promesa de engañar a su madre—. Está enamorada de un esclavo del ingenio. Emiliano, me dijo que se llamaba.

—¿Lo dice usted en serio?

De la emoción, Idalina desatiende el parasol y Leonor lo devuelve a la posición adecuada para protegerse del calor tremendo. Cuando el tren de Cárdenas las dejó en La Habana, su marido la estaba esperando. Ella le refirió de inmediato lo que había presenciado en el ingenio Magnolia.

—Los castigos físicos a los esclavos están prohibidos desde hace mucho tiempo.

—¿Me vas a negar lo que vi? Aunque ella me dijera que no, sé que a esa esclava le habían pegado.

—Estás hablándome de algo mucho más grave: del cepo.

Se esforzó en sonar convincente, aunque, en realidad, ella no había llegado a ver nada. Estaba dando por buena la versión de Rosana, reforzada por la inquietud que detectó en el mayoral cuando la encontró en la puerta de ese cuarto. Estaba nervioso, era evidente, le costó controlar sus modales hasta que consiguió apartarla de allí.

—No estoy loca, Cándido. Había dos esclavos en el cepo.

—Boada siempre ha destacado por su interés en mejorar las condiciones del trabajo agrícola, es imposible que en su ingenio se siga usando el cepo. Pero hablaré con él. ¿Te quedas así más tranquila?

Leonor advirtió una nota de condescendencia en la propuesta de su marido, pero esa misma noche le dijo que se había encontrado con Arsenio Boada en el café del Louvre.

—¿Por qué no me contaste que habías asistido a una sesión de espiritismo?

Cándido no disimulaba su enfado. Había sido realmente incómodo cuando le planteó a Boada las dudas de su mujer y este le habló de *madame* Bisson, del estado de agitación en el que quedaron todos los asistentes a la reunión con la médium. Puede que Leonor presenciara alguna clase de rito africano de los esclavos y la sugestión le hiciera interpretarlo de manera equivocada. A Boada no se le ocurría otra explicación, pues en su ingenio está completamente prohibido el uso de la fuerza, mucho más el cepo.

—Ha sido muy embarazoso. Por suerte, no he llegado a acusarlo de nada en firme.

—Lo siento —se rindió Leonor—. Supongo que Boada tiene razón. Eso es lo que debió de pasarme.

Pero, aunque ha prometido a su marido olvidar el asunto, no logra arrancárselo del pensamiento. Al volver del mercado se tumba en su cama para descansar un rato. La habitación es fresca, corre un poco de aire, le ha pedido a Idalina que le prepare agua de coco. Sin embargo, cuando regresa, la mujer cierra la puerta de la habitación sin hacer ruido, nota su agitación. Lleva una hoja en las manos en lugar del agua. Un papel sucio que alguien ha escrito a lápiz.

—Me han traído esta carta, mi hija siempre me las hace llegar a través de un español que a veces viene a La Habana, pero dentro tiene además esta hoja. El mensajero me ha dicho que es para usted, para mi señora. Que usted sabrá leerla.

Leonor se altera al ver la letra, aunque no sabe bien por qué; una ansiedad que responde más a una premonición que a la razón. El texto es incomprensible, una sucesión de vocales y de consonantes que no forman palabras conocidas. Como si estuviera escrito en una clave secreta. Y entonces, como en un fogonazo, recuerda lo que le contó Mauro en la buhardilla de San Buenaventura, el sistema de comunicación entre revolucionarios.

—Gracias, Idalina, déjame sola.

Siente que el estómago se le va a escapar por la boca. Se sienta en la cama y trata de recordar el código cifrado que Mauro le enseñó aquella noche. Restar una letra en la primera línea, y en la segunda restar dos, para evitar el rastreo de vocales, que son las letras más usadas; en la tercera línea cambia el código a tres letras menos, y así sucesivamente. Solo necesitará unos minutos para descifrarlo.

Desde la primera línea cree que se va a desmayar de la impresión. Mauro está en Cuba. Ha viajado hasta allí para encontrarse con ella, pero la mala fortuna lo ha convertido en un preso del ingenio Magnolia. Leonor se lleva la mano al pecho y nota cómo su corazón bombea sangre con estrépito, no le sorprendería que la palpitación acabara con un estallido. No entiende por qué una persona surgida de lo más recóndito de su memoria puede provocar en ella semejante impacto.

Línea tras línea, con cuidado de no malinterpretar ninguna de las frases, lee el relato de Mauro. Hay gallegos y asturianos esclavizados en el ingenio: los reclutan en la península, en las aldeas, donde les ofrecen trabajo en Cuba y les hacen firmar un contrato que, después, resulta ser una condena. Aunque los llaman colonos asalariados, la realidad es que son esclavos: además de los africanos y los chinos, hay compañías que usan a los españoles más desfavorecidos en el mercado esclavista de la isla. Él suponía que podía haber algo turbio detrás de los reclutadores que viajaban por las aldeas, pero aceptó porque no encontraba otra manera de cruzar el Atlántico. Y tenía que hacerlo cuando supo que ella había venido a Cuba. Ojalá hubiera llegado al Teatro Variedades antes, ojalá hubiera podido impedirlo. No fue así, pero el tiempo que han estado separados ha alimentado los sentimientos que nacieron en aquella noche de Madrid, no sabe —no puede saber— si esa sensación de ser víctima de un hechizo es recíproca. ¿Ella lo echa de menos tanto como él a ella? La única fuerza que le ha permitido soportar el castigo del cepo ha sido el sueño de volver a verla. Aunque solo sea una vez más, para ver su rostro, su piel, que es como el brezo blanco, escuchar su risa, disfrutar de su olor, de su voz, que, en el peor momento de su vida, cuando estaba siendo torturado, escuchó al otro lado de la puerta, cantando aquella canción que le enseñó en la buhardilla de Madrid. «Ya no puedo perder más, aunque perdiera la vida». «Pero yo me niego a perderte», añade Mauro en la última línea.

Leonor lee la carta una segunda, una tercera vez, y reprime el deseo de enseñársela a Cándido para demostrarle que Boada está mintiendo. Había dos esclavos en el cepo y uno de ellos era gallego. No le podría decir que ese gallego se llama Mauro Mosqueira y que pasaron una noche juntos en una buhardilla de Madrid. Tal vez podría hablar de un informante anónimo y denunciar la situación, pero decide no contarle nada. Sabe que su marido es amigo de Boada y teme que se ponga de su parte. Es mejor recurrir a alguien que le inspire más confianza. Esconde la carta en el vestido y sale de la habitación a paso vivo.

—Idalina, que me preparen un coche.

—Bernardo ha salido con su esposo.

—Pues uno de alquiler. Date prisa, por favor...

Al cochero le da la dirección de Amalia Bru. Cuando llega a su casa, la recibe una esclava negra, anciana y voluminosa.

—La señorita Bru está descansando...

—Dígale que está aquí Leonor Morell.

—Ha pedido que nadie la moleste.

Sin hacer caso a la esclava, Leonor irrumpe dentro de la casa.

—¡Señora Morell! ¡Señora Morell! No puede entrar así.

La escasa agilidad de la mujer, que debe de pesar el doble que Leonor, aunque la joven le saque la cabeza, le impide seguirla tras las escaleras de la mansión. Leonor ya ha estado allí, sabe dónde se encuentra el dormitorio, así que va hacia allá derecha, mientras la esclava sigue subiendo la escalera y gritando.

—¡No entre, doña Leonor!

Pero entra, y nada más hacerlo se queda clavada en el umbral como una estaca, paralizada por la escena que se abre ante sus ojos. En la cama, desnudos, yacen su amiga Amalia y Ricardo, el doméstico que siempre la acompaña.

—¿Leonor? Ricardo, ¿puedes acercarme una bata? —toma el control de la situación Amalia, como si nada tuviera de especial que la hubieran descubierto haciendo el amor con un esclavo.

Ricardo se levanta, indiferente a la exhibición de su cuerpo desnudo. Antes de darle la bata a su ama, sonríe a la intrusa.

—Perdone que la reciba así, no esperábamos visitas...

—Déjanos solas, anda —le pide Amalia.

Ricardo abandona el dormitorio a la vez que llega la esclava.

—Perdone, señorita, le dije que no podía entrar.

—No te preocupes, Jesusa. Puedes marcharte.

Leonor sigue muda, incapaz de encontrar la manera de comportarse después de una situación así. Amalia Bru, sin embargo, se mueve con desenvoltura. Se sienta ante su tocador para arreglarse el pelo, busca un cigarro en su pitillera. Le sonríe cuando le ofrece uno a Leonor como si hubiera vivido esto tantas veces que ha dejado de merecer la pena incluso comentarlo.

—¿Qué te ha parecido Ricardo? Guapo, ¿no?

—Perdón... No debí entrar así. —Da una primera calada al cigarro mientras se sienta en un sillón junto a Amalia.

—No pasa nada. ¿A qué se debían tus prisas? Espera, pediré que nos traigan café y unas pastas. Y sí, Ricardo es mi amante, hace años ya... No es un esclavo, es libre, le devolví la libertad hace unos meses, cuando murieron mis padres. Pero te ruego que no lo digas por ahí. ¿Sabes cómo se pondrían nuestros amigos si supieran que el hombre que me acompaña no es mi esclavo sino mi amante? Te diría más, mi verdadero esposo. En Cuba, a veces, para estar a salvo es mejor ocultar la verdad. Y ahora, dime qué te trae por aquí.

Leonor habla atropelladamente, hay mucho que contar para que Amalia entienda la importancia de la carta que le ha hecho llegar Idalina. Le refiere el encuentro con Mauro, el medio médico que conoció en la noche revolucionaria madrileña. El viaje que él emprendió siguiendo sus huellas hasta la isla, hasta el ingenio Magnolia. El engaño que lo convirtió en un esclavo más, junto al resto de gallegos. La negativa de Cándido a dar crédito a las sospechas de Leonor.

—«Un buen hombre» —bromea Amalia al recordar cómo describió Leonor a su marido—. ¿Qué es lo que te hizo huir de Madrid y casarte con él?

El soldado de la calle del Espejo, aquel policía con una mancha púrpura en la cara surgen en su recuerdo como monstruos de pesadilla. No quiere abrirles un espacio a ellos, ahora no. Como tampoco quiere confesar la mentira que es su matrimonio.

—Así que han vuelto a las andadas —dice Amalia y, al hacerlo, Leonor se da cuenta de que su amiga ha notado su incomodidad y no pretende presionarla en busca de respuestas. Prefiere centrar la conversación en otro asunto, en realidad, el más importante—. Están trayendo gallegos otra vez.

—¿Qué quieres decir?

—¿Has oído hablar de Urbano Feijóo de Sotomayor?

—No, nunca.

—Era un noble gallego que se hizo rico gracias al azúcar y al café. Hace más de diez años, se encontró con dificultades para conseguir negros que trabajaran en sus plantaciones y decidió cambiarlos por gallegos.

—¿Por qué gallegos?

—Decía que un gallego hacía el doble de labor que un negro —se encoge de hombros Amalia—, así que montó una empresa para traerlos con todas las garantías de la ley. Vinieron unos dos mil antes de que lo denunciaran y se le acabara el negocio.

—Pero has dicho que eso pasó hace más de diez años.

—¿No te dice Mauro en su carta con qué compañía firmaron el contrato? —Leonor ha memorizado hasta la última línea y no hay ninguna en la que se diga cómo se llama esa compañía, aunque sí algún detalle del contrato que firmaron—. Han encontrado otra forma de traficar con trabajadores, ahora los llaman colonos asalariados, pero es más o menos lo mismo.

—Esto hay que denunciarlo, Amalia. De inmediato.

—Tranquila, no podemos precipitarnos.

—Están esclavizados, tenemos que hablar con el gobernador.

—Hay que cambiar las cosas, pero si damos un paso en falso, no conseguiremos nada.

Leonor la mira, atónita. No logra entender su resistencia.

—¿Te digo que hay gallegos trabajando como esclavos en el ingenio de Boada y tú no quieres hacer nada?

—¿Te crees que a mí no me gustaría solucionarlo ya?

De la misma manera que me gustaría andar de la mano con Ricardo. Besarlo siempre que me apetece. Decirles a todos que es el hombre al que amo. ¿Cuántas veces he estado a punto de echárselo en cara a Arsenio Boada para que deje de flirtear conmigo? Y, sin embargo, no puedo hacerlo. Ahora no. En este mundo hay que medir los pasos que das y te aseguro que yendo a Joaquín del Manzano con demandas no vas a conseguir nada.

—¿Y cómo van a cambiar?

La señorita Bru adopta una actitud enigmática.

—Hay que esperar, pero el cambio es imparable.

—Yo no puedo quedarme cruzada de brazos.

—No lo estropees, no hagas nada de momento, por favor.

—¿Estropear el qué?

—Confía en mí, Leonor.

—El hombre que me salvó la vida en Madrid está esclavizado, Amalia. He venido hasta aquí porque pensé que podías ayudarme, y tú, ¿qué me pides? ¿Que espere a qué? ¡¿A que lo maten en ese cepo o a latigazos?!

—Una vez te lo dije: en esta isla hay una guerra, pero se libra de una manera diferente. No quiero ser hipócrita contigo. Espero que no sea así, pero en toda guerra hay víctimas. Es una de las primeras cosas que aprendemos: no se puede salvar a todo el mundo.

—¿Qué me importa a mí todo el mundo? —dice Leonor con rabia—. Voy a sacar a Mauro de ese infierno, aunque sea lo último que haga en mi vida.

Sale de la habitación con el mismo ímpetu con el que entró. La señorita Bru se cobija en su bata, como si una corriente de aire le hubiera provocado un escalofrío.

Capítulo 26

Tomasiño no puede apartar los ojos del caldero en el que borbotea un mejunje espeso. Unos esclavos levantan montoncitos de tierra alrededor y otros hacen sonar sus tambores en una letanía que llena la noche de presagios.

—¿Qué estamos haciendo aquí? —pregunta con aprensión.

—Vamos a presenciar un rito —le explica Emiliano.

—Pero no podemos estar aquí. Está prohibido.

Mauro le pide silencio porque el Brujo ha hecho su aparición. Lleva un canasto del que extrae palos, tierra, piedras, huesos que a Tomasiño le parecen humanos, la cola de una rata, el caparazón de una tortuga, caracoles, plumas de gallos y, por fin, algo envuelto en un saco, la cabeza aún sangrante de un perro negro, un perro que Mauro ha visto hace pocas horas husmear en la basura cercana al barracón.

—¿Por qué mete eso en el caldero? ¿Son huesos humanos? —Cascabelos es incapaz de establecer una distancia con los ritos africanos, la convocatoria de sus espíritus, a los que cree tan reales como las ánimas de la Santa Compaña.

—Lo que tú llamas caldero es la *nganga* —le aclara Emiliano—. Y sí, son huesos humanos, pero no hemos matado a nadie para conseguirlos, se han desenterrado en el cementerio, igual que la tierra de los montones que marcan las esquinas. Todavía faltan los elementos metálicos, entre ellos uno que ha estado en poder de Bidache. Es una bala, no ha sido fácil conseguirla. Y lo más importante, hay que alimentar y fortalecer la *nganga* con sangre.

—¿Humana?

—Sí, gallego, pero no te preocupes, que no es la tuya.

—¿Y esto le va a hacer algún daño a Bidache?

—Quizá ahora no, pero su alma nunca descansará. Una vez que muera, el muerto que le precede, el propietario de los huesos que hay en la *nganga*, lo perseguirá toda la eternidad.

Los tambores suenan ahora con más fuerza y se mezclan con otros que se oyen a lo lejos, los mismos que cada noche los han acunado en el ingenio.

—No deberíamos estar aquí. —Tomasiño mira al círculo de rostros de esclavos iluminados por el fuego que alimenta el caldero.

—No nos va a pasar nada —afirma Mauro—. ¿No has hecho el conjuro de la queimada en el pueblo? Pues esto es lo mismo. Llamar a las meigas. Lo que pasa es que aquí lo hacen de otra manera.

Mauro sabe que no ha logrado tranquilizar del todo a su amigo, pero al menos permanece en el círculo de los elegidos, hipnotizado por la ceremonia. No le ha querido contar que esta es la noche señalada para fugarse. Emiliano se negó a seguir esperando noticias de Leonor, necesitaba escapar del ingenio. Por eso decidieron celebrar el rito del palo mayombe, para atraer a Bidache y a los vigilantes a ese lugar y despejar la huida hacia el monte. Está convencido de que Tomasiño jamás tendría el valor necesario para la fuga, pero Mauro lo arrastrará con él, lo sacará de este infierno. El primer paso del plan ha funcionado: han diluido unas semillas de estramonio, conseguidas por el Brujo, en la infusión del guardia, que se ha quedado dormido como un cesto.

Un hombre llega acompañado por otros dos esclavos, solo va vestido con una especie de taparrabos y lleva los ojos tapados por un pañuelo. Se sitúa frente al caldero, dentro del círculo.

—Es Eusebio, lo conocéis. Va a ser iniciado.

Rafael, el Brujo, el maestro palero o, como ellos le llaman, el Tata Enkise, inicia un cántico y, con el cuchillo, va practicando pequeños cortes en las manos de Eusebio, en sus brazos, en su pecho. Deja que las gotas de sangre manchen un palo que después introduce en el caldero junto con los demás elementos que ha arrojado dentro.

—Todos nosotros vamos a morir, pero de distintas formas. La muerte no es más que un nuevo tramo del camino. Preparaos para ella...

Los presentes acompañan con sus cánticos las palabras del Brujo, que marcan el rito y al mismo tiempo, todos lo saben, sirven de purificación por si esa noche, la de la fuga que todos los allí reunidos están dispuestos a intentar, es la última de sus vidas.

Sobre el ruido de los tambores gana presencia el de los cascos de los caballos y, acompasándose al trote, el de los rifles que están siendo amartillados. La silueta de Bidache y su chistera se recorta en la noche. Mauro coge de la muñeca a Tomasiño: ahora es cuando deberían levantarse y deslizarse en la oscuridad hasta la salida, mientras el capataz y sus hombres disuelven la ceremonia. Algunos, los que han aceptado ejercer de cebo, crearán los problemas suficientes para que los demás logren poner tierra de por medio.

No han contado con la barbarie. Sin advertencias, de la negrura surge el destello de un rifle, una detonación. Luego, el impacto en el pecho de Eusebio. El hombre que iba a ser purificado se derrumba sobre el caldero y el fuego, grita ardiendo mientras el contenido de la *nganga* se derrama por el suelo, los huesos, la cabeza del perro, mezclándose con la sangre de Eusebio y sus gritos. Mauro alcanza a ver la sonrisa de Ramírez, el esbirro de Bidache, que, junto a otros hombres, se habían adelantado al grupo del capataz. Su arma todavía caliente desprende humo. Bidache azuza su caballo, las pezuñas retumban en el suelo.

Hay una estampida. Tomasiño corre hacia el monte sin advertir que es Mauro quien tira de su mano para forzarlo a correr como un endemoniado. Es ahora o nunca. Los negros que participaban en la ceremonia, apenas una decena, corren en todas direcciones, muchos no llegan a sobrepasar la celada que Bidache ha preparado.

Hay peleas, golpes, gritos que resuenan bajo la luna como aullidos tribales, relinchos y disparos. Mauro ve caer a un negro que corre a su lado. Oye el llanto de Cascabelos, en pleno ataque de angustia, y no sabe si soltarle la mano le va a provocar una parálisis o si va a seguir corriendo. Pero tiene que soltarlo, uno de los secuaces de Bidache ha encontrado un atajo para impedir su escapada y levanta el arma hacia ellos. Mauro se lanza a sus piernas y después, cuando el hombre está desarmado, le propina un cabezazo.

—¡Corre hacia el monte! —le grita a Tomasiño, que se ha detenido para presenciar la pelea, para esperar a Mauro, como un niño que no se vale sin la compañía de su padre.

Tomasiño corre, cruza el arco que da entrada al ingenio y se adentra en un campo de girasoles que lo separa del monte, mientras Mauro se zafa como puede de la mano de su contendiente, que hace presa en su garganta. Una tanda de puñetazos lo deja fuera de combate. Silban las balas y el gallego se queda tumbado unos instantes. La figura de Tomasiño se va perdiendo en la distancia, pero de pronto deja de verlo. Le falta una imagen, un manchurrón ganando la espesura en el salto final, eso no lo ha presenciado y no entiende por qué. Corre hacia el lugar en el que ha desaparecido el muchacho y lo encuentra tendido boca abajo, una estrella de sangre desdibujándose en su espalda. Lo gira para buscarle el pulso. Está muerto. En su rostro se ha descosido una sonrisa y tiene un brazo extendido hacia el bosque, como si por allí se acercara la Santa Compaña.

—¡Vamos!

Como un pájaro que vuela sin control, las manos de Emiliano descargan golpes sobre el cuerpo de Mauro para sacarlo de su aturdimiento. El negro zigzaguea hacia los primeros árboles del monte y le marca el camino. Mauro cierra los párpados de Tomasiño y emprende la carrera final. Suenan gritos y disparos a su espalda, tantos que se extraña al no sentir el impacto ni la quemazón de las balas en su cuerpo cuando alcanza el refugio de la vegetación.

La Santa Compaña se da por satisfecha con lo que ya tiene.

Capítulo 27

—

Leonor contiene su impaciencia mientras el tren traquetea hacia el ingenio Magnolia. Viaja con su marido y con Loynaz, el abogado, por encomienda del gobernador civil de la isla, Joaquín del Manzano, que los ha recibido esa misma mañana. En la entrevista, conseguida gracias a su insistencia, el gobernador se ha presentado como un abolicionista, aunque también ha reconocido que el asunto pasa por el Gobierno de Madrid. A Leonor le ha sorprendido la sencillez de ese hombre. No había tenido ocasión de volver a hablar con él desde la fiesta de Navidad y ha descubierto que, pese al uniforme militar repleto de condecoraciones que le podrían haber convertido en alguien pagado de sí mismo, ha admitido tanto sus limitaciones como su posible influencia a la hora de cambiar las cosas. Ha puesto como ejemplo la ley de vientre libre, que él mismo está impulsando para que los hijos que tengan las esclavas nazcan sin cadenas y sean libertos de pleno derecho. Sería un gran avance, ha dicho, en un nido de tradicionalistas como España, que no será un país civilizado hasta que acabe con la trata de personas por completo.

La posibilidad de que haya gallegos esclavizados en el ingenio de Boada le ha creado una inquietud genuina, porque creía extirpada esa práctica desde los tiempos de Feijóo de Sotomayor. Ella es consciente de que no ha terminado de creerla; aun así, no ha enseñado la carta de Mauro, no podía hacerlo, se ha limitado a contar su experiencia y a apoyarla con el testimonio de una esclava, Rosana, aunque ha omitido su nombre. A pesar de la debilidad de sus pruebas, Del Manzano ha autorizado una visita de carácter oficial al ingenio Magnolia. Loynaz tiene el encargo de redactar un informe. Todo un éxito diplomático para la señora Morell, en el que su marido también ha colaborado, aunque sea el primero en dudar de sus acusaciones.

—No sé si este viaje va a servir de algo. En realidad, espero que no, que todo sea una gran equivocación. No quiero creer que Boada consienta estas prácticas.

—¿Crees que el gobernador tomará cartas en el asunto si se confirma lo que digo?

—Hay muchos intereses creados en esta isla, Leonor. Además de ser un hombre rico, Arsenio es un buen amigo de altos mandos.

—He estado haciendo averiguaciones —interviene Loynaz—. Alguna empresa podría estar usando la figura del colono asalariado para traer gallegos a Cuba. Una vez aquí, les retiran los documentos y los obligan a devolver el dinero del pasaje, de la manutención, de la vivienda... Eso es lo que se dice entre algunos domésticos de La Habana. Cada día, los colonos deben más dinero pese a su trabajo y les resulta imposible librarse de esas obligaciones.

—No me puedo creer que Arsenio Boada permita una cosa así —dice Cándido—. No me lo creo, Loynaz.

—No lo sé... Sabe que, a veces, el manejo de los esclavos no depende tanto del hacendado como de los capataces y los mayorales. Puede que Arsenio no sepa nada del asunto.

¿Quién es Arsenio Boada?, se pregunta Leonor cuando el hacendado los recibe con semblante serio en la entrada del ingenio. Está informado de la visita y no quiere disimular su malestar, como si la mera sospecha supusiera una afrenta. ¿Dónde quedó el Arsenio de conversación ligera, que parecía al margen de los eternos debates políticos de Cuba, el que rondaba a Amalia Bru con simpatía? Aquel que ella imaginó junto al grupo de artistas del Variedades, bebiendo y riendo en la noche madrileña. El hombre que, desde que lo conoció en el viaje, parecía haber interpretado mejor que nadie los miedos de Leonor, incluso había conseguido que Cándido dejara de presionarla, como actriz y como esposa. Ese hombre al que consideraba un amigo se ha transformado en un desconocido, como si, en la noche con *madame* Bisson, un espíritu extraño hubiera colonizado su cuerpo, transformándolo en otra persona, ¿o es este el verdadero Boada? El que ordena agrio a su mayoral —el español con aire de bandolero y sombrero de chistera, Bidache se llama— que todo el personal del ingenio forme en el batey.

Recuerda cuando pensó que Arsenio tenía la habilidad camaleónica de un actor, que era capaz de interpretar el personaje del hacendado y fingir interés en la conversación de los demás, aunque nunca opinara en firme de nada, porque, en realidad, todo eso no era más que una fachada. Entonces, Leonor lo envidió, quiso disfrutar de esa misma capacidad. Ahora tiene el pálpito de que la identidad que Boada se esforzaba en disimular es la de alguien que le provoca repulsión.

Sin perder la corrección ni sus modales pausados, Boada ordena con autoridad. Por el modo en que se apresuran a obedecerle, salta a la vista que sus hombres temen el castigo si no cumplen como es debido. Leonor sabe que nació en la península, pero lleva años al frente de este y otros ingenios y está acostumbrado al trato con esclavos, con capataces y mayorales.

Un cuarto de hora después están todos reunidos en el batey. En total son unas ochenta personas, entre ellas doce chinos y tres gallegos. En cada uno de esos tres rostros, Leonor cree ver por una fracción de segundo los rasgos de Mauro cristalizándose, pero la fantasía desaparece enseguida, una y otra vez, hasta que finaliza el repaso y comprende que no está allí. ¿Seguirá encerrado en el cepo?

—¿Desde cuándo están aquí los gallegos?

Leonor adivina un poso de humillación en las palabras del hacendado.

—Se les ha contratado para la zafra. Colonos asalariados. —Bidache se encoge avergonzado. Le duele el tono de Arsenio, y le duele aún más que el escarmiento sea público, en mitad del batey, delante de todos los esclavos.

—¿Por qué no he sido informado?

—Quería ahorrarle problemas, señor Boada.

—No están todos —dice Leonor.

—¿Por qué dices eso, cariño? —la amonesta Cándido quedamente.

—Falta un gallego que estaba en el cepo hace una semana.

Boada se acerca a Leonor.

—¿Insinúas que en mi ingenio se utiliza esa herramienta de tortura?

Leonor repara en que es la primera vez que la tutea desde que se conocen, aunque más que un gesto de confianza le ha sonado a amenaza.

—Arsenio, no te lo tomes a mal —la excusa Cándido.

—Quiero ir al cuarto que hay junto al barracón, allí dentro hay un cepo.

Pero Cándido retiene a su esposa cuando esta ya había

iniciado el camino. Se seca el sudor de la frente con un pañuelo. Las pupilas de Boada flamean de ira. Bidache carraspea antes de hablar.

—No será necesario ir al cuarto, allí no hay más que herramientas de labranza: creo que tengo la explicación a la ausencia de ese gallego. Ayer hubo una fuga en el ingenio y se escaparon varios esclavos. El gallego era uno de ellos.

—¿Por qué no me ha informado de eso? —estalla Boada—. ¡¿Por qué hay gallegos en mi ingenio, Bidache?! Los quiero en libertad inmediatamente.

—Eso no es tan sencillo, señor, tienen un contrato que cumplir, igual que los chinos.

Loynaz da un paso al frente y muestra un papel que le ha visado el gobernador.

—Eso no será problema, traigo una orden del gobernador. Los gallegos que así lo deseen podrán abandonar el ingenio en libertad. Los que estén de acuerdo en seguir trabajando podrán firmar nuevos contratos con condiciones dignas. La situación de los esclavos africanos y los colonos chinos la trataremos los próximos días. Lo que le aseguro, y esto ya es de mi cosecha, es que se han acabado los castigos físicos y que no nos vamos a conformar con su palabra: queremos ver qué hay en ese cuarto y, si encontramos un cepo, será destruido hoy mismo.

En el batey se forma un revuelo difícil de controlar. Los gallegos se lanzan a relatar sus desventuras. Juntando fragmentos deshilachados de cada desahogo, se compone el relato terrible de sus peripecias: captados en sus pueblos, subidos en un barco como si fuesen ganado y desembarcados en Cuba el día de Navidad. En el puerto de La Habana los dividieron en varios grupos; hay al menos dos centenares más de españoles en otros ingenios, ignoran si en las mismas condiciones que ellos, que han sido una tortura. La enfermedad y la falta de atención se llevaron la vida de Galea, uno de los suyos. Todos han fantaseado con la fuga, pero también tenían miedo. Y no era en vano; de los dos gallegos que escaparon, uno murió en el intento, Tomasiño Cascabelos. El otro, el doctor lo llamaban, creen que sí consiguió huir al monte. Esperan que encontrara refugio en algún palenque, los escondites de los esclavos fugados que todo el mundo conoce por cimarrones.

—¿Recuerda el nombre de la compañía con la que firmaron el contrato? —se interesa Loynaz.

—Romasanta. Nos trajeron en un barco que se llamaba Virgen de los Remedios.

Leonor, que durante unos instantes ha temido que el relato del gallego la golpeara en algún momento con la muerte de Mauro, tarda unos segundos en tomar conciencia de cómo la gravedad se ha instalado entre Loynaz, Cándido y Boada: parecen haber encontrado un tesoro que nadie quería desenterrar.

—Supongo que ambos saben quién es el armador de ese barco —murmura Loynaz.

—Lo sé... Enrique Olózaga —dice Cándido.

Arsenio pide a todo el personal que vuelva a sus barracones. Solo se detiene un instante junto al mayoral para ordenarle que recoja sus pertenencias y desaparezca de allí. No quiere volver a verlo en el ingenio Magnolia. Después, pide a sus invitados que le acompañen a la Casa Grande. Cándido echa un último vistazo atrás, a la figura de Bidache: su chistera baja de fieltro con una banda roja, su porte de bandolero derrotado al que le han arrebatado todas las armas, como si ya solo le faltara el disparo de gracia de un soldado. Advierte la sonrisa de satisfacción de Leonor y, de pronto, como si quisiera recortar un poco las aristas de semejante triunfo, le pide a su amigo clemencia con el mayoral.

—Puede que una reprimenda sea más práctica que un despido, Arsenio.

Leonor compone un gesto de incredulidad ante la actitud de su marido. Boada asiente despacio y promete reconsiderar la cuestión.

Esa noche, en la cena, cuando ya se han disuelto los ecos de la liberación de los gallegos, Leonor pregunta por qué no han hecho lo mismo con los negros y los chinos. Arsenio, que no ha probado bocado, se moja los labios en la copa de vino antes de responder.

—No te puedes imaginar el esfuerzo que llevo años haciendo para mejorar la vida de los ingenios, para traer máquinas, para aumentar la producción e ir prescindiendo del trabajo de los esclavos...

—Libéralos.

—Lo haría, pero no podemos dejar de un día para otro a miles de personas en la calle, vagando por la isla sin medios para ganarse la vida. Tampoco los podemos devolver a África, ellos ya no pertenecen a ese mundo.

—Eso deberían decidirlo ellos. Volver a casa...

—Muchos han nacido aquí, ni siquiera han pisado ese continente. ¿Volver dónde, a qué casa? Desengáñate, Leonor.

—¿Me estás diciendo que no hay solución?

—Si los ingenios aumentan la producción, ganarán dinero, y entonces se podrán pagar salarios dignos.

—Desde que he llegado a Cuba solo he visto lujo. Creo que ya dan suficiente dinero. ¿En tus ingenios sucede esto mismo?

Lo dice girándose hacia Cándido por sorpresa. No le ha gustado su indulgencia con Bidache, un maltratador de esclavos, y arde de curiosidad por saber si él también permite los abusos. Al ver que traga saliva comprende que está intentando dominar la incomodidad, si no la ira.

—Yo también estoy interesado en mejorar la vida de los esclavos. ¿Me has visto alguna vez maltratar a alguno?

—En La Habana no, pero me doy cuenta de que no tiene nada que ver La Habana con el interior de la isla. ¿Vas a buscar a los fugados?

Arsenio deja a un lado su servilleta y a ella le cuesta adivinar si la pesadumbre que exhibe en cada uno de sus gestos es real o un mero artificio. Vio cómo sacaban el cepo de aquel cuartucho. Desde la ventana de su habitación, pudo presenciar cómo lo convertían en leña. La rabia de Boada con los hombres del ingenio parecía fuera de toda duda, tampoco le tembló el pulso al deshacerse del mayoral, al menos hasta que a Cándido le dio por interceder en el asunto. Pero se pregunta si esa buena disposición es real o una excelente interpretación.

—Hay unos hombres que se encargan de buscar a los cimarrones. —La voz de Loynaz es la respuesta que Arsenio no se atrevía a darle a Leonor—. Los llaman rancheadores, una especie de cazarrecompensas. Le aseguro que es mejor que no los encuentren, por el bien de ellos. Es otra cosa con la que habría que terminar, pero cualquier dueño de ingenio estaría en contra; es la forma de que los esclavos crean que escapar es peor que seguir como están. ¿Me equivoco, señor Boada?

—No, no se equivoca. Los rancheadores son crueles, sí, y la mayoría de los hacendados están convencidos de que, mientras siga vigente la esclavitud, son necesarios.

—¿Y tú? —Leonor no teme enfrentarse con Boada.

—Lo único que puedo prometerte es que yo no pagaré para que esos rancheadores capturen a los que huyeron de mi ingenio.

—Eso no significa que no vayan a buscarlos, ¿verdad?

En esta isla no se puede consentir que los esclavos crean que la libertad es posible. Si no pagas tú, otro hacendado lo hará.

—Me temo que mi mujer está muy sensible, Arsenio. Ya estás haciendo todo lo que está en tu mano.

Boada no llega a responder a la pregunta de Leonor. Ambos saben que está en lo cierto. Incluso si Arsenio cumple su promesa, no servirá de nada. Los rancheadores ya se habrán echado al monte, siguiendo el rastro de Mauro y del resto de cimarrones.

—Tengo una petición que hacerte, Arsenio —le dice Leonor cuando se levantan para ir a sus habitaciones a descansar—. Me gustaría comprar a una de tus esclavas de la casa, a Rosana. O mejor, que le des la libertad para que se pueda venir conmigo como una mujer libre.

—¿Por algún motivo?

—Es hija de Idalina, la esclava que me atiende en La Habana. Quiero que las dos se puedan reunir.

—Querida, estás pidiendo un imposible —dice Cándido.

Ella no hace caso de su marido y mantiene la mirada fija en Boada, que guarda silencio unos segundos sopesando la cuestión.

—Aunque te cueste creerme, estoy en deuda contigo, Leonor. Me has descubierto qué estaba pasando en mi propia casa y me has dado la oportunidad de enderezar las cosas. Si quieres la libertad de Rosana, la tendrá. Mañana mismo Loynaz puede preparar los papeles para que viaje contigo a La Habana.

Cándido apenas habla con ella cuando entran en el dormitorio. Le duele lo que han descubierto en el ingenio Magnolia, pero también le preocupa la responsabilidad de Enrique Olózaga en todo esto, la implicación de otros ingenios de la isla en el tráfico de gallegos. Han dicho que puede haber más de doscientos en Cuba. Cuando el resultado de esta expedición llegue a oídos de las autoridades, será el fin de los negocios de Olózaga.

Por su parte, Leonor es incapaz de conciliar el sueño. Desde la ventana puede ver el batey, los restos del cepo donde estuvo atrapado Mauro y, más allá, la espesura del monte que se eleva por detrás del arco del ingenio. El sentimiento infantil de que, ahora, Mauro y ella están viendo las mismas estrellas apenas le dura unos segundos, lo que tarda la razón en sofocar una efusión incipiente que considera absurda. Aquel estudiante revolucionario solo estuvo un día en su vida, no es normal que ahora sufra tanto por su destino. Debe seguir con sus ocupaciones, con sus afanes, extender de nuevo el manto del olvido. Ya le ha dado suficiente espacio a la curiosidad por él y al deseo de ayudarlo. Así pues, la razón ejerce su imperio y la efusión por el gallego queda aplastada. Pero entonces surge el miedo, y eso ya no lo puede controlar: un miedo que crece con fuerza en su interior. Esos rancheadores.

Sabe que ahora mismo están persiguiendo a Mauro. Sabe que se ayudan de perros adiestrados para localizar cimarrones y cobran una onza de oro por cada hombre que devuelven a su propietario. Los esclavistas les pagan su precio lo devuelvan vivo o muerto. Y un cadáver es más cómodo de transportar: un cadáver no intenta escaparse.

Capítulo 28

—

Subieron la montaña a través de la maleza, evitando los senderos, ocultándose cuerpo a tierra y conteniendo la respiración cuando oían las pisadas de los caballos, los jadeos, las órdenes que Bidache escupía a gritos a algún miembro de la batida, hasta que lograron dejarlos atrás y los envolvió el silencio del monte.

De los quince esclavos que intentaron la fuga, solo han sobrevivido tres: Emiliano, el Brujo y Mauro, que no logra comprender cómo pudo mantener el sigilo cuando estaba desgarrado por la muerte de Tomasiño. Sabe que, después del dolor, la culpa se instalará en su conciencia. El pobre Cascabelos no quería escapar, había encontrado algo parecido a la felicidad en la vida rigurosa del ingenio. Lo arrastró convencido de que así lo rescataba de su cautiverio y de su cobardía, pero al único lugar donde lo llevaba era a la muerte, esa de la que huyó en Galicia. Tendrá que escribir una carta a su familia; glosará las virtudes de Tomasiño, no le costará trabajo: era, por encima de todo, un buen amigo, alguien en quien se podía confiar con los ojos cerrados. Un don que ahora Mauro no sabe si posee: le vienen a la memoria algunas palabras de Leonor en la lejana casa de San Buenaventura. Esa rabia con la que ella hablaba de los que creen saber qué es lo mejor para los demás, como si el resto del mundo no fuera capaz de decidir por sí mismo. Tendrá que asumir ese pecado de soberbia, su parte de culpa en la muerte de Tomasiño.

Pasan dos días escondidos, ganando poco terreno al monte escarpado, pues los rancheadores no desisten de la búsqueda. No comen nada más que los frutos que van encontrando por el bosque y apenas hablan entre ellos. Emiliano susurra a veces una instrucción o una voz de alerta; Rafael el Brujo se mantiene siempre en silencio y los precede varios metros a través de la maleza, como un *sherpa* que conoce el camino. Suben cerros, vadean ríos, salvan cortadas.

Al tercer día se topan con un palenque que los sorprende por su dimensión: es un asentamiento organizado en el que viven unos cincuenta cimarrones, casi todos hombres, aunque hay cinco o seis mujeres. Todos esclavos africanos fugados de los ingenios de la zona. Hay tenderetes que protegen del sol y en las laderas de la montaña, pequeños huertos, los conucos. A pocos metros, en una cueva, han montado el almacén donde guardan algo de comida y las pocas cosas que tienen de valor.

Los recibe un mandinga nacido en Cuba llamado Pedro, un hombre alto y fuerte, el jefe del grupo. Lleva allí más de tres años, desde que se escapó del ingenio de Los Girasoles, en un valle no muy lejano.

—Si os vais a quedar aquí, tenéis que conocer las normas. No somos esclavos, somos hombres libres. No tenemos ni cepos ni látigos, pero hay dos castigos: la expulsión para los que no ayudan y la muerte para los que nos ponen en peligro.

El Brujo mantiene la mirada fija en el mandinga y después se gira hacia sus compañeros.

—Vámonos, este no es nuestro sitio.

Ni Mauro ni Emiliano entienden esa reacción, pero siguen sus órdenes. De manera natural, se ha convertido en su líder. Solo cuando han ascendido por el monte pelado y alcanzado las cuevas del risco más alto, Emiliano le pide explicaciones.

—Nos buscan los rancheadores, cada vez que se acerquen nos van a mirar mal. Y cualquier día el mandinga nos corta el cuello o nos entrega. Estamos mejor solos. Siempre es mejor estar solo.

Pasan días fabricando lechos con hojas y ramas, hacen acopio de frutos del bosque, de hierbas, de semillas. De momento su dieta consiste en eso. El Brujo vuelve una tarde con un roedor clavado en un palo. Es un majaz, un animal de los bosques tropicales de carne muy apreciada. Lo cocinan en la hoguera y la cena les sabe a gloria bendita. Cuando escasea el alimento, Emiliano sale en busca de comida. Tiene la intención de pedir algo en el palenque de Pedro, no sería la primera vez: los cimarrones del palenque les han dado cosas otros días, hasta les regalaron dos viejos machetes, pero lleva el palo y el cuchillo por si se encuentra con un animal.

Mauro pasa el día con el Brujo, un hombre silencioso y hosco al que no le gusta ser interpelado. Las pocas palabras que hay suelen nacer de Mauro, pero hoy ni siquiera tiene fuerzas para quebrar ese silencio. Dentro de él resuena un ruido atronador: la culpa por la muerte de Tomasiño se extiende como una mala hierba, la impotencia tras la huida, al tomar conciencia de que estar en un palenque es otro tipo de prisión, la frustración al saberse de nuevo lejos de Leonor. ¿Y si hubieran esperado la respuesta a su carta? ¿Las cosas habrían sido diferentes? ¿O es que nunca hubo una respuesta? ¿Por qué ella habría de sentir lo mismo que él? Se mortifica imaginando a Leonor en su casa de La Habana, haciendo trizas la carta codificada y, después, quemándola en un cenicero. Y, de repente, vuelve a ver con claridad el rostro sin vida de Tomasiño, sus ojos abiertos hacia la oscuridad del monte.

—¿Le tenías afecto?

Mauro levanta la mirada, sobresaltado por la voz ronca del Brujo, que lo ha sacado de su espiral.

—Al gallego, ¿lo querías o no lo querías?

—Lo quería, sí.

—Estás sufriendo, entonces.

—Él no quería fugarse, lo arrastré yo.

—Debes tener la piel más dura. No se puede querer a nadie. Es fuente de sufrimiento.

—¿Eso es lo que piensas? Yo no soy así, yo no podría vivir sin querer.

—Eso piensan todos, pero cuando ves morir a tantos, cuando ves tanta crueldad y tanta injusticia, te vuelves de piedra. En un ingenio de Oriente vi a un mayoral tirando al horno a un negro que había estornudado. Nadie hizo nada. Yo tampoco. Nos quedamos como estatuas delante del horno mientras él se retorcía en el fuego.

—¿En cuántos ingenios has estado?

—En cinco. Y no he conocido a un solo hacendado que no sea el demonio. —Rafael se queda un instante mirando la vegetación, espesa, como si hubiera notado algún movimiento entre las ramas—. Es una maldición. La que trajo el barco fantasma que llegó a la isla hace años. ¿Conoces la historia?

Está cayendo el sol. Rayos dorados iluminan los insectos, el polen en suspensión, que brilla como si fuera algodón. No sabe por qué, pues no ha oído pisadas, Mauro tiene la sensación de que, a su alrededor, se han congregado los animales del monte para escuchar al Brujo. Los tocororos, los majaces, expectantes por descubrir el secreto de la isla.

—Unos pescadores encontraron un buque a la deriva. Estaba lleno de cadáveres y de negros que llevaban varios días encerrados en la bodega. Algunos estaban vivos. Nadie sabe realmente qué pasó. Dicen que hubo un motín, que por eso había negros muertos junto a la tripulación, también muerta. Que fue una tormenta, las velas estaban rotas. Pero lo único cierto es que ese barco trajo el demonio a la isla. Es una maldición tan fuerte que ni siquiera el mayombe la puede aplacar. El capitán del barco tuvo que verlo antes de morir. Antes de que el diablo le arrancara el hueso del cráneo y clavara dentro dos palos unidos como una cruz. Es vuestro demonio, riéndose de vuestro Dios.

Rafael siente un escalofrío, como si solo al mentar al diablo pudiera notar su mano en la espalda. Mauro está acostumbrado a las creencias africanas, pero mantiene un escepticismo sano al respecto. Sin embargo, ese hombre le impone respeto y no le gusta notarlo tan turbado, como no le gusta el relato del navío fantasma y la extraña tortura de su capitán. El Brujo alza ahora la mirada hacia el cielo y da la impresión de que está invocando algo. El sol ha empezado a apagarse. Un cerdo corre entre las matas hacia la cueva, azuzado por Emiliano, y por un momento parece que la aparición obedece a algún conjuro del viejo.

—¡Un cochinatico! —viene gritando Emiliano, eufórico—. Lo he robado de una casa que había en el desmonte.

Mauro saca el cuchillo para acabar con ese cerdo que les puede alimentar durante una semana, pero Rafael lo detiene.

—Guarda eso. Nos tenemos que ir.

Señala el monte bajo, por donde se abre paso una partida de rancheadores. Adivinan sus sombras, se han acostumbrado a ver entre la vegetación. Llevan perros y, a la cabeza del grupo, la silueta inconfundible de Bidache, con su chistera baja. El mayoral ha convertido su caza en algo personal, no lo ha dejado en manos de unos rancheadores cualquiera. No quiere ceder a otros el placer de matarlos.

Pedir cuentas ahora a Emiliano no tiene sentido; en su aventura ha debido de llamar la atención y ha facilitado que le siguieran el rastro. Ya los han descubierto en la boca de la cueva. Tienen que bajar tan rápido como puedan por la otra ladera y buscar el río, alcanzar la jungla y enredarse en su espesura, por la que no pueden pasar los caballos.

Mauro admira la velocidad a la que corre el Brujo por la cuesta, mientras Emiliano y él descienden resbalando. Un claro los expone a un disparo franco, pero cuentan con algo de ventaja. A sus espaldas oyen más y más cercanos los ladridos de los perros. Uno de ellos atrapa a Emiliano justo cuando rueda por un talud que muere en la orilla del río. Ha hecho presa en su tobillo izquierdo. Mauro aferra su machete y se acerca para ayudarlo, pero el africano se vence sobre el animal y lo tiende de una cuchillada en la garganta.

Rafael, entretanto, está cruzando el río que los separa de la jungla. Los jinetes asoman por la cresta del monte y bajan la ladera al galope. En cuestión de segundos están disparando a los fugitivos. Una bala roza el hombro de Mauro y rebota contra una roca. Emiliano se lanza al río y bucea hasta la orilla, sorteando las balas. Mauro ha optado por ocultarse tras una gran piedra junto al lecho. Jadea por el esfuerzo y piensa a toda prisa, calibrando sus opciones. El agua baja revuelta por ese flanco, no es fácil ganar la otra orilla, pero salir de su escondite y buscar un acceso mejor lo expone a los disparos. No ha resuelto la cuestión cuando oye un clic a su izquierda. Lo primero que ve al girarse es el mostacho poblado del ranchero, que sonríe mientras le apunta con la escopeta. El disparo resuena en el valle. El hombre cae de rodillas, la cara deshecha. Mauro no entiende quién le está ayudando ni por qué de repente un tiroteo intenso sofoca el rumor del río. Sale de su escondite a tiempo de ver a Pedro, el mandinga, rodeado de varios cimarrones armados que han acudido en su rescate. Bidache ordena hacerles frente, los rancheadores se protegen en el monte y Mauro cruza el río y se adentra en la jungla.

Allí le esperan Emiliano y Rafael. Atraviesan la maleza con cuidado de sortear las arañas y las ranas venenosas, las plantas tóxicas, las zonas enfangadas, y llegan por fin al otro lado, al desmonte, donde no hay cuevas en las que guarecerse. Localizan una hornacina en un roquedal para pasar la noche y descansar de tanto apuro. ¿Es esa la vida que los espera a partir de ahora, siempre huyendo, siempre amenazados por los rancheadores, capaces de peinar la isla entera en busca de su recompensa?

—Yo tengo que salir de aquí. Tengo que ir a Matanzas a reunirme con Rosana. Le prometí que estaría el primer domingo de carnaval.

—Ella no puede viajar, es una esclava.

Emiliano aplasta la objeción del gallego con una mirada febril.

—Sé que irá —dice con la fe de los lunáticos.

—¿Cómo vas a ir hasta allí? —pregunta Mauro.

—Está cerca.

—Dos días caminando —precisa el Brujo.

—Eso es poco para un hombre enamorado —dice Emiliano.

Mauro aguarda con curiosidad la respuesta de Rafael, el hombre que vive sin afectos. Pero sobreviene el silencio hosco de tantas veces, cuando parece que le da pereza explicar a los hombres las obviedades de este mundo. Le gustaría restregarle su desconfianza hacia Pedro, que no ha dudado en ayudarlos con los rancheadores aunque al hacerlo se haya puesto en peligro. Seguramente a esas horas estarán buscando otro palenque, un nuevo escondite para vivir.

Esa noche no encuentran comida y pasan hambre. El cochinatico que robó Emiliano ha quedado muy atrás.

Capítulo 29

—

Son días intranquilos para Leonor, días soleados que contrastan con los nubarrones que envuelven su corazón. No puede soportar la falta de noticias sobre el paradero de Mauro, y se le ha anudado la angustia en el estómago de tal forma que apenas tolera la comida. Solo hubo un rayo de luz en esta oscuridad, la llegada a casa con Rosana, el encuentro de una madre y una hija.

—¿No la reconoces, Idalina?

Se miraron como dos extrañas, sin atreverse a dar el primer paso. Se habían escrito, sabían la una de la otra, pero llevaban sin verse desde que Rosana era solo una niña pequeña, cuando Cándido Serra compró a Idalina y se la llevó del ingenio Magnolia para convertirla en su doméstica. Rosana era ahora una mujer de dieciséis años y ni siquiera el instinto maternal lograba penetrar la maleza que había crecido entre ellas por el paso del tiempo. Quizá si se hubieran cruzado por la calle nunca se habrían reconocido.

—¿Rosana?

—¿Eres Idalina, eres mi madre?

Por fin, vencidos todos los temores, se abrazaron.

—Hija, pensé que nunca te vería...

Leonor prefirió dejarlas solas, permitirles recuperar los años perdidos, aunque se alejaba del único momento verdaderamente feliz del que era testigo desde que estaba en Cuba.

Rosana se ha quedado a vivir en el palacio de la calle Belascoaín, y Leonor se acerca a ella con frecuencia para arrancarle historias sobre Mauro.

—Le llamaban el doctor, se veía que no era igual que los demás gallegos. Tomasiño y él se hicieron muy amigos de Emiliano. Tomasiño no tuvo suerte, pero Emiliano y Mauro sí, huyeron juntos, dejaron atrás a Bidache y a sus hombres, espero que estén bien...

Desea con toda el alma que así sea. Mauro, su medio médico. Desde hace unos días, lo llama así en su imaginación. Y se pregunta si lo que siente por él es amor o una fantasía tropical que empezó a cobrar forma al leer su carta arrebatada. Solo estuvo con él una vez, una noche en Madrid que ahora, en su recuerdo, aparece teñida de dulzura. Nunca nadie había hecho algo así por ella, cruzar un océano para encontrarla, algo tan pasional y tan tierno a un tiempo; tan absurdo y tan valiente. Tan parecido a esos amores de las novelas. Lo ha idealizado, seguro, se lo dice a sí misma con frecuencia, no lo va a reconocer cuando se encuentre con él, tal como sucedió aquella noche en el ingenio. Pero todo amor lleva adherida una parte de idealización, y la insensatez de su sentimiento, en lugar de refrenarla, sirve a Leonor de espoleta.

Incapaz de concentrarse en los ensayos con Pildaín, va cayendo en el desinterés hacia todo, una melancolía enferma a la que no puede plantar batalla. La soledad es el combustible perfecto para ese estado de ánimo: no se ha atrevido a visitar a Amalia Bru desde su última discusión, tampoco puede confesar a Cándido la razón de esta tristeza, pero su aire ausente, el aspecto sombrío que la acompaña, no pasan desapercibidos ante su esposo.

—¿No ves que todo el mundo se divierte en La Habana? Es la semana de carnaval, tu primer baile de máscaras en el Circo Albisu: ¿por qué no intentas disfrutar? Quiero volver a ver a la Leonor que cantaba y bailaba encima de mi cama del Grand Hôtel de París, en Madrid.

—Hago lo que puedo.

—¿Por qué no me dices qué te ocurre? Sabes que solo quiero tu felicidad: tienes mi teatro, un papel protagonista en la obra, he hecho todo lo posible para conseguir la libertad de esos gallegos, aunque me supusiera un problema con Arsenio Boada, hasta he aceptado en casa a la hija de Idalina. Y, sin embargo, nada de eso parece que sirva... No te veo sonreír, apenas sales de casa, ni siquiera te presentas a los ensayos. ¿Qué más necesitas?

Ella no le dice que aborrece el libreto de *La flor de la calabaza*, que preferiría actuar en un papel secundario de la obra de Aquilino Pardiñas. Pero él es terco como una mula, la desprecia, no la quiere en sus representaciones. Cada vez que ha pisado su casa, le han llovido insultos y, aun así, de pronto la asalta la necesidad de visitar a ese escritor gruñón. No sabe si busca su comprensión o el castigo de sus palabras.

La calle de la Bomba ya le resulta familiar: los proxenetas, las prostitutas de aspecto cansado, los hombres de mirada huidiza saliendo de los portales... Por primera vez ve a unos niños jugando en el empedrado. No tienen más de cinco o seis años y están solos. A Leonor no le extrañaría que su madre estuviera atendiendo a un cliente mientras los niños están en la calle, bajo la mirada de otras mujeres del barrio. Como cuando ella era una niña en su pueblo, detrás de las estampas más familiares puede estar la mayor de las crueldades. Tiene que hacer un esfuerzo para espantar esos recuerdos, los de su familia en Montenegro de Cameros. Hacía mucho tiempo que los tenía enterrados y le sorprende que invadan sus pensamientos tanto como si unos muertos vivientes irrumpieran en su dormitorio.

Pardiñas abre ataviado con un pantalón con las piernas cortadas y una camisa vieja.

—Cuénteme qué mosca le ha picado, a qué viene.

—Lo primero, a hablar con usted y ver si necesita algo.

—Justicia social, pero eso no me lo va a conseguir una corista. ¿Algo más?

—¿Nunca va a dejar de tratarme con desprecio?

—Fuera de aquí ya se muestran educados con usted, está casada con un negrero. Seguro que le hacen hasta reverencias. Y a su esposo también, aunque lo que deberían hacer es meterlo en el cepo: ¡que los instrumentos de represión se vuelvan contra sus creadores! ¡Eso sí que me haría feliz!

—Mi esposo no es ningún negrero... Al contrario, gracias a él han liberado a unos gallegos a los que habían esclavizado. Fue a denunciarlo ante el gobernador. Pero no quería hablarle de eso. Quiero que me diga una cosa: ¿por qué es tan mala *La flor de la calabaza,* la obra que mi marido va a estrenar en el Villanueva?

Pardiñas se ríe de buena gana y, como si Leonor hubiera pulsado una clave secreta con esa pregunta, la deja pasar. Sus carcajadas se acentúan cuando Leonor le recita algunos fragmentos del bodrio que está ensayando: «Es *quisá* de una *quería,* no me tengas con *reselo,* que le *viarrancar* el pelo...».

—¿Es en verso?

—A ratos sí, a ratos no. Es un desastre de obra... Cuénteme algo de la suya.

Aquilino Pardiñas se arranca y no hay quien lo pare cuando se pone a hablar de la historia de una reina africana que, esclavizada y traída a Cuba, se enamora de otro de los esclavos de la plantación, a pesar de que su amo la tenga sometida. Junto a la máquina de escribir hay varias cuartillas. Pardiñas juguetea con ellas al tiempo que le confiesa que ha revisado el texto.

—Si antes era una obra maestra, ahora hace palidecer los versos de Lope de Vega, de Shakespeare... Pobres analfabetos.

—¿Me permite? —le pide Leonor las cuartillas. Él la mira con prevención—. Si son tan brillantes, sonarán bien incluso en una actriz pésima como yo.

Aunque nunca lo confesaría, a Pardiñas le divierte esta corista. Le tiende las hojas. Ella lee en voz alta un monólogo de *La reina esclava* que habla de cómo es incapaz de reprimir el deseo por el esclavo al que ama, aunque sabe que, si se acerca a él, lo pone en peligro. Es un texto desesperado y, en boca de Leonor, sucede algo insólito y del todo imprevisto: Pardiñas se emociona. No imaginaba que una vulgar suripanta pudiera leer con desgarro, con verdad, como si las penalidades de esa pasión fatalista las hubiera vivido ella. Al terminar de leer la escena, la joven está llorando.

—¿De quién estás enamorada para leer así? —Y ya no hay atisbo de cinismo en la pregunta de Pardiñas.

Leonor se siente cómoda al contarle toda la historia, desde la noche en que conoció a Mauro en Madrid, hasta la solución a sus problemas que encontró casándose con Cándido Serra, el encuentro inesperado con Mauro preso en el cepo, la denuncia ante el gobernador, la inspección al ingenio y la huida del hombre al que, de pronto, ha convertido en su amado.

—Si no estuviera convencido de que no disfruta del don de la imaginación, le diría que es una cuentista de primer orden.

A Leonor le sorprende que, después de la primera broma, se deslice en el tono de Pardiñas algo parecido al cariño.

—Ha dejado de ser una muñequita mimada para mí, Leonor: me ha enseñado al ser humano. Y no solo eso. También a la actriz que podría ser.

—Cualquiera puede hacerlo bien con este texto: pocas veces he leído algo que defina con tanto acierto la angustia del amor.

—¿Pocas veces, dice? ¡Ninguna! Me dan pena los habaneros que jamás podrán escuchar estos monólogos en un escenario.

—¿Por qué lo ve imposible? No pretendo interpretar a la protagonista, sé que eso es algo que debe hacer una actriz negra, pero puedo convencer a Cándido de que retome la obra y, entonces, ¿podría hacer alguno de los personajes secundarios? La esposa del hacendado, quizá; le aseguro que sabré ponerme en su piel...

El sonido de un cristal rompiéndose interrumpe su conversación. Algo se ha caído en el dormitorio de la casa, tal vez un frasco. Unas toses aguardentosas y unos pasos torpes se filtran bajo la puerta cerrada. Un rumiar etílico que obliga a Aquilino, de pronto turbado, a levantarse.

—¿Quién es? No sabía que tenía visita. ¿Por qué no me lo ha dicho?

—No es buen momento, Leonor. Otro día seguiremos hablando, he disfrutado este rato con usted y le prometo que pensaré en esa posibilidad de volver al Villanueva.

Intrigada, se despide y desciende un piso para saludar a Carmina, que vive justo debajo del escritor. Le deja algo de dinero para ella y para que cuide de Pardiñas y le pregunta por esa misteriosa compañía.

—Son marido y mujer. —Y la vecina añade con una sonrisa de malicia—: Aunque los dos sean hombres.

—¿En serio? ¿Aquilino y un hombre...?

Carmina asiente al tiempo que se guarda los billetes en el bolso. Mientras vuelve a la calle Belascoaín, Leonor cree estar flotando. La revelación de que Pardiñas tiene un amante la ha sorprendido —también ha dado sentido a la profundidad del autor cuando escribe sobre amores imposibles—, pero lo que más le ha marcado es la nueva mirada que él le ha dispensado, una mirada de respeto, incluso de arrobo, mientras ella leía su obra.

La ciudad se prepara para celebrar el carnaval y Leonor camina dentro de su burbuja, procesando las emociones de esa tarde. Los africanos desfilan por las plazas y por el malecón con los tambores y las ropas que debieron de vestir en su tierra. Por un día vuelven a ser congos, mandingas, carabalíes... Hombres libres, en carnaval todos lo son. Blancos y negros enmascarados cantan, gritan, hacen gestos ridículos y asaltan con bromas a los transeúntes.

Esa noche se celebra el gran baile. Antes, los miembros de la más alta sociedad habanera pasean en sus quitrines por la Calzada de la Reina, la Alameda de Paula o el Campo de Marte. Desde los balcones, los vecinos los aplauden y arrojan flores a las damas. Más tarde, el pueblo llano va a bailes de entrada gratuita, como el del Tívoli; otros al Diorama, donde los hombres pagan pero las mujeres entran gratis; muchos se decantan por el más multitudinario, el del Teatro Tacón; solo los privilegiados podrán acceder al Circo Albisu, donde en temporada se ven espectáculos circenses grandiosos, pero que las noches de carnaval frecuentan las mujeres más elegantes cubriendo su rostro con una máscara. La de Leonor es blanca, igual que el vestido que Cándido le ha regalado.

Bernardo, el esclavo que guía los carruajes de su esposo, también lleva hoy una máscara, más de adorno que porque nadie vaya a confundirlo. Usa el mismo uniforme, la misma librea roja con galones dorados. Su esposo también luce una máscara, en su caso, negra.

Amalia Bru se hace notar en la fiesta del Circo Albisu. Lleva un vestido a juego con la máscara, rojos ambos, y el pelo suelto, no parece preocuparse por otra cosa que disfrutar, ajena al posible escándalo que su vestuario y su baile tenga en la pacata sociedad habanera. Una banda de músicos, entre los que se encuentran algunos negros, interpreta canciones populares.

—¿No te encanta la música? Esto es lo que se escucha en las calles de La Habana... Tienes que bailar conmigo antes de que llegue alguna vieja amargada y diga que es música de esclavos y empiecen a tocar algo aburrido.

Leonor agradece que Amalia actúe como si nunca hubieran discutido, necesita su amistad y temía que se hubiera roto, pero se siente incapaz de dejarse llevar por la efervescencia del baile, por las risas y la alegría, como si hacerlo fuera una especie de traición a Mauro.

—¿Qué te pasa?

—No sé. Desde la visita al ingenio Magnolia no me siento bien.

—Debería ser al contrario, te mereces una celebración: sé que destruisteis un cepo en el ingenio de Arsenio y que conseguiste la libertad de los gallegos: Enrique Olózaga está teniendo serios problemas con el gobernador. Fue él quien los trajo en uno de sus barcos.

—Lo sé. Pero todo sigue igual —murmura Leonor al mirar a su alrededor, a las parejas enmascaradas que bailan al son de la banda. Ahora entiende las reticencias que tenía Amalia para actuar. Todo cambia para que todo siga igual.

—No todo. Ahora tú sabes qué hay debajo de esta sociedad.

Al decirlo señala los vestidos elegantes, a los músicos, los bailes, los camareros uniformados trayendo y llevando bandejas, los hombres blancos bien vestidos charlando con mujeres blancas bien vestidas, las máscaras que dibujan expresiones de felicidad... El gesto festivo de Amalia se crispa de pronto. Se disculpa y se aleja de Leonor. Un hombre alto y de porte distinguido la aborda en la puerta del circo. Una elaborada máscara que asemeja la cabeza de un tigre le cubre toda la cara. No están juntos más de un minuto, pero da la impresión de que han intercambiado unas frases tensas, como si discutieran por algo. La señorita Bru se zafa de él y se marcha.

Leonor se queda pensando en que debe averiguar quién es el hombre tigre, pero no vuelve a coincidir con él. Y como no le apetece alargar la fiesta, se excusa ante Cándido alegando un malestar y regresa a casa pronto.

Al llegar, descubre a Rosana en la penumbra de la cocina. Prepara un zurrón para viajar a Matanzas al día siguiente, con el alba: el primer domingo de carnaval. Cuando ella le cuenta que ha quedado con Emiliano, que no sabe si él logrará viajar hasta allí pero que solo vive para la posibilidad de ese encuentro, el corazón de Leonor empieza a latir con fuerza. Si Mauro está con Emiliano, es posible que también vaya a Matanzas.

Esa noche le pide permiso a Cándido para hacer el viaje. El pretexto: necesita empaparse del sentir del pueblo llano para interpretar al personaje de *La flor de la calabaza*, que vive rodeada de criollos. A él le parece una razón muy débil: no ve necesario viajar cien kilómetros cuando también en La Habana puede zambullirse en esos ambientes.

—Creo que he recuperado la ilusión, Cándido. Y quiero hacerlo bien, quiero que estés orgulloso de mí cuando me veas interpretar sobre el escenario. Me ha dicho Pildaín que el acento de Matanzas no se halla en ningún otro sitio de la isla, por eso me gustaría ir a su carnaval.

Ese argumento ablanda a su marido, sería capaz de

concederle cualquier cosa con tal de volver a ver a la Leonor que conoció en el Variedades, y al fin ha creído notar ese brillo en sus ojos, el mismo que lo encandiló en las funciones de *El joven Telémaco*. Ella le da un beso, el primero en mucho tiempo, y él se retira a sus aposentos con una sonrisa, deseando que la melancolía de su esposa sea ya cuestión del pasado.

Leonor, esa noche, no consigue conciliar el sueño.

Capítulo 30

Matanzas es una bella ciudad, la segunda en importancia de la isla de Cuba. Desde un par de kilómetros antes de llegar, ya en los caminos, los cimarrones se encuentran con grupos de guajiros que, como ellos, visitan la población por el carnaval. Ataviados con las máscaras africanas que han improvisado con hojas de árboles y ramas, con barro y con tinturas extraídas de hierbas y semillas, se han ido separando entre sí y mezclando con los demás para no llamar la atención. Pero Mauro no pierde de vista a Emiliano. Ha decidido acompañarlo por la vana esperanza de reunirse allí con Leonor o, al menos, saber algo más de ella. ¿Le habrá llegado la carta que le envió a través de Rosana? Se han enterado, a través de un esclavo fugado de otro ingenio, de que en Magnolia hubo una inspección y dieron la libertad a los gallegos. Si él hubiera estado allí, ahora sería libre también.

A Mauro y Emiliano se les unieron seis esclavos del grupo de Pedro, con el que han confraternizado después de su ayuda en el tiroteo con los sabuesos de Bidache. Los hombres que emprendieron la marcha sabían que estaban poniendo su vida en peligro. El primer día los protegió el bosque, pero después, en el llano, pasaron por lugares cada vez más poblados y eso era tentar a la suerte, enfrentar la posibilidad de toparse con algún grupo de rancheadores, con el propio Bidache..., pero los ocho cimarrones que partieron han conseguido llegar a su destino sin contratiempos.

Conforme se adentran en Matanzas, Mauro nota la agitación de sus compañeros: tanto tiempo confinados en el palenque, expulsados de los pueblos y las ciudades, el carnaval les regala la oportunidad de ser uno más entre los vecinos, como condenados que vuelven a ver la luz del día. Pero ¿qué crimen cometieron esos hombres? Nacer negros. Escapar de la tortura. Huir hacia su libertad. Es consciente de que él es un extranjero entre los cimarrones. Su piel blanca le brinda una posibilidad de tener una vida, de elegir su destino. Podría entrar en una de las pensiones de Matanzas, registrarse, buscar un trabajo y, tal vez, desaparecería del foco de los rancheadores. Pero ¿cómo va a seguir adelante con su vida siendo ahora tan consciente del sufrimiento que deja atrás? De la vida precaria y humillada que los cimarrones se ven obligados a llevar en el monte. ¿Quién puede olvidar el mar cuando lo ha visto? Esa es la sensación que le recorre el cuerpo cuando se internan en el gentío, entre los enmascarados que bailan y ríen felices. Ha visto el océano de la esclavitud, ese magma podrido sobre el que se edifican las maravillosas mansiones de Cuba; ya no puede fingir como los demás, ya no puede apagar su conciencia y seguir adelante con la única preocupación, que ahora le resulta egoísta, de alcanzar su propia felicidad.

—¿Tenemos un plan? —Mauro casi tiene que gritar para que Emiliano lo escuche por encima de la música y las voces del carnaval.

—Pasear por Matanzas. Confundirnos con el resto, no llamar la atención, tener mucho cuidado, no beber demasiado ron para no perder el control y buscar a Rosana con los ojos muy abiertos, no vaya a ser que la tengamos delante y no la veamos.

Esta vez no viaja en tren, lo hace en barco, tomando el vapor en el embarcadero de la calle de la Luz, una forma más rápida de llegar, pero no más elegante. Allí no existe el vagón de lujo que usan los propietarios de plantaciones. Rosana y ella comparten el espacio con un anciano que tararea *La bayamesa*, con hombres que llevan jaulas con gallos de pelea para las luchas que se hacen esos días de carnaval en Matanzas.

—¿Ha visto usted peleas de gallos, doña Leonor?

—Nunca en mi vida.

—Son emocionantes, pero a mí siempre me da pena el perdedor. Bueno, y el ganador. Ninguno de los dos acaba bien parado. Es como el baile del maní.

Rosana le cuenta en qué consiste, y relata el último que hubo en Magnolia, entre Emiliano y Ramírez, aunque prefiere no recordar que Ramírez era la mano derecha de Bidache, que la violó y la golpeó después, que Emiliano no soportaba una noche más en el ingenio sabiendo lo que ella sufría. No le cuenta nada de esto porque poner palabras a lo que se quiere olvidar no hace más que darle cuerpo otra vez, traerlo al presente, y ella quiere dejarlo atrás, muy lejos, tanto que le parezca la vida de otra persona.

—¿Mauro también participó en el maní?

Se alegra de que Rosana le diga que ese juego violento es cosa de africanos, nunca incluirían a un blanco. Ni siquiera a Mauro, a pesar de que él supo integrarse en la vida de los esclavos; no solo se ganó su respeto, sino también el acceso a los rituales del palo mayombe, y eso es algo que Rafael el Brujo concede a pocos, mucho menos a españoles. El vapor amarra en el puerto cuando Leonor trata de imaginar a Mauro conviviendo con los esclavos, imbricado en sus costumbres, compartiendo su sufrimiento y sus sueños. Es extraño, pues sabe que lo mueve por sus fantasías como si fuera un personaje creado por ella. El

Mauro de la buhardilla de San Buenaventura. El estudiante de medicina que quería un mundo mejor. El hombre de los rizos desordenados y la mirada triste. De repente, un deseo anacrónico le eriza la piel, el deseo que no sintió aquella noche se le agolpa de tal forma que casi puede sentir las manos de Mauro curando la herida de su pecho, su aliento, y se sorprende recordando todos los besos que no se dieron.

Las calles de Matanzas están repletas de comparsas ruidosas, de rostros ocultos tras máscaras, unas de inspiración africana, otras parecidas a las del carnaval veneciano. Cándido le ha recomendado a Leonor ir al baile del Liceo, pero ella lo que quiere es mezclarse con el pueblo y admirar el frenesí de las matanceras y los matanceros entregados a las danzas criollas, que le recuerdan vagamente a los bailes españoles, aunque más voluptuosas. La plaza de Armas, el centro neurálgico de la fiesta, está inundada por gente de todas las edades que se divierte al aire libre. Rosana ríe por primera vez desde que se conocen, la acompaña hasta el centro de la plaza, le enseña algún paso de los bailes que hay a su alrededor.

—Cuidado con los ladrones, esto debe de estar lleno.

A Leonor eso le da igual. Todo lo que tiene de valor se ha quedado en la habitación del hotel León de Oro, en la calle Jovellanos. Ha preferido alojarse allí, en lugar de en otro de nombre parecido, El Ciervo de Oro, en la calle Ricla, el que le recomendó su esposo. Una membrana la separa de la embriaguez general, de la algarabía, los negros bailan, ríen y cantan y ella no logra compartir ese entusiasmo. Se ha encendido una llama en su interior desde que pisó tierra, y al recorrer la ciudad esa llama vacilante ha ido calentando poco a poco sus entrañas. En la multitud distingue a un negro y a un blanco que giran en torno a sí mismos como dos sonámbulos que prueban a tientas, sin tino, una contradanza. No bailan; o temen un encuentro funesto o están buscando a alguien entre la multitud. Ambos lucen máscaras africanas que a Leonor le parecen terroríficas, como remedos de un dios furioso y vengativo. Hay algo familiar en la postura del blanco, en su forma de moverse, en su incapacidad de quedarse quieto, en la necesidad de acción, en el hambre de novedades. La llama que animaba los pasos de Leonor se convierte en un incendio.

Mauro está preocupado por la actitud de Emiliano, que no baila ni parece divertirse, solo gira y gira sobre sí mismo. Conoce el objetivo del viaje, que para él no es otro que encontrar a Rosana, pero también es consciente de que pueden estar llamando la atención. Y no dejan de ser dos fugitivos. Tal vez sería mejor beber un poco de ron y sumarse a la fiesta. No advierte que, mientras piensa en estas consideraciones, también él está dando vueltas y escrutando cada rostro y cada vuelo de una falda. La plaza de Armas está abarrotada, sería un milagro localizar allí a Leonor. Cuando le sugiere a Emiliano buscar una taberna donde beber un ron o un aguardiente, lo golpea la mirada triste y desesperada del esclavo. Para él, escapar de la muchedumbre para tomar un trago, o cualquier otro amago festivo, es una rendición. Algo susurra el africano que Mauro no entiende. Hay mucho ruido en ese lugar. En el paroxismo de la fiesta, atrapa una frase al aire: «¿Es usted el medio médico?».

¿Se está volviendo loco o alguien ha pronunciado esa frase de verdad? Se gira, confuso, recorre la multitud con la mirada y entrevé a Leonor detrás de dos matanceros borrachos que se están peleando. Es ella, la suripanta, tan hermosa como él la recordaba.

Se abre paso hacia la imagen que ha creado su mente o hacia la Leonor verdadera, todavía no está seguro, pero cuando la imagen avanza hacia él para acortar la distancia comprende que todo es real, que se ha producido el milagro y la mujer de su vida está delante de él. Se funden en un abrazo, aspiran sus olores respectivos, se acarician el pelo...

—Leonor...

—Eras tú, no lo sabía al principio, eras tú el que estaba en el cepo. Tenía que haberte sacado de allí...

—Vine a buscarte, pero fuiste tú quien me encontró.

—Creí que nunca más te vería. Te esperé en el teatro, todas las funciones te buscaba en la platea cuando se abría el telón.

—Cuando fui ya te habías ido. Por eso vine a Cuba, pero todo ha salido mal. Hasta hoy.

—Hasta hoy —confirma ella.

A su lado, Emiliano y Rosana también se besan y se abrazan ajenos a todo y a todos. Leonor se acerca a su oído para dejar escapar un murmullo ronco.

—Necesito salir de aquí...

Él la interroga con la mirada. ¿Qué quiere? Ella lo agarra de la mano con fuerza y tira de él a través de la muchedumbre. Su mano en la de él es suave y firme. Respiran como desertores al borde de la salvación y, a su alrededor, todo es un borrón sin significado. Al llegar a la puerta del hotel, ella le quita la máscara y comprueba que el rostro de Mauro, desencajado por la anticipación de lo que va a suceder, anhelante como el de un animal acosando a su presa, es más terrorífico que el del dios africano. Pero ese rostro no le da miedo.

Entran en la habitación y Leonor cierra los postigos. El jolgorio del carnaval se convierte en un arrullo que les llega amortiguado por su propio deseo, por el latido de las sienes y el embotamiento con el que se van desnudando mientras se besan, se muerden y se tocan. Ella huele a esencias de perfume, él al sudor seco y a la higiene precaria del cimarrón, pero ambos se olfatean como arrebatados por su olor favorito. Las manos de Mauro, ásperas y callosas por el trabajo entre las cañas, recorren la piel de Leonor y se aferran a cada pliegue como si quisieran arrancarlo de raíz. Ella entrega la lisura y la suavidad de su cuerpo a la tosquedad campesina de él, a la barba que raspa en las mejillas, en los pechos, en el abdomen y en las piernas. Él encuentra el sexo de ella caliente y embriagador como un vaso de ron, o como varios, y le encanta sentir sus gemidos y sus arañazos en la cabeza y los tirones en el pelo para encajarlo entre sus muslos.

Se sienten casi saciados sin saber que están apenas en el comienzo. Ella quiere estar encima, escapar del recuerdo de su marido embistiéndola torpemente, sentirse dueña de sus actos, así que lo voltea para ponerse sobre él. Él necesita exprimir su libertad, olvidar por unos instantes la vida del esclavo. No le cuesta girar su cuerpo y cambiar las tornas, pero su dominio dura poco, lo que tarda Leonor en encaramarse de nuevo encima de él con la agilidad de una suripanta. En esa posición, desde las alturas, lo sujeta de las muñecas para que él se fije bien en la mirada de amor y no se deje confundir por su descaro. Tienen mucho que decirse después de tanto tiempo, tan lejana ya la noche de Madrid en la que se conocieron, y se lo dicen todo con besos y con caricias que se van volviendo más tiernas según avanza la noche.

Capítulo 31

No sabe si se ha quedado dormida, pero sigue acariciando su cuerpo de alabastro, perlado de sudor por el fragor del sexo y porque la noche es tórrida. Ella ronronea en sus brazos desde algún lugar del sueño o desde un refugio maravilloso de su placer. Mauro no habla, la vida del ingenio y, después, las penurias del palenque lo han convertido en un hombre de pocas palabras. El revolucionario que hacía proselitismo en la universidad de Madrid, en los cafés y en los cenáculos de conspiradores, el que exhortaba a la gente a sumarse a la lucha, es ahora un hombre cansado al que le parece inútil hablar. Ella está muda de tanto amor.

—No quiero separarme de ti nunca más —dice por fin Mauro con la voz ronca.

Ella se abraza a él con más fuerza mientras la realidad, tozuda, se empieza a abrir paso en la burbuja de la habitación del León de Oro. Leonor se separa lo justo para poder mirarlo a la cara. A él, que esperaba una mirada feliz, transida de emoción, le extraña detectar un poso de tristeza.

—Cuando tu amiga del teatro me dijo que te habías ido a Cuba se me rompió el corazón. Pensé que no te iba a ver nunca más.

—¿Por eso has venido hasta aquí?

—Habría cruzado el mundo entero para encontrarte.

—Eres un loco.

—No me pienso separar de ti, Leonor. Nunca más. ¿Por qué te fuiste de Madrid?

—Me acusaban de la muerte del soldado. Un policía me estaba persiguiendo; uno con una mancha morada en la cara, un perro de presa... Me tenía acorralada: había un testigo, una mujer que me vio desde la ventana. Me iban a fusilar, tenía que irme.

—¿Por qué viniste a Cuba? ¿Quién te ayudó a salir de España?

Ella se tumba boca arriba y se queda mirando el techo de la habitación. Una grieta cruza la pintura, como un río que divide dos tierras. Ha llegado el momento de contarle la verdad, el peaje terrible que tuvo que pagar para eludir el paredón de fusilamiento. Pero no consigue hablar, sabe que esa confesión acabará con la dulzura inmensa que ha vivido en las últimas horas. Se odia por ser tan rácana con las palabras, por no corresponder a las efusiones de Mauro con respuestas amorosas que se quedan atascadas en su garganta. Se odia por el daño que le va a causar y por la infelicidad a la que está condenada.

—¿Qué pasó, Leonor? Cuéntamelo.

Ella calla y pone en sus labios un beso tierno que lleva impregnada una disculpa.

Él se incorpora y la mira con extrañeza.

—¿Qué ocurre? —pregunta.

Leonor sonríe con un temblor trágico. Las lágrimas toman forma en sus ojos. De pronto, el sonido festivo de la calle revienta en un estruendo de fusiles y Mauro corre a asomarse a la ventana. Hay una estampida en la plaza. Una cuadrilla de hombres a caballo, comandados por Bidache, abre fuego contra un africano que se desploma y, cuando el resto de matanceros sale huyendo, como si el baile se hubiera convertido en una danza macabra, puede ver su cara: es uno de los cimarrones del palenque de Pedro.

—El mayoral está aquí. Vístete, rápido.

Mauro se pone sus pantalones, Leonor ha saltado de la cama y tantea entre las sábanas en busca de su ropa interior. Los gritos de fuera forman un coro horrísono punteado por los disparos, que se repiten. El aire se llena de pólvora. Están terminando de vestirse cuando alguien llama a la puerta y ambos cruzan una mirada de pánico. Se oye un susurro al otro lado.

—Soy Emiliano.

Mauro abre. Entran Rosana y Emiliano casi tropezando por el apremio de la huida.

—Está aquí, nos ha descubierto.

—¿Cómo es posible? —pregunta Mauro—. ¿Cómo han llegado hasta este hotel?

—Me vio entre la gente y salí corriendo, pensaba que lo había despistado. No sé cómo sabía que estábamos en Matanzas, porque te lo juro: iba buscándonos.

Rosana se abraza a Leonor. Está temblando. Ella sí cree saber lo que ha pasado.

—Ha tenido que ser el señor. No veo otra posibilidad: su marido nos ha mandado seguir desde La Habana.

Leonor no tiene fuerzas para refutar esa afirmación. En un alud, le vienen a la memoria los rostros de todos los pasajeros del vapor, el de aquel anciano que cantaba *La bayamesa*, los hombres que llevaban gallos. Cualquiera pudo estar al servicio de Cándido. Cualquiera pudo avisar a Bidache en Matanzas, pero es incapaz de hablar; solo clava la mirada en Mauro, con orgullo y tristeza, en espera de la condena. Él esboza una sonrisa amarga.

—¿Estás casada?

—No había otra forma de escapar. —Y tiene la oscura sensación de que esas palabras pueden ser una despedida.

Emiliano, que se ha asomado a la ventana, se aproxima a él angustiado.

—No hay tiempo, Mauro, están entrando en el hotel.

Mauro advierte que el blusón de su amigo está manchado de sangre, también sus manos.

—Estás herido.

—Solo me ha rozado.

—Déjame verlo.

Le descubre la tripa. Hay un agujero supurante, la piel replegada creando la imagen de un pequeño volcán.

—No te ha rozado, Emiliano. Te has comido un balazo. Te tiene que ver Rafael.

—¿Por qué te has acercado tanto? —le reprocha Rosana—. ¿Por qué no te has escondido?

—Habían cogido a Faustino. Quería evitar que confesara, pero no he podido. Les ha dicho dónde está el palenque nuevo. El de Pedro, el del Brujo. Pero eso no le ha ahorrado un tiro en la cabeza.

—Tenemos que avisarlos.

Un ruido tremendo los sobresalta. Leonor espía el exterior y ve a Bidache pateando la puerta del León de Oro.

—Están echando la puerta abajo. Nos tenemos que ir.

Justo cuando lo dice, la puerta cede y ya todo es un alboroto de pisadas que suben la escalera. Salen los cuatro a toda prisa.

—Nos encontramos en la última posta, la del puente —dice Mauro justo antes de que Emiliano y Rosana suban el último tramo de escaleras en dirección a la azotea.

Leonor y él se ocultan en un cuartucho lleno de aperos de limpieza. Un espacio exiguo que los obliga a aspirar el aliento del otro y que les hace recordar la buhardilla de Benito Centeno. La inspección de la cuadrilla es rápida y tosca. Un vistazo a varias habitaciones, un interrogatorio a un borracho que dormía la mona en un camastro. No, no ha visto negros escondidos en el hotel. Tampoco a un blanco con el pelo largo y rizado. Un tropel de botas bajando la escalera crea la sugestión de un terremoto durante unos segundos, pero a la vez indica que los perseguidores han vuelto a la calle para continuar con su cacería.

Mauro y Leonor suben a la azotea. Allí no hay nadie. Un canalón y un alero bajo permiten saltar a la calle sin dificultad. Deducen que Emiliano y Rosana han escapado por allí. Abajo, a pocos metros, continúan las carreras y los gritos. El aire resplandece con las antorchas y las hogueras que jalonan las plazas, con el brillo de las máscaras. La silueta de las montañas se recorta en la noche que clarea y, por encima de ellas, el cielo lechoso anuncia el alba.

Leonor abraza a Mauro por detrás.

—No te vayas con ellos. Tú puedes ser libre, han anulado el contrato de todos los gallegos.

Él se suelta del abrazo.

—Estás casada.

—Lo estoy.

—¿Quién es tu marido?

—Eso da igual.

—Quiero saberlo.

—Cándido Serra, un hacendado.

—Un esclavista.

—Mauro, eso no importa ahora —se desespera ella—. Si vuelves al monte, te van a matar. En La Habana puedes tener una vida.

—Ya has oído a Emiliano, mis amigos están en peligro, tengo que avisarlos.

—Son esclavos, tú no perteneces a ese mundo.

—¿A cuál pertenezco? ¿Al de tus amigos influyentes? Tu marido y su círculo de esclavistas, que no dudan en castigar y asesinar a los negros cuando se les antoja. Yo no quiero formar parte de ese mundo, Leonor.

—Puede avisarlos Emiliano. Ven conmigo, te lo pido de rodillas.

—Emiliano está herido, Rosana no sabría cómo llegar hasta el palenque. Tengo que ir yo.

—No seas cabezota, por favor. Para mí no era fácil venir hasta aquí, pero tenía que hacerlo para decirte que eres libre.

—¿Por qué no era fácil? Tú no eres una esclava, eres una mujer libre.

—No, no soy libre. Tengo un marido. ¿Te crees que mi vida es fácil, que eres el único que sufre?

—Tú elegiste casarte con ese hombre.

—Si no lo hacía, me iban a matar.

—¿Y estás segura de que tomaste la mejor decisión?

Leonor ya no puede contener el llanto; el desprecio de Mauro brota como de una fuente con cada una de sus palabras.

—Gracias a esta decisión los gallegos del ingenio son libres. Igual que tú podrías serlo ahora. Gracias a esta decisión tú y yo tenemos una posibilidad de estar juntos, ¿o es que eso ya te da igual? ¿Acaso era mentira todo lo que escribiste?

Una débil sonrisa se dibuja en el rostro de Mauro, como si hubiera desentrañado un enigma que, en realidad, era evidente.

—¿Cómo has conseguido que tu marido te permita viajar? ¿Has hecho un trato con él? Mi libertad a cambio de los esclavos fugados. ¿Cómo es posible que Bidache nos haya encontrado? —La sospecha hunde a Leonor en la decepción—. ¡Contesta!

—¿De verdad crees que os he delatado?

—Eres capaz de cualquier cosa con tal de salirte con la tuya. Me dijiste que eras una actriz, pero eres una suripanta y en toda España saben cómo sois. Te casaste con ese hombre para escapar de Madrid. ¿Cómo sé que ahora...?

Leonor descarga una bofetada en el rostro de Mauro.

—No te permito que pienses eso de mí. Y menos después de la noche que hemos pasado juntos.

Mauro se frota el rostro y trata de contener su ira.

—No concibo que me pidas que te acompañe a La Habana. No cuando sabes que mis compañeros corren peligro y solo yo puedo ayudarlos.

—Quiero que vivas por ti, por nosotros, y no por los demás.

—Eso es lo más egoísta que he escuchado en mi vida. Pero no tiene que extrañarme: en Madrid, la noche que nos conocimos, dijiste algo parecido. Solo piensas en ti, Leonor, no entiendo cómo me he podido enamorar de una mujer así. Supongo que, en el fondo, no nos conocemos: ni tú eres la mujer que yo pensaba, ni yo el hombre que tú esperas.

—No hables por mí.

—Demuéstrame que me equivoco. Ven al palenque conmigo.

—No podemos hacer eso, nos van a matar. Si queremos estar juntos, tenemos que hacerlo de otra forma.

—No hay otra forma, es aquí y es ahora. Tú decides, Leonor.

Ella lo mira en silencio, jadeando por la ansiedad, por la angustia. Mauro se acerca al canalón, estudia el mejor modo de deslizarse hasta el nivel inferior.

—No te vayas. Quédate conmigo —insiste—. Ven, dame un beso, podemos encontrar la manera de estar juntos en La Habana.

—No hay tiempo para besos.

Eso es lo último que dice antes de saltar al alero y perderla de vista. Leonor se queda sola, arrasada, llorosa. Una salva de disparos indica un fusilamiento. Deben de ser los últimos cimarrones atrapados por Bidache, porque enseguida se imponen de nuevo los tambores del carnaval.

Capítulo 32

—

El viaje en el vaporcito es un viacrucis. Todas las sensaciones maravillosas de la noche en el hotel se han desvanecido, aplastadas por la mirada de odio de Mauro, su desconfianza, su negativa a un último beso. La Leonor que ahora se debe de dibujar en su pensamiento es la de una frívola egoísta, capaz de vender la vida de los cimarrones a cambio de su felicidad. Cuando el barco atraca en el puerto de La Habana, ella no se mueve hasta que un práctico le dice que ya han llegado, que es hora de desembarcar. Le cuesta levantarse, se siente mareada y muerta por dentro. Está hundida en su dolor. Una fila de birlochos aguarda en la calle y ella se resiste a tomar uno que la lleve junto a su marido. Cuando por fin sube y da el nombre de la calle Belascoaín, sabe que está firmando su rendición. ¿Es esa la vida que le queda? ¿Se ha quedado atrapada para siempre al lado de Cándido?

Atardece cuando entra en su casa. Un resplandor rojizo como la sangre tiñe el salón de la casa. La silueta encorvada de su marido se dibuja a contraluz, una gárgola que no sabe si la va a insultar o se va a burlar de su fracaso. A ella le gustaría desaparecer, perder de alguna manera la consciencia para despertar mucho más tarde, cuando la vida fuera algo soportable. Cándido se acerca tambaleante hacia ella, el resplandor de una copa bien cargada brilla con los últimos rayos de sol.

—No parece que hayas recuperado la ilusión en Matanzas, querida. Estás más pálida que nunca.

Ella advierte en la voz pastosa, en la mirada desubicada y en el aliento a alcohol su borrachera. La botella de *whisky* terciada descansa sobre la mesilla, el vaso con un culín al alcance de su mano.

—Estoy cansada, quiero acostarme.

—Todavía no, Leonor, no he terminado. ¿Sabes que te creí? De verdad pensé que tu intención al ir a Matanzas era ser mejor actriz. Para que estuviera orgulloso de ti: ¿no te parezco ridículo?

—Es lo que he hecho.

—¿Dónde está la esclava?

—No es una esclava, es una mujer libre.

—Te fuiste con ella. ¿Dónde está? ¿Fue ella la que te llevó hasta el gallego del ingenio? ¿Es eso?

—No sé de qué me hablas, estás borracho.

—En esta isla no hay secretos, y mucho menos para mí. Desconfié desde que dijiste en Magnolia que faltaba un gallego. Arsenio Boada me puso sobre aviso: ¿no se toma demasiadas molestias tu esposa en encontrar a ese gallego? ¡Es absurdo!, le dije: mi esposa es fiel. Confío en ella con los ojos cerrados. Eso le dije, pero ¿qué has hecho ahora? ¿Echarte en sus brazos como una furcia?

—No voy a consentir ese lenguaje —aprovecha ella para marcar indignación—. Buenas noches.

Leonor sube las escaleras hasta su dormitorio. Trata de recobrar el aire, pero no es fácil. Abre la ventana, aspira a bocanadas. La noche va ganando terreno y el barrio de San Lázaro, en La Habana, se hunde en las sombras. Nota una opresión en el pecho. Vagamente agradece la grosería de su marido, que le ha permitido quitarse de en medio. Pero cuando se está desvistiendo para meterse en la cama, Cándido abre la puerta de un empujón. Lleva en la mano un vaso lleno de *whisky*.

—Exijo que me cuentes la verdad. Creo que me lo merezco. Corrí un riesgo enorme por salvarte de ese policía y de la cárcel en España. Te he ofrecido todo lo que estaba en mi mano para que fueras feliz aquí. Mi teatro para que seas actriz, dinero, joyas, vestidos, posición.

—Todo eso te lo he agradecido.

—¡Te has burlado de mí desde el principio! Exijo la verdad, Leonor.

Ella lo ve tambalearse en el umbral, aferrado al vaso de *whisky*. Siente pena por él: desde que lo conoció en Madrid, ha estado jugando con sus sentimientos, aprovechándose primero de su riqueza y, después, con la boda, de su protección. Quizá Mauro tuviera parte de razón y no haya sido la mano del destino, sino sus decisiones, las que la han traído hasta aquí. Lleva demasiado tiempo interpretando un personaje que no soporta; es la hora de quitarse la máscara, sean cuales sean las consecuencias.

—Pensé que podía ser tu esposa. Y lo he intentado. Pero no he podido.

—Amabas a otro.

—No... Creo que no. No entonces. Pero no voy a mentirte: ahora estoy enamorada de otro hombre.

—¿Del gallego?

—Sí.

Él asiente de forma grotesca y aferra el vaso con tanta fuerza que parece que lo va a romper en mil pedazos.

—No voy a permitir que toda La Habana sepa que te encamas con un cimarrón.

Lanza el vaso contra la pared, los añicos llegan hasta la mesilla de Leonor. Se quita el cinturón con gestos rápidos. Lo desafía con la mirada.

—¿Me vas a pegar?

—Desnúdate.

—Voy a dormir, Cándido, estoy agotada.

—Vas a cumplir con tus deberes maritales.

Ella habría preferido que la azotara. Se tumba en la cama, sumisa; sabe que, si se resiste, puede ser peor. Trata de amortiguar los avances de su marido pensando en la noche que acaba de vivir, una noche que resume su vida: la alegría siempre fugaz, siempre acorralada por la decepción, la tristeza y el dolor. No entiende por qué tenía tan clara su postura en la azotea, por qué quería arrastrar a Mauro a La Habana cuando podría haberlo acompañado al palenque. En esos momentos estaría cruzando el monte a su lado, y la estampa, que veía con tintes espantosos, ahora se le aparece envuelta en dulzura. Dos enamorados afrontando los peligros y luchando por un futuro juntos.

Pero está aquí, en la cama, bajo el cuerpo nervudo de Cándido, que exuda alcohol y la penetra más por venganza que por placer. Sus ojos de lagarto, aquellos que le asustaron en la noche de bodas, vuelven a brillar, etílicos, cargados de vergüenza e impotencia, como si violar a su esposa sirviera para resarcir su honor herido.

Cuando él abandona la habitación, intenta disfrutar pálidamente de la soledad, una tregua al menos en el infierno. Pero no puede. Piensa que su vida se ha terminado. Y como si bastara con cerrar los ojos para morirse, los cierra. Alarga el brazo hacia el extremo de la almohada y nota un pinchazo en el dedo. Se ha clavado un cristalito en la yema del índice. Poca cosa, un pequeño poliedro sobre un puntito de sangre. Un diamante en miniatura. Se limpia el dedo, busca una gasa bajo el aguamanil, aprieta en el punto y se pregunta por qué un percance tan simple como este la ha devuelto a la vida.

De pronto, necesita salir a la calle, escapar de esa casa claustrofóbica, hablar con alguien. Se viste con diligencia, se escabulle de allí con sigilo y se dirige a la casa de la señorita Bru. Sabe que la amistad entre ellas está por encima de cualquier diferencia, se lo demostró en el baile del Circo Albisu. Se imagina en una noche de confidencias, contándole su encuentro con Mauro, la pasión desatada, su decepción y el castigo brutal de Cándido. Adivina que Amalia encontrará las palabras de consuelo, el consejo sabio, y que saldrá de allí reconfortada por haber compartido sus penas con ella.

Tan urgida está de tener esa conversación que no se inquieta al hallar la puerta de su casa entornada. Al recorrer los salones, no se topa con ningún doméstico. Ricardo tampoco anda por allí, aunque no puede descartar que esté en la cama con Amalia. Sí se extraña al ver cajones desencajados y vacíos, como si hubieran allanado la casa para robar. Las ventanas, abiertas de par en par como para ventilar la estancia de lo que allí haya sucedido, generan una corriente que mueve las borlas de los manteles, los flecos de los cojines, los tapices. Sube las escaleras ya con algo de aprensión y se detiene junto a la puerta del dormitorio. Aguza el oído por si su amiga está con su amante. Un quejido, un suspiro de placer, una conversación. Nada, silencio al otro lado.

Toca la puerta con timidez primero. Pronuncia el nombre de Amalia. Golpea con los nudillos, abre y se encuentra una estampa dantesca.

Sentada contra el cabecero de la cama está la señorita Bru. Las sábanas se han convertido en un mar de sangre todavía húmeda. Su amiga tiene los ojos abiertos y en ellos se adivina un sufrimiento espantoso. A los pies de la cama está su pelo rubio, su melena todavía pegada al hueso del cráneo que alguien ha abierto para introducir dos palos unidos en forma de cruz y con los que le han batido el cerebro. Por la frente de la señorita Bru resbala una masa morada, gelatinosa.

TERCERA PARTE

EL INFIERNO
—
QUINTO CÍRCULO

La tormenta, furiosa, estalló poco después de nuestro desembarco en Baracoa y ya no nos abandonó en todo el camino hasta el ingenio. La naturaleza, como mi amigo, había dejado de fingir: vomitaba agua y viento desde sus cielos preñados de oscuridad, se estrellaba contra los árboles combados, contra la tierra y la montaña del Yunque en un estruendo que, pensé, debía de ser como el de la fragua del infierno. La lluvia eran los látigos, el viento, los gritos de dolor de los condenados. El martillo del demonio golpeaba el mundo y, a lomos de los caballos que a duras penas nos conducían por la espesura de la selva, deseé como nunca antes perder la razón. Que el pandemónium penetrara en mi cerebro, con todas sus voces, hasta enloquecerme. Hasta hacerme olvidar que lo que estaba viviendo era real.

Pero el arco de Santa Catalina de Baracoa se dibujó bajo el aguacero; sus letras pintadas en la madera empapada; el acceso al batey, ahora embarrado; los barracones, los muros que supuraban agua como si fueran un cuerpo febril.

—¿Dónde están los demás? —murmuré una vez instalados en el salón de la casa mientras el Largo atizaba un madero al fuego de la chimenea.

Unas esclavas nos habían traído ropa seca, los postigos de las ventanas estaban echados, pero seguía oyendo el viento contra los cristales. Muchos se rompieron aquel día, el agua picando como una plaga de langostas contra el tejado.

—¿Por qué no bebes un poco para entrar en calor? —Mi amigo me acercó una botella de vino que vacié con ansiedad, no tanto por sed como por la esperanza de aturdir mi juicio—. El mundo está cambiando —se decidió a continuar cuando el Largo nos dejó solos en el salón—. No solo en Cuba, también en España, en América. Yo soy un jugador al que no le gusta perder: bastantes privaciones padecimos cuando éramos niños, ¿te acuerdas?, no estoy dispuesto a pasar por lo mismo. Me da igual de qué cara caiga la moneda, lo único que me importa es que sea a mi favor. El Manchado está en España, haciendo méritos como policía al servicio de la reina. El Labiopartido en Memphis, bien situado entre los mandos del ejército del Sur. Yo mismo los instalé en esas posiciones, como los peones de una partida de ajedrez. Y espero hacer lo mismo contigo: sería fácil infiltrarte entre los abolicionistas de Cuba. Quién sabe si, con los años, este régimen de esclavitud no acaba por derrumbarse y, entonces, me será muy útil que tú seas uno de los ganadores.

—¿Cómo puedes ser tan cínico? Hablas de abolición mientras, ¿qué pasa en esta esquina del mundo? ¡¿Qué es lo que haces con los esclavos?!

—Parece que no quieres entenderme. No se trata de ideales, eso déjaselo a los burgueses que jamás han sufrido como tú y yo. Se trata de poder. ¡Largo, ven al salón, trae a uno!

Mi amigo se levantó, fue a buscar un maletín de cuero que dormía junto a la chimenea. Las llamas opacaban su figura, no podía verle la cara, pero en el tono de su voz, ni siquiera cuando volvió a llamar a gritos al Largo, había rastro alguno de emoción. Ni frustración ante mi resistencia, ni ansiedad o enfado. La puerta se abrió de un empellón y, trastabillando porque llevaba las manos atadas a la espalda y el Largo lo había empujado, irrumpió un negro. Desnudo, la espalda lacerada, todavía supurando sangre de unos latigazos que debían ser recientes, terminó por caer al suelo. Me pareció que, entre sollozos, mascullaba algo, un rezo en su lengua natal, una invocación a los dioses africanos, tal vez para que vinieran en su auxilio, tal vez para que castigaran en venganza a los blancos que estábamos allí.

—Piensa en un cerdo. Piensa en el día de matanza, ¿qué pena sientes por ese animal? Ninguna. La sangre será comida, la carne... Te aseguro que, si pudiera, ese animal haría como este negro. Matarte. Devorarte. Pero ellos no tienen el poder. El poder es nuestro.

Había abierto el maletín de cuero, había sacado una navaja y, después de sentarse a horcajadas sobre la espalda del esclavo, mi amigo lo cogió del pelo ensortijado y le levantó la cabeza. Vi el rostro de un adolescente, las lágrimas que le resbalaban por la piel cobriza, su garganta, que me resultó tan desnuda. Afuera, la tormenta insistía en golpear los muros que nos protegían de ella. Ahora me parecía que la lluvia y el viento eran carcajadas.

—Quiero que aprendas a tener el poder.

Mi amigo no acercó la navaja al cuello del esclavo, sino que empezó a rasurarle el pelo. Dejaba caer al suelo nidos de su cabello manchado de sangre. Quizá el terror había extirpado la sensación de dolor del esclavo, que, como ausente, se dejaba hacer, aunque la navaja abriera heridas en su cuero cabelludo y finos hilos rojos se arrastraran por su frente.

—No quiero ese poder. Déjame ir. Tú no me necesitas.

—¿Por qué no quieres ver que deseo hacerte este regalo? Fuiste mi amigo.

—Tú no eres capaz de sentir nada por nadie. Ni siquiera amistad. Solo quieres hacerlo para demostrarme que puedes estar por encima de mí.

—Sabes que solo saldrás de Santa Catalina si haces lo que te digo.

—No me importa morir.

Y, durante una fracción de segundo, esa esperanza abrió un horizonte de paz que, desde la primera vez que estuve en este ingenio, no había vislumbrado. Mi cobardía me había impedido arrancarme la vida, pero estaba dispuesto a permitir que mi amigo me la quitara y, así, poner fin a la culpa, a la vergüenza, al ojo sin párpado que viajaba a mi espalda, condenándome. ¿Cómo podía ser tan ingenuo? «Tú no vas a morir», me dijo y, acto seguido, ordenó algo al Largo, que, como una sombra, abandonó el salón. Rebuscó después en el maletín de cuero, de donde extrajo un instrumento metálico que me pareció un taladro y al que puso en su punta una broca de corona.

—Fueron ellos los que me lo descubrieron, los mismos negros. Hasta entonces había jugado con otros utensilios, ¿recuerdas lo que te conté del sacamuelas? También experimenté con alguna prostituta. Me las llevaba lejos de la ciudad y, durante unos días, veía hasta dónde eran capaces de aguantar. Pensaba que lo que me hacía disfrutar era el tiempo, alargar la tortura tanto como pudiera, hasta que me di cuenta de que no era una cuestión de tiempo, sino de control.

La cabeza del negro ya estaba casi afeitada, apenas le quedaban unos mechones que mi amigo terminaba de rapar mientras seguía hablando.

—Tuve que buscarme la vida, fui vagando hasta llegar a Cádiz, donde me enrolé en un navío. La tripulación hacía

viajes al estuario del río Gallinas, en la costa atlánti-
ca de África. Traían esclavos aquí, a Cuba, pero antes
había que internarse en la selva, cazarlos. Vi cómo los
indígenas hacían precisamente esto, aunque usaban otro
instrumental, más rudimentario, y lo llamaban medicina,
pero tú y yo sabemos que no es más que una supchería.
Da igual. En Europa también lo hemos llamado medicina a
lo largo de la historia. Desde la primera vez que lo vi,
supe que necesitaba probarlo. No me equivocaba: la sensación de poder es absoluta, el negro, el animal, da igual
con quién lo hagas, está en tus manos. Sientes que eres
su dueño. Y, ahora, tú vas a vivir esa sensación. ¿Ves
esta especie de taladro? Es un trépano. Basta situarlo en
el cráneo, lo he rasurado por ti. La corona tiene puntas
de diamante y, cuando lo giras, perfora el hueso, apenas
hace falta imprimirle fuerza. Te enseñaré dónde debes hacerlo para poder levantar el hueso y descubrir la membrana que protege el cerebro.

—Estás loco si piensas que voy a hacerlo.

—No te estoy haciendo ninguna oferta. Te estoy diciendo lo que va a suceder.

No había reparado en que el Largo había vuelto al salón. Entre las sombras que proyectaba el fuego de la chimenea, vi su rostro abotargado, inflamado por el alcohol,
los ojos acuosos y amarillentos, la boca de labios rese-
cos, el conjunto embrutecido de un hombre que ha pagado
un peaje y así lo muestra su piel. No había alma en su
mirada, solo la mansedumbre de la bestia domada. Y a sus
pies, encogida en posición fetal —tal vez ya la había
golpeado, no lo sé—, estaba ella. Ermelinda. La esclava
con el cielo tatuado en el rostro.

Desde que emprendimos el viaje, había evitado dibujar-
la en mi pensamiento. Temía que, al convocarla de esa
manera, también lo hiciera en los límites de Santa Cata-

lina de Baracoa. No sé qué ingenuidad me empujaba a refugiarme en ese pensamiento mágico, pero, hasta el instante en que la vi encogida a los pies del Largo, había sido un escudo protector. Sabía que no sería capaz de enfrentarme a su rostro estrellado tan bien como sabía que en este viaje mi amigo me obligaría a hacer lo que evité en mi anterior estancia. No permitiría la compasión con Ermelinda.

—Cógelo, no tengas miedo.

Me tendió el trépano. No hice el menor gesto, me quedé inmóvil. La tormenta tropical redoblaba el estrépito de su aguacero, el viento seguramente estaba arrancando árboles de raíz.

—Si no haces lo que te digo con este negro, se lo haré yo a Ermelinda. ¿Qué eliges?

Quiero pensar que fue un acto de valentía. Si alguna vez soñé con la redención, sabía que al tomar esta decisión mi alma ya no encontraría reposo, pero escogí esta condena que aún cargo a la espalda, que siempre cargaré, a cambio de la vida de ella. Si no hubiera cogido el trépano, yo podría salvarme, aunque Ermelinda muriera. No quería imaginar la muerte apagando la belleza de esa mujer, oscureciendo para siempre el firmamento que había en su piel.

Mi amigo le sujetó la cabeza al esclavo. Creo que seguía llorando o rezando en su idioma, pronto dejé de escuchar su voz. Mis sentidos solo percibían el retumbo del agua y el viento contra la casa. El trépano me temblaba en la mano cuando lo coloqué en la cabeza del negro, donde me indicó mi amigo. Un sudor helado me recorría la piel. Ermelinda dijo algo desde el suelo, puede que me rogara que no lo hiciera; nadie desea que haya víctimas en su nombre, solo los reyes y Dios han exigido ese sacrificio absurdo. «Te daré valor», oí que susurraba mi amigo antes de inyectarme algo, puede que algún tipo de psicotónico, en el abdomen.

Pensé en Santa Catalina, la mártir que inspiraba este ingenio y también dio nombre al navío que trajo al demonio a la isla. Fue condenada a morir en la rueda, provista de unas cuchillas que, tocadas por la mano salvadora del Creador, se rompieron antes de causar daño a la santa de Alejandría.

Pero esta noche no hubo ningún milagro.

La broca del trépano se clavó en la piel del esclavo y, cuando yo giré el taladro, dibujó un círculo de sangre en el cráneo desnudo.

El fuego de la chimenea chillaba, un tronco escupía chispas, el agua atrapada en el interior de la madera.

Ermelinda lloraba y yo le decía «quiero que vivas».

El psicoactivo corría por mis venas, exacerbaba y confundía mis sentidos. Coloqué el trépano en otro punto del cráneo y repetí el taladro. Abrí pequeños orificios en el cráneo del esclavo. Mi amigo y el Largo lo sujetaban mientras la sangre caía por su piel en delicadas cataratas.

Los postigos de las ventanas temblaban, azotados por el huracán.

Imaginé el ingenio Santa Catalina fuera, las palmeras y la selva humilladas por el viento y la lluvia. Troncos partidos, tierra corrida, ríos desbordados y animales muertos por la fuerza aniquiladora de la tormenta.

Los demás negros, como animales, encerrados en el barracón, esperando el día de su sacrificio, el día en que mi amigo o el Largo tuvieran más hambre.

Me enseñó cómo meter los dedos en los orificios que había abierto, cómo tirar del hueso para separarlo de la membrana que protege el cerebro, y, al hacerlo, fue como los labios secos que se separan después del beso.

El Largo se había bajado los pantalones y se masturbaba frente al chico, que, a pesar del dolor, seguía consciente.

Había cruzado una puerta hacia otra realidad.

En mis manos, la vida de un adolescente.

Las risas de mi amigo.

El fuego de la chimenea.

Me cogió de la muñeca y me hizo hundir la mano en el cerebro del esclavo. La textura gelatinosa se abrió a la presión de mis dedos. Era como clavarlos en un hígado, pensé, salvo que a cada milímetro que atravesaba, algo de aquel muchacho moría. Su rostro se contrajo en muecas inexplicables. Sus ojos, abiertos de par en par de repente, se dilataron como si estuvieran mirando a la más abyecta de las oscuridades.

«Siéntelo —me dijo mi amigo—. Tienes su vida en el puño. Ciérralo. Aprieta. Verás como su alma se disuelve entre tus dedos».

La realidad tenía la consistencia de una pesadilla. Los gruñidos de placer del Largo al eyacular, los llantos de Ermelinda, los gritos sin sentido del esclavo, voces como actos reflejos, mientras yo tenía la sensación de que toda la casa se venía abajo, hundida bajo la tormenta, y las llamas de la chimenea se extendían hasta incendiarnos.

Cerré los dedos dentro de su cerebro, apreté el puño y la masa se hizo líquida hasta filtrarse entre los finos huecos que dejaba mi mano.

Oí el ladrido de un perro.

No había rastro del Largo, tampoco de Ermelinda ni del esclavo. Mi amigo había desaparecido, al igual que los muros de la casa. A mi alrededor, el paisaje devastado de la selva, de lo que fue el ingenio. Y ese ladrido.

Allí estaba el animal, sucio y babeando. Las patas clavadas en el suelo, los ojos amarillos.

Pensé que era él, mi amigo. Pensé que en esos viajes a África algo le había transformado. Algo había ocupado su piel, un demonio atávico.

O tal vez pensé e imaginé todo esto porque prefería creer que lo que acababa de pasar era obra de un espectro, de una entidad enferma, y no de un ser humano. De alguien como mi amigo. De alguien como yo mismo.

Capítulo 33

—

—Lo que ve a la izquierda es el Castillo del Morro, a la derecha, la ciudad. ¿Alcanza a ver el Fuerte de la Punta? Desde aquí también se divisan las murallas...

Pili lo mira todo con la ilusión de una niña a la que han dejado entrar en el Palacio Real. A cada minuto crece la impaciencia por llegar. A mediados de octubre recibió la carta de Leonor Morell invitándola a La Habana. Cayó en el momento oportuno, cuando su carrera de actriz en España se había estancado. Gracias a su amistad con Arderius había logrado abandonar el coro de suripantas e interpretar un personaje secundario, pero la obra no triunfó y las críticas a su actuación fueron indiferentes. Su única salida era volver a ser una suripanta, pero pronto llegarían otras mujeres más jóvenes e igual de guapas que ella. Hasta el empresario le recomendó aceptar la oferta de su amiga en las Antillas.

El viaje en barco, quitando un día de mala mar que le produjo mareo, ha sido muy agradable, pero, en este 20 de enero de 1868, por fin está llegando a su destino. El capitán, prendado de ella desde que la vio bailar una noche, es quien le va mostrando la ciudad a lo lejos.

—Voy a tener que despedirme de usted, tengo que dirigir la maniobra de entrada en el puerto. Deseo que su estancia en La Habana sea placentera.

—Gracias, capitán. El día de mi estreno en el teatro espero verle en el patio de butacas.

—Si estoy en Cuba, no lo dude, señorita Gallardo. Tenerla a bordo ha sido una experiencia maravillosa.

En pocos minutos se forma un guirigay de funcionarios de aduanas que suben al barco para pedir los pasaportes, despedidas entre los pasajeros que han trabado amistad durante la travesía y mozos que descargan los equipajes.

—Cuidado con el mío, que aunque haya viajado en primera soy más pobre que las ratas —le advierte Pili a un mandinga que carga con su baúl—. Si pierdo lo que hay ahí, no tengo ni un corpiño de repuesto. Y vaya con ojo, que me parece que aquí abundan los rateros.

En cuanto pone el pie en tierra busca ansiosa a su amiga Leonor. No la encuentra entre la multitud ni tampoco más allá, en la calle, bajo el toldo de una confitería donde se podría haber refugiado de la marabunta para esperar con calma, con un quitasol blanco en la mano o con un ramillete de flores para darle la bienvenida. Una mujer negra de aspecto agradable se acerca a ella.

—¿Doña Pili Gallardo? Me llamo Idalina, estoy a su servicio. Es usted tal como me había dicho mi señora. Doña Leonor siente no haber podido venir a buscarla.

Mi señora. Pili toma nota de los peldaños que ha escalado su amiga la suripanta. Sin perder de vista los baúles, que acarrea el mozo en un carrito, sigue a Idalina hasta un carruaje. Sentado en el pescante y vestido con una librea roja salpicada de adornos dorados, Bernardo saluda con una inclinación de cabeza. A Pili todo le resulta sugerente, irresistible. Hay centenares de personas entrando y saliendo del puerto, todas atareadas, un hervidero colorista de señores y lacayos, como si se hubiera transportado a una corte de la antigüedad. En un tenderete, una mujer negra muy voluminosa, vestida de un blanco refulgente, vende frutas de todos los colores, muchas desconocidas para ella.

Hace calor, la luz es radiante y las calles vibran de actividad, un enjambre de blancos, negros y hasta algún que otro chino se mueve en todas direcciones. Son imparables, se meten delante de los caballos del carruaje y obligan a Bernardo a refrenar la marcha una y otra vez. Un niño se asoma a la ventanilla del coche y le pide una moneda. El cochero lo ahuyenta.

—¡Fuera de aquí!

El niño le sonríe, le falta un diente, a Pili le hace gracia la cara de pillo del rapaz.

—Otro día, otro día que te vea te doy la moneda...

Unos minutos después, el carruaje se detiene delante de un palacete de color crema en la calle Belascoaín. ¿Es posible que su amiga viva en un lugar tan elegante?

—Ahora llevan el equipaje a su habitación, pero supongo que lo primero que querrá hacer es saludar a la señora.

Idalina la conduce hasta la entrada. El vestíbulo es enorme, dos jarrones inmensos y varios óleos de buen tamaño reciben al visitante. A la izquierda queda un salón y, frente a ella, una impresionante escalera de dos tramos asciende al piso superior. Una vez allí, atraviesan dos salones más antes de llegar a un dormitorio espacioso presidido por una cama con dosel. En un rincón de la estancia, arrellanada en una otomana, descansa Leonor con un bebé de pocos meses en sus brazos. Pili se lleva la mano a la boca, impactada por la estampa: iluminada con el aura mágica de los rayos de sol que se filtran por la ventana, Leonor parece el retrato de una Madonna, y ella estalla en una carcajada de felicidad.

—¿Quién es esta belleza?

—Te presento a Lope. Mi hijo.

Son demasiadas novedades para la recién llegada, que se limita a mover la cabeza a uno y otro lado, con un bamboleo de los carrillos que resulta grotesco, pero que expresa bien la emoción que siente. Las palabras, de momento, no le salen. A cambio emite suspiros y grititos de alegría, sobre todo cuando Leonor le tiende al niño para que lo acune.

—Mira, Lope, te presento a Pili, mi mejor amiga. No sabes la de juergas que nos hemos corrido juntas.

—Pero... Pero qué sorpresa, Leonor. Si ni siquiera sabía que estabas esperando.

—No quise decirte nada, me encantaba imaginar este instante, tu cara de felicidad.

—Pues claro que estoy feliz.

—El nombre se lo hemos puesto en honor a Lope de Vega.

—Ya me lo imaginaba.

—¿Cómo ha ido el viaje?

—Bien, pero eso da igual, lo importante es tu hijo. ¿Qué tiempo tiene?

—Dos meses. Es un tragón. Y duerme fatal. Pero estoy enamorada de él.

—No me extraña, es una preciosidad.

Le hace una carantoña al niño, que protesta con un amago de llanto.

—Vamos a ponerlo en el capazo.

Leonor lo acuesta con suavidad en su lecho, y el niño, poco a poco, va cayendo en el sueño.

—A dormir, a dormir —le susurra su madre, que se vuelve hacia la puerta al oír un carraspeo—. Mira, aquí está Cándido. ¿Te acuerdas de él?

—Claro, siempre en la cuarta fila, junto al pasillo.

Cándido Serra entra en la habitación, ha pasado más de un año desde que se vieron por última vez en Madrid, pero a Pili le da la sensación de que ha envejecido mucho.

—Bienvenida, Pili. Estábamos deseando que llegaras. Ya nos contarás cómo andan las cosas por la corte.

—Pues como siempre: Arderius cosechando éxitos, Prim intentando echar a la reina, mucho lío desde que murió O'Donnell el noviembre pasado, dicen que envenenado...

—Una lástima, desde luego. Pero no vamos a hablar de cosas tristes, que ya ves que el niño está bien y tu amiga se encuentra mejor que nunca. Tiempo tendrás para darnos noticias de nuestros amigos madrileños.

—Allí están todos felices por Leonor. Ha llegado a Madrid la noticia del éxito de *La flor de la calabaza*. Hasta en *El Imparcial* lo han publicado y, hoy en día, en España, solo importa lo que aparece en ese periódico: «En el Teatro Villanueva de la Perla de las Antillas se ha presentado la señorita Leonor Morell, preciosa e inteligente actriz, que desempeñó su papel con exquisita gracia y verdad».

—¿Has memorizado la crítica?

—Anda que no he presumido de ser amiga de una actriz famosa.

—Y mira que yo no confiaba nada, me parecía un texto horrible —se ríe Leonor.

—Por fortuna, debutaste con esa obra y no con la de Aquilino Pardiñas. La gente en Cuba, como decía Arderius, lo que busca es «felicidad y risas» —bromea Cándido, que se ha sentado en la cama junto a su esposa.

Pili cree que, si no amor, ha nacido una corriente de compañerismo en el matrimonio, que se entienden y respetan el uno al otro. Aunque Cándido le resultara ajado, en sus miradas, en el cariño que despliega hacia su esposa y su hijo, demuestra que es un hombre dedicado a la felicidad de su familia.

—Espero estar a la altura y sustituirte con dignidad.

—Vas a ser la sensación de la temporada en el Teatro

Villanueva. El público se va a olvidar de mí en un santiamén. ¿Quién quiere ver a una mujer que acaba de ser madre cuando van a tener a una de las suripantas más bellas de todo Madrid sobre las tablas?

Las dos se ríen. Acaba de llegar a La Habana, pero Pili ya está deseando conocer a Pablo Pildaín, su compañero de reparto, visitar el Villanueva, ver ese cartel que anuncia *La flor de la calabaza* con su nombre escrito en él. No puede evitar el vértigo de ocupar el lugar de Leonor, por mucho que Cándido y su amiga le aseguren que Pildaín la tratará con cariño, que ya le han dicho a Ortiz Tapia, el autor del texto, que la Gallarda encaja en ese personaje como anillo al dedo. Ahora debe instalarse y descansar del viaje, ya habrá tiempo de empezar los ensayos.

En cuanto Cándido las deja solas, vuelven los besos y los abrazos, la alegría, los recuerdos compartidos. Leonor se sorprende de lo fácil que resulta el reencuentro, de los atajos que toma su amistad con Pili para recolocarse donde siempre. Ahí está su amiga del alma, enseguida aletean sus gestos risueños, los aspavientos vulgares y su mirada maliciosa a la hora de deslizar una broma. Ni siquiera ha cambiado la complicidad que las unía al compartir las miserias de la vida, la lucha constante contra la precariedad y el infortunio, pese a que en el último año sus destinos han discurrido por caminos muy distintos.

—Leonor, esto es el paraíso.

—No te fíes, las apariencias engañan.

Preferiría haber esperado, no enturbiar su primer día en la isla, pero también le resulta injusto sostener la ficción alrededor de Pili, como si la acompañara por un decorado maravilloso que en cualquier momento se puede derrumbar para descubrir la realidad, sucia y amarga. La esclavitud, las vejaciones a los africanos que traen secuestrados, ese es el comienzo de su relato, que pronto desemboca en la única amiga que hizo en esta isla, Amalia Bru, una mujer que aborrecía estas prácticas, y su terrible asesinato.

—Pero entonces..., hay un asesino en La Habana: ¿o ya lo han apresado?

—Están buscando a Ricardo: desapareció la misma noche de la muerte de Amalia, era uno de sus esclavos domésticos. Bueno, eso querían aparentar, porque en realidad era prácticamente su esposo. Ella lo consideraba así.

—Dios mío, qué horror. Muerta a manos de su amante..., y de esa manera...

—Todos lo dan por seguro, pero... Yo los vi juntos, Pili: sé que se amaban de verdad. Ricardo no pudo hacerle algo así.

—¿Entonces?

—Ella no es la única víctima. Unos meses antes, también murió un hacendado que venía de Estados Unidos, un tal Gregorio Collantes. Yo lo vi con la cabeza abierta, con ese mismo crucifijo de palos clavado dentro, aunque nadie me cree. Ni siquiera se ha investigado.

—No sé si volverme a Madrid, allí hay revueltas todos los días, pero no me consta que haya asesinos tan crueles.

—Ojalá yo pudiera ir contigo; me llevaría a mi hijo.

Leonor sabe que su libertad termina en Cuba, regresar a España significaría ponerse de nuevo en el punto de mira de aquel policía con la cara manchada. Está atrapada, en esta isla y en este matrimonio con Cándido Serra. Después de asegurarse de que no hay nadie escuchando al otro lado de la puerta, le confiesa a Pili los extraños términos sobre los que se ha asentado su relación; descartada la posibilidad de que entre ellos pudiera surgir el amor, Cándido ha aceptado una convivencia amable. Él no le ha vuelto a exigir relaciones sexuales a cambio de que ella se comporte como una buena esposa y madre. El matrimonio, además de suponer la seguridad de Leonor, solo se sostiene sobre la base de criar al pequeño Lope. Cándido y ella son como dos familiares bien avenidos, aunque ella ha sido testigo del lado oscuro de su marido, cuando su honor es mancillado y se descubre como un hombre cruel.

—¿Y el amor? —le pregunta Pili, incapaz de ocultar la tristeza por el conformismo de su amiga—. ¿Cómo vas a ser feliz sin amor?

—Supongo que el amor no está hecho para mí.

—¿Te acuerdas de cuando compartíamos una habitación alquilada en la calle del Mesón de Paredes?

—Creo que ha sido la mejor época de mi vida —reconoce Leonor—. El Variedades, las suripantas, las horchatas en el paseo del Prado... Qué pena que todo aquello se haya acabado.

—Un día vino a buscarte al teatro aquel estudiante de medicina, el gallego... Pero ya te habías ido de Madrid. A ese sí que lo tenías enamorado.

Leonor suspira: es una herida abierta a la que ha tratado de no prestar atención durante su embarazo, centrar todos sus sentimientos en Lope, olvidar, pero basta que alguien señale la herida para que vuelva a doler.

—Está aquí —confiesa en un susurro.

—¿Cómo que está aquí? ¿El estudiante está en La Habana?

Leonor desgrana atropelladamente su relación con Mauro, el encuentro casual en el cepo, sus maniobras para que liberaran a los gallegos, cómo se había ido enamorando de él y, sobre todo, la noche de pasión en el carnaval de Matanzas...

—Entonces, el padre de Lope...

—Da igual si su padre es Mauro o Cándido. Uno prefirió echarse al monte antes que estar conmigo; el otro está aquí, procurando todo lo que Lope necesita, pero... —Las lágrimas se desbordan de los ojos de Leonor, el dique se ha roto—. Ninguno de los dos me importa. Lope es el único consuelo que tengo en mi vida, por lo menos hasta que tú has venido a La Habana.

—Pero, Leonor, no hables así. Nadie puede renunciar a ser feliz..., y, cuando he llegado, lo parecías...

—Ahora mismo soy muy feliz porque estamos juntas y porque mi hijo le da sentido a cada día que pasa.

Pili sonríe, emocionada. Leonor le coge las manos.

—¿Te das cuenta? Las dos únicas personas que amo están en esta habitación.

Capítulo 34

—

Ya queda muy poco del estudiante de medicina que juga-
ba a hacer la revolución. Aquel joven sano y atildado está
ahora mucho más delgado, aunque fibroso, con una barba descuidada y la piel morena por el fuerte sol del trópi-
co. Su mirada ha perdido la inocencia, ha matado a varios
hombres, una deriva que empezó en la «sargentada» de
Madrid, continuó en Soutochao y, ahora, en la isla. Gracias a que le quitó la vida a tres rancheadores, no los han
prendido, a pesar de haber sido hostigados durante todo
el año. Una persecución que no les permite olvidar que su
condena es de por vida, que no pueden descansar ni un
solo minuto porque en cualquier momento se precipitará
una partida sobre ellos. En la lógica demencial del calvario que viven, sus cabezas valen mucho más que la habitual
recompensa de una onza de oro por cada cimarrón devuelto a sus dueños. La ira de los hacendados, su impaciencia, su desesperación por el castigo, las bajas que han
causado entre los rancheadores encarecen el precio cada
día que pasa.

Muchas cosas han cambiado, pero no sus ideales. Al
contrario, ahora son más robustos, como una de esas cei-
bas que a lo largo de los siglos se han convertido en los
árboles más grandes de Cuba, con enormes raíces que so-
bresalen del suelo y se extienden a su alrededor. Un árbol

sagrado para los africanos. Así de firme ha arraigado la lucha por la libertad en Mauro. Ha enterrado las dudas que hacían temblar el pulso del joven estudiante de medicina en Madrid cuando se veía obligado a usar la violencia. Nada reprime al lobo que lleva dentro. Cuando mata, no siente la culpa del asesino, sino el bálsamo de la venganza por los días del cepo, por las torturas y la crueldad sin límite contra los esclavos. En esta isla la muerte campa a sus anchas y los hacendados esgrimen su sadismo con una impunidad pasmosa, con el gesto rutinario del que enseña una acreditación para acceder a un club selecto, ¿por qué habría de sentir la más mínima pena cuando él mata? Solo se defiende con las mismas armas que usan sus agresores. Sabe que nunca logrará apartar a esos monstruos del poder si no es matándolos. La libertad significa sangre, aquí, en Cuba, y allí, en España.

Llevan varios meses ya en la cueva de la Loma del Jacán. En ese tiempo han cultivado un conuco y han conseguido gallinas y un cerdo. Son dos decenas de cimarrones y ninguno de ellos se encariña con el lugar; antes o después tocará salir corriendo y buscar un nuevo palenque. Uno de los que allí se refugian es Ricardo, el esclavo doméstico de la señorita Bru. Se hizo al monte el mismo día en que mataron a su ama, aunque él nunca la nombra de esa forma. Ricardo siempre se refiere a Amalia como su esposa, entre cimarrones no tiene por qué esconder cuánto se amaban porque allí nadie duda que un amor así pueda surgir, un amor condenado al fracaso, como son siempre las historias entre negros y blancas, entre esclavos y señoras. Lo acogieron sin reservas, sin dar un ápice de credibilidad a esa fábula que circula por la ciudad y que lo señala como el asesino de Amalia Bru. Aquel día todavía agita a Ricardo en pesadillas. Cuando supo el espantoso final que su asesino había dado a Amalia, también fue consciente de que no habría juez que creyera en su inocencia. Y no se equivocó.

Arsenio Boada actúa como si fuera el viudo de la señorita Bru y ha puesto un precio a la cabeza de Ricardo. Aunque nadie lo dice, todos saben que la rabia del hacendado no es contra el esclavo fugitivo, sino contra el amante de la mujer que él pretendía y que siempre lo rechazaba. Un desaire que, ahora que en los cafés de La Habana ya se conoce la relación que tenían Ricardo y Amalia, no hace sino alimentar el odio de Boada. La presencia del carabalí en el grupo convierte la cacería en primordial para Bidache, el animal herido que necesita congraciarse con el patrón del Magnolia tras el fiasco de los gallegos, aunque finalmente lo haya mantenido en el cargo. Pero nadie le da la espalda a Ricardo. Todo lo contrario, casi se diría que lo miman más que a ninguno para que no tenga miedo, para que no se sienta culpable, para que crea, como todos los demás, en la posibilidad de un futuro mejor.

Mauro se ocupa de la guardia esa noche y, mientras mordisquea una hierba, piensa en que nunca ha conocido una solidaridad tan sólida como la de los cimarrones. Repasa las traiciones de sus compañeros revolucionarios en Madrid, las espantadas, las posturas ambiguas de tantos cobardes que ganan tiempo hasta dilucidar hacia dónde sopla el viento de las revueltas... Nada de eso sucede en los montes con esas almas en pena que son los esclavos. Se juegan la vida en cada paso, se ayudan entre ellos, se arropan si hace frío y comparten su cuenco de comida cuando escasea el alimento. Solo una vez, meses atrás, cuando llegó un cimarrón al grupo huyendo de Cienfuegos, se suscitó el peligro que corrían por proteger a Ricardo.

—Dicen que está con vosotros el hombre que mató a

la blanca, a la dueña del ingenio Santa Rosa. Por culpa de ese asesinato nos persiguen a todos.

—Soy yo —dijo Ricardo—. Si queréis que me vaya, me voy. Pero yo no la maté.

—Aquí no dejamos a nadie tirado, y menos a un inocente.

Nadie puso en duda la postura de Mauro. Al recién llegado le sorprendió ver el ascendiente que el blanco tenía entre los cimarrones. No en vano, en el valle y en la ciudad se refieren a ellos como el grupo del gallego.

—¿Qué pasó? —preguntó el curioso buscando los ojos de Ricardo—. ¿Quién la mató entonces?

—Amalia soñaba con acabar con la esclavitud, con que todos los hombres y las mujeres fuéramos libres sin importar nuestro color. Por eso la mataron. Ojalá hubiera estado con ella esa noche de carnaval para protegerla, pero ella me pidió que me fuera, que no volviera hasta la mañana siguiente. Iba a recibir una visita muy importante para la liberación de los negros. Pero la mataron de una manera horrible.

—¿Qué le hicieron?

—Le abrieron la cabeza, le sacaron los sesos...

—Déjalo ya —le conminó el Brujo—. Todos sabemos que no fuiste tú. A esa mujer la mató el demonio, el mismo que llegó en el Santa Catalina. Lo he oído contar a tantos esclavos congos... Mató a muchos de los nuestros y mató a los tripulantes. Le abrió la cabeza al capitán, igual que le hicieron a la señorita Bru. Fue el demonio, que ahora reina en Cuba. En la isla reina Lungambe, el mal, y solo puede expulsarle Nzambi, el dios bueno del palo mayombe.

—Basta de historias de demonios —protestó Emiliano—. Basta de palabras baratas, esto no hay quien lo aguante.

Se alejó del resto de los hombres y Mauro lo siguió, inquieto, nunca había despreciado de esa forma la lectura que de la realidad hacía el Brujo con el palo mayombe. Pero se le adelantó Rosana, que se sentó junto a él. Los oyó hablar un instante.

—¿Estás nervioso?

—Estoy cansado. Como si no tuviéramos bastante con los españoles que nos intentan cazar, el Brujo nos amenaza con demonios que nos quieren devorar los sesos. No puedo más, Rosana. Quiero una vida normal para ti y para mí. Quiero una familia contigo, un hogar, dejar de huir.

Rosana atrajo la cabeza de Emiliano hacia su pecho y permanecieron los dos en silencio. Mauro presenció la escena con el corazón encogido. Allí podría estar Leonor, compartiendo con él sus anhelos y sus desventuras.

Ahora, mientras masca la hierba, muchos meses después de que aquel cimarrón llegara con preguntas sobre Ricardo y Emiliano tuviera ese momento de flaqueza, se da cuenta de que no ha vuelto a pensar en Leonor con la melancolía con que lo hizo aquel día. La ha sacado de sus pensamientos. Ahora se siente más cerca de Rafael el Brujo, el hombre que ha convertido su corazón en un páramo.

Cuando raya el día y el sol alumbra al bies las copas de los árboles, Mauro distingue las siluetas de tres jinetes que suben la loma. Son tres guajiros, con camisa de lienzo blanca, ancha, como los pantalones, un pañuelo rojo anudado al cuello. El sombrero de guano de palma ensombrece sus rostros negros, pero del cinto de cuero que anuda sus camisas cuelgan revólveres; no es habitual que unos campesinos vayan armados.

—Sois el grupo del gallego, ¿no? Traemos un aviso: Bidache y sus hombres saben que estáis aquí. Os tenéis que marchar antes del mediodía.

—¿Quién te da esa información? —pregunta el Brujo,

que duerme con un ojo abierto y otro cerrado y ha advertido la intrusión a la vez que Mauro.

—El mismo hombre que me ha pedido que le entregue un mensaje al gallego —dice el guajiro que parece al mando, al tiempo que saca un papel de su bolso.

Mauro cambia una mirada con Rafael, que asiente. Ambos saben quién es el informante. Emiliano se acerca, legañoso.

—¿Otra vez?

—Hay que marcharse. Despierta a los demás, en media hora quiero todo recogido.

Emiliano asume la orden del Brujo y deja caer los brazos en un gesto de derrota. Rosana se ha despertado y lo mira con preocupación.

—Encontraremos un palenque mejor que este. —Pero ya ni ella se cree sus palabras.

Cunde el desaliento entre los cimarrones. Llevan un año huyendo y saben muy bien cuál es la siguiente parada: la Ciénaga de Zapata, en el extremo occidental de la isla, la zona más árida e inhabitable de todas. Allí no hay casi nada, ni ingenios ni cafetales, solo ríos, pantanos y barro. Es difícil sobrevivir en la Ciénaga, pero también les ofrece mejor protección. Para animar al grupo, el Brujo les cuenta que, según un cimarrón que encontró por los bosques, allí había un palenque. Lo buscarán, seguro que les dan cobijo. Es una esperanza lanzada al aire con buena intención, pero la ilusión se la lleva el viento. El grupo está agotado. Se ponen a recoger el campamento con aire de resignación.

Mauro no los acompañará. El mensaje que le han traído lo emplaza a un encuentro en la finca La Herrera, a un día de viaje. Uno de los guajiros lo llevará en su caballo, los otros abrirán paso para garantizar la seguridad del trayecto. Es evidente que, aunque vestidos de campesinos, esos hombres, fuertes y armados, no son tales. Mauro se despide de Emiliano y Rosana prometiéndoles que los alcanzará camino de la Ciénaga de Zapata. En la mirada de su amigo distingue el anticipo del desfallecimiento. Es como si el alma se le estuviera escapando por cada poro de su piel.

—Yo cuidaré de él —asegura Rosana, que también lo nota en las últimas.

Emiliano sonríe y Mauro ve que está luchando por contener el llanto. Se consuela pensando en que siempre anida algo trágico y exagerado en las despedidas, como una zozobra que magnifica los sentimientos. Que pronto volverá a ver al Emiliano feliz que se cimbreaba en los bailes con una elasticidad imposible, que parecía capaz de levitar en mitad de una danza.

Después se abraza al Brujo, que le susurra al oído un hasta siempre, como si supiera que nunca más se volverán a ver.

Capítulo 35

—

Hay expectación en la sociedad habanera por conocer a Osvaldo Pike, el heredero de la señorita Bru. Ha llegado desde Estados Unidos hace apenas una semana y se ha instalado en un palacete de la plaza de Armas. Se han dicho muchas cosas de él: que es primo por parte de madre de la rica propietaria de ingenios azucareros, que procede de Carolina del Sur, que ha combatido como coronel en la guerra de Secesión americana en el ejército sudista, que ha estado casado tres veces, que tiene cultivos de algodón en su país... Aunque la verdad es que es poco lo que realmente se sabe. Todo son invenciones de los locales, deseosos de ser portadores de las últimas novedades. Lo único incontestable es que, si no lo era ya en su país, se ha convertido en un hombre millonario y se cuenta que en la actualidad no tiene esposa ni está comprometido. Muchas jóvenes cubanas darían lo que fuera por que se fijara en ellas.

En la catedral de La Habana se celebra una misa para recordar a Amalia Bru cerca del aniversario de su muerte. En solo unas semanas se volverá a celebrar el carnaval, el baile y las máscaras invadirán de nuevo la ciudad transformándola en un caos pesadillesco. Así recuerda Leonor aquellas fiestas, como una bacanal de monstruos que ríen en la que todos los límites quedan abolidos y que, después de la resaca, cuando regresaron a la normalidad, la dejó con dos cadáveres que todavía arrastra. El de su amor por Mauro, el del cuerpo torturado de Amalia.

Entre los muros barrocos de la catedral está la flor y nata de la aristocracia criolla, encabezada por el general Dulce Garay y su esposa, la condesa de Santovenia. Arsenio Boada, ojeroso y desmejorado, ocupa una de las primeras filas. El tiempo no ha mitigado el sufrimiento del hacendado, que desde el primer día decidió cargar con el duelo de Amalia como si fuera el de su pareja. Llama la atención la presencia de Olózaga, el armador acusado de traer a Cuba a los jóvenes del norte de España con unos contratos leoninos que los esclavizaban. Desde que aquello se descubrió, ha tenido que cerrar sus empresas y se dice que se encuentra al borde de la ruina. En los últimos meses no se ha dejado ver en público, ni en fiestas ni en cafés, algunos pensaban que había decidido volver a la península, a su Bilbao natal, pero allí está, tan elegante como siempre a pesar de las canas que le han brotado en el último año, y en compañía de su esposa, Teresa Bañoles. Ella, que se vanagloriaba de los éxitos de su marido, debe de estar padeciendo el desprecio al que la sociedad habanera les está sometiendo desde entonces. Sus gestos nerviosos, sus miradas huidizas así lo delatan. Preferiría estar en cualquier otro lugar antes que allí, en la catedral, escrutada por los asistentes.

En la segunda fila, Leonor aguarda el inicio de la ceremonia flanqueada por Cándido y Pili. Todos se giran cuando entra en la iglesia un hombre alto, rubicundo, de mostacho pelirrojo y ojos azules que miran a su alrededor con un poso de tristeza. Lleva el sombrero en la mano y viste un terno impecable. A nadie se le escapa que se trata de Osvaldo Pike. Se sienta en un banco de la primera bancada y enseguida da comienzo la misa de difuntos. No quiere derrumbarse, que este acto sea una evocación triste de su amiga, por eso hace el esfuerzo de, cada vez que el obispo Jacinto María Martínez nombra a Amalia, recordarla con esa sonrisa sempiterna que embellecía su descaro, su espíritu transgresor tan refrescante. Su memoria viaja hasta la última vez que la vio con vida, en el baile de carnaval del Circo Albisu, con una máscara y un vestido rojos, dejándose llevar por los ritmos de la música popular cubana. Pero el recuerdo la lleva también hasta ese hombre que la abordó con una máscara que representaba la cabeza de un tigre. Algo le susurró al oído y ella se puso tensa, discutieron. Cuántas veces habrá pensado Leonor en aquella estampa, cuántas conjeturas ha construido sobre la breve conversación que tuvo lugar aquella noche. ¿Guarda relación aquel enfrentamiento con el posterior asesinato? No lo sabe. No puede saberlo. Pero lo más increíble es que los intendentes de la policía tampoco han descubierto nada. Un año ya. Un año sin un culpable, solo esa estúpida teoría que culpa a Ricardo, su esclavo y amante, que Boada se ha encargado de empujar en todo momento. Un año ya sin su querida amiga. Un año de pesadillas horribles con cabezas abiertas y cerebros deshechos, los escuálidos palos anudados en forma de crucifijo, clavados en la masa cerebral, batida.

La ceremonia se hace larga, el calor y la tristeza sofocan por igual. El ruido de los abanicos puntea las palabras del obispo, que resuenan en la oquedad de la iglesia. Con un escalofrío, Leonor intuye que el asesino de Amalia está entre los presentes. «Ahora tú sabes qué hay debajo de esta sociedad», esas fueron las últimas palabras que le dijo su amiga refiriéndose a todos aquellos enmascarados que bailaban en el Circo Albisu. Aunque no sea carnaval, la aristocracia habanera continúa llevando máscaras: los gestos dolientes, misericordiosos, con los que siguen la homilía son el disfraz de negreros, de traficantes de esclavos y de un asesino brutal.

Después de la misa se trasladan al palacete de Osvaldo Pike para disfrutar de un convite preparado por los reposteros de La Dominica. Es el momento de conocer al heredero, que ha querido unir en el mismo acto el homenaje a la señorita Bru y su presentación en sociedad. Los hacendados se arriman al americano para saber cuál es su postura al respecto de la abolición de la esclavitud, el principal punto de preocupación en los tiempos convulsos que se viven en la isla. Un militar sureño, que hizo su fortuna en las plantaciones de algodón, podría ser un buen aliado para contener los avances cada vez más notables de los abolicionistas. Pero se encuentran con una sorpresa: Pike ha vivido el final de la esclavitud en Estados Unidos y, en los cuatro años que han transcurrido desde entonces, ningún cataclismo ha sacudido las explotaciones agrícolas de los estados del sur. Según explica, la transición resultó esforzada durante el primer año, y en algunos casos traumática, pero ahora, una vez engrasada la maquinaria del nuevo sistema de explotación agraria, más humano, solo cabe avergonzarse de las atrocidades cometidas contra los esclavos.

Un runrún de incomodidad recorre los jardines del palacete. Los rumores de la corte insinúan que, a raíz de la muerte de O'Donnell, va a cambiar la política en la isla. En opinión de Cándido, el nuevo gobernador, Francisco Lersundi, es un partidario de la línea dura y ese perfil podría avivar los deseos independentistas. A Leonor le sorprende que su marido cuestione las decisiones de la metrópoli, no sabe si atribuirlo al interés por congraciarse con Osvaldo Pike. Arsenio Boada, que no suele participar en este tipo de conversaciones, irrumpe en el círculo de hacendados señalando cómo la economía de la isla se basa en la explotación del azúcar, el tabaco y el café.

—Sobre todo, del azúcar. Y ningún ingenio puede ser rentable sin la mano de obra de los esclavos. Los hacendados tenemos que mantenernos unidos en este punto crucial. Tiene que comprender que Cuba no es Estados Unidos.

—Mi prima me enviaba cartas de vez en cuando y me contaba su vida en la isla, así que esta realidad no me resulta del todo desconocida —dice Pike.

—Lo celebro —contesta Boada levantando su copa.

La tensión entre ambos hombres es evidente, ninguno hace demasiados esfuerzos por ocultarla bajo un manto de buenos modales.

—También me decía que su propósito a muy corto plazo era liberar a los esclavos de su ingenio.

—A mí no me consta que Amalia albergara la menor intención de hacer eso. —Boada habla de ella como si fuera el garante de su memoria, como si le perteneciera por encima de la herencia familiar de Pike—. Si lo hubiera tenido tan claro, ¿por qué no lo hizo antes?

—Quizá estaba esperando el momento oportuno.

—Nunca es el momento oportuno. Liberar a los esclavos sería la ruina de su ingenio y crearía un efecto contagio en otras plantaciones.

—En este último año se han vivido muchos cambios en la isla —interviene Cándido; quiere atemperar lo ánimos, teme que la conversación pueda desbordarse en discusión y llegar a los insultos—. No solo los abolicionistas han ganado posiciones, también lo han hecho los que claman por la independencia de la colonia. Nos guste o no, Arsenio, esto no hay quien lo pare.

—Nuestra obligación es, si no pararlo, al menos retrasar el desastre lo máximo posible —se mantiene firme Boada y, de repente, su mirada se torna más sombría, arrastra las palabras como si cada una de ellas doliera—. Ya sabemos de qué son capaces los negros cuando les quitamos las cadenas. Animales como ese Ricardo: ¿está al tanto de lo que le hizo a su querida prima? ¿Sabe en qué circunstancias fue asesinada Amalia? Eso debería bastar para convencerlo.

—Solo se puede convencer a un indeciso, y yo he venido a La Habana con mi decisión tomada. —Pike mira a todos los hombres que le rodean como si fuera un actor en el escenario dispuesto a declamar el mejor monólogo de la obra—. Dentro de dos semanas, me presentaré en el ingenio Santa Rosa, que ahora me pertenece, y otorgaré la libertad a los esclavos. Están todos invitados a acompañarme en lo que yo creo que va a ser un día histórico para la isla.

Osvaldo Pike llama la atención de un camarero y le pide que rellene las copas. Los hacendados, los políticos y los militares brindan con sonrisas congeladas, la verdadera tormenta se desata por dentro. Todos tratan de calibrar las consecuencias de una proclamación tan rotunda como esa. Un terremoto en la isla, tal vez. Revueltas en otros ingenios, ruido de sables en los cuarteles, artículos en prensa llamando a seguir los pasos de Pike, la abolición y la independencia, una corriente subterránea que afloraba de vez en cuando y que ahora va a cristalizar en una mole que no puede ser soslayada. Habrá mano dura por parte del Gobierno. Habrá guerra.

Pili, aburrida de estas conversaciones, coincide en que esa semana será, en efecto, histórica, pero porque *La flor de la calabaza* regresa, con nuevo elenco, al Teatro Villanueva. Está animada, ha conocido a Pablo Pildaín y le ha caído muy bien. El encuentro se produjo en una cena organizada por Leonor y Cándido a la que también acudió Ortiz Tapia, el dramaturgo andaluz. La Gallarda ya lleva unos días de ensayos que, de momento, no han logrado calmar sus nervios.

—¿Por qué no nos vamos de esta fiesta espantosa? —le propone Leonor apartándola del círculo de hombres.

—Bien dicho. Llévame a una fiesta más divertida, que seguro que las hay. Me vendría de maravilla un poco de ron y de baile para olvidarme del estreno.

—Se me ocurre algo mejor: te voy a llevar a casa de un amigo. Bueno, no sé si se le puede llamar así, porque me insulta cada vez que lo veo.

—No parece el mejor plan del mundo.

—Es un gruñón, pero en el fondo sé que le hago gracia. Y es un gran dramaturgo. Quiero invitarle a tu estreno. Y seguro que te da algún consejo.

Leonor busca a Cándido con la mirada. Lo ve enfrascado en la conversación con Boada y el resto de hacendados. Parecen un hatajo de conspiradores. Cuando están pasando por la escultura griega de la entrada, ya casi en la calle, le sorprende ver a Osvaldo Pike fumando bajo un baldaquino, sonriente, sus ojillos azules vagando por los grupos que se han formado en el jardín.

—¿Estás segura de que ese escritor vive aquí?

El ambiente de la calle de la Bomba no asusta a Pili. Se han cruzado con dos mujeres vestidas de manera escandalosa, acompañadas por sus clientes. Un hombre apoyado en una esquina les pide que se acerquen con un gesto grosero y Pili se lo devuelve. Leonor tira de su amiga antes de que vaya a enfrentarse con él. Empuja la puerta de la casa de Pardiñas y suben las escaleras. Tiene ganas de volver a verle, no lo visita desde los últimos meses de su embarazo.

—Aquilino es un hombre muy peculiar. Podría disfrutar de una mejor posición, pero prefiere vivir en la inmundicia antes que vender su talento.

Pili la sigue por los peldaños estrechos, deformados por los años de pisadas arriba y abajo. Llaman a la puerta, pero no hay respuesta.

—Tiene que estar, es muy raro que deje solo a Timoteo.

El marido de Pardiñas, así lo ha llamado siempre Carmina, la prostituta vecina del escritor. A través de ella también supo su nombre, Timoteo, que está muy enfermo, y que Aquilino dedicaba sus días, más que a escribir, a cuidar de él. De nada sirve llamar a la puerta, así que bajan al piso de Carmina; un aire luctuoso extraño en ella preocupa a Leonor cuando evade las preguntas sobre Aquilino. Las invita a pasar a su casa, Pili no disimula su incomodidad: está tan sucia y desordenada que cuesta hallar un lugar donde sentarse. La mujer les sirve un café aguado y les ofrece un ron que las dos rechazan, pero del que ella pega un buen trago.

—Timoteo murió hace unos meses. Era de esperar, ya estaba en las últimas, pero... Aquilino perdió la cabeza. Yo nunca lo había visto borracho, pero, desde entonces, no dejó de beber, lo raro era encontrarlo sobrio... Para mí que el pobre estaba volviéndose loco, parecía que veía fantasmas. Por la noche, le oía gritar, como si estuviera hablando con los espíritus... Decía que sabía que iban a por él, que lo iban a matar. Que le iban a abrir la cabeza para sacarle el cerebro...

—¿A él?

—Había perdido la razón. Timoteo... yo creo que era lo único que le importaba en este mundo. —Carmina hunde su mirada en ellas, calibrando qué les provoca el pecado de sodomía de Pardiñas.

—No es la primera vez que sabemos de una historia de amor entre hombres —la tranquiliza Pili.

—Una puede aguantar la miseria... y la falta de amor. Yo casi lo prefiero, porque sé que cuando tienes el amor y te lo quitan, te enfermas, como se enfermó Aquilino. No sé quién pensaba que le perseguía, pero tenía miedo de verdad... Una mañana se presentó aquí, me trajo unos papeles, me dijo que querían robárselos: ¿quién va a querer robar una obra de teatro? ¿Quieres verla?

Se levanta y abre un cajón desportillado. Le tiende a Leonor la obra de teatro que estaba escribiendo Pardiñas, *La reina esclava*. Unas sesenta páginas escritas a máquina y atadas con un bramante. Leonor lo mira con nostalgia. De ese texto llegó a leer una escena y consiguió emocionar al autor, algo que parecía un milagro.

—¿Me la puedo quedar?

—Tú verás... Si Aquilino vuelve a por ella, yo le digo que la tienes tú. Más segura que conmigo sí que va a estar, que aquí entra cualquiera.

—No te preocupes. ¿Sabes dónde puede andar Aquilino? Me gustaría hablar con él.

—En cualquier parte, emborrachándose. Busca en las tabernas, en los tugurios, en cualquier antro de mala muerte. Ese hombre no estaba bien, te lo digo yo.

Cuando salen a la calle, Pili aspira una bocanada de aire fresco.

—No querrás que ahora vayamos a una taberna en el puerto.

Leonor es consciente de que sería inútil iniciar una búsqueda por el submundo de La Habana. No conoce esos tugurios de los que Carmina hablaba, nunca se ha mezclado con el ambiente de los esclavos. Su universo está en la plaza de Armas, en el palacio de la calle Belascoaín. Allí regresan, al fresco de su dormitorio, a los cómodos sillones, a la vera del moisés donde duerme Lope, tan lejos de los arrabales por donde puede estar hundiéndose Pardiñas. Pili hojea *La reina esclava* mientras Leonor se pierde en los rasgos de su pequeño, podría pasar días observando sus facciones y descubriendo detalles nuevos, como el astrónomo que dedica una vida a cartografiar el firmamento.

—Prefiero *La flor de la calabaza*. Esta es aburridísima.

—Dos páginas han bastado a Pili para dictar sentencia.

—¿De verdad te lo parece?

—Sí. Y es muy incómoda de leer, la letra *e* de la máquina está mal y parece que es una *ce*.

—¿Y eso qué más da?

—Pues que me lío.

—Anda, dámela. Te aseguro que voy a intentar estrenarla. Es lo mínimo que se merece Aquilino.

—La vecina no te ha dicho que esté muerto, la puede estrenar él mismo.

—Tenía miedo de que le abrieran el cráneo, Pili. Eso no son fantasías de un lunático. Ya te conté lo de Amalia. Es algo que ha sucedido aquí, en La Habana... —dice Leonor, y su mirada se extravía por la ventana del dormitorio, por el cielo teñido de un naranja rabioso que anticipa el crepúsculo y que le recuerda también al fuego que incendió la casa de Collantes, la primera víctima que vio de esa tortura—. ¿Qué está pasando en esta ciudad?

Capítulo 36

La Herrera es una plantación pequeña y no muy fecunda. Encajonada en un valle entre montañas rocosas y ásperas, está sometida al azote del viento y de la lluvia. En sus campos inundados solo se cultiva el arroz. La casa blanca asoma entre la vegetación que circunda la propiedad y parece casi engullida por ella. Mauro advierte un descuido en el tejado y percibe también las humedades que se han filtrado en la fachada a lo largo de las estaciones y la mala hierba que se enseñorea de un jardín que ya solo pisa su propietario, un anciano criollo que no ha logrado arrancar ningún esplendor de estas tierras. Es un lugar olvidado. En el porche de estilo colonial, junto al viejo, le aguarda él, vestido con un terno color crema, impecable, como si repeliera la suciedad del campo. Al ver a su invitado bajándose del caballo, se acerca para saludarlo.

—Gracias por venir, Mauro.

—¿Cuál es el problema, Loynaz?

No hay introducción ni palabras vanas, el tiempo suele ser tan escaso que las frases de cortesía han quedado excluidas de la relación entre Mauro Mosqueira y Miguel Loynaz. Fue así desde el principio, cuando todavía no sabía si podía confiar en el abogado de Cándido Serra y de la señorita Bru.

Cerca de Cienfuegos, unos hombres vestidos de guajiros como los que fueron a su encuentro en la Loma del Jacán le prometieron armas con las que defenderse de los rancheadores. Mauro los acompañó hasta un chamizo y allí, además de tres rifles y una caja de munición, se reunió por primera vez con Miguel Loynaz. Apenas había pasado un mes del asesinato de Amalia Bru y el abogado solo quería hablar con Ricardo, no porque lo creyera culpable, sino porque pensaba que su testimonio podía arrojar algo de luz y guiarle hasta el asesino de la señorita Bru. Sin embargo, Mauro no podía fiarse de alguien que estaba al servicio de los negreros. Cogió las armas y se marchó sin confirmarle siquiera que el carabí estuviese con ellos. Desde entonces, se vieron otras veces. Loynaz no insistió en el tema de Ricardo, pero sí le advirtió de la cercanía de Bidache o de algún otro grupo de rancheadores. Gracias a los avisos del abogado, el grupo de cimarrones de Mauro evitó ser apresado en más de una ocasión y Loynaz terminó ganándose su confianza. Tal vez era cierto aquello que le confesó el primer día cerca de Cienfuegos: «Mi trabajo oficial es llevar los asuntos legales de varios hacendados, de negreros, como tú los llamas. El verdadero es luchar por la abolición de la esclavitud y por la independencia de Cuba».

Ahora, mientras pasean por la ruinosa plantación de La Herrera, Mauro se pregunta cuál es el motivo de esta reunión. Ya recibieron el aviso de que Bidache había localizado su palenque, ya organizó meses atrás aquella reunión entre Ricardo y el abogado, un encuentro que no sirvió de nada. Amalia nunca confió a su amante ningún asunto privado relacionado con la lucha por la abolición, motivo que Loynaz está convencido se halla en el corazón de su asesinato.

—Tengo que marcharme, Loynaz. Mis compañeros están camino de la Ciénaga. No sé si podrías darnos más munición...

—He traído una caja y dos rifles. Llévatelos.

—También necesitaría un caballo.

—Lo tendrás.

Un tocororo lanza su canto y le pone música al silencio que hay entre los dos hombres. El pájaro cambia de rama y continúa con sus reclamos. No sabe adónde han ido los guajiros ni el anciano que supone propietario de la plantación.

—Pero no te va a hacer falta ese caballo. Los guajiros pueden llevarles las armas a los cimarrones. Me gustaría que tú te encargaras de otra cosa, algo mucho más importante. Me gustaría que volvieras a La Habana. —Mauro deja escapar una risa de incredulidad, pero Loynaz no le deja hablar, quiere demostrarle que lo ha planificado bien antes de proponérselo—: Hace meses se resolvió el tema de los gallegos que Olózaga trajo a Cuba. Se anularon los contratos, en ese sentido eres libre.

—Gracias por tus desvelos, abogado, pero ¿tengo que recordarte todo lo que hemos pasado en los palenques? Cargo con más de una muerte.

—No volverás con el nombre de Mauro Mosqueira. —Loynaz saca unos papeles de su terno—. Te llamas Manuel Santomé, nacido en A Godela, una aldea cerca de Pontevedra.

—Me acuerdo de él, venía en el barco con Tomasiño y conmigo.

—Murió al poco de llegar. Nadie puede identificarte, no saben cómo es tu cara; solo Bidache, y él no pisará La Habana. Ni siquiera Arsenio Boada te ha visto nunca. Mauro, puedes ser una persona clave en la abolición de la esclavitud. Y sería un desperdicio que no utilizaras el poder que tienes.

—¿Qué poder tengo yo? En el monte, con los míos, sí soy útil. En La Habana no soy nadie.

Loynaz guarda los papeles de Manuel Santomé. El paseo los ha llevado hasta la linde del arrozal. Se ha levantado una brisa fresca y el sol, por un día, parece dar una tregua. Mauro piensa que no tardará en oscurecer, tendrá que hacer buena parte del viaje hasta la Ciénaga de noche.

—Los padres de Amalia Bru eran unos abolicionistas convencidos —empieza a relatar Loynaz sin mirarle—. Creían que el final de la esclavitud estaba cerca porque iban a provocar un escándalo internacional. Habían conseguido un manuscrito... Un relato del horror en un ingenio de Oriente. Torturas atroces a los esclavos, violaciones, asesinatos... Contado por un testigo de primera mano dispuesto a dar nombres y apellidos. Los Bru tenían contactos en la prensa americana, un escándalo como ese podría haber cambiado las cosas. Pero la fortuna no estaba de su lado. El barco en el que viajaban a Florida naufragó y ese manuscrito se perdió en el océano, con ellos.

—Una verdadera lástima. Pero no entiendo dónde entro yo en toda esta historia.

—Al abrir el testamento de la señorita Bru, descubrí que existía una copia de ese manuscrito. Una copia escondida en un escritorio escarlata. Amalia estaba al tanto: si lo reflejó en sus últimas voluntades fue porque quiso terminar lo que sus padres empezaron y sabía que era peligroso. Y de hecho...

—... le costó la muerte.

—Yo lo he buscado en su casa y en su ingenio en los últimos meses, allí no hay rastro de ningún escritorio escarlata. Aun en el caso de que Amalia lo cambiase de sitio, no sé dónde puede estar. Y tengo que encontrarlo, porque dentro de dos semanas va a suceder algo que va a cambiar todo en la isla. Sería el momento perfecto.

—Nunca cambia nada, abogado. Se habla de hacendados que van a liberar esclavos, de políticos que van a aprobar leyes nuevas... Pero pasan los meses y todo sigue igual. Revueltas en algún ingenio, eso sí, y cimarrones en los montes pasando hambre y viendo volar el calendario sin que nada mejore.

—El heredero de Amalia Bru es un americano sureño, Osvaldo Pike. Va a liberar a los esclavos de Santa Rosa, tal y como pretendía hacer su prima. Eso será dentro de dos semanas y levantará un revuelo inmenso. Si aprovechamos la ocasión para publicar las atrocidades en ese ingenio de Oriente, todo saltará por los aires. Pero necesito encontrar el manuscrito y se nos acaba el tiempo.

—¿Dónde crees que está?

—Solo se me ocurre que lo tenga una persona. La mejor amiga de Amalia Bru: Leonor Morell.

El nombre cae entre ellos como el que pone la ficha final en una partida de dominó. A Mauro le gustaría que alguno de los pájaros que trinan en el árbol recogiera el nombre con el pico y se lo llevara muy lejos.

—Eres el abogado de su marido, te debería resultar muy fácil llegar a ella.

—Precisamente por eso no se fía de mí. Leonor ignora que yo trabajo para la independencia de Cuba y así debe continuar. Es lo más seguro. Pero si hay alguien que quizá sepa dónde está ese manuscrito, es ella.

—Yo soy la persona menos indicada. No voy a explicarte por qué.

—Conozco los detalles. No eres el único con quien hablo de tu grupo de cimarrones.

—¿Emiliano?

—Me preguntó una vez por ella. Creo que pensaba que necesitabas tener noticias de Leonor...

Si Loynaz le dio detalles de la vida de la española, Emiliano nunca se los contó. Es posible que temiera reabrir una herida que Mauro se había empecinado en cauterizar.

—No pienso volver a La Habana. No quiero ver a esa mujer nunca más. ¿Tú entiendes los asuntos del corazón?

—Los entiendo, pero no son tiempos para historias de amor. Está en juego la libertad de los esclavos. Si un día después de que Osvaldo Pike libere a sus esclavos conseguimos que un periódico publique ese manuscrito, el terremoto se va a notar hasta en la alcoba de la reina. Y ya nadie podrá parar la abolición ni la independencia de esta isla. Esto es mucho más importante que el despecho de un pobre enamorado.

—No me necesitas para eso: recurrid de nuevo a ese testigo de primera mano, el autor del manuscrito. Y si quieres torturas, entre los cimarrones hay testimonios de sobra para llenar las páginas de varios periódicos.

—Sabes que no serviría: la palabra de un esclavo negro no tendría el mismo impacto. Y en cuanto al autor del manuscrito, sé que se trata de un hombre respetable, o los Bru no le habrían dado crédito, pero ignoro su identidad. Es muy posible que Leonor Morell sí la conozca, Amalia se lo pudo haber contado.

Mauro pierde la vista en los arrozales, guarda silencio durante unos segundos. A su alrededor todo son trinos, el viento en las hojas, el peso sordo de una tierra que ha expulsado al hombre. Habla al fin, aún sin mirarle.

—Gracias por tu ayuda y por las armas, Loynaz, pero no voy a consentir que manosees mis cuitas personales como si fueran saquitos de frijoles. Y ahora, si no te importa, ¿dónde está ese caballo que me has prometido? Tengo que irme a la Ciénaga de Zapata.

El abogado se da la vuelta y se aleja hacia el establo, no tiene intención de forzar a Mauro, tampoco de suplicarle su ayuda. Un guajiro trae al poco una caja de munición y los rifles prometidos. Se queda un instante observando el jardín tropical que se levanta más allá de los límites de La Herrera, fragante y frondoso. Loynaz conduce al caballo tirando de la cincha. Es un pinto blanco y marrón de crines blancas. Le gusta el aspecto salvaje que tiene.

—Al sonreír, se te han formado unos hoyuelos... Es increíble, Mauro.

—¿Qué te parece tan increíble?

—Y la forma de fruncir el ceño cuando estás preocupado. Son gestos idénticos a los del hijo de Leonor.

A Mauro se le forma de inmediato un nudo en el estómago.

—¿El hijo?

—Un niño precioso de solo tres meses.

Mauro nota un mordisco en la pierna. Se ha quedado parado justo encima de un hormiguero y una fila de hormigas rojas está trepando por su cuerpo.

Capítulo 37

Se ha aventurado por la calle Egido, paralela a la vieja muralla, después de pasar parte de la mañana en el mercado de la plaza del Vapor. Todavía bulle en su cabeza el griterío de los vendedores de la majola que se emplea como forraje para los caballos, el olor pútrido de la carne en los carromatos, el pescado. No ha comprado nada, como ahora no se plantea entrar en ninguno de los cabildos, una de esas casas cerradas donde los negros cantan y bailan la resaca de un carnaval que ya ha terminado. El mundo se despliega a su alrededor, pero no consigue atravesar el caparazón que ha construido su soledad. Esperaba pasar más tiempo con Pili, pero su amiga está muy ocupada con los ensayos y el poco tiempo que le sobra prefiere pasarlo con Pildaín. Ya han ido a cenar dos veces al Restaurant Français de la calle Cuba y Pili parece cómoda con el flirteo del actor. Ella sí ha encajado en la sociedad habanera. Está feliz ante la inminencia del estreno de *La flor de la calabaza* y a Leonor le alegra que sea así.

Pasa las horas cuidando de Lope o, simplemente, observándolo. Deleitándose con cada pequeña sonrisa, con un fruncido de labios o dejando que su manita agarre sus dedos, como si la presencia de su hijo fuera todo el alimento que necesita cuando está despierta. Cándido ha dejado de proponerle paseos, ni siquiera insistió en que lo acompañara a los bailes de carnaval. Está satisfecho con el rol que ha adoptado Leonor: el de un ama de casa silenciosa, entregada a su hijo, sin un mal gesto ni tampoco demasiada conversación. Un espectro de la Leonor que fue.

Solo algunos días como este se pierde sin rumbo por las calles de La Habana. Un paso tras otro hasta que está lo bastante cansada y cree que puede regresar al palacio de la calle Belascoaín sin que el ruido de sus pensamientos la despeñe por un barranco que la aterroriza: el de preguntarse en qué clase de mujer se ha convertido. Algunas veces, en estos deambulares solitarios, ha recorrido las tabernas del puerto, como ahora deja atrás el Arsenal para atravesar el muelle de Tallapiedra con la débil esperanza de que la casualidad la deposite cerca de Aquilino Pardiñas, al que imagina alcoholizado, malviviendo en un almacén, incapaz de superar la muerte de Timoteo.

Le gustaría volver a hablar con el escritor, decirle que cada noche relee el texto de *La reina esclava* y que, sin excepción, cada lectura es mejor que la anterior. Le gustaría poder ayudarle, eso se dice mientras sigue andando por la calle La Florida, aunque en el fondo de su pensamiento, como el rescoldo de un fuego que espera ser avivado, sabe que necesita las imprecaciones de Pardiñas, puede que incluso sus insultos, algo que la zarandee y la despierte de la fantasmagoría que es su vida.

Sin embargo, al doblar en la calle de Puerta Cerrada, el destino no le entrega la figura menuda de Pardiñas, sino la de dos mujeres a las que no imaginaba en la ciudad. Clara Villafranca acompaña del brazo a *madame* Bisson. Un niño africano les sostiene la puerta de una casa de la que cuelga un desvencijado cartel donde puede leer «Casa de huéspedes». Leonor las saluda, acelera el paso para acercarse y, aunque Clara la recibe con una sonrisa, la médium ciega crispa el gesto y se gira hacia ella, como si su presencia arrastrara un olor a azufre.

—*Sors d'ici, ne t'approche pas* —murmura ronca, más asustada que enfadada.

—Soy yo, Leonor, nos conocimos en el ingenio Magnolia. ¿No me recuerda?

—*J'ai besoin de respirer, Clara.*

Madame Bisson cruza el umbral de la casa ayudándose del niño africano mientras Clara deja caer una disculpa apresurada.

—Acabamos de llegar de Santiago y el viaje le ha pasado factura, lo siento... Debo ir con ella, pero... espero que podamos coincidir otro día aquí, en La Habana.

La premura y la tensión de las mujeres deja un regusto amargo en Leonor; piensa en seguir su camino, regresar a casa, pero el edificio de dos plantas donde han entrado, de paredes desconchadas y balcones que amenazan con derrumbarse en cualquier momento, no es el escenario que habría imaginado para *madame* Bisson y su asistente. Aprovecha que la puerta ha quedado entreabierta y, al pasar, se descubre en un recibidor atestado de toneles, como si fuera una bodega. Al fondo alcanza a verlas fugazmente cruzando un patio adornado por una vegetación que, descuidada, ha invadido los muros como una mala hierba. *Madame* Bisson ya está subiendo una escalera de piedra que nace en un lateral del patio, el niño la guía. A los pies del primer tramo, Clara ha sacado su pitillera y se enciende un cigarro. Al verla acercarse, su gesto, como el del enmascarado al que han arrancado su antifaz, tiene un aire de desconsuelo, de vergüenza.

—*Madame* Bisson no ha tenido fuerzas para hacer ninguna otra sesión desde aquella en el ingenio Magnolia y, bueno..., tampoco llegamos allí con las alforjas llenas de monedas... —Clara pierde una mirada entre las enredaderas—. *Mrs.* Trenent es la dueña de esta casa, tenemos cama y techo gracias a su misericordia.

—¿Por qué no me has pedido ayuda? Mi esposo, Cándido Serra, os puede ceder un par de habitaciones, o alojaros en algún hotel...

—*Madame* Bisson no quiere tener contacto con ninguno de los participantes en la sesión de Magnolia...

—Por eso se ha comportado antes conmigo de esa forma...

—Se siente responsable de la muerte de la señorita Bru.

—A Amalia le afectó mucho lo que sucedió allí, es verdad. A todos nos impresionó escuchar la voz de sus padres hablar de ese manuscrito, pero eso no fue lo que la mató.

Clara desliza una sonrisa triste. Arriba, en el pasillo abierto al patio, está *madame* Bisson, agarrada a la barandilla como un cuervo. A pesar de la distancia, Leonor está segura de que puede escucharlas.

—Fue todo una mentira —confiesa Clara, que necesita contener un sollozo antes de continuar—. Me avergüenza contarlo, es la única vez que hemos aceptado dinero por trucar una sesión. Pero estábamos muy apuradas, nos venía bien y... Y lo hicimos.

—¿Alguien os pagó para fingir la aparición de los padres de Amalia? ¿Quién? ¿Arsenio Boada?

Clara niega con un leve gesto. Guarda silencio mientras el niño africano baja corriendo por la escalera y desaparece en la calle. Apaga el cigarrillo en un tiesto de barro.

—Esto debe quedar entre tú y yo. Fue Miguel Loynaz, su abogado. Él nos pidió que habláramos del manuscrito.

Leonor trata de unir piezas que no encajan. Loynaz, abogado de Cándido y de la propia Bru, ¿qué interés podía tener en manipular esa sesión? ¿Qué importancia tiene ese manuscrito escondido en un escritorio escarlata?

—Loynaz quería presionar a la señorita Bru para que lo encontrase y se lo entregara —le explica Clara—. Sin embargo, *madame* Bisson, aquella tarde..., sí escuchó las voces de los padres de Amalia. Le gritaban que tuviera cuidado con ese manuscrito, que era peligroso... Y ella le dijo que hiciera lo contrario. Que lo buscara. Y sabemos que dio con él: en su propiedad, en el ingenio Santa Rosa. Nos visitó en Santiago para preguntarnos qué debía hacer. *Madame* Bisson le pidió que lo dejara donde estaba, que no se lo entregara a Loynaz... Incluso le confesó la estafa que había sido la sesión.

—Pero ella cree que no fue suficiente —entiende Leonor.

—Dice que Loynaz es el demonio.

—¿Qué decía ese manuscrito? ¿Os lo contó Amalia?

—No quieras saberlo.

—¡Clara! *C'est mieux que tu ne parles plus. Viens ici.*

Madame Bisson ni siquiera espera a que Clara acate su orden; tanteando la pared se pierde en la oscuridad del corredor que lleva a su habitación.

—Es mejor que olvides lo que te he contado. Que nos olvides a nosotras también. Amalia está muerta y nada puede cambiarlo. Con suerte, nosotras pronto estaremos lejos de esta isla. Tal vez, tú deberías hacer lo mismo.

Clara sube las escaleras y, después de unos segundos, Leonor cruza el recibidor de la casa para, desconcertada, volver a encajar el sol que golpea la calle, como si un ojo inclemente estuviera vigilándola. Quiere poner orden a todo lo que le ha contado esa mujer, pero de repente siente un tirón, el niño africano ha agarrado su collar de perlas y ya huye calle abajo. Sabe que sería inútil perseguirlo. Se lleva la mano al cuello, el raspón al arrancarle el collar le ha dejado una leve herida, una sombra roja tizna la yema de sus dedos.

—Va a ir bien, claro que va a ir bien. Los ensayos han salido bien, te entiendes a las mil maravillas con Pildaín. Los habaneros se van a enamorar perdidamente de ti. Va a ser un estreno sonado, hasta en *El Imparcial* en Madrid va a salir, ya verás.

La Gallarda se ajusta la peluca y estudia su rostro en el espejo del camerino. Se muere de los nervios. A su lado, Leonor intenta animarla. El autor se muestra confiado, el teatro está lleno. Pero Pili padece un ataque de inseguridad. Anticipa un naufragio sonado en el reestreno, abucheos, críticas feroces en los periódicos del día siguiente, incluso en *El Imparcial* de Madrid. Va a tener que dejar el teatro, ya fracasó en España y lo va a hacer también aquí.

—Basta de tonterías y empieza a maquillarte —le ordena Leonor, harta de sus miedos.

—Si fracaso, no me vuelvo a España. Me quedo aquí y me busco un marido. ¿Qué te parece Pildaín para mí? Tendría que restringirle el consumo de alcohol y dulces, ya sé que se está poniendo demasiado gordo..., pero ¿no te parece encantador?

—El que dicen que tiene carros llenos de dinero es Osvaldo Pike, el americano. Ese sí te convenía.

—¿Qué pasó con tu romanticismo, Leonor?

—Eso lo dejo para las actrices de éxito como tú.

Se alegra, le gustaría que su amiga pudiera vivir la felicidad que ella siempre soñó y que perdió en Madrid hace tanto tiempo, cuando se metió en medio de una batalla campal de guardias y revolucionarios.

—Me voy a mi palco. Voy a disfrutar de la gran noche de mi mejor amiga. ¡A por todas, Pili!

Le da un beso. Ella le devuelve una sonrisa temblorosa. Leonor cruza el ambigú y allí se encuentra con su marido, que departe con varias personalidades.

—¿Cómo está tu amiga? —se interesa Cándido, amable.

—Con los nervios de punta. La he dejado en el camerino relajándose.

Osvaldo Pike lleva una chaqueta de grandes cuadros en colores vivos que a ningún español o cubano se le ocurriría usar. Pero su elevada estatura, los ojos azules, la melena rubia y el bigote frondoso, bien recortado, le confieren un atractivo indudable.

—Es un placer saludarla, doña Leonor. Me habría gustado verla a usted representando esta obra, dicen que tuvo un gran éxito.

Aunque su español es bastante bueno, no se desprende de un ligero acento americano.

—El mismo que va a tener Pili la Gallarda, es una magnífica actriz. ¿Qué le parece La Habana, la conocía ya?

—Pasaba aquí los veranos cuando era un niño. La primera vez que vine fue para asistir a la comunión de mi prima Amalia.

La campana que avisa del inicio de la obra acelera las conversaciones y las disuelve en un murmullo final mientras todos se dirigen a sus asientos. En el palco de los Serra, además de Leonor y su esposo, se acomodan Arsenio Boada y el americano.

Cuando se abre el telón todavía susurra el frufrú del vestido de una dama que corre a ocupar su asiento. Leonor pierde la mirada en el patio de butacas: ¿habrá asistido Loynaz a la función? No ha tenido ocasión de encontrarse con él desde la conversación con Clara, su marido le ha dicho que estaba fuera de la ciudad. Tampoco sabe cómo enfrentarse a un hombre que, ahora, teme que pueda tener algo que ver con la muerte de Amalia. Sin embargo, este laberinto de suposiciones se despeja cuando Pili hace su aparición en el escenario, hermosa en su atavío y soberana en el dominio de la voz. Nada queda de los nervios de hace un rato. Allí está dando la réplica a Pablo Pildaín, sin dejarse intimidar por su fama, recitando el texto que ella tan bien conoce y que tan malo le parece pese a su éxito.

No tardan en atronar las primeras carcajadas del público. Pili esgrime una comicidad que ni siquiera Leonor le atribuía. Frescura sí, descaro, simpatía... Pero hay mucho más en el despliegue de la actriz: una gracia natural que llega al corazón. Se está metiendo a la gente en el bolsillo. Líneas de diálogo que en labios de Leonor pasaban sin pena ni gloria estallan en mil burbujas pronunciadas por la Gallarda. Leonor está experimentando una revelación, el nacimiento de una estrella. ¿Quién podía imaginar que dentro de esa suripanta del Variedades bullía un animal de la escena? Hasta Pablo Pildaín parece empequeñecido.

Leonor recorre la platea con la mirada. Se puede acariciar el silencio de los espectadores cuando la escena gira hacia el drama, se palpa la atención exacta de la audiencia, el leve murmullo cuando se avecina un gag bien preparado, un cable tenso empapado en cerveza que de pronto se rompe en una embriaguez de carcajadas. Es un triunfo absoluto. No hay nadie que no comparta la felicidad del momento, todos ríen, se rebullen en su asiento, se callan al unísono para acompañar el siguiente impulso de la trama. Hay un espectador atiesado en la fila ocho, junto al pasillo, que no parece compartir el entusiasmo general. El pelo rizado y más largo de lo habitual, las patillas formando dos hachas idénticas, el mentón afilado y el perfil de su nariz con un pequeño montículo a la altura del puente, la nariz que ella reconocería entre un millón y que se le ofrece claramente a la vista cuando el joven se vuelve hacia el palco que ella ocupa. No hay ninguna duda: es Mauro. Y la está mirando.

Cándido advierte tal vez la presencia del mirón, porque lo cierto es que toma los impertinentes del regazo de Leonor y los apunta hacia la fila ocho. Mauro se gira a tiempo. Serra devuelve el artefacto a su mujer, que esboza una sonrisa desangelada. Se obliga a prestar atención al escenario, a las monerías de Pili que arrancan la risa del público. Pero ya no logra concentrarse en la obra ni en las evoluciones de su amiga. Nota un vértigo en el estómago, una opresión en el pecho, un rubor en las mejillas y una quemazón en las orejas. Aunque no quiere buscar a Mauro con la mirada, lo hace. Y descubre que su butaca está vacía. ¿Es posible que se haya marchado en mitad del espectáculo? Un pequeño carraspeo de su marido le recuerda sus obligaciones. No hay forma de escapar del palco sin levantar sospechas.

Sabe que Pili sigue recitando su texto, que el público aplaude enfervorizado cuando llega el descanso, que las conversaciones del ambigú anticipan el éxito de su amiga, que mañana glosarán los periódicos, y, aunque no lo encuentra entre todos los espectadores que ahora se arremolinan en conversaciones antes de que empiece el siguiente acto, en su cabeza solo hay espacio para una frase: Mauro está en La Habana.

Capítulo 38

No debería haber ido al teatro. Mauro camina por el malecón, de arriba abajo, y se repite esa frase una y otra vez. Es como un martillo golpeando en su cabeza. No debería haber ido al teatro. Siente un desasosiego mucho más agudo que cuando escapaba en el monte de los rancheadores. No puede ser amor, ese sentimiento lo enterró hace mucho tiempo en lo más hondo de su corazón. Pero entonces, ¿qué es? Sentada en el palco, vestida de negro con un colgante de oro sobre el escote, peinada con dos rodetes, Leonor parecía una diosa. No debería haberse marchado, el plan consistía en forzar un encuentro con ella, pero no ha podido evitarlo. Le temblaban las piernas al salir del teatro, necesitaba respirar el aire de la calle y alejarse como si allí dentro anidara su perdición.

Le contará a Loynaz que no ha sido capaz de abordarla. El abogado lo había planeado todo: en la habitación que había reservado para él en el hotel San Felipe encontró una nota con unas instrucciones muy claras. *Ve esta noche al Teatro Villanueva para ver* La flor de la calabaza, *allí estará Leonor. Acércate a ella, pero no le hables todavía del manuscrito.* Eso decía la nota.

Ahora se arrepiente de haber vuelto a La Habana, de haberse dejado convencer. En la finca La Herrera, Loynaz le contó lo que quería de él, pero lo hizo mezclando información y sobreentendidos, sin destapar todos los velos. Esta noche lo ha citado en su despacho para presentarle a alguien muy importante que está luchando por la abolición de la esclavitud. No le ha dicho de quién se trata. Deberá acostumbrarse a que, en esos tiempos en la isla, los secretos solo se descubren en el momento oportuno.

¿Por qué ha aceptado volver? Recuerda la maravillosa sensación de bienestar en la plantación tras un baño con agua caliente y jabón, después de un buen afeitado y de que una criada le cortara el pelo. Se probó dos trajes del abogado, con el que compartía talla. A él, que llevaba un año escondido entre cimarrones, le avergonzó disfrutar de la ropa cara y bien confeccionada.

Confía en Loynaz, aunque al principio le costó hacerlo. ¿Quién le iba a decir que un abogado que se encarga de la administración y los pleitos de muchos esclavistas iba a ser en realidad un defensor del fin de la esclavitud? Miguel Loynaz utiliza la información que consigue con ellos para ayudar a la causa de la independencia de Cuba. Y, según afirma, hay muchos como él, personas importantes que mantienen una doble vida y trabajan, como si de una logia secreta se tratara, para que la pesadilla de la esclavitud termine más pronto que tarde.

Cenaron juntos en La Herrera y paladearon una copa de ron añejo. Fue entonces cuando el abogado le tendió los papeles que acreditaban su condición de hombre libre, su nueva identidad como Manuel Santomé. Además, le dio dinero y un caballo para viajar hasta La Habana. Mauro puso sus condiciones: quería sacar del monte a Emiliano y a Rosana. Sabía que el esclavo se estaba desmoronando, no iba a aguantar mucho tiempo escondido en los palenques de la Ciénaga de Zapata. Y también sabía que nunca se marcharía sin Rosana. Loynaz se comprometió a darle gusto, aunque le hizo ver que un esclavo no puede circular por la ciudad como un liberto, así que habría que meditar cómo dar la carta de libertad a Emiliano.

Así sucedió todo. Mauro, que había adoptado la resolución de volver con los cimarrones, horas después estrechaba la mano del abogado y cambiaba el monte por la ciudad. ¿Por qué lo hacía? ¿Quería conocer a su hijo? ¿Necesitaba reencontrarse con Leonor? ¿Le gustaba sentirse en el centro de un tablero de conspiradores para lograr la abolición de la esclavitud? ¿Era esa la causa que la vida le había puesto por delante? No lo sabía, se estaba dejando llevar por la marea de los acontecimientos.

Como tiene que matar el tiempo hasta la hora de su cita con Loynaz, pasea por el Campo de Marte y la Calzada de la Reina, zonas burguesas que recorre con desdén de proletario y sin detenerse, hasta que los edificios empiezan a ser menos señoriales, y menos distinguidos los viandantes que se cruza. Ha desembocado en un barrio humilde.

En la calle Egido, por el lado interior de la muralla, da con lo que busca. Los cimarrones le han hablado de esos lugares más de una vez, los blancos los llaman despectivamente bailes de negros. Aunque el color de su piel atrae la atención, nadie le dice nada cuando entra en un cabildo y toma asiento. Un par de minutos después tiene ante él un vaso de ron y está escuchando la guitarra y viendo a los presentes bailar una danza criolla muy distinta de la que se baila en los selectos salones a los que acuden los blancos. Todos los movimientos son sensuales y componen una coreografía con resonancias tribales. El local ruge con los tambores, las palmadas, las risas y los cantos, en un ambiente desordenado y festivo en el que Mauro, al principio algo incómodo, termina encajando. Lleva tanto tiempo entre esclavos y cimarrones que se siente como un negro más, uno con la piel exageradamente pálida.

Un par de horas después sale del local para acudir al

encuentro de Loynaz. Se topa con un sereno que golpea el suelo con el chuzo y entona su cantinela: las doce y sereno... En la calle Teniente Rey se cruza con mujeres que ejercen la prostitución, una estampa similar a la de la calle Ceres de Madrid. Algunas tientan a los posibles clientes desde las ventanas de los pisos bajos, con gestos obscenos.

Algo le sorprende al llegar al edificio donde está el despacho de Loynaz en la calle Obispo, muy cerca de la plaza de Armas. Un hombre sale corriendo del portal. Es de noche, la iluminación es escasa y él todavía está a alguna distancia, no ha sido capaz de reconocer quién era, solo que se trata de un hombre blanco, bien vestido. Se acerca con precaución y se queda esperando por si hubiera alguien más en la casa; cuando comprueba que no hay ruidos, sube la escalera hasta el primer piso. Al llegar al descansillo su inquietud aumenta al descubrir la puerta del despacho entornada.

Dentro, todo está oscuro.

Mauro se adentra en el piso, abarrotado de estanterías con libros encuadernados en piel. Piensa en lo mucho que le gustaría llevar una pistola o, al menos, uno de los machetes que tenía en el monte. Sigue avanzando atraído por una luz tenue al fondo, hay una lámpara de aceite prendida en la última sala. Llama a Loynaz con voz queda, primero, y más enérgica después. Como no hay respuesta, decide entrar.

Resulta poco natural el silencio de Miguel, sentado en su silla, detrás de la mesa. Está de espaldas, y algo que no se distingue bien con la luz oscilante de la lámpara emerge de su cabeza. Cuando Mauro llega hasta él se da cuenta de lo que ocurre. El abogado está muerto, su cara refleja un sufrimiento espantoso y la tapa del cráneo, como si la hubieran cortado con una sierra, reluce en el suelo. Dos palos, esquejes de algún arbusto, anudados en forma de crucifijo, están clavados en sus sesos, prácticamente licuados como si alguien los hubiera removido de la misma manera que se remueve un caldo.

Mauro nota el corazón disparado, pero trata de conservar la calma. En la habitación no hay signos de lucha. Loynaz tenía que conocer a su asesino, confiaba en él y por eso le permitió el acceso al despacho. ¿Sería el hombre que le iba a presentar, el mismo a quien él vio salir corriendo?

No gana nada quedándose allí. Si alguien lo descubre, van a culparle del crimen, así que abandona la casa con tanto o más cuidado que cuando entró. Baja los escalones en la oscuridad, tanteando en las paredes para no tropezar. Cuando está a punto de salir a la calle nota cómo le agarran por detrás y le ponen un pañuelo en la nariz y la boca. Reconoce el olor de sus años de estudiante de medicina en Madrid: es éter, se usa como anestésico en cirugía. Son pocos los que saben de su existencia, a pesar de que lleva más de diez años empleándose.

Conoce sus efectos, en unos segundos perderá el conocimiento. Trata de luchar, pero los brazos que le sujetan son fuertes y su voluntad se va perdiendo sin que pueda evitarlo.

Capítulo 39

—

Pili se ha despertado tarde después de su noche de gloria. Recibió una ovación de quince minutos, salpicada de bravos. Pablo Pildaín se vio incluido en el entusiasmo y su vanidad le insinuó que los aplausos eran sobre todo para él. Se fueron a celebrar el éxito con el autor, Ortiz Tapia, que, de tan exultante, no cabía en el traje. Durante la cena se les acercaron varias personas a testimoniar su admiración.

Idalina le sube el desayuno a la cama. En la bandeja, además del café, el zumo y los dulces, hay varias cartas de espectadores arrebatados. Ella se lanza a leer esas notas antes de hincarle el diente a la comida. Leonor le trae los periódicos del día, que consagran el nacimiento de una estrella, la Gallarda. Le va leyendo las críticas, a cuál más elogiosa, y Pili se ríe, eufórica, se sonroja, se atraganta con el zumo y se abraza a su amiga una y otra vez. A Leonor le gusta comprobar que se siente feliz, que el triunfo de la antigua suripanta interpretando un personaje al que ella no supo sacar tanto partido no le provoca envidia. Solo alegría genuina.

—Me ponen por las nubes. Se han vuelto locos.

—Los has hechizado, Pili. Y a mí también. Eres una bestia de las tablas.

—Todo esto es gracias a ti.

—De eso nada, es gracias a tu talento.

Pili suspira. Mueve las piernas bajo las sábanas en un arrebato de felicidad.

—Anoche se me declaró Pablo Pildaín.

—¿En serio? Mira qué rápido se ha subido al carro del éxito. ¿Qué le has dicho?

—Yo quería ir despacio, te lo juro, pero... Le he hecho un huequecito en el carro.

—Pili...

—Aquí estoy muy sola, y ese hombre me gusta. Y me gustará más cuando se quite todos los kilos que le sobran.

—Pero si ahora te van a salir pretendientes por todas partes.

La conversación de las amigas la interrumpe Idalina, que va subiendo al dormitorio los muchos ramos de flores que han llegado al domicilio, más que los que había recibido en toda su vida.

—Señora, su marido la reclama en el salón. Creo que ha pasado algo grave.

Leonor y Pili cruzan una mirada de preocupación.

—Dile que ahora bajo.

—¿Qué habrá pasado? —pregunta Pili.

—Tú tranquila. Lee los periódicos, desayuna, disfruta. Luego te cuento.

La coge de la mano y le da un beso sonoro en ella. La mira unos segundos. Iluminada por un rayo de sol que se filtra por la ventana y bañada por el rubor que tiñe su rostro, parece otra mujer. Sus rasgos se han suavizado y toda ella desprende un extraño magnetismo. Aunque no lo parezca, es Pili, su amiga del alma, su compañera de correrías, de ilusiones, de miserias y de hambre. La más procaz de las suripantas convertida en una estrella.

—¿Miguel Loynaz? No puede ser.

Leonor se lleva las manos al rostro y nota frías las mejillas. La noticia ha caído como un mazazo en casa de los Serra. Uno de los ayudantes de Miguel Loynaz entró a primera hora de la mañana en su despacho y se encontró el cadáver del abogado.

—Lo han asesinado igual que a Amalia Bru. La cabeza abierta, una cruz clavada en el cerebro...

No es habitual ver a Cándido superado por los nervios. Se ha servido una copa de *whisky* cuando apenas ha empezado el día, ese mismo *whisky* con el que alimentaba su rabia la mañana que Leonor regresó de Matanzas, cuando le enseñó que podía consentirle cualquier cosa menos la infidelidad. Los celos podían transformarle en un animal asustado y peligroso, como un perro callejero que muerde y mata por miedo.

—Era mi abogado, esto puede ser un aviso para mí.

—¿Qué clase de aviso?

Cándido da un prolongado trago, su mirada acuosa evita la de Leonor, como si ni siquiera pudiera confiar en su esposa.

—Primero, Amalia Bru. Ahora, Miguel Loynaz. Ninguno de los dos eran lo que aparentaban. Tú lo sabes: Amalia quería acabar con la esclavitud. ¿No has escuchado a Osvaldo Pike? El americano quiere cumplir el deseo de su prima... Como si la libertad fuera posible en esta isla.

—¿Y tú crees que Loynaz compartía esa lucha con Amalia?

Cándido vuelve a resguardarse en el silencio y el alcohol, parece medir qué palabras puede desvelar. Leonor es incapaz de olvidar la conversación que tuvo con Clara; se había convencido de que el abogado estaba implicado de alguna manera en la muerte de su amiga, pero, ahora que él ha sido condenado al mismo final, ya no parece tener sentido.

—Llevas más de un año en esta ciudad, deberías saberlo. Hay demasiados intereses y, algunos, llegan muy alto. Tanto que harán cualquier cosa para protegerse —se decide a hablar Cándido, arrellanado en un sillón en la esquina en sombra del salón. Su pavor se ha atemperado, pero la voz conserva el tono grave del pecador en el confesionario—. ¿Por qué te crees que la señorita Bru nunca se decidió a dar el paso de liberar a sus esclavos? Por miedo. Porque, en La Habana, puedes morir si dices las palabras equivocadas.

—Hablas de abolicionistas, pero... ¿y Collantes? Te olvidas de él. —Leonor se acerca a la ventana desde la que puede ver el solar de lo que fue su casa; recuerda el fuego y la silueta del hombre torturado, con la misma cruz en el cerebro—. Todos dicen que era un esclavista, uno de los peores, no había ninguna relación con Amalia ni con Loynaz, si es verdad que el abogado compartía la causa del abolicionismo.

—¿Qué me estás ocultando? —Ha notado que en el razonamiento de su esposa hay zonas oscuras, como en un problema matemático al que se da solución sin mostrar las operaciones que se han usado—. Puedo estar en peligro: si hay algo que sabes, por favor, cuéntamelo.

Por un momento, Leonor tiene la tentación de hablarle del manuscrito escondido en el escritorio escarlata del ingenio Santa Rosa, desvelarle aquella sesión de espiritismo adulterada por Loynaz, el horror que según Clara muestran esas páginas, lo que puede suponer si se hacen públicas. Sin embargo, una última barrera de desconfianza se lo impide.

—Nunca me has contado que tú estuvieras implicado en ningún movimiento abolicionista. Hasta ahora, como toda La Habana, has sostenido que Ricardo era el asesino de Amalia. Que por cómo la mataron solo podía ser obra de africanos.

—¿Alguna vez has intentado conocerme de verdad, Leonor?

Y la manera en que Cándido ha hecho esa pregunta, tan desvalido, tan derrotado, se clava en la culpa de ella. Sabe que no le falta razón.

—He intentado ser la mejor madre posible para Lope.

—Y lo eres. Pero también me habría gustado que intentaras ser mi esposa, que fueras la compañera en la que confiar.

—Puedes confiar en mí, Cándido.

—¿Estás segura? ¿No sigues pensando en ese gallego? Mauro... ¿Sigues enamorada de él?

—Eso terminó hace más de un año. Creo que en todo este tiempo te he demostrado que quiero estar a tu lado.

No ha sido capaz de mirarle a los ojos, ha necesitado darle la espalda por miedo a que la mentira fuera demasiado evidente. Hace tan solo un día, habría sido distinto. No le habría temblado la voz, no habría notado esa corriente eléctrica recorriendo su cuerpo al pensar en él. Pero todo cambió la noche pasada, cuando lo vio sentado en la platea del teatro y, entonces, aquellas brasas casi apagadas que moran en su interior volvieron a prenderse, rabiosas, incontenibles. Cándido se levanta para volver a llenarse la copa de *whisky*, la paladea y respira hondo, parece que el alcohol está aplacando todo su pánico, adormeciéndolo al menos.

—Pensaba que te habrías dado cuenta de qué pienso realmente cuando te ayudé a liberar a los gallegos que trajo Olózaga, los del ingenio Magnolia y los que había repartidos por la isla... Como pensaba que eras consciente de que cuando acusaba a Ricardo del asesinato de Amalia era para no llamar la atención del resto de hacendados. De cualquier forma..., si es verdad que ese hombre está con los cimarrones, posiblemente quede exculpado del crimen. Ya nadie podrá sostener que Ricardo es culpable.

—Sería lo más justo.

—Supongo que Idalina se comunica con su hija Rosana. Ella está en un palenque con los cimarrones que acogieron a Ricardo, ¿no es cierto? Tienes buena relación con Idalina, seguro que te lo ha contado. Creo que se informan a través de cartas que les hace llegar un negro del mercado...

Leonor contiene la tentación de corregir a su esposo. El sistema de comunicación de Idalina y su hija ha cambiado. Ahora utilizan el tablón de anuncios de *La Gaceta de La Habana*, la misma Leonor la ha ayudado a pagar esos anuncios en los que se dicen en clave si están bien, si necesitan algo. Y gracias a ese intercambio de mensajes sabe que Mauro y Ricardo estaban con ella en un palenque. Pero no puede admitirlo, tiene la sensación de que la intrascendencia con la que Cándido se lo ha preguntado es, en realidad, una trampa.

—No me ha dicho nada.

—Una lástima, porque si presentáramos esas cartas a las autoridades se podría demostrar la inocencia de Ricardo.

—Hablaré con Idalina. Es todo lo que puedo hacer.

Cándido acepta la promesa con un leve gesto, una sonrisa que le resulta triste. Deja el vaso de *whisky* en la mesa y, encorvado, como si esta mañana hubieran caído sobre sus hombros el peso de todos los años, se marcha del salón. Leonor lo detiene en el umbral.

—Cándido, ¿en quién estás pensando? ¿Quién puede estar detrás de estas muertes?

—No lo sé, Leonor, de verdad que no lo sé. Puede ser

un blanco, alguien que no quiere que nada cambie. O un negro, un africano harto de promesas que nunca se cumplen... Lo único que puedo decirte es que, sea quien sea, es un salvaje. Que deberías rezar para que no nos veamos jamás cara a cara frente a él.

Capítulo 40

Mauro lleva ya cerca de media hora despierto y ha examinado el cuartucho en el que lo han encerrado. No tiene ventanas, solo una puerta sólida cerrada con llave. Dentro, nada más que un jergón de paja. Lo que más le ha llamado la atención es que, pese a tratarse de algo así como un sucio almacén, las sábanas son buenas y le han dejado una bandeja con agua y unas piezas de fruta.

Entra un hombre de pelo entrecano, hombros caídos y ademanes pausados. Junto a él, un mulato armado evita cualquier tentación de Mauro de defenderse o intentar la huida.

—¿Quién es usted?

—Enrique Olózaga, el armador del barco que lo trajo a Cuba.

—El esclavista que nos engañó a todos los gallegos.

—Se podría decir así y se podría decir de otra manera.

—Yo lo digo así. ¿Qué quiere de mí?

—Todo a su debido tiempo —contesta firme pero amable, sin perder las formas—. ¿Vio el cadáver de Loynaz?

—Lo vi.

—Le aseguro que no fui yo quien lo mató. En realidad, acudí a su despacho para que nos presentara y me lo encontré sin vida.

—¿Era con usted con quien me iba a reunir?

—Así es.

Mauro no disimula una mueca de desprecio, Olózaga era aquella sombra que vio salir corriendo de la casa de Loynaz. En las marrullerías de ese hombre con sus barcos se sitúa el inicio de su pesadilla en Cuba.

—Loynaz era un buen amigo —dice el armador con tristeza—. Es una gran pérdida para mí, como persona, y también para la causa.

—¿Por qué huyó de la casa?

—Probablemente, por lo mismo que usted: para que no me acusaran de su muerte. En momentos así se impone el miedo por encima de cualquier ideal.

—¿El miedo también es la excusa para haber acusado a Ricardo de la muerte de la señorita Bru? ¿Pretenden convertirlo ahora en un cabeza de turco con Loynaz?

—Tiene razón, el asesinato de Miguel Loynaz no es el primero, pero se equivoca al pensar que fuimos nosotros los que señalaron a Ricardo. Desde un principio sabemos que no lo hizo él. Sin embargo, como se puede imaginar, estamos muy inquietos y, por qué no decirlo, asustados. Lo que quiero decirle es que remamos en la misma dirección: yo era amigo de Loynaz y quiero saber quién le hizo esto. Y, sobre todo, pretendo seguir con su labor a favor de la abolición de la esclavitud. ¿Confía en mí?

—¿En el hombre que me esclavizó? ¿En el que me ha secuestrado? Espero que no se ofenda si le digo que no.

—Acompáñeme, no hay motivo para que siga en este lugar tan incómodo. Hay alguien más a quien quiero que conozca.

Al salir del cuarto, Mauro descubre que habitaba el sótano de una gran mansión. Sube unas escaleras y se encuentra un hogar confortable, de clase alta. Lo conducen a un salón lleno de libros y muebles de buena madera.

Allí, descansando en un sillón, aguarda un hombre con una copa de *brandy* en la mano. Tiene unos sesenta años y pobladas patillas, usa unas gafitas redondas que le dan un aire a Quevedo y viste una casaca marrón.

—Yo soy Vicente Antonio de Castro, médico —dice levantándose—. Creo que usted ha estudiado también medicina.

—Nunca terminé la carrera.

—Tal vez mi nombre no le dice nada, pero soy bastante conocido aquí en Cuba, llevo más de veinte años luchando por la abolición y he vuelto a la isla hace pocos meses, después de haber pasado diez años en el exilio en Estados Unidos. Ah, fui el primer médico no norteamericano que usó el éter como anestésico, antes de que llegara a Europa, pero eso ya lo ha comprobado con mi manera de dejarle fuera de combate, espero no haberle causado dolor de cabeza.

—Usted es amigo del armador esclavista.

—Así me llaman —interviene Olózaga, con resignación—. Soy el armador que en teoría les trajo a usted y a otros gallegos a Cuba. De eso me han acusado y he perdido los negocios por el acoso al que he sido sometido. Pero todo es falso. Yo me limité a alquilar un barco a una empresa radicada en Londres. No sabía a qué lo dedicaban, no era asunto mío lo que transportaran... Era algo que había hecho muchas veces en los últimos quince o veinte años.

—No saberlo no le quita responsabilidad.

—Son modos de verlo, en mi opinión, me exime por completo, pero no es eso lo que tenemos que tratar.

—Lo importante es el nombre de la compañía que alquilaba el barco.

—¿La Compañía Romasanta?

—En efecto, pero Romasanta no es más que una filial

de la compañía que nos interesa, Santa Catalina de Baracoa —puntualiza Castro—. ¿Le suena de algo?

—He oído hablar de un barco que se llamaba así, Santa Catalina. Según cuentan los esclavos, con él llegó el demonio a la isla. No sé cuánto es cierto y cuánto leyenda, pero dicen que encontraron a muchos muertos en el barco, que el capitán fue torturado hasta la muerte como fueron torturados Loynaz y Amalia Bru.

—A veces, los hechos se entremezclan con la fantasía hasta el punto de que es casi imposible discernir dónde empieza uno y acaba el otro. Eso es lo que ha sucedido con la historia del Santa Catalina. Aun así, hay una cosa cierta: en ese barco llegó el demonio. Hay un manuscrito que narra sus atrocidades en un cafetal de Oriente.

—Loynaz me habló de él. Pensaba que yo podía conseguirlo.

—Y es esencial que lo consiga, Mauro.

—¿Cree que Loynaz y la señorita Bru murieron por culpa de ese manuscrito?

—Es posible, aunque aquí tenemos una discrepancia de fondo —interviene el doctor Castro—. A mí me parece evidente que el asesino está matando a personas que luchaban por la abolición de la esclavitud. Es decir, es alguien que no quiere que aparezca ese manuscrito para mantener las cosas como están.

—Pero solo nosotros sabemos que Loynaz y Bru luchaban por la abolición —razona Olózaga—. En teoría, ella era una hacendada y él, el abogado de los terratenientes. Dos esclavistas, por tanto. El asesino podría ser incluso un africano, un esclavo. No hemos podido certificarlo, las autoridades hicieron desaparecer su cadáver, pero creemos que hay una víctima más. Collantes, un esclavista que venía de Estados Unidos y que en la isla había sido brutal con sus esclavos... Ese demonio del que habla el manuscrito, blanco o negro, puede que impusiera un reinado de terror en el cafetal de Oriente, es una zona apartada de todo, como una isla dentro de la isla.

—Eso elimina a Ricardo de los crímenes.

—Y así lo reflejará la prensa de mañana. No porque podamos desvelar nada del manuscrito, sino porque algunos rancheadores habían testificado que estaba con tu grupo de cimarrones. —Castro se sirve un dedo más de *brandy*—. Será exculpado y podrá disfrutar de la libertad que le dio la señorita Bru.

—Él y toda su familia —añade Olózaga—. El próximo jueves, Osvaldo Pike va a decretar la liberación de todos los esclavos del ingenio Santa Rosa. Por lo que he sabido, Ricardo tiene aún allí a su madre y a su hermano.

—Se merece un poco de felicidad después de lo que ha pasado. Me habría encantado estar presente en ese reencuentro.

—Y puede que lo esté. También nos interesa que comparezca usted en ese día histórico —proclama Olózaga.

—¿Yo qué pinto en Santa Rosa?

—La señorita Bru escondió el manuscrito en su ingenio, dentro de un escritorio escarlata. Y si no fuera así, puede que Leonor Morell sepa dónde está, si es que no lo tiene ya en su posesión. Sería un buen momento para preguntárselo.

—Comprendo, pero a mí nadie me ha invitado a Santa Rosa.

—Yo le conseguiré una invitación a nombre de Manuel Santomé —le dice Castro, es evidente que el médico está al tanto de los tratos que Mauro hizo con Loynaz—. Sabemos que lo que le pedimos no está exento de peligro. Primero, por si alguien descubre su verdadera identidad, aunque para eso me aseguraré de presentarlo en sociedad como un protegido mío. Manuel Santomé estaba libre de toda acusación, así que a nadie le extrañará que yo lo ponga a trabajar en mi consulta.

—No es eso lo que más me preocupa —reconoce Mauro—. Lo que me asusta es ese manuscrito. Parece que todo el que se ha intentado acercar a él ahora está muerto.

—Y eso incluye a Leonor Morell.

No necesitaba escuchar esa conclusión de Castro, ya le rondaba el pensamiento como un insecto molesto que se niega a alejarse. Cómo pueden unas palabras generar tanto peligro, se pregunta. Una descripción de las atrocidades de ese demonio que según dicen llegó a la isla, alguien que impuso un reino de terror en Oriente. Un demonio blanco, está seguro Mauro. Un demonio que, tal vez, ahora esté rondando a Leonor. Sabe que irá en su busca, aunque no está seguro de si lo hace por la libertad de los esclavos o por la necesidad imperiosa de protegerla y, al fin, volver a estar con ella. Rozar su piel blanca como el brezo.

Capítulo 41

—Acabar con la esclavitud es terminar con Cuba, con el negocio del café, del azúcar, del cacao... Una ruina para la colonia.

Arsenio Boada lanza las diatribas por pura inercia, porque sabe que debe hacerlo, que eso es lo que se espera de él, pero pocos de sus interlocutores lo toman en serio, y mucho menos Osvaldo Pike, el anfitrión, que los ha invitado a su ingenio para presenciar la liberación de los esclavos. Cae la tarde y en el jardín de la casa se celebra un pequeño ágape con refrescos, zumos y un ron añejo con notas de chocolate, madera y cuero en el que se refugia Boada cuando lo ataca la melancolía.

—Si el negocio no es viable así, habrá que pensar en cambiarlo —defiende Pike—. No se puede basar en la explotación. Si no se pueden pagar sueldos con los beneficios, es que está mal planteado. Y todos sabemos que se pueden pagar esos salarios, que nuestros beneficios son escandalosos.

—¿Y qué van a hacer esos negros con el dinero? Parece que han olvidado las muertes de Amalia y Loynaz. Todos sabemos que los esclavos son unos salvajes, los hemos visto en nuestras plantaciones... Liberarlos será como soltar las cadenas a una manada de animales rabiosos. Un suicidio.

Cándido Serra prefiere evitar la polémica, las arengas

racistas, consciente de que hay demasiados oídos escuchando, etiquetando a los hacendados en las filas de Pike o de Boada, como si hubiera un niño colocando soldaditos de plomo a un lado u otro del frente de la próxima batalla. Guarda silencio cuando Miguel de Aldama, un criollo dueño de una de las fortunas más grandes de Cuba, a la altura de Julián de Zulueta, deriva la conversación hacia la política española. Desde la muerte de O'Donnell, el partido de la Unión Liberal se ha acercado a las posiciones de demócratas y progresistas del general Prim, algo que ha cristalizado al suscribir, en marzo de este año de 1868, el Pacto de Ostende que estos firmaron después de la «sargentada» de San Gil.

—Y ya sabe cuál es el primer punto de ese pacto —les recuerda Aldama—. «Destruir lo existente en las altas esferas del poder». Si Serrano ha enterrado sus problemas con Prim, solo puede significar que los tiempos están cambiando, señor Boada. Hay que asumir que lo viejo va a morir y abrazar lo nuevo.

—¿Y qué es «lo nuevo»? ¿Que en España se maten los unos a los otros y que vengan a Cuba los americanos y los ingleses para imponernos sus leyes como si aquí fuéramos indígenas con taparrabos que no saben gobernarse? —protesta Boada.

—Ha sonado usted como un verdadero independentista —puntea Osvaldo Pike con un tono de sarcasmo.

Leonor, que a solo unos metros de los hombres se refresca con un zumo y departe con la esposa de un hacendado, levanta la mirada hacia su marido. Nota la incomodidad de Cándido, el pánico tras el asesinato de Loynaz no se ha disipado y, en paralelo, ha crecido en ella un afecto casi familiar hacia su marido desde que descubrió que comparte ideales en la lucha por el abolicionismo, un afecto que pensó que nunca podría germinar, menos aún después de cómo la trató cuando regresó de Matanzas. Aunque no justifica sus actos, sí asume su parte de culpa: en este matrimonio, él le ha dado todo y ella, a cambio, nada más que desapego, celos, silencio. El pequeño Lope fue la tregua que necesitaban y, se plantea Leonor, descubrir que Cándido esconde bajo su carcasa severa el espíritu de un luchador por la libertad puede que tienda el puente para que cada uno pueda confiar en el otro.

La discusión se acalora, Arsenio Boada, lejos de amilanarse bajo los argumentos de Pike o de Aldama, eleva el tono de su perorata contra los esclavos. Es el punto que Leonor estaba esperando, el de la máxima intensidad en el debate, para ausentarse sin llamar la atención.

—Discúlpeme, voy a mi habitación a coger una toquilla.

—¿Con el calor que hace?

—A mí los fríos del atardecer me afectan mucho.

La dama mueve con brío su abanico en un gesto displicente. Al entrar en la casa, a Leonor la recibe el frescor del zaguán. Cuando llegó a la plantación, unas horas antes, y una criada la condujo a sus aposentos, se fue fijando en los muebles del vestíbulo, del comedor, del pasillo y de su propia alcoba. En ninguna de esas estancias había un escritorio escarlata; la idea de dar con él no la ha abandonado desde que se encontró con Clara en la casa de huéspedes de *Mrs.* Trenent. Al saber que tendrían que asistir a la liberación de esclavos en Santa Rosa, vio la oportunidad de buscar ese escritorio. Ahora pretende inspeccionar el resto de las habitaciones. En la cocina aletea una tremenda agitación de esclavos preparando la cena. Interrumpen su tarea al verla en el umbral y le preguntan si necesita algo.

—Sigan, sigan con lo suyo, por favor.

A Leonor no se le escapa que una cocina no es el emplazamiento más propio para un escritorio, pero no quiere descartar ninguna opción, sobre todo cuando el mueble no parece a la vista. Se dirige a la biblioteca, que es, junto al comedor, la habitación más suntuosa de la mansión. Mesas de roble americano, sillones de cuero, dos mapas antiguos y tapices indígenas adornan el lugar, por el que penetra la luz del ocaso creando una atmósfera mágica. En el centro, un facistol medieval con un incunable atrae la mirada de todo el que entra. Las paredes forradas de estanterías con libros encuadernados en piel son un tributo al placer moderno de la lectura. Los padres de la señorita Bru debían de ser personas muy cultas. En ese espacio, nada sería más natural que hallar el escritorio escarlata en un rincón discreto. Un mueble sencillo y coqueto, con detalles encantadores que aportarían un toque más de distinción al santuario de los libros. Pero allí no está. Leonor se decide a subir al piso superior. Explora las habitaciones conteniendo el aliento, sabiendo que está invadiendo la privacidad de sus huéspedes y hasta del mismo dueño de la casa, pues también penetra en su habitación empujada por la curiosidad. Pero nada.

La única opción que se le ocurre antes de desistir es bajar al sótano. Tal vez al heredero le disgustaba el escritorio y lo dejó arrumbado entre otros trastos viejos. La escalera que desciende hasta la planta inferior cruje a cada paso, como si quisiera delatar a la intrusa. El sótano es un batiburrillo de muebles destartalados, sillas, mecedoras, canapés, lámparas y hasta un busto de procedencia maya. Ningún destello rojo llama la atención en esa barahúnda. Leonor comprende, frustrada, que se le escapa algún detalle. El manuscrito del que habló *madame* Bisson, con tanto énfasis como desvergüenza, en aquella infausta sesión de espiritismo sigue siendo un misterio. Su incursión ha sido infructuosa y ahora debe regresar al jardín, antes de que Cándido la eche de menos.

Nada más salir de la casa, la aborda Osvaldo Pike.

—Señora Morell, quiero presentarle a dos invitados de última hora.

La conduce a un corrillo en el que departen los recién llegados con unos terratenientes. Leonor siente que le fallan las piernas al reconocer a Mauro.

—Les presento a la señora Morell, la mujer de Cándido Serra. Manuel Santomé, aunque llegó a la isla en el desgraciado barco de Enrique Olózaga, ahora ha descubierto que en esta isla no hay solo explotadores. Me contaba que ha encontrado trabajo con el insigne doctor Vicente Antonio de Castro.

Mauro le besa la mano y le sonríe como si fuera un extraño. A Leonor se le ha helado la sangre al comprender que no es ese beso protocolario lo que desea de él. Quiere los besos de Matanzas, y esa conclusión rotunda, que se presenta ante sus ojos como la verdad más elemental del universo, vuelve a incendiar el fuego que despertó cuando lo vio en el Teatro Villanueva. Solo cuando se le pasa el primer impacto repara en las implicaciones de la presentación. ¿Manuel Santomé? ¿Por qué se ha presentado en la sociedad cubana con un nombre falso? ¿Qué ha ocurrido desde la última vez que se vieron en el carnaval?

—¿Cómo está, don Vicente? —Cándido se acerca al grupo para espanto de Leonor—. Hace tiempo que no le veo...

—Mucho trabajo, Cándido, como siempre. ¿Conoce a Manuel Santomé? Empezó estudios de medicina en España, pero se vio enredado en esa vergonzosa expedición de gallegos a la isla, ya sabe de qué le hablo. Ahora es mi nuevo ayudante.

—Encantado, caballero. Espero que Cuba le compense con creces todo el sufrimiento que le trajeron sus primeros meses aquí...

—Si es así, será gracias a usted, señor Serra. Estoy al tanto de que, sin su ayuda, todavía seguiría esclavizado.

—Es un mérito que no me corresponde solo a mí. Mi esposa fue quien dio la voz de alarma.

Cándido rodea por la cintura a Leonor, Mauro no sabe si como muestra de orgullo o para delimitar claramente cuáles son sus posesiones. Ella hunde la mirada en el suelo y cuando se les pide que entren en la casa para disfrutar de la cena encuentra la oportunidad de abandonar el círculo de hombres antes de que los nervios la delaten.

Osvaldo Pike se ha esforzado en agasajar a sus invitados con una mezcla de platos de la gastronomía cubana y la americana servidos por los mismos esclavos que serán liberados al día siguiente. Los vinos son, sin embargo, franceses. Leonor trata de sonreír, conversar amablemente con unos y otros, mantener la compostura, pero dentro de ella ruge un volcán. Y la sensación de que, por fuerza, todos los comensales deben notar su turbación le eriza la piel. Mauro, en cambio, parece relejado y del todo indiferente a la presencia de Leonor, a la que no dedica ni una sola mirada. A los postres, Pike inicia un brindis por Amalia Bru al que todos se suman con entusiasmo. Después del postre aparece el primer momento para poner en juego una espantada decorosa.

—Yo me voy a retirar, Cándido, estoy cansada.

—Me encantaría acompañarte, querida, pero creo que no puedo evitar el puro con el resto de hacendados y otra conversación sobre política.

De vuelta en la habitación, Leonor se desnuda, se pone la ropa de cama y se tumba, aunque es incapaz de cerrar los ojos. Sus pensamientos son un torbellino que tan pronto la llevan a recordar el deseo, el sexo desatado en Matanzas, como a pensar en los últimos acontecimientos. No se esperaba la aparición de Mauro en el ingenio de Amalia

Bru. ¿Qué estará haciendo allí? Y, además, bajo otra identidad. ¿Qué papel juega Vicente Antonio de Castro, que parece haberlo apadrinado? Apaga el candil. La irrupción de Mauro en el tablero ha eclipsado por completo la que hasta entonces era su principal preocupación, el paradero del escritorio escarlata con el manuscrito.

Faltan pocos minutos para la medianoche cuando Cándido entra en la habitación. El aire se llena del tufo a tabaco y alcohol.

—¿Estás dormida?

Ella finge estarlo y Cándido se acuesta a su lado. Espera casi media hora para asegurarse de que su esposo ha caído en una fase de sueño profundo. Se levanta y enciende una vela. Coge un *déshabillé* del galán de noche para arroparse y sale con sigilo de la alcoba. La llama crea sombras fantasmagóricas en la escalera, pero ella solo está dispuesta a asustarse o a retroceder por un ruido inesperado, el crujido de las escaleras o el estrépito provocado por una caída. Al salir al jardín advierte que está descalza, pero no piensa volver al piso de arriba en busca de unas zapatillas. ¿Qué fuerza la domina? ¿Qué fiebre la empuja a depositar la vela en la mesa redonda del porche, con el cuidado de un maestro de ceremonias en un ritual, y a dejarse guiar por la luz de la luna camino de ninguna parte? Algo en su interior la ha propulsado al jardín, la sensación misteriosa y pujante de que Mauro la aguarda allí fuera.

Ya no necesitan notas ni señales ocultas para citarse, se detectan el uno al otro por conductos sobrenaturales. No vale la pena intentar comprender qué le sucede al oír el rumor del agua que mana de la fuente, pero ese arrullo le llega como una revelación. También puede que sea un sexto sentido el que le indica que debe recorrer el sendero hasta la fuente de piedra, y allí, donde se bifurcan los caminos, tomar el de la derecha, el que conduce a las caballerizas. Actúa como una sonámbula o como una reina maga siguiendo la estela que marca la estrella de Oriente, aunque cualquiera que la viera así, descalza y con las telas blancas y vaporosas sobre su cuerpo, pensaría que se trata de un espectro o de un alma en pena.

La noche es cálida, agradable y mágica. La luna incide sobre una fila de piedras grandes que apuntalan una valla precaria, de tablones podridos. El efecto en la base de la valla es de una blancura de osario, como si unos huesecillos hubieran sido esparcidos junto al establo a modo de ritual indígena, y ella siente que esa ofrenda anticipa su aparición. Porque está dentro, no necesita verlo para saber que es allí, en las cuadras, donde la está esperando.

Un caballo relincha cuando Leonor entra en las caballerizas. Le pide silencio con un gesto, como si fuera capaz de sellar un pacto con el animal que, por toda respuesta, piafa. Tras este baile de bienvenida o de protesta, las dos patas delanteras quedan inmóviles y ya no se oye más que algún resoplido cansado. La luna destaca apenas las siluetas de los animales, los portones, los travesaños, las montañas de heno. Nota varios pares de ojos mirándola en la oscuridad. Todos desde el establo, menos un par de ojos que brillan entre las balas de paja apiladas a la izquierda de la puerta, junto al abrevadero. Ella sabe que su vestimenta es como una antorcha. Él la está viendo y por alguna razón no la llama ni se acerca a ella. Se adentra en la oscuridad desde la que esos ojos la miran, palpa el aire entintado, susurra el nombre de Mauro y en el silencio que se adensa después aspira un olor cargado de paja y de excrementos. Manotea pensando en tropezar con el rostro de su medio médico, acurrucado, muerto de miedo ante su presencia. Pero solo atrapa un objeto colgado de un clavo, un cinturón con dos tachones nacarados que, a buen seguro, comprende ahora, ha tomado por pupilas titilantes. Mauro no está.

Un nuevo trampantojo en ese ingenio, otra expedición fracasada, como la del escritorio escarlata. Sale a respirar el aire de la noche, fragante y sutil. Se gira al oír el crujido de una ramita. Junto al establo hay un hombre embozado en la oscuridad. Ahora experimenta un acceso de aprensión, pero de nuevo el murmullo de la fuente la tranquiliza. Se aproxima a la figura callada y reconoce su olor cuando todavía la separa un metro de ella. La respiración de él es pausada y, aunque no puede verlo, está segura de que sonríe. Le toca el rostro, lo abraza, nota la nariz de él hundiéndose en su pelo, aspirando el olor como si fuera el ámbar de la vida. Juntan sus labios y se los muerden el uno al otro antes de entrar tropezando en el establo. Caen sobre el montón de paja y allí se devoran bajo el silencio respetuoso de los caballos.

Capítulo 42

—

Permanecen abrazados durante unos minutos que encierran toda la eternidad. Desnudos y sudorosos, sobre un jergón de heno que han fabricado sin darse cuenta, con manotazos y patadas, con movimientos desesperados para encontrarse en la piel de cada uno, en sus olores, para alcanzar la mezcla perfecta de los dos cuerpos. Mauro sabe que debe sonsacarle información, dentro de unas horas se va a producir el momento histórico que sus nuevos amigos están esperando, la liberación de los esclavos, y su misión consiste en preguntarle a ella por el escritorio escarlata y su valioso contenido. Pero ese encargo le parece ahora secundario, si no insustancial, y se deja llevar por el egoísmo de los enamorados. Solo quiere apurar la experiencia, sorber hasta la última gota del néctar, quedarse toda la vida junto a Leonor. Junto a ella y ese hijo de ambos al que aún no conoce.

—¿Me vas a contar qué estás haciendo aquí? Creía que estabas en el monte.

La voz llega dulce y somnolienta, sin notas de impaciencia. Sería la ocasión perfecta para empezar a tejer la red, aludir al manuscrito como si ella no tuviera nada que ver con él y aguardar su reacción; ella no sería capaz de mentirle justo cuando acaban de amarse. Pero entonces comprende que él tampoco puede urdir un plan oculto ante sus ojos. Se limita a exponerle la verdad punto por punto, la doble cara de Loynaz, su interés en conseguir ese documento que relata las atrocidades contra los esclavos en un ingenio de Oriente, la sospecha del abogado de que solo ella podía estar custodiándolo. Leonor dice que no sabe dónde está y él la cree. Le cuenta su conversación con Clara, la pantomima que representó *madame* Bisson en la sesión de espiritismo del ingenio Magnolia, por orden de Loynaz.

—No sabía qué pensar del abogado hasta que... —La confesión de Leonor se hunde a mitad de camino, cuando, al pensar en la tortura de Loynaz, viene a su memoria la imagen de Amalia en la cama, su pelo ensangrentado en el suelo, esa burda cruz sumergida en el líquido que era su cerebro—. He intentado encontrar ese escritorio, pero... no está en la casa.

—Yo también lo he buscado —dice Mauro—. Es imposible ocultar un mueble así.

—¿Y dónde está?

—En el segundo piso, en el ala este, hay una habitación cerrada con llave.

—Es un gabinete privado de Osvaldo Pike. Allí guarda sus rifles, he preguntado al servicio —explica Leonor.

—¿Y si el escritorio está dentro de ese cuarto?

—Podría ser, pero las llaves las tiene él, no podemos entrar.

—Las lleva en un manojo grande, me he fijado. Solo hay que entrar en su dormitorio y cogerlas. Ha bebido mucho, a estas horas estará durmiendo como un tronco.

—¿Y si se despierta?

—Le diré que me he desorientado y me he equivocado de habitación. La mía está en el mismo pasillo.

—¿Te atreves a hacer eso?

—Llevo un año huyendo de los rancheadores que me

querían matar. Al lado de eso, esto es un juego de niños —le sonríe Mauro, aunque luego parece dudar—. Ese manuscrito le ha traído la muerte a mucha gente, Leonor...

—No tengo miedo. Hemos de hacerlo antes de que Cándido se despierte y vea que no estoy en la cama.

Se sacuden las pajas de su cuerpo y se visten. Él le quita una brizna a Leonor que se le ha quedado enredada en el pelo, y mientras lo hace ella sonríe con melancolía, como si añorara que gestos así formaran parte de su vida cotidiana.

Entran en la casa con sigilo y suben al segundo piso. Mauro le hace un gesto para que espere fuera. Abre la puerta del americano y oye su respiración profunda. En un colgador está su sombrero. Sobre una otomana, los pantalones y la camisa. El traje está colgado de una lámpara, en la penumbra parece un hombre ahorcado. Las botas descansan junto a un escabel. El llavero brilla sobre la superficie pulida de una mesa. Mauro lo coge con cuidado y sale. Cierra la puerta concentrándose en no hacer ruido. Leonor celebra con un gesto contenido el éxito de la primera parte del plan. Caminan hasta el extremo este. Allí está la puerta que buscan, bajo un dintel de madera oscura y carcomida. Tras probar un par de llaves, la tercera abre la cerradura.

El gabinete de Pike consta de un armario alto en el que, en efecto, guarda sus rifles y la munición. Pero lo que preside la estancia es un caballete con un lienzo y, junto a él, un taburete y una mesita con pinceles, cepillos, trapos y otros útiles de pintura. En el dibujo sin terminar aparece un negro con las dos manos atadas a un larguero, en un lugar impreciso, rodeado de antorchas que prenden fuego al patíbulo y difuminan a los asistentes a esa especie de aquelarre. No hay rastro del escritorio escarlata en ese espacio exiguo que parece el taller de un pintor. Impresionada por la imagen del lienzo, Leonor sale al pasillo y espera a que Mauro cierre la puerta. Ahora nota las prisas por regresar a su habitación. Entre susurros comparten su frustración, ambos estaban convencidos de que allí dentro iban a encontrar el mueble de la señorita Bru.

Recorren el tramo de la barandilla desde la que se ve el piso de abajo, como en las corralas medievales. Mauro entra en la habitación de Pike y deja las llaves donde estaban. Cuando vuelve al pasillo, no ve a Leonor donde la ha dejado, junto a la barandilla. Está bajando las escaleras hasta un pequeño rellano decorado con una mesa estrecha y un jarrón. Desde allí, se gira hacia Mauro y sonríe. Él no entiende qué está pasando, por qué ella ha cambiado las prisas por el capricho de descender la escalera a esas horas de la noche. Y entonces lo ve. En la pared de ese rellano cuelga un óleo de la señorita Bru, con ricos atavíos. La mano derecha, enguantada, la apoya de forma lánguida sobre un escritorio escarlata. Ahí está el mueble que buscaban. Un escritorio pintado en un cuadro. Mauro se reúne con Leonor y entre los dos lo descuelgan. No les resulta difícil desmontar el bastidor y descubrir un receptáculo, el escondite perfecto para un manuscrito. Pero allí no hay nada.

—Estaba aquí. El manuscrito estaba escondido en el cuadro —deja escapar frustrada Leonor.

—Alguien ha llegado antes que nosotros y se lo ha llevado.

—Ya, pero ¿quién?

—¿Qué haces aquí?

Sin que ninguno de los dos lo haya advertido, Cándido ha bajado las escaleras hasta el rellano. Viste un batín y unas ridículas pantuflas, y sus labios tiemblan de indignación. Leonor se siente al borde del desmayo.

—¡Cándido! No podía dormir, he salido a respirar un poco...

—¿No es muy tarde para estas correrías nocturnas, señor Santomé? —Y en la manera que ha pronunciado su apellido hay un tono de sarcasmo que hiela la sangre de Leonor.

—Señor Serra, le daré una explicación detallada de mi interés en este cuadro. Le he pedido a su mujer que me ayudara a descolgarlo...

—Con la que se ha topado casualmente porque tampoco usted podía dormir —dice Cándido, al tiempo que retira una brizna de paja del hombro de Leonor.

La sonrisa gélida que le dirige indica a Mauro que no hay forma de salir airoso de una conversación. Aun así, un sentido ancestral del honor le obliga a intentarlo.

—¿Quiere que hablemos unos minutos mientras fumamos un cigarro? —propone.

Cándido no parece acusar la propuesta. Coge el cuadro y lo contempla. Acto seguido, lo cuelga en su sitio.

—La señorita Bru era una mujer muy elegante. ¿Vamos, querida? —le dice a Leonor.

Sumisa, lo acompaña al dormitorio sin despedirse de Mauro, que se queda clavado en el rellano como si fuera una estatua de sal. Una vez dentro, ella se acerca a la ventana, indefensa, a la espera del sacrificio. Intuye la tormenta y no encuentra el modo de evitarla. Como en una avalancha, los recuerdos de la noche después de Matanzas caen sobre ella. La furia, la rabia desbocada, la violación...

—¿No vas a decir nada? —murmura Cándido. Le sorprende su tranquilidad, quizá le asusta aún más que cuando estrelló el vaso de *whisky* contra la pared.

—Tuve insomnio y no quise molestarte. Salí a dar un paseo.

—No voy a montar un escándalo aquí, nos iremos a La Habana al amanecer. Cuanto más lejos estemos de Manuel Santomé, mejor... ¿O debería llamarlo Mauro Mosqueira?

Cándido avanza hacia ella y Leonor, convencida de que le va a pegar, se protege de manera instintiva. Solo aparta los brazos de su cara cuando se da cuenta de que no sucede nada. Para su sorpresa, frente a ella, descubre a un Cándido devastado: las lágrimas recorren las arrugas de su rostro.

—No te preocupes, no te voy a hacer daño. ¿Te crees que lloro por ti, por lo que me has hecho? Te equivocas: lloro por mí. Por haber sido tan estúpido al enamorarme de una suripanta. Por haber soñado con que ese amor podía ser algún día correspondido, cuando lo único que tú me has dado ha sido dolor. Lo que tú y yo podíamos haber construido se ha derrumbado, Leonor..., pero ¿qué más da? Prefiero dejar a los poetas hablar sobre el desamor, yo no soy así... —Cándido inspira una profunda bocanada de aire, le da la espalda, como si acabara de cerrar la puerta de una habitación—. ¿Qué buscabais en ese cuadro?

—Nada. Solo lo estábamos contemplando.

—¿No te cansas de mentir? Te lo vuelvo a preguntar: ¿qué buscabas en ese cuadro?

—Nada. ¿Vas a contarle a alguien que él es Mauro?

Leonor sabe que no debería haber hecho esa pregunta, pero el miedo por lo que le pueda pasar a Mauro es más fuerte que la lógica cautela con la que debería tratar a su marido.

—Puedes estar tranquila. Yo no lo delataré; pero si un día vuelves a verlo, será el último. Para él y para Lope. Así aprenderás a vivir como yo, cuando has perdido todo lo que amas.

—No serás capaz.

—¿Quieres apostar algo? —Cándido se quita la bata para vestirse de nuevo. Al menos, no tendrá que compartir cama con él esta noche. No vuelve a hablarle hasta que va a abandonar el cuarto—: Eres mía, Leonor. No lo olvides nunca.

En el eco sordo que deja la puerta después de que él la cierre, Leonor no sabe cómo encajar lo que le ha dicho. Podían ser las palabras de un hombre herido, pero también pueden ser las palabras de alguien que ha perdido la razón. Lo único que tiene claro es que la amenaza sobre Lope y sobre Mauro no ha sido una bravuconada. El hombre con el que se ha casado podría matar a su propio hijo con tal de no perderla.

Capítulo 43

—

A las doce en punto empiezan los festejos.

Los invitados han salido de sus habitaciones y se han encontrado el batey de Santa Rosa convertido en una feria: largas mesas con todo tipo de comidas españolas, caribeñas y africanas; botellas de jugos de frutas, de ron, de cacao; un pequeño escenario para los músicos que amenizarán el acto, banderitas de colores que adornan la plaza de lado a lado...

Algunos de los ochenta esclavos del ingenio —africanos congos en su mayoría, allí no hay chinos ni blancos— lo están preparando todo, otros ya han abandonado el trabajo diario y se visten con sus mejores galas a la espera de la ansiada noticia. En la entrada del ingenio se han concentrado bastantes personas: además de las familias de la aristocracia cubana invitadas por Pike, esclavos de otros ingenios que aprovechan el domingo libre para acercarse y soñar con que sus amos tomen la misma decisión que el americano; también algunos negros que nadie sabe quiénes son, tal vez cimarrones que pretenden mezclarse con los nuevos libertos para llegar a La Habana.

Mauro ha salido y pasea entre ellos, se contagia de la alegría general y se pregunta si la noticia habrá llegado a Ricardo en la Ciénaga de Zapata. Sabe que tiene familia en el ingenio Santa Rosa y le gustaría decirle cara a cara que ya no hay nada que temer, que las acusaciones por el asesinato de Amalia Bru son papel mojado. No lo encuentra entre el guirigay de los preparativos, de las carreras, de los bailes exultantes. En cada rincón del ingenio se respira ilusión y felicidad. Una atmósfera nerviosa y febril sofoca a los asistentes. Tampoco localiza a Leonor en los primeros grupos de hacendados que van tomando posiciones, y su ausencia le duele más que el látigo de ningún capataz. Vicente Antonio de Castro se está fumando el primer cigarro de la mañana y le hace un gesto para que se acerque.

—La señora Morell se ha sentido indispuesta. Ha partido hacia La Habana con su marido —le informa—. ¿Has tenido ocasión de preguntarle por el manuscrito?

Mauro le cuenta que el escritorio escarlata no es otra cosa que un mueble pintado, que el cuadro escondía en el bastidor un doble fondo para guardar documentos, pero que estaba vacío.

—¿La crees? ¿Estás seguro de que no lo tiene ella?

—Completamente seguro.

El médico da una larga calada a su cigarro y se queda pensativo, rumiando otras sospechas. A Mauro le cuesta contener su preocupación por Leonor. Es evidente que Cándido Serra ha querido alejarla de él cuanto antes, como un hombre posesivo que pone sus pertenencias a buen recaudo, pero su despecho podría acarrearle a ella alguna clase de castigo. Necesita verla, verificar que se encuentra bien, que no corre peligro al lado de su marido, pero se teme lo peor. No había forma de justificar la incursión nocturna en el establo ni la exploración del cuadro de la señorita Bru. Sin duda, el hacendado les había sorprendido en una correría indecorosa y las represalias no se harán esperar. Siente el impulso de partir hacia La Habana, pero al mismo tiempo quiere ser testigo de esta jornada histórica, la primera liberación masiva de esclavos que puede desencadenar otras muchas en la isla.

A las doce en punto el batey bulle de animación. Esclavos, invitados y curiosos aguardan el acto que comienza, como todos en Cuba, con una misa celebrada por un anciano sacerdote, al que acompaña uno más joven, mulato. Boada desprecia un rumor que corre entre algunos terratenientes: que el sacerdote mulato es, en realidad, un hermano bastardo de Amalia Bru, fruto del escarceo amoroso de su padre con una esclava. «Bastante ha conseguido con ser cura», dice con desprecio cuando alguien insinúa que, si eso fuera cierto, el sacerdote mulato debería ser el heredero del ingenio Santa Rosa. Tras la misa, llega el momento del discurso de Osvaldo Pike, que sube al pequeño escenario habilitado para la ocasión. Habla de los avances del mundo, de las libertades conseguidas después de la guerra en los Estados Unidos, de la igualdad entre blancos y negros y de los deseos de su prima, Amalia Bru, de liberar a los esclavos, una medida que debería venir impuesta desde la metrópoli, pero en vista de que España sigue atascada en el pasado, son ellos, los hacendados, los que están obligados a hacer de Cuba un lugar más justo.

—Por eso he reunido aquí a los trabajadores del ingenio, a algunos amigos de mi difunta prima y a todo el que ha querido acercarse a nuestra fiesta. Quiero cumplir el deseo de mi prima en este ingenio y en todas sus plantaciones. He dado orden a los abogados para conceder la libertad a los esclavos en cuanto se hayan cumplido todas las obligaciones legales que eso supone. El que quiera recibirá un dinero con el que podrá marcharse a La Habana, y los que prefieran quedarse a trabajar en estas tierras lo harán con un contrato de trabajo y un sueldo digno en función de sus responsabilidades.

Los gritos de alegría y los aplausos interrumpen las palabras del americano. Los esclavos están entusiasmados e indecisos a un tiempo: sabían lo que iba a pasar y desde hace días se debaten entre dos opciones inciertas: ¿qué es mejor, enfrentarse a lo desconocido en la capital o seguir allí con sus costumbres, sus labores, sus amistades, pero con dinero propio en el bolsillo? También se perciben señales de alegría entre varios de los habaneros presentes. Solo alguno como Boada mantiene el gesto grave, aunque tampoco expresa su descontento.

Mauro localiza entre los esclavos a un hombre muy parecido a Ricardo, el mismo porte altanero y casi aristocrático pese a sus ropas raídas. Junto a él hay una mujer que sobrepasa los cuarenta años, una edad ya avanzada para una esclava, con el rostro cansado pero teñido de esperanza. A pesar de las arrugas que surcan su rostro, de las ojeras y de las manos estragadas por la dureza del trabajo, sigue siendo atractiva. Al observar a la pareja con detenimiento, alcanza la conclusión de que deben de ser la madre y el hermano. Mauro se abre paso entre la multitud para llegar hasta ellos. Quiere darles su dirección en La Habana, ofrecerles su ayuda para que lleguen a la capital sin problemas. Desde allí será más fácil ponerlos en contacto con el antiguo esclavo fugado, o sería mejor describirlo como el viudo de Amalia Bru.

El discurso de Osvaldo Pike termina con una llamada a la serenidad, al entendimiento y a la fiesta. Los músicos empiezan a tocar uno de esos sones africanos, los esclavos, ahora ya liberados, a bailar...

No es fácil desplazarse en esa barahúnda festiva. La madre y el hermano de Ricardo, además, han escapado de la muchedumbre y caminan ahora hacia la salida del ingenio. Mauro abandona el batey y sigue a la pareja a tiempo de presenciar el instante en el que un negro emerge de la espesa vegetación en la que estaba escondido. Es Ricardo. Se dirige, alegre, hacia su madre, y la abraza. También saluda a su hermano, con lágrimas en los ojos.

Varios hombres a caballo descienden por el este y rodean el batey. Mauro no entiende por qué llevan fusiles ni acierta a descifrar el signo que está adquiriendo la celebración. Una comitiva encabezada por Boada y Osvaldo Pike sube por el camino hacia el lugar que ocupa el trío de familiares emocionados con el reencuentro. ¿Componen estos abrazos la estampa más significativa de la libertad, y por eso desea el hacendado presenciarlos desde cerca? El gesto de los hombres es tenso, brilla en sus miradas la violencia anticipada. La aprensión se apodera de Mauro y se convierte en una sospecha terrible cuando distingue la media chistera, la cinta de fieltro roja, la silueta de Bidache recortada en la puerta del ingenio. Cabalga hacia los negros empuñando una pistola.

—¡Ricardo!

El grito de Mauro queda aplastado por dos disparos. La mujer trata de sostener a su hijo, que cae como las cañas de azúcar al golpe certero de la hoz. Una mancha de sangre se dibuja en su blusón y la vida se le escapa por su mirada en la que todavía aletea la esperanza ingenua.

—¡Asesino! —Mauro se abalanza sobre Bidache, que lo espanta levantando las patas del caballo.

Ramírez, el negro capataz del ingenio Magnolia, y otros hombres que forman parte de la comitiva se interponen en la refriega y reducen a Mauro con un culatazo en el rostro.

—¿Qué pasa, doctorcito? Qué ganas tenía de volver a encontrarme contigo. Ahora es tu momento.

El mayoral lo apunta con la pistola. El llanto desconsolado de la mujer, a la que intenta apaciguar su hijo, se enreda con los gritos de los esclavos que no entienden en qué ha derivado la fiesta. Piensa en Leonor, en que ya no podrá ayudarla con Cándido, en que la deja sola; en su hijo, Lope: sabe que esa criatura solo puede ser suya. Una enredadera de impotencia, de todos los nudos que le quedan por deshacer y para los que pensó que tendría tiempo, cuando la vida se puede cortar de golpe, sin ocasión para decir todo lo que uno debería haber dicho. El cañón de Bidache se apoya en su frente, está caliente después de los disparos que han acabado con la vida de Ricardo.

—¡Quieto, Bidache! El acuerdo era Ricardo y Ricardo ya está muerto.

Es la voz de Boada. Bidache baja el arma.

—Este gallego está mejor muerto, Boada.

—Solo Ricardo, ese fue el acuerdo al que llegamos —interrumpe Osvaldo Pike—. Hemos conseguido lo que todos queríamos: justicia.

Bidache retira el arma de la frente de Mauro, se la guarda en el cinto mientras Boada le hace ver que toda esta representación, la liberación de los esclavos, ha funcionado tal y como pensaban: se burla de la debilidad mental de los negros, a eso achaca que no se hayan dado cuenta de que no era más que una celada para atraer a Ricardo.

Los gritos de libertad de algunos esclavos, los del propio hermano de Ricardo, suenan a súplica más que a reivindicación. Son contestados por una salva de disparos al aire de Bidache y sus hombres. Mauro no concibe todavía el alcance de lo que está sucediendo. Se incorpora y, lleno de rabia, se dirige al americano.

—¡¡Ricardo era inocente!! ¡¡Lo saben perfectamente!!

—No hay ningún negro inocente —le responde Pike, que ya no necesita la máscara que oculta al supremacista que es en realidad.

—Usted ha decretado la liberación de los esclavos delante de muchos testigos, no hay vuelta atrás, Pike.

—Escucha un consejo, Manuel Santomé, o mejor dicho, Mauro Mosqueira —se burla Arsenio Boada acuclillado a su lado, un susurro a su oído que solo escuchan ellos dos—. Has matado a más de un ranchcador. Te estoy perdonando la vida, pero te recomiendo que te marches cuanto antes. Por tu seguridad y porque sé que no quieres ver lo que va a suceder a continuación.

En el batey sobreviene un revuelo de golpes, disparos al aire, gritos y carreras. Los hombres a caballo han empezado a reducir a los negros que se creían libres y los están devolviendo a los barracones. Mauro, como si recorriera la geografía de una pesadilla, arrastra los pies hasta el batey. Vicente Antonio de Castro sale a su encuentro.

—Es una locura, hay varios muertos. Están cayendo como chinches.

—No podemos permitirlo, Vicente.

El médico lo agarra de los brazos, para contener su ímpetu, lo mira a los ojos e imprime firmeza a sus palabras.

—Escúchame bien, tenemos que salir de aquí.

—Pero no podemos dejar así a los esclavos...

—Vamos a acabar con esto muy pronto, te doy mi palabra. Pero créeme, nuestra presencia aquí es peligrosa.

Mauro siente una oleada de rabia ardiendo dentro de él, la misma que le llevó a matar al cacique de Soutochao. Quiere hacerse con un fusil, disparar a Pike, a Boada, a Bidache y Ramírez, quiere convertir el ingenio Santa Rosa en un cementerio de esclavistas, prender fuego a sus cuerpos, oírlos gritar de dolor, aunque nada será suficiente para equiparar el daño que ellos han infligido, la masacre que están llevando a cabo en el batey donde los africanos tropiezan con los cadáveres de sus amigos, de sus familiares, cuando intentan huir sin saber muy bien adónde, tratados peor que animales en una cacería injusta. Pero nada de eso sucede. Cuando Vicente Antonio de Castro lo arrastra fuera del ingenio, a un carruaje que los espera para salir de allí, lo único que puede hacer es llorar.

EL INFIERNO

Sexto círculo

Nacemos, crecemos, espoleados por el afán, creyendo que vamos detrás de un amor, una fortuna, una vocación, hasta que en la madurez se toma conciencia de que no perseguimos nada, que nuestros días no son otra cosa que una huida de la muerte, de cuyas manos resbalamos al nacer y que, de manera irremisible, nos aguarda en un recodo del camino.

La revelación no alivia el miedo.

Nadie quiere volver a ser nada.

Mi cobardía —y el juicio, mi maldito juicio, ¿por qué no tuve la bendición de la locura?— detenía cada plan de quitarme la vida.

Me quedaba solo con el recuerdo de aquella noche tormentosa en Santa Catalina de Baracoa, con la sensación del cerebro de ese pobre muchacho pegada a la punta de mis dedos. Daba igual cuánto me lavara las manos, cuánto las frotara con jabón, en mis huellas estaba grabado el tacto gelatinoso de la masa encefálica del esclavo.

Quería pensar en Ermelinda, quería alegrarme por su salvación, pero ni siquiera eso estaba a mi alcance: después de esa noche, ¿cómo podía saber si no hubo otras noches? ¿Si no fue ella la víctima de la perversión de mi amigo?

El demonio nunca abandonará la isla.

El perro sigue aquí. Me he despertado muchas noches,

como el padre de Bardo, empapado de un sudor frío, incapaz de abrir los ojos porque, en la densa oscuridad de mi cuarto que apesta al cuerpo de un hombre enfermo, puedo escuchar la respiración del animal. Sé que el perro está junto a mi cama. Sé que nunca se irá.

Me duele la resistencia de mis órganos; los baño en aguardiente, apenas si los alimento, no aseo mi cuerpo, las uñas se me han empezado a caer, como el pelo, pero el corazón insiste en latir. La vida es mi condena.

Sueño con una muerte sin Dios, ni cielo ni purgatorio, tampoco infierno. Sueño con una nada estelar, como si me disolviera en el rostro de Ermelinda.

Mi verdadero amigo, aquel que durante un tiempo me alivió con sus fábulas, historias unas ciertas, otras inventadas, ya ha dejado de intentar apaciguar mi tormento con sus narraciones. Sabe que son inútiles. Me regala su compañía, yo no tengo nada que ofrecerle a cambio más que desesperación.

Me resulta imposible soportar mi propia existencia sabiéndome un asesino.

El demonio siempre cumple sus promesas, ahora lo sé. No sé cuántos meses han pasado desde la horrenda noche en Santa Catalina —he perdido la cuenta del tiempo, los días se asemejan a años, llego exhausto al momento en que, por fin, mi conciencia se apaga y duermo; aunque entonces me visiten las pesadillas, es mejor que estar despierto—, cuando recibo la visita de ese encantador matrimonio. Los conozco de mi época próspera en La Habana, cuando el dinero y el éxito brotaban por donde pasaba como un jardín mágico. Habíamos coincidido en los cafés, en el teatro, pero nunca llegamos a intimar.

No hacen mención alguna al desorden y la inmundicia en la que vivo. Ella abre una ventana, supongo que el aire viciado se le hace irrespirable; él se ofrece a enviar a una doncella que limpie y me prepare comida. «Está demasiado delgado», me dice. Yo no alcanzo a entender la repentina amistad que los impulsa a cuidarme. Los quiero rechazar, les quiero pedir que no vuelvan más, pero estoy tan débil que ni siquiera me quedan fuerzas para defender mi soledad.

Durante unas semanas, se ocupan de mí. Una mulata viene a limpiar, a mediodía, los dos se presentan en mi casa, me obligan a lavarme y, si no traen comida, me arrastran a algún restaurante para invitarme a un plato de comida que yo apenas pruebo. Aunque no me impiden beber, sí que tiran todos los aguardientes caseros con los que intoxico mi organismo, los sustituyen por buenas botellas de ron. Nunca olvido mi sufrimiento, pero desenterrado de las capas de miseria bajo las que me había escondido, soy capaz de mantener alguna que otra conversación.

Una tarde, de regreso al cuarto que ocupo después de haber comido, ellos se deciden a ponerme a prueba: saben, me dicen, que mi manera de pensar choca directamente con la de la mayoría de hacendados de la isla. Que no soporto las vejaciones a las que se somete a los esclavos. Que es un sistema que habría que destruir y que siempre sería útil alguien como yo. Un hombre que ha demostrado ser un avispado empresario.

Bajo su amabilidad veo con nitidez la mano de mi amigo. La propuesta que me hizo en Santa Catalina de Baracoa: «Sería fácil infiltrarte entre los abolicionistas de Cuba. Quién sabe si, con los años, este régimen de esclavitud no acaba por derrumbarse y, entonces, me será muy útil que tú seas uno de los ganadores».

Me escabullo sin darles respuesta. Siento el aliento del demonio, otra vez acechándome, ¿qué me obligará a hacer ahora?

Abandono mi cuarto. Me pierdo en las calles, intento borrar cualquier rastro de mí mismo. Convertirme en un fantasma, un recuerdo. Nunca vuelvo a ver al matrimonio. En mi deambular etílico por la periferia de La Habana, me asalta a veces la sugestión de que la pesadilla ha terminado. Pero en el fondo sé que no es así.

Recuerda, me digo, el demonio nunca desiste.

Pasan semanas, quién sabe si años, cuando, en un almacén del muelle de Tallapiedra donde me refugio del frío de la noche, él viene a sentarse a mi lado.

Mi amigo, el demonio.

Prende un cigarro, exhala una bocanada de humo azul, sin prisa. Me tiende una mano pidiéndome la botella de aguardiente. Le da un trago.

—No sé cómo puedes beber este veneno.

—¿Por qué?

No necesito decir más, sé que me entiende; por qué me eligió, por qué esa insistencia en incluirme en su círculo cuando, él y yo lo sabemos, soy un hombre sin atributos destacables. Vuelve a fumar. Guarda silencio.

—Eres como cualquier otro —le digo, atravesado por un rayo de certidumbre que ilumina de pronto las zonas más oscuras de mi amigo—. Necesitas el perdón. Necesitas que alguien comprenda tus actos. Justificarte. En el fondo, eres tan débil como yo.

—Una vez, en una taberna del puerto, me hablaste del amor, ¿lo recuerdas?

—Sé que no eres capaz de sentirlo. Ni el amor ni la amistad. Eres como un enfermo que ha perdido el sentido del tacto: puedes meter la mano en el fuego, que nunca notarás siquiera el calor.

—¿Y no te parece injusto? ¿Por qué todos vosotros lloráis y soñáis? ¿Por qué salís emocionados de una representación teatral? Encontráis esos placeres en la vida y en la ficción. Yo trataba de entenderlos, y creo que llegué a hacerlo, pero comprender no significa sentir.

Para sentir, como tú dices, tengo que meter la mano en el fuego. Tengo que ir más lejos. —Recupera la botella de aguardiente. Otro trago—. Solo quería demostrarte que no eres mejor que yo.

—En eso tienes razón. Merezco una condena tanto como tú.

—Siento que no hayas sido capaz de comprenderme.

—Y yo que hayas esquivado la muerte hasta ahora.

—He estado cerca muchas veces. Cuando éramos niños, en Madrid, ¿recuerdas los abusos que sufrimos? Y después, cuando empecé a trabajar trayendo esclavos. Era peligroso internarse en esas aldeas para darles caza. Pero sobreviví, como sobreviví en el viaje del Santa Catalina, cuando aposté todo a dejar de ser quien era y convertirme en la persona que todo el mundo conoce en La Habana. Ser el propietario de este nombre y de estos apellidos pudo haberme salido mal, pero, ya te lo dije una vez, no me gusta perder. Tenía aliados en aquel navío, no fue difícil matar a la tripulación. Tuve tiempo de jugar con el capitán y de sacar después a varios negros de la bodega y matarlos para fingir un motín. Para construir esa escenografía que los pescadores analfabetos de la Ciénaga de Zapata descubrieron con espanto. Ellos dieron pie a la fábula del demonio en la isla. No me importa. Incluso me halaga. He engañado a la muerte muchas veces, querido amigo, y volveré a hacerlo si se acerca a mí. En cambio, tú, sé que la estás buscando. Puedes estar tranquilo. La encontrarás.

Se pone en pie. Apaga el cigarro con la punta del zapato. Se pierde en la noche habanera.

No he vuelto a verle. Pero su presencia, el aliento del perro, flota siempre a mi alrededor.

Mi cuerpo ya no es tan resistente como antes, sé que pronto acabará doblegándose al alcohol, al martirio que le impongo.

Mientras boqueo como un pez fuera del agua, los últimos días de mi ridícula vida, quiero despedirme con un acto de valor, si es que se puede considerar valentía la confesión de todos los actos abyectos que he perpetrado. Aquellos que permití por omisión, aquellos que cometí con mis propias manos.

Los horrores que alberga este lugar sé que continuarán. El demonio pronto extenderá sus dominios más allá de los límites de Santa Catalina de Baracoa. Como una enfermedad, pervertirá a los hombres y mujeres de una isla que, de hecho, ya se levanta sobre una aberración. La creencia de la superioridad de una raza sobre las demás. La esclavitud. El trato miserable al semejante. Como si fueran animales. Como si fueran seres que no aman, que no añoran, que no desean ni sufren.

Ermelinda, ojalá mi sacrificio sirviera de algo, ojalá estés viva. Ojalá este texto quitara la venda de los ojos a aquellos que no quieren ver la podredumbre que hay en las raíces de un paraíso como Cuba.

Esteban Alfaro. Menciono el nombre de mi amigo de la infancia con la vana esperanza de que este manuscrito caiga en las manos adecuadas y el demonio, los demonios que asolan esta isla, puedan ser derrotados. Esta acusación, que ojalá se haga pública algún día, no es un acto de heroísmo, esa palabra me es ajena. Apenas abre un orificio penoso en el terror paralizante que ha gobernado mi existencia.

Me temo que todo esto es un sueño. Un imposible. Estas páginas no servirán de nada, como no ha servido de nada mi vida.

En realidad, decidí escribir este manuscrito para ser recordado como lo que soy: un cobarde. Un asesino.

Cuando marche, no mereceré una sola lágrima.

Capítulo 44

—

Al principio agradecía el silencio hosco de su marido, que su rabia hubiera cobrado la forma de la indiferencia en lugar de la del enfrentamiento continuo o la hostilidad hacia ella. Pero ese mutismo, esa quietud de mar plano, sabe que solo presagia la explosión, como el olor metálico anticipa la tormenta. No ha notado ningún cambio en su trato con Lope, sigue siendo el padre atento, orgulloso de los mínimos progresos de su hijo, como si nunca lo hubiera usado como arma frente a Leonor.

La Habana hierve de rumores sobre la vida en los ingenios y los palenques. La pantomima de Osvaldo Pike ha provocado un terremoto en los despachos, en los cafés, en los cenáculos de conspiradores, y Cándido Serra pasa cada vez más tiempo fuera de casa, con esa inquietud que no lo ha abandonado desde la muerte de Loynaz, aunque no comparte con ella ni una palabra de sus andanzas. Pasan las semanas sin que se altere su comportamiento y ella empieza a tomar conciencia de que su marido no prepara ninguna venganza, simplemente la trata como a una propiedad, como alguno de esos ingenios que le dan pingües beneficios. Como el Teatro Villanueva. Como los cuadros que cuelgan en el palacio de Belascoaín, como un sombrero. Y seguirá siendo así mientras ella no le dé más problemas. Entonces, puede que las amenazas vertidas en Santa Rosa se hagan realidad.

Sabe que está sometida a vigilancia, que todos los esclavos y empleados de la casa, con la excepción de Idalina, tienen el encargo de observarla y relatar a Cándido Serra lo que ella hace durante el día, que cualquier desliz puede romper esta frágil estabilidad. Una nube de melancolía la envuelve desde la mañana hasta la noche. El castigo que blandió Cándido se le dibuja como la peor tortura posible. Pili, el único apoyo que tiene, le ha aconsejado que se olvide del gallego, que no tiente su suerte, ahora no, el futuro tal vez le traiga la oportunidad de liberarse de la prisión que es su matrimonio. Ella sabe que así debe ser. Y, sin embargo, algo en su interior atiza la esperanza y el inconformismo. La insensatez, diría Pili. Puede ser, pero no existen los enamorados sensatos.

Esta mañana, en el baño, después de asearse, Idalina le tiende una nota oculta en una toalla. La doméstica no subraya el gesto, temerosa de que algún otro esclavo del servicio descubra el secreto. Ella la coge con el corazón desbocado y cierra la puerta del baño para leerla con seguridad. Sufre una decepción indescriptible al ver que se trata de un mensaje de Clara Villafranca. Durante unos segundos, odia a Mauro por no haber intentado comunicarse con ella, por haberse desprendido de su amor como el que se sacude una hoja enredada en el pelo. *Madame Bisson quiere verte con urgencia. Acude cuanto antes a la casa de huéspedes de* Mrs. *Trenent.* Eso dice la nota, sin más explicaciones. Ese es su triste destino, piensa Leonor: en lugar de correr a los brazos de su amante, cruzar la ciudad para entrevistarse con esa farsante ciega.

Aun así, intrigada por el aviso, se dirige al teatro para recoger a Pili y pedirle que la acompañe. Alquilan una volanta y le indican al cochero que dé varias vueltas, por si acaso alguien las está siguiendo. Quiere defender su privacidad de la voracidad indagatoria de su marido. Se detienen en la esquina de la calle de la Florida con Puerta Cerrada, así evita que el cochero sepa con exactitud a qué dirección va. Pili no disimula su desconfianza al descubrir cómo la decadencia está reclamando la casa de huéspedes donde se alojan la médium y su acompañante. Atraviesan el patio colonizado por las malas hierbas y suben la escalera de piedra. Una criada negra les indica cuál es la habitación de *madame* Bisson, al fondo del corredor. Clara Villafranca abre la puerta.

—Espero que no os moleste que venga acompañada. Es una amiga.

—Y no cualquier amiga. Usted es la actriz del momento, la felicito.

Pili asiente con gratitud y nota cómo le sube el rubor por el rostro. Todavía no está acostumbrada a la fama. Recorren una antesala de paredes desconchadas y suelo irregular, la Gallarda agarra a Leonor del brazo.

—¿De verdad crees que es seguro estar aquí? —le susurra.

En una estancia calurosa aguarda *madame* Bisson, sentada en una mecedora que cruje en cada balanceo; no lleva las gafas oscuras y los puntos que cosen sus párpados brillan negros, como si la cicatriz todavía supurara. Los postigos están cerrados y una vela arde sobre una mesa torcida, su llama proyecta sombras en el aire entintado. En el regazo, la anciana ciega sostiene un collar, amarrado con dos vueltas a sus muñecas. Al principio, a Leonor no le llama la atención, pero cuando la anciana le pide en francés que se acerque, puede identificarlo. Es el collar de perlas que aquel niño le arrancó del cuello en la puerta de la casa de huéspedes. No puede evitar preguntar cómo ha llegado a sus manos.

—Necesitaba algo que hubiera estado en contacto contigo —le explica Clara—. Todo lo que tocamos, todo lo que se pega a nuestra piel, guarda la memoria de aquello que no vemos pero nos rodea... *Madame* Bisson sí puede verlo. Ella misma le pidió a aquel niño que te lo quitara.

—*Asseyez-vous à côté de moi.*

Leonor entiende que la anciana le pide que se siente junto a ella, en una desvencijada silla de anea junto a la mecedora. *Madame* Bisson acerca sus manos a la cara de Leonor, que nota el tacto áspero cuando le acaricia las mejillas. Las perlas del collar que tiene enrollado en las muñecas suenan como canicas rodando por el suelo. *Madame* Bisson murmura algo en francés que Clara traduce.

—Noté dos fuerzas aquel día en el ingenio Magnolia. Pero no descifré el mensaje.

Leonor busca a Pili con la mirada. Su amiga, en el ambiente enrarecido del cuarto, parece asustada, como si estuviera deseando cogerla de la mano y salir corriendo de allí. La anciana sigue hablando en una letanía monocorde; la voz de Clara se superpone a la de la médium, en una traducción simultánea que suena como si ambas estuvieran conectadas por un hilo invisible y hablaran desde una mente única.

—En el manuscrito habita el demonio, él arrastra a la muerte, pero había otra fuerza esa noche. Un ángel blanco. No supe ver entonces sobre quién se elevaba, pero este collar me lo ha dicho. Leonor: tú eres el ángel blanco. Tú eres la única que puede derrotar al demonio.

—Yo no soy nadie y... tampoco sé cómo podría hacerlo. Ese manuscrito... lo busqué, pero no sé dónde lo escondió Amalia...

La anciana empieza a balancearse con brío, en cualquier momento la mecedora puede vencerse hacia atrás. Su voz, antes profunda, ahora parece un chillido, grita algo en francés que podría ser el alarido de algún animal de la selva. Pili ya no puede aguantar más y le ruega a Leonor que salgan de allí. Clara se acerca a la vela y la apaga de un soplido. Acto seguido abre los postigos y la luz inunda la estancia. El trance de la anciana remite, como el barco que queda al pairo después de ser azotado por la marea. Cuando Leonor busca una explicación en Clara, ve que está abriendo la gaveta de un mueble desvencijado. Extrae un montoncito de folios cosidos en dos puntos, uno en la parte superior y otro en la inferior, por un hilo grueso.

—Este es el manuscrito de la señorita Bru.

—¿Lo tenías tú?

—Estaba escondido detrás de un cuadro en su ingenio.

—Sé cuál es, un retrato de Amalia apoyada en un escritorio escarlata.

—Exacto. —Le tiende el manuscrito a Leonor, que lo coge con prevención.

No es muy largo, apenas una veintena de páginas escritas a máquina. En la primera página figura el título: *El infierno.*

—La señorita Bru me encargó que lo sacara de Cuba. Quería que se lo entregara a un hombre en Estados Unidos.

—¿A quién?

—Al dueño de un periódico en San Francisco. Amalia quería completar la misión de sus padres, pero decía que nadie en la isla iba a querer publicarlo, y era esencial hacerlo para luchar contra la esclavitud.

—¿Por qué me lo das a mí?

—Porque nosotras nos vamos de Cuba. Aquí se están complicando mucho las cosas, apenas podemos sobrevivir. Tenemos un amigo que hace trayectos en un vaporcito pequeño. Nos hace el favor de llevarnos a Florida el sábado por la noche.

—Llévense el manuscrito a ese país —dice Pili, que ha seguido toda la escena con una inquietud creciente—. ¿No es lo que quería la señorita Bru?

—*Je ne peux pas l'avoir près de moi.* —Y la voz de *madame* Bisson suena como la del anciano al que le cuesta un enorme esfuerzo cada respiración.

—No quiere llevarlo con ella. No se siente capaz. Es como si esas hojas fueran un veneno, la enferman y sé que terminarán por matarla —añade Clara—. Solo tú puedes tenerlo, Leonor. Tú tienes al ángel blanco, él es tu protección.

Leonor la mira, aturdida. Se sienta en una otomana que tiene agujeros en la tapicería, quizá provocados por el descuido de un fumador. Hojea el manuscrito entre escalofríos: un lugar llamado Santa Catalina de Baracoa, un ingenio de Oriente, la depravación, las torturas extremas, el burdo crucifijo clavado en el cerebro, tal y como ella encontró el cadáver de su amiga Amalia Bru. Y, finalmente, un nombre, Esteban Alfaro, el nombre del demonio.

—¿Quién ha escrito esto?

—No lo sé... —dice Clara—. Un testigo. Una víctima del horror.

—Yo sé quién lo ha escrito —dice Pili de pronto, que se ha arrimado a Leonor para echarle un vistazo al texto.

Mientras Leonor se horrorizaba con las atrocidades del relato, ella no podía dejar de fijarse en las letras mecanografiadas, en concreto en la letra *e* minúscula, que por un defecto de la máquina la hace parecer una *ce*.

—¿Has visto? —señala la *e* del título

Leonor se lleva la mano a la boca. Ese texto llamado *El infierno* se ha escrito con la misma máquina que el libreto de *La reina esclava*.

—Hay que encontrar a Pardiñas, Pili, aunque tengamos que ir taberna por taberna. Si no fue él mismo el protagonista de este horror, sabe quién lo sufrió. Y tiene que saber también quién es ese Esteban Alfaro, el demonio de Santa Catalina de Baracoa.

Capítulo 45

Mauro pasa las semanas espiando a Leonor. La ve paseando del brazo con su amiga Pili, las pierde de vista cuando entran en alguna tienda cara de las calles principales de La Habana, las recupera cuando salen, normalmente con las manos vacías, aunque a veces con un paquete, y se sientan en alguno de sus lujosos cafés. Sabe que no puede abordarla, que la pone en peligro si lo hace, y también se pone en peligro él. Por algún motivo, Arsenio Boada no ha desvelado su identidad falsa; le ha concedido el perdón del olvido o, al menos, una tregua que, está seguro, terminará tan pronto él vuelva a llamar la atención. Por eso se conforma con esas estampas de Leonor que su imaginación enamorada tiñe de dulzura y de encanto.

Además del amor, el otro sentimiento que lo domina es la rabia hacia los hacendados. Para entretenerlo, como el que hace correr a un animal hasta agotarlo, acude a las reuniones secretas de abolicionistas y allí departe con otros españoles que han llegado a hacer fortuna a la isla. Para su sorpresa, no son contrarios a la independencia, creen que les iría mejor que ahora, sujetos a los vaivenes del Gobierno de España, siempre provisional y en continuas revoluciones y contrarrevoluciones, amenazado por la fuerza de los partidos firmantes del Pacto de Ostende. Son muy críticos con la reina, con la línea dura que, tras la muerte en abril de Narváez, ha continuado situando en el Gobierno a Luis González Bravo, con la corrupción de la administración española y con los impuestos que se cargan a las empresas cubanas.

—Aquí es donde se sabe lo que hace falta, no desde Madrid. Pero de Cuba solo quieren el azúcar, el café y el tabaco. Ah, y llevarse el dinero de comprar y vender esclavos...

La situación de los esclavos es otro tema que los separa de su país natal, todos conocen a esclavos y a antiguos esclavos ahora libertos y nadie está de acuerdo en que se pueda poseer a un hombre. Solo los terratenientes que se aprovechan de ellos para su servicio o para trabajar las tierras aceptan de buen grado el sometimiento de los africanos. Entre estos españoles hay desaprobación y Mauro supone que se unirían a los movimientos abolicionistas. Pero el doctor Vicente Antonio de Castro tiene dudas.

—Están en contra, es verdad, pero difícilmente harán algo. Los españoles que llegan a Cuba solo piensan en hacerse ricos y volver a su pueblo para construirse un palacio y que todo el mundo los admire por haber ido a hacer las Indias y haber triunfado. No cuentes con ellos, esto es cosa de los cubanos y de los pocos españoles que han decidido quedarse para siempre. Los demás no van a mover un dedo.

Después del engaño de Osvaldo Pike, al que llegaron a considerar un aliado en su lucha, ya no confían en nadie. El episodio terrible de Santa Rosa dio pie a una serie de rumores sobre el americano. Se dijo de él que pertenecía al Ku Klux Klan, y Mauro, al recordar el cuadro que vio en su gabinete, da crédito a esa acusación. Sea o no sea verdad, evita a toda costa coincidir con él o con cualquier otro hacendado, le parecen todos iguales. Prefiere a los indígenas. Sigue yendo a los bailes de negros. Allí se siente entre amigos, le invitan a un vaso de ron y le cuentan cómo es la vida de los esclavos y de los libertos en la capital de Cuba. Hasta se ha enterado de que hay cimarrones que viven en la ciudad de forma clandestina, aunque todavía no ha conocido a ninguno.

Ha alquilado, gracias al dinero que le suministra el doctor Castro y a los contactos de Olózaga, una casita en la calle de las Ánimas, cerca del malecón. Es humilde, propia de un español recién llegado, pero digna y limpia. Algunas noches sueña con recibir allí a Leonor y a Lope, con ver al niño crecer en el pequeño patio trasero... Fantasías que se evaporan ante la cruda realidad que los separa. No logra olvidar a Leonor y duda que lo haga nunca. Los sentimientos que creía enterrados después de la noche en Matanzas renacieron con más fuerza si cabe y se desbordaron por encima de aquello que los distanció: el altruismo idealista de Mauro y el egoísmo romántico de Leonor, dos polos que él consideraba irreconciliables, pero a cuya atracción se ha tenido que rendir. También al error que cometió al pensar que ella podía haber hecho algún tipo de trato con Cándido. La noche en la casa de Santa Rosa, la mirada gélida del hacendado, le demostraron que Leonor no era más que su presa, una rehén de Serra y de un destino que se empezó a trazar hace ya mucho tiempo, en Madrid, en aquella calle del Espejo, convirtiéndolos en prófugos.

Se obliga a buscar distracciones para sacarla de la cabeza y descansar de su recuerdo y de la frustración. El mejor bálsamo es su trabajo en la consulta del doctor Castro, sobre todo cuando tratan a niños enfermos. En esos momentos se olvida de todo lo que ha ocurrido desde que dejó de asistir a las aulas en la universidad en Madrid. Entonces pensaba que sería cirujano, pero ahora está descubriendo que le gusta más escuchar a los pacientes, hacerse cargo de sus padecimientos y tratar de ponerles remedio.

Cuando no están recibiendo enfermos, aprovecha para leer los libros de medicina que el doctor Castro tiene en su gabinete para reverdecer viejos conocimientos.

—No creo que consiga ser médico. Debería volver a estudiar y no sé cuándo voy a hacer eso. La vida se ha complicado mucho en muy poco tiempo.

—Eso nos parece mientras vivimos, pero después, si miramos atrás, nos damos cuenta de que podíamos haber hecho más de lo que hacíamos. No te preocupes por el futuro, no pierdas el tiempo en el presente, eso es todo.

El doctor es un hombre muy cultivado: médico, con grandes conocimientos de filosofía, matemáticas y botánica, políglota... Y no solo eso, también poeta y articulista. Ha pasado por la cárcel y por el exilio debido a sus actividades abolicionistas. Cuando finaliza el turno en la consulta, le gusta paladear un ron con Vicente y escuchar sus historias. Pero ese día el doctor le dice que debe volver a su casa en la calle de las Ánimas, que hay dos personas esperándolo. Mauro no necesita más explicaciones. Ilusionado, recoge sus cosas y mientras lo hace pregunta si ha surgido alguna complicación en el traslado a La Habana de sus amigos.

—Ellos te lo contarán —responde el médico.

Mauro musita un gracias y corre hacia su casa. Allí aguardan Emiliano y Rosana, tímidos, como si les costara encajar en su nueva condición de libertos. Se abrazan y se ponen al día atropelladamente.

Su viaje estaba convenido desde la reunión con Loynaz en la finca de La Herrera, pero la muerte del abogado lo retrasó todo. Para Mauro, el reencuentro con sus amigos es un momento de felicidad, un punto de luz en la oscuridad que vive. Por ellos ha alquilado esa casa y no se ha conformado con una habitación en el centro de La Habana. En los papeles dice que los dos pertenecen a don Vicente Antonio de Castro, pero de cara a los vecinos serán dos esclavos domésticos al servicio del médico español recién llegado.

—Por fin volvemos a estar juntos. ¿Cómo están los demás?

—Todos están bien. Se instalaron en la Ciénaga de Zapata, el palenque es un poco incómodo, pero muy seguro.

—Una pena lo de Ricardo.

—El Brujo intentó detenerlo —recuerda Emiliano—. Nunca se fio de las noticias que llegaban, lo del heredero americano liberando a los esclavos.

—Pero Ricardo deseaba con toda su alma ver a su madre y a su hermano —apunta Rosana.

—Yo no pensé que fuera una trampa —reconoce Mauro con amargura—. No lo vi, no supe verlo.

La conversación los hunde en la tristeza, aunque esta adquiere diferentes tintes en cada uno de ellos. Mauro advierte que Rosana se refugia en la melancolía del pasado, pero Emiliano rezuma violencia, siempre ha sido incapaz de someterse a los hechos sin dar respuesta. La sed de venganza, el deseo brutal de matar a Boada y a Pike con sus propias manos, supura por cada uno de sus poros.

—Boada vive aquí en La Habana. No sería difícil acabar con él.

—¿Y eso de qué serviría? —argumenta Mauro—. No tenemos que acabar con él, sino con un sistema que hace que los que son como él puedan vivir.

—Yo necesito ir a ver a mi madre —pide Rosana—. ¿Será posible?

Mauro sonríe con tristeza y ella malinterpreta el gesto, piensa que es su forma de reprocharle la ingenuidad, pero ese mohín amargado del gallego no es más que una punzada de dolor al comprobar que Rosana, una esclava hasta hace muy poco, puede acceder a la casa de Leonor sin previo aviso, y él, en cambio, debe permanecer oculto y resignarse al espionaje desde las sombras.

—Claro que es posible. Déjame que lo organice.

Al día siguiente consulta el asunto con Castro, que les consigue un landó para poder desplazarse sin percances. La elección del coche cerrado es por un prurito de discreción, para que a nadie le rechine ver a un blanco acompañado por una negra. Emiliano, que se ve capaz de conducir el vehículo, viaja en el pescante. Al llegar al palacio de los Serra, lo rodean hasta la puerta trasera. Rosana, impaciente, se lanza al pestillo para abrir la portezuela, pero Mauro la agarra del brazo.

—Quiero que le des este mensaje a tu madre. Es para Leonor. Pero debes hacerlo con mucho cuidado. Que no te vea nadie, ni siquiera un criado.

Rosana asiente y guarda la nota bajo la manga del vestido. Desciende del coche con ilusión y llama a la puerta de servicio. Cuando ella entra, Mauro se queda mirando las enredaderas que trepan por la pared y se rizan en los postigos del segundo piso. ¿Será la habitación de su hijo, ahora en penumbra para que duerma la siesta?

—¿No es mejor que te olvides de ella? —oye decir a Emiliano.

—No sé hacerlo. Podemos decidir sobre algunas cosas, pero sobre otras es imposible. Son demasiado grandes, no se dejan manejar.

El otro asiente. Sabe de lo que le habla. Él mismo estaba dispuesto a sacrificarlo todo por Rosana, por estar a su lado, por oírla respirar cada noche. Y no se arrepiente de sus decisiones temerarias, ahora es feliz con ella.

—¿Qué dice la nota?

—No puedo ser feliz sin ella, amigo, eso es lo que dice. Y he decidido luchar.

Capítulo 46

—

El plan es muy sencillo, tanto que se pregunta cómo no se le ha ocurrido antes a ella: llevar al niño al médico, a la consulta de Vicente Antonio de Castro. Allí estará Mauro y podrán hablar sin testigos, sin levantar las sospechas de transeúntes, mozos o señoritas ociosas. Para Leonor, que se siente vigilada hasta el extremo, todos los habitantes de La Habana son posibles espías de su marido.

Cuando Idalina le tendió la nota, una ansiedad casi insoportable la invadió en apenas unos segundos, como los nervios justo antes del estreno de *El joven Telémaco* en el Variedades. No leyó el recado de inmediato porque intuía la cercanía de Cándido, está acostumbrada a su sigilo, al aire indolente y felino con el que se mueve por la casa. Se escondió en el salón y, allí, de manera furtiva, sobrevoló las palabras de Mauro en la nota, la propuesta de verse con precaución. No sabe si ha perdido la noción del tiempo, ¿cómo ha podido ser tan descuidada? Porque, en ese momento, hace Cándido su entrada en la sala grande y le dice que quiere hablar con ella en su despacho. Ahí está, siempre alerta, agazapado, como al quite del menor descuido. La emplaza a una conversación y ella desconoce el motivo. ¿Ha presenciado el instante en el que Idalina le alcanzaba la nota? El espejo de marcos dorados tal vez las haya delatado, podría haberlas visto desde el descalzadero, donde siempre se quita las botas al volver de la calle. ¿Habrá notado el gesto nervioso con el que ha ocultado en la manga la prueba del delito?

Leonor no entra habitualmente en el despacho de su esposo, es una zona de la casa a la que no suele ser invitada. La amplia estancia, decorada con oscuros muebles de maderas preciosas y butacas de cuero, llama la atención por el gran mapa de la isla que cuelga en la pared. Supone que las banderitas clavadas en el mapa, del oriente al occidente de Cuba, señalan las propiedades de la familia. También hay varias estanterías repletas de libros encuadernados en piel, mesitas bajas en las que reposan ceniceros de piedra y elegantes cajas de puros habanos... Todo lo que para ella representa el mundo masculino de su marido y de los grandes propietarios criollos.

—¿Querías verme?

Él sonríe desde un extremo de la tarima mientras corta un puro y ella disimula su turbación. Desea con toda su alma que Cándido no haya advertido la entrega del mensaje.

—Nos volvemos a España.

Suelta el bombazo nada más encenderse el habano y, al aspirar la primera calada, su rostro se difumina tras el humo.

—¿A España? No puede ser, nuestra vida está aquí. Tus posesiones están aquí en la isla... Además, sabes que yo no puedo regresar: la policía me busca.

—Bastantes problemas tiene España como para preocuparse de ti tanto tiempo después. Está decidido. Voy a poner en venta todos mis negocios, los ingenios, la casa, el teatro... Hay varios interesados, así que no creo que tardemos mucho. Dos o tres meses a lo sumo. A los esclavos les daré la libertad. Cuando sepa dónde vamos a vivir, te lo diré. En Madrid tendremos casa, desde luego, pero quizá compre una finca para hacernos una mansión. Algunos de los que regresan se van al norte, a Asturias, a Santander. Yo no he decidido nada todavía, pero tengo más querencia por el sur, el clima es más parecido a este. Prefiero que Lope crezca con una vida similar a la que llevamos en Cuba.

—No entiendo, ¿por qué?

—No quiero que me maten como a Loynaz y a Bru, no quiero convivir con gente como Boada y Pike, no quiero estar aquí cuando empiece la guerra entre los independentistas y España y, sobre todo, no quiero que vivas cerca de Mauro Mosqueira, no quiero tener que cumplir con lo que te dije en Santa Rosa. No quiero que me conviertas en un asesino. ¿Alguna pregunta más?

La naturalidad con la que Cándido recuerda sus amenazas, como el que recita la lista de la compra, impresiona a Leonor. Pero en esa retahíla de razones para salir de Cuba, que su marido acaba de desgranar, está la gran sacudida: vivir lejos de Mauro. Esa lejanía que ya cobra forma se le clava en el corazón como un cuchillo. Agacha la mirada para disimular, en la medida de la posible, la enorme turbación que siente.

—No, haremos lo que tú mandes.

—Perfecto. Sé que todo parece muy precipitado, pero es lo mejor para Lope.

—Lleva unos días con mal color, he pensado en llevarlo al médico.

Cándido se queda pensativo un segundo y fuma con fiereza. Leonor nota que su cerebro bulle de suspicacias y recelos. No es fácil engañar a su marido. Pero de pronto se relaja y consiente la visita.

—Está bien. Llévalo y luego me cuentas.

Desde que llega a la consulta del doctor Castro, Leonor piensa en la manera de confesar que el niño no tiene nada, que llevarlo hasta allí no ha sido más que un subterfugio para encontrarse con Mauro. Pero el médico es un profesional entregado a su vocación y examina a Lope, su peso, su estatura, el color de los ojos, y hasta busca en los pliegues de su cuerpecito picaduras de jejenes que expliquen su malestar.

—Doctor, yo sé que usted es un buen hombre, por eso me atrevo a decirle a lo que he venido. Necesito ver a Manuel Santomé, a Mauro, si le digo su verdadero nombre: es un asunto importante y esta es la única forma de hacerlo sin que sospeche mi esposo.

Vicente Antonio de Castro menea la cabeza para marcar una protesta leve por haber perdido el tiempo explorando al bebé, pero pronto su contrariedad se desdibuja con una sonrisa.

—Acompáñeme. En unos minutos se encontrará con él.

La conduce a su despacho, un lugar confortable y discreto. Al quedarse sola, con su hijo Lope dormido, Leonor se fija en la decoración del lugar, tirando a espartana. Apenas unos volúmenes de medicina y algunos instrumentos médicos en una vitrina. Sin embargo, algo llama de inmediato su atención: una máscara de tigre adorna una de las estanterías. Es la que llevaba el hombre que discutió con Amalia Bru la última noche que la vio, en el Circo Albisu, en aquel terrible carnaval. ¿Es posible que Castro tenga algo que ver con su muerte? ¿Qué relación había entre ellos?

Se traga su suspicacia cuando entra el doctor de nuevo, ahora acompañado por Mauro.

—Mejor los dejo solos. Le preparé una receta con algo para su hijo, un placebo, así el señor Serra no sospechará nada.

La amabilidad del médico parece desmentir los recelos, y la presencia de Mauro los coloca en un segundo plano. Allí está el hombre al que ama, que la mira con un brillo peculiar en los ojos. Un brillo de deseo que ilumina el silencio tímido en el que los dos se instalan, algo así como la síntesis contradictoria de todo lo que se tienen que decir. Ella agradece que él se conforme con un abrazo cálido y tierno, no habría podido resistirse a un abordaje fogoso, atizado por el miedo a perderlo para siempre, a la sugestión de que cada encuentro puede ser el último. Pero no quieren abandonarse en presencia del niño, que duerme en el capazo con los labios apretados en una leve expresión risueña. Cuando Mauro se inclina hacia Lope para verlo mejor, ella comprende que, en la ansiedad de él, en su rubor, latía la anticipación de ver por primera vez a su hijo.

—Es el niño más guapo del mundo —dice con arrobo.

—Cógelo en brazos.

—Está dormido.

—Cógelo. No seas tonto.

Mauro lo coge con cuidado.

—Hace unas semanas no me habría atrevido, pero ahora he practicado en la consulta... Nunca creí que me pudieran gustar tanto los bebés... Ya me ha dicho el doctor que está perfectamente.

—Sí, es un niño sano. Come bien, duerme bien...

Mauro acaricia los hoyuelos del niño, que, tal y como le dijo Loynaz, le recuerdan a los suyos al sonreír. Está convencido de algo que ni la misma Leonor podría afirmar: que el hijo es suyo, que es fruto de su encuentro en el carnaval de Matanzas.

—Voy a dejarlo en la cuna otra vez, no sea que se despierte y cuando sea mayor me lo eche en cara —se ríe Mauro y en su rostro se advierte algo parecido a la felicidad.

—Espera.

Leonor mete la mano debajo del colchón del capazo y saca el manuscrito de Amalia Bru.

—Lo he encontrado.

Mauro acuesta al niño y escucha el relato atropellado de Leonor, su visita a la casa de huéspedes de *madame* Bisson y la resistencia de la médium a navegar hasta Florida llevando ese texto consigo.

—Tiene miedo del manuscrito, como si de verdad el demonio acechara en sus páginas.

También le habla de Aquilino Pardiñas y de su máquina de escribir, del defecto en las teclas que lo señala como el autor del relato, o al menos el escribano.

—Hay que localizar a ese hombre. Y hay que conseguir que esto vea la luz.

—Quiero que lo guardes tú, no me fío de mi marido. —Leonor se resiste un instante a soltar el manuscrito que ya coge también Mauro—. ¿Confías en el médico?

—Claro. ¿Por qué no iba a hacerlo?

—La noche del baile de carnaval en el Circo Albisu, poco antes de que la mataran, Amalia Bru discutió con un hombre que llevaba esa máscara. —Señala la cabeza del tigre, que los escruta desde la pared con aire severo.

—¿Sospechas de Castro? Eran amigos, se conocían de varias reuniones clandestinas. Igual que Loynaz.

—Y los dos están muertos. Todo el que muestra interés por este manuscrito termina asesinado. Ten cuidado, Mauro.

—Lo tendré, pero ¿y tú? ¿Estás segura en casa con Cándido?

—No tengas miedo por mí. Sé manejarlo.

Se besan hasta que Lope empieza a lloriquear. Leonor se recompone el peinado y el vestido, sonríe a modo de despedida y sale después de prometerse que se volverán a ver pronto, él enviará a Rosana con una nota para decirle cuándo y cómo.

Mauro, una vez solo, se sienta a la mesa del doctor y hojea el texto. *El infierno*, dice el título. Al cabo de media hora de lectura, le entran náuseas. Tiene que cerrar el manuscrito como el que tapa un pozo negro, pero, al llegar a la casa de la calle de las Ánimas, no puede evitar enseñárselo a Emiliano y Rosana.

—Habla de un ingenio del Oriente de la isla de Cuba. Por lo visto, en ese lugar la vida de los esclavos, tratados con saña y crueldad, se ha convertido en un verdadero infierno. De ahí el título del relato. También narra la llegada de un barco a Cuba hace unos quince o veinte años, el famoso Santa Catalina, el Brujo me habló de él. Contaba que Lungambe, el demonio de los congos, iba a bordo. Según el relato, en ese vapor empezó todo...

—No era un vapor, era un clíper —corrige Emiliano, que hasta ese instante se había mantenido callado.

—¿Y tú cómo lo sabes? —pregunta Rosana.

—Porque yo viajaba en ese barco.

Capítulo 47

El landó se detiene junto a la casa de la calle Belascoaín. El cochero le abre la puerta y Leonor desciende, extrañada del silencio que envuelve la mansión. Idalina ya debería estar asomando por el jardín para ayudarla con el capazo, pero hoy no aparece. Ni ella ni nadie. Recorre el sendero hasta la entrada principal y encuentra en el recibidor unos baúles de viaje preparados. Son los que usa Cándido: el marrón para los sombreros, el azul para los trajes, el color mostaza para su ropa. Apoyados sobre el último baúl, sus bastones. Está claro que ha iniciado los preparativos para el viaje, pero a ella le habló de partir en unos meses. ¿A qué se debe tanta prisa?

—¿Idalina? —llama.

El aire le devuelve el eco de su voz. No es normal que Idalina no se presente a su llamada, no hay una doméstica más atenta que ella en toda la ciudad. Puede haber salido a hacer un recado, por supuesto, pero en ese caso acudiría un criado en su lugar. Leonor mira en el despacho de su marido. Está vacío. Sube al piso de arriba. Tal vez Idalina esté ventilando las habitaciones. Pero no es así. No hay nadie y reina una quietud espantosa. A continuación, se dirige a la cocina, por lo general un hervidero de actividad a esas horas. Allí encuentra a la cocinera, sentada en una silla, la mirada ida. En un taburete está Jacinta, la doncella que se encarga de servir a Cándido. Adel, un mozo de unos doce años, está sentado a la mesa desmenuzando un mendrugo de pan con aire mecánico. Ninguno parece acusar la llegada de Leonor.

—¿Dónde está Idalina?

Nadie contesta. Parecen figuras de sal, personas sin alma, atenazadas por el miedo.

—Jacinta... —dice Leonor acercándose a ella.

Pero la mujer ni siquiera reacciona a una interpelación tan directa. Dos lágrimas resbalan por los pliegues del rostro de la cocinera.

—¿Qué ha pasado?

Nadie habla en ese lugar. Pero Adel, el niño, señala el ventanuco de la cocina, desde el que se divisa el cobertizo. Leonor sale al jardín llevando el capazo. Lope deja escapar una protesta con el bamboleo, y ese gemidito es el único sonido que se percibe en la casa, silenciada por un velo de tragedia. La puerta del cobertizo está abierta. Deja el capazo fuera, como si quisiera proteger a su hijo de lo que se va a encontrar allí dentro.

Idalina tiene las manos atadas a un travesaño y su cuerpo desmadejado y sin vida está surcado de latigazos. Ha debido de recibir más de doscientos. La piel está prácticamente arrancada, un colgajo purulento en el que varias moscas se están dando un festín. Las laceraciones del rostro indican que allí también se ha detenido el látigo y quizá el puño o el garrote.

—Mira lo que has hecho —suena una voz desde el fondo del cobertizo.

Leonor, aterrada, adivina entre las sombras la presencia de su marido.

—Lo vi todo. Cómo te daba la nota y cómo te la guardabas.

—Asesino —acusa Leonor con rabia.

—La culpa es tuya, querida. Eres tú la asesina.

—Estás loco.

—Reconozco que tardó en contarme dónde ibas. Me duele la mano de empuñar el látigo tanto tiempo, aunque, en realidad, tampoco necesitaba su confesión: sabía que ibas a llevar al niño a la consulta de Castro para reunirte con tu gallego.

La voz de Cándido suena de un modo nuevo, con notas prístinas de lunático. Leonor retrocede hacia la salida. Oye un clic procedente de la oscuridad.

—No te muevas.

—Cándido, por favor...

Él avanza hacia ella. Sonríe de forma siniestra, como si llevara una mueca pintada en su rostro de cera.

—¿Qué te dije que iba a hacer si volvías a verlo?

—Ha sido casualidad, yo no sabía que iba a estar allí.

—Recuérdalo: tú eres la que ha provocado todo esto.

Leonor ve con terror cómo Cándido desvía la pistola de su cuerpo a un punto detrás de ella, al capazo que dejó antes de entrar al cobertizo, a Lope. Retrocede unos pasos para colocarse en mitad de la trayectoria, en el jardín, a la vista de los que están en la cocina, de Adel si mira por la ventana. Ignora si esa maniobra le concede alguna posibilidad de salvar la vida de su hijo, pero no se le ocurre otra cosa.

—No lo volveré a ver, te lo juro... No le hagas daño.

—Claro que no lo volverás a ver. Hoy es tu primer día en el infierno: primero, será él. Un bebé inocente. Y después, el gallego. Apártate.

Cándido da dos pasos hacia ella, apoya la pistola en su frente.

—Tendrás que matarme.

—A esta distancia es imposible fallar. ¿No crees? Pero no te daré ese placer.

El ruido de la cancela llama la atención de Cándido. Pili, cargada con dos paquetes, entra en el recinto. Ha pasado la mañana de compras. Leonor vuelve la mirada hacia su amiga, esperanzada con que su irrupción altere de algún modo lo que va a suceder, pero Pili ha cruzado el sendero y ha entrado en la mansión sin girarse hacia el cobertizo, situado en un rincón del jardín. Desesperada, coge el capazo donde Lope ha empezado a llorar, como si fuera consciente de lo que está pasando.

—¿Qué clase de animal eres? ¿De verdad puedes matar a tu propio hijo?

—¿Te crees que no me duele? Es lo único bueno que me ha traído estar contigo.

Leonor trata de ganar tiempo, aunque todavía no sabe bien para qué. Rodea a Cándido y, casi sin ser consciente de lo que hace, se ve acorralada en el cobertizo donde pende el cadáver de Idalina. Da la impresión de que a él no le parece mala idea dejar los dos cadáveres en el mismo cuarto. Todo sucede muy deprisa. Ella avanza dos pasos para trasponer el umbral, y, una vez dentro, cierra la puerta del cobertizo de golpe, echa el pasador de hierro y se queda encerrada en el interior.

—¡Piliiii! —grita con todas sus fuerzas mientras se aleja de la puerta y sitúa el capazo con Lope en una esquina que le parece segura.

Dos disparos astillan la madera y obligan a Leonor a apartarse, asustada. Sin embargo, después vuelve el silencio. No sabe qué hacer: ¿adónde ha ido Cándido? ¿Qué está planeando con su esposa y su hijo encerrados en el cobertizo? El olor a sangre le atraviesa los pulmones. De repente, la puerta cruje con un forcejeo, pero el pasador resiste. ¿Qué será lo siguiente? ¿Abrirá de un empellón?

—¡¡Leonor!! ¿Estás bien? —La voz de Pili es como un viento sanador—. ¡¡Abre la puerta, rápido!!

Leonor obedece torpe, no acierta a abrir, pero al fin, cuando lo hace y la luz exterior del jardín ilumina el cobertizo, encuentra la figura temblorosa de su amiga. A los pies de Pili, el cuerpo derrumbado de Cándido, una brecha en la cabeza deja un tizne rojizo en el suelo junto a uno de los bastones que antes estaba con sus baúles. Su marido rezonga en el suelo, recuperando la consciencia, la pistola anudada a su mano.

—¡¡Tenemos que salir de aquí!!

La Gallarda da una patada en la mano de Cándido, apartando el arma de él, mientras Leonor carga el capazo con Lope. Las dos mujeres corren hacia la calle, donde todavía encuentran la volanta que acaba de traer a Pili de su mañana de compras.

Capítulo 48

—

Emiliano se ha sentado en el suelo de la cocina y, sin previo aviso, desgrana recuerdos que comienzan en su infancia. Algunas vivencias las tiene muy presentes, otras las había olvidado y se agolpan ahora en su cabeza como traídas por una ola enorme.

—Yo tenía ocho años cuando me cazaron en el Congo. Normalmente no traían a niños tan pequeños, ellos querían jóvenes que resistieran el viaje en barco, que pudieran trabajar desde el primer día que llegaran a Cuba. Pero a mí me arrastraron con toda la familia, con mi padre, con mi madre y con mi hermano mayor...

Rosana lo coge de la mano al notar que se está emocionando.

—He hablado con otros, a muchos los vendían los mismos jefes de las aldeas a los negreros. En nuestro caso no fue así. Una mañana vinieron con sus armas y sus látigos. Yo quise correr, podía haberme librado, no iban a perder el tiempo en perseguir a un niño, pero me dio miedo separarme de mis padres. Cuando volví a nuestra choza, que estaba apartada del poblado, ellos ya estaban atados y amordazados. Un hermano de mi padre había intentado resistirse y lo mataron allí mismo, su cadáver estaba tirado en el suelo. A su esposa estaban violándola, nunca más la vi... Después nos llevaron a la costa y nos metieron en una especie de cárcel, un fuerte desde el que se veía el mar. Algunos trataron de escapar, pero muy pocos lo lograron. Cuando el fuerte estuvo lleno de gente, nos subieron al barco... El Santa Catalina. En ese barco viajaba el demonio...

—¿Quién es ese demonio, Emiliano? —pregunta Mauro.

—No lo sé.

Lo dice sin mirarle a los ojos, encerrado en el infierno que le tocó vivir. Con la voz queda y rota por el dolor, relata la vida en el barco, la bodega donde todos iban amontonados, como si en lugar de seres humanos fueran los mismos sacos de café que el barco cargaría de vuelta; el agua que se filtraba y limpiaba los vómitos de los que se mareaban, cuyo olor permanecía durante varios días pegado a las fosas nasales. Y el hambre... El hambre como el nudo de una maroma dentro del estómago.

—En un lado estaban los hombres, en otro las mujeres y los niños. Éramos tres niños, el resto eran adultos, de más de sesenta kilos, que eran los que más posibilidades tenían de soportar la travesía. Solo yo sobreviví, mi hermano y otro que también viajaba con su madre murieron. Cuando alguien moría, los marineros bajaban a la bodega y se lo llevaban. Lo tiraban al mar... Mi hermano fue de los primeros en caer.

El semblante de Emiliano se tiñe de dulzura al evocar los cuidados de su madre, desesperada desde que perdió a su hijo mayor, los escasos momentos de paz y hasta de risas, los días de tormenta en los que entraba tanta agua en la bodega que todos pensaban que iban a morir ahogados. Para evitar ese riesgo, su madre improvisó para él un camastro con una especie de hamaca colgada de las vigas del techo de la bodega.

—Había que deslizarse entre dos vigas para subirse a él, solo alguien que estuviera tan flaco como yo lo conseguía. Gracias a ese camastro salvé la vida...

El tiempo avanzaba lento, pero pronto llegarían a su destino. Habían escuchado a uno de los marineros decir que faltaban tres días para atracar en un puerto de un lugar que llamaban Cuba y ya solo pensaban en el final de la pesadilla, en mantenerse con vida hasta llegar a tierra. No se imaginaban que todavía no habían superado lo peor, la última prueba.

—Fue tras una tormenta. Durante toda la noche el barco se zarandeó de un lado a otro, yo estaba subido en mi camastro, allí me sentía más seguro... Al amanecer el mar se calmó y algunos lograron dormir. Pero entonces comenzaron los golpes, los disparos, los gritos... Venían de la cubierta. Uno de los marineros irrumpió en la bodega, escogió a diez hombres, entre ellos mi padre, se los llevó y cerró de nuevo la portezuela. Sonaron unos disparos, nada más. Yo no podía parar de llorar, imaginaba que aquel marinero había matado a mi padre... Al cabo de un rato sin escuchar nada se oyeron los ladridos de un perro. Nunca habíamos oído un perro en el barco, menos en la bodega... Eran verdaderos aullidos, como si lo estuvieran sacrificando. De repente, de entre las sombras, surgió el animal, no sé cómo pudo aparecer..., un perro negro, como si la tormenta lo hubiera depositado allí dentro. Los que estaban más cerca se alejaban todo lo que sus cadenas les permitían... Si ese perro hubiese alcanzado a algún hombre, lo habría despedazado con sus dentelladas, pero no lo hizo. Se quedó en una esquina de la bodega, babeando y mirándonos, con esos ojos amarillos. El único que no estaba encadenado era yo, pero tenía ocho años y miedo, mucho miedo... Los brujos congos, dos de ellos viajaban en el barco, empezaron a decir que era el demonio, Lungambe... Yo seguía escondido en mi camastro... Alguien abrió la portezuela y bajó para sacar al perro. No lo volvimos a oír. Estuvimos un día entero sin comida ni agua, creímos que moriríamos, pero, cuando ya pensábamos que no saldríamos de allí, la portezuela se abrió y sacaron a todo el mundo...

Les dieron agua fresca y galletas, baldearon con cubos de agua para limpiar toda la inmundicia que llevaban encima. Muchos creyeron que los salvaban, que los sacarían de allí y los devolverían a su casa, a África. Emiliano se reunió con su madre, pero ella le pidió que se volviera a esconder, que no saliera hasta que ella se lo dijese, que no confiaba en aquellos hombres...

—Le hice caso, pero se la llevaron y nunca la he vuelto a ver, ya he olvidado su olor, el tono de su voz, lo único que recuerdo son las escarificaciones de su rostro, parecían pequeñas estrellas, ella siempre decía que llevaba el cielo en la cara. Es todo lo que me queda de mi madre. Un recuerdo y un nombre, el mismo que aparece en ese manuscrito: Ermelinda.

Emiliano salió cuando era el único que quedaba en aquella bodega. No había rastro de nadie en toda la nave. Solo sangre en la cubierta. Aprovechando la noche, desembarcó y se escondió en los muelles. No sabía dónde estaba. Al día siguiente oyó a los trabajadores del puerto contar lo que había pasado en el Santa Catalina: los negros habían preparado un motín, habían matado a toda la tripulación y se habían ensañado con el capitán, al que habían practicado un rito de magia negra. Emiliano sabía que no era verdad, que esa versión convertía a los esclavos en cabezas de turco. Quien organizó la matanza era el marinero que abrió la bodega y los sacó a la fuerza.

—¿Supiste quién era? ¿Lo reconocerías?

—No estoy seguro, yo era un niño, aunque eso no me salvó de trabajar como esclavo en Magnolia. Me dejé atrapar porque quería reunirme con mi madre. La busqué en el ingenio... Y nada, nunca más la vi. Al principio la vida era difícil, pero no había malos tratos. Hasta que Boada trajo al nuevo mayoral, a Bidache. En cuanto lo vi tuve la sensación de que era aquel hombre del barco.

—¿Bidache?

—No puedo estar seguro, han pasado muchos años.

Mauro hojea el manuscrito hasta dar con el fragmento que busca.

—Emiliano, en este relato se dice que tu madre está en un ingenio en Oriente, se llama Santa Catalina de Baracoa, como el barco. Vamos a encontrarla.

Emiliano lo mira con ilusión y Rosana cree ver, por unos momentos, al niño de ocho años que vivió aquella pesadilla.

—Pero no sabemos dónde está. Ni siquiera sabemos si está viva.

—El autor del manuscrito tiene que saberlo. Es un escritor, se llama Aquilino Pardiñas, anda bebiendo por las tabernas o por los tugurios de la ciudad.

Rosana y Emiliano cruzan una mirada de esperanza. Alguien llama a la puerta con sospechosa insistencia y Mauro les pide que se oculten. Abre una rendija y ve a una mujer ajada, bonita tal vez en otros tiempos, vestida con andrajos que pretenden ser provocativos.

—Me llamo Carmina, traigo un mensaje para Mauro.

—Yo soy Mauro.

—Entonces tienes que venir conmigo. Leonor Morell se oculta en mi casa.

Capítulo 49

—

Leonor y Pili atacan el segundo vaso de ron. Es lo único que han encontrado para recuperarse del susto. El piso de Carmina sigue tan sucio como la última vez que lo visitaron. Varias velas encerradas en cilindros de colores difunden una luz rojiza y azulada, agujeros con forma de estrella salpican varias carcasas y crean en la estancia la ilusión de un firmamento. Es extraño estar allí, sentadas sobre una esterilla leonada que cubre el sofá sin ocultar del todo su aspecto mugriento, escondidas en una casa de citas. Pero no tenían dónde ir.

—Ojalá lo hubiera matado —se culpa Pili.

Leonor toma aire y bebe un trago. Es la tercera o la cuarta vez que su amiga pronuncia esa frase, que suena como un lamento. Sí, ojalá lo hubiera matado. El golpe con el bastón le salvó la vida, pero se le ha metido en el cuerpo la sensación de que tan solo le ha concedido una prórroga, que Cándido la va a buscar por todo el mundo si hace falta, no para matarla, sino para algo peor: para matar a su hijo y condenarla al dolor. Desde que llegaron y, aunque el pequeño duerme, Leonor no ha soltado su mano, como si temiera que la falta de contacto pudiera hacerlo desaparecer.

—Tenemos que irnos de esta isla mañana mismo.

—¿A qué hora zarpa el barco de *madame* Bisson y Clara?

—Creo que por la noche, pero es un barco pequeño, no sé si nos harán sitio. Además, mi marido va a vigilar el puerto, estoy segura.

—Si lo veo, lo remato, te lo juro, aunque sea con mis manos. Pero tú, yo y ese niño precioso nos subimos a ese barco mañana por la noche. Y nos vamos muy lejos, donde no pueda encontrarnos.

—Y Mauro.

—Y Mauro. Nos vamos todos.

Pili se queda mirando a un punto indeterminado de la pared, succionada por la pena. Leonor advierte su desánimo.

—Lo siento. Ahora que habías triunfado en el teatro, tienes que salir corriendo.

—No lo sientas, triunfaré en España. A mí ya no me para nadie. Seguro que Arderius me da un papel protagonista. Y a ti también, Leonor.

—Yo no sirvo para actuar. Solo para enseñar las piernas.

—Vamos a triunfar las dos, estoy segura.

Su amiga esboza una sonrisa cansada.

—¿Y Pablo Pildaín? ¿Lo dejas atrás?

—Si quiere venir, que venga. Pero lo dudo, aunque por lo menos me gustaría despedirme de él.

—No puedes. Es peligroso que salgas a la calle.

—Tengo que salir, aunque sea para comprar algo de abrigo para el niño. No puede estar así. Y comida; en esta casa no hay nada.

—Con muchísimo cuidado, por favor.

Leonor se levanta al oír el ruido de la puerta. Es Carmina, que entra precedida por Mauro. Se abrazan largo rato y él la cubre de besos mientras le pregunta qué tal está. Ella le relata la peripecia de forma atropellada, la horrible muerte de Idalina a latigazos, la llegada providencial de

Pili, que le salvó la vida a Lope, la locura desatada de Cándido... Mauro se muestra de acuerdo con el plan de partir en el barco al día siguiente.

—Pero hay que añadir dos pasajes. Emiliano y Rosana también vienen.

Por la tarde se ponen en marcha todos los preparativos. Pili compra algo de ropa y los útiles necesarios para el viaje. La acompaña Mauro, que no quiere que la actriz se aventure sola por las calles de La Habana. También acuden a la casa de huéspedes de *madame* Bisson para pedirles ayuda, y Clara se compromete a gestionar los cinco pasajes. Saldrán baratos, el capitán es un buen amigo y su barco es un viejo cascarón que navega por capricho, cuando a él le da la gana cruzar el estrecho, generalmente con fines de contrabando.

Por la noche, Pili comparte el único dormitorio de la casa con Carmina, y Mauro y Leonor duermen en la sala, sobre un colchón polvoriento que la anfitriona ha sacado de un altillo. No pegan ojo, pasan las horas abrazados, mirando las estrellas dibujadas en el cielo del cuarto y haciendo planes.

—Lo primero que vamos a hacer es publicar el manuscrito en un periódico de Estados Unidos —dice Mauro.

—¿Dónde vamos a vivir?

—Alquilaremos habitaciones baratas para todos. Conseguiré algún trabajo en California, allí está el periódico donde los padres de Amalia Bru tenían un contacto... No podemos volver a España.

—Y una vez allí, aprenderé inglés, puedo buscar trabajo en un teatro y tú estudiarás, dejarás de ser un medio médico.

—Seré un médico de verdad.

—Eso es. Y cuidarás de mí y de Lope.

—Os cuidaré toda la vida. Vamos a ser felices, Leonor. Mi suripanta.

—No sé si lo seremos. Pero ¿no es verdad que resulta agradable imaginárselo?

Él la mira, sorprendido de la frase. Está de acuerdo, es bonita la felicidad imaginada. Así ha sido hasta el momento su relación con ella, un ejercicio continuo de imaginación, de recuerdos endulzados, de fantasías de amor plausible. Han vivido más tiempo en esas ficciones mutuas que en la realidad, pero ahora quiere romper esa costumbre, ahora quiere vivirlo de verdad.

Cuando raya el día, Mauro se pone en pie, prepara el café y sale para hacer los recados finales. Primero se dirige a la consulta de Vicente Antonio de Castro. Le informa de su partida y le pide un lote de medicinas para el niño. El médico se lo prepara, le da mantas para el viaje, leche en polvo, infusiones para la fiebre, un jarabe, pomadas. También le tiende un sobre con dinero.

—No hace falta, Vicente...

—Entre camaradas, hay que ayudarse.

Mauro le estrecha la mano y le cuenta que ha localizado el manuscrito. Lo llevará a Estados Unidos, planea encontrarse con un periodista de San Francisco para conseguir su publicación.

—Eso sería como cumplir la última voluntad de la señorita Bru y de sus padres —aprueba Vicente.

—Una pregunta. ¿Discutiste con ella en el Circo Albisu la noche que la mataron?

Él se gira hacia la pared en la que cuelga la máscara de tigre. Entiende que eso es lo que ha provocado la pregunta.

—Amalia y yo nunca discutimos. Teníamos diferencias: Miguel Loynaz y yo queríamos airear de inmediato esas torturas en Santa Catalina de Baracoa. Ella prefería esperar. Discrepancias entre una mujer calculadora y unos hombres vehementes.

—Yo soy como tú, desde que he leído el manuscrito

me hierve la sangre. Esto tiene que saberse. Hay que pararlo de una vez por todas.

—Ahora la oportunidad está en tus manos, Mauro. Buen viaje y suerte. Dame un abrazo. Por la libertad.

A Mauro le da pena abandonar la consulta y salir para siempre del influjo de ese hombre. Mientras camina hacia la calle de las Ánimas piensa en lo azaroso que es el destino, en lo distinta que podría haber sido su vida si no hubiera viajado a Cuba, primero, y si no tuviera que escapar de la isla ahora que ya se había asentado.

Rosana lo aborda justo cuando él entra en el piso. Está muy nerviosa y él la abraza, la calma, la mira a los ojos, tiene el deber de comunicarle la trágica muerte de su madre. Ella tiembla en sus brazos, como una hoja, parece que no fuera capaz de encajar más golpes.

—¿Por qué? ¿Qué ha pasado? ¿Cándido descubrió lo de las notas?

Mauro asiente, aunque quita importancia a ese hecho. El castigo de Idalina no era más que un castigo contra Leonor por haberse encontrado con Mauro. Si hay algún culpable de lo sucedido, es él, no la posible imprudencia de su madre o la colaboración de la propia Rosana al llevar las notas. Ella llora, descarga una tanda de puñetazos en el pecho de él, que le permite desahogarse. Por fin se acurruca en sus brazos y el llanto se va haciendo más suave.

—También ha intentado matar al hijo de Leonor. Está fuera de sí. Nos vamos de Cuba esta noche. Vosotros también. ¿Dónde está Emiliano?

Ella no contesta, se queda dentro del abrazo y él asume que necesita tiempo para digerir la pena, que el duelo por una madre exige reposo y se compagina mal con el apremio de un viaje. Pero hay algo más. Pregunta de nuevo por el congo y el silencio de ella deja de ser natural, no es el bloqueo comprensible por la muerte de Idalina, ni la tozudez de la pobre hija doliente por mantenerse en la tristeza. Mauro la mira a los ojos y detecta un brillo turbio.

—¿Qué ha pasado, Rosana?

Ella se limpia las lágrimas, se sorbe los mocos, toma aire.

—Salió a buscar a Pardiñas, el escritor. Quería noticias de su madre, del ingenio ese de Oriente... El de las torturas. Lo buscó por todas las tabernas, preguntó por aquí y por allá. Y, de pronto, en un antro del puerto, se encontró por casualidad con Bidache.

—¿Qué? ¿El mayoral de Magnolia?

—Sí. Estaba borracho, medio dormido en el suelo de una taberna, encima de unos sacos de arroz, entre vómitos.

—¿Y qué hizo?

Rosana se muerde el labio y se enroca otra vez en el silencio.

—Rosana, es importante. ¿Qué ha pasado? Cuéntamelo.

—Se presentó como el esclavo doméstico de Bidache y el tabernero lo ayudó a meterlo en un carruaje.

—¿Para llevarlo a dónde?

Ella lo coge de la mano y lo arrastra hasta la cocina. Abre la puerta de la despensa. Allí está Bidache, o lo que queda de él, pues no es fácil reconocerlo. Está atado de pies y manos y tiene el cuerpo y el rostro en carne viva, lleno de rajas, erupciones y picotazos provocados por el látigo. Mauro se agacha para comprobar que aún vive. El pulso de su carótida es débil, pero existe. Antes de juntar todas las piezas y entender el ritual de venganza que allí se ha producido, Rosana le susurra la explicación.

—No quería hablar, pero al final lo ha hecho.

—¿Qué es lo que buscaba Emiliano?

—Arsenio Boada no está en su casa de la calle Compostela. Quería saber adónde había ido. No va a parar hasta que lo encuentre, Mauro.

Capítulo 50

Desde la Calzada de la Infanta se alcanza el poblado del Cerro. Allí tienen las mejores familias de La Habana su residencia de verano. A ambos lados de la calle se levantan mansiones de estilo tropical, con enormes ventanales sin cristal, protegido el interior solo con rejas de hierro que permiten, en algunos casos, atisbar los patios privados. Se detiene en una quinta pintada de blanco, con una majestuosa puerta adornada en bronce. Es la casa a donde Bidache confesó a Emiliano que Arsenio Boada se había trasladado.

La entrada principal está cerrada. Mauro rodea la casa y encuentra en la parte trasera una ventana sin rejas, en el primer piso, con los postigos abiertos de par en par. No le resulta difícil imaginar a Emiliano encaramándose a la rama del árbol vecino, desde la que se puede acceder a ese primer piso. Eso mismo hace él para colarse en el interior de la vivienda, con cuidado de no hacer ruido al cruzar la ventana, donde el viento empuja unos delicados visillos que le recuerdan a una telaraña a medio deshacer.

Dentro, todo parece tranquilo, como si los esclavos y su dueño simplemente se hubieran ausentado. Grandes paños de tela cubren los muebles, se respira frescor en la casa y la madera cruje a cada pisada como una alarma ante el intruso.

Una cama inmensa, con dosel, ocupa el dormitorio principal. Un codo en la habitación conduce a un vestidor amplio. Allí, un traje pende de un galán de noche y, a los pies, descansa un par de zapatos perfectamente lustrados, como si Arsenio hubiera dejado preparado su atavío para una fiesta. Al salir del vestidor, Mauro se tropieza con la jofaina y el ruido hiere el silencio.

Desciende a la planta baja y al entrar en el despacho del hacendado se queda estupefacto. En la pared hay un cuadro del Ku Klux Klan, unos encapuchados prendiendo fuego a un negro crucificado. Un cuadro que él vio en el gabinete de Osvaldo Pike. El óleo está rajado con una cuchillada diagonal. Detrás de la mesa yace el cadáver de Boada. El cuello abierto, todavía caliente, regurgita coágulos. Emiliano está sentado en el suelo, con un habano entre los dedos manchados de sangre. Juega con él con aire distraído, considerando si encendérselo o no. Lo corta con el cuchillo y se lo mete en la boca. Justo cuando va a prender el fósforo, ve a Mauro de pie, observándolo con una mueca atónita.

—Tenía que hacerlo.

—¿Dónde está el servicio?

—Se han ido todos corriendo. Parece que les he dado la libertad.

Sonríe y enciende el habano. Aspira con fuerza y su cuerpo rechaza el humo áspero con una cadena de toses.

—Deja eso, anda —le dice Mauro—. Y vámonos antes de que venga alguien.

—Me falta Ramírez.

—¿Por qué no torturas un poco más a Bidache y así te cuenta dónde está?

El congo no capta las ironías y encaja la frase como un consejo real. Se levanta y se descuelgan ambos por la ventana. Mientras caminan hacia la calle de las Ánimas, Mauro le pone al tanto de las novedades. Emiliano, que, aliviado por su venganza, se movía con una ligereza un tanto simiesca, acusa ahora la muerte de Idalina y la urgencia de escapar de la isla. De pronto es de nuevo un esclavo acogotado que lleva a cuestas la vida con sus mordiscos, con sus tragedias.

—Pero yo no quiero irme a Florida ni a California. Yo quiero rescatar a mi madre.

—Aquí corremos peligro, yo ya no os podría proteger.

—Puedo esconderme en un palenque cerca de La Habana. Necesito encontrar a ese escritor y que me diga dónde está Santa Catalina de Baracoa.

—Te he gestionado los pasajes, pero puedes quedarte si lo prefieres.

Rosana se echa en brazos de Emiliano al verlo entrar por la puerta. Quiere compartir con él la pena por su madre. Al ver sus manos ensangrentadas, comprende de dónde viene y el crimen que ha cometido.

Mauro se dirige a la despensa y nota al instante que Bidache ha recobrado el conocimiento, aunque está agonizando. Su respiración es entrecortada y las heridas supuran un pus sanguinolento. Las gotas de sudor en su rostro, en todo su cuerpo, brillan como percebes.

—Qué sorpresa, Bidache, ¿me reconoces?

Por toda respuesta, el antiguo mayoral escupe a la cara de Mauro.

—Eso ha estado feo —dice el gallego mientras se limpia—. Te voy a enseñar educación.

No hay pasos intermedios ni amenazas, clava una navaja en el muslo, con cuidado de no acertar en una arteria, y el otro grita de dolor.

—A lo mejor te creías que te iba a dar un pescozón. Mejor te dejo ya claro que voy en serio y que si no me cuentas lo que quiero, te voy a matar igual, pero antes vas a sufrir mucho.

—¿Qué quieres saber?

—¿Fue Boada quien mató a la señorita Bru y a Loynaz?

—No. Boada estaba enamorado de Amalia Bru, era patético. Se volvió loco cuando ella murió. Se convirtió en el supremacista que no era antes, en un hermano de Osvaldo Pike. Estaba convencido de que un negro la había matado.

—¿Qué sabes del Santa Catalina?

De repente, la cara de Bidache cambia, como si le hiciera gracia la pregunta. Sonríe, pero el simple acto de esbozar la sonrisa le provoca un espasmo de dolor.

—¿Es eso? ¿Te han contado lo del demonio, lo del Lungambe? Eso son cosas de negros... En el Santa Catalina no venía ningún demonio, veníamos otro desgraciado y yo.

—¿Quién era ese desgraciado?

—Se llamaba Esteban Alfaro. Un miserable con ínfulas de gran señor, pero era pobre como una rata.

—¿Por qué esa matanza?

Bidache apoya la cabeza en la pared y lo mira con un ojo tuerto y el otro entrecerrado.

—¿Por qué crees que te lo voy a contar a ti, doctorcito?

—Porque si no me lo cuentas, te vas a retorcer de dolor.

—Yo ya no salgo de esta, ese negro me ha matado a latigazos.

—Te merecías el cepo, así que no te quejes.

—Déjame morir tranquilo.

Intenta acurrucarse en el espacio exiguo de la despensa. Cada una de sus respiraciones parece que va a ser la última. Mauro reconoce los estertores. No hay forma de arrancarle una confesión a un moribundo. De pronto, cuando ya está a punto de dar el interrogatorio por terminado, oye la voz jadeante y casi sin vida de Bidache.

—En ese barco viajaba también un heredero de varios ingenios en Cuba. Esteban Alfaro lo mató para suplantar su identidad. Y a mí me pidió que tirara el cadáver al mar. La matanza de negros era para encubrir ese crimen, para que pareciera que los esclavos se habían amotinado.

—¿Quién mató al capitán? Dicen que murió como Amalia y Loynaz, con la tapa del cráneo levantada.

—Alfaro, quién si no.

—¿Por qué lo mató así?

—Era un sádico.

—¿Qué pasó con los esclavos que salvaron la vida?

—Oí decir que los vendieron en un ingenio en la zona oriental de la isla, por Baracoa. Pero no sé si es verdad, nunca me preocupó. Nadie los quería, la gente pensaba que se habían salvado porque habían hecho un pacto con el demonio. ¿El demonio? —se sonríe Bidache—. No era más que un muerto de hambre.

—Si ese hombre heredó varios ingenios, ¿por qué no te convertiste en su mayoral?

—Lo fui unos años, hasta que se trajo a un amigo de Madrid para ese puesto. Yo me marché con Boada.

—¿Cómo se llamaba el heredero?

Mauro acaba de comprender que ese es el nombre que usurpó Esteban Alfaro.

Bidache levanta la mirada hacia él haciendo un gran esfuerzo.

—Dime su nombre, Bidache —presiona.

—Con una condición. Que me mates aquí mismo. No puedo más, mátame. Si aceptas, te digo su nombre.

Mauro nota la presencia de Emiliano a su espalda, ansioso por ser la mano ejecutora.

—De acuerdo, acepto. ¿Cómo se llamaba ese heredero?

—Cándido Serra.

Mauro cambia una mirada con Emiliano. Leonor está casada con el demonio que llegó a la isla en el Santa Catalina. Con el Lungambe.

—Cumple tu parte —exige Bidache.

Mauro saca su cuchillo, agarra una plasta de pelo del mayoral y tira hacia arriba para dejar la garganta al descubierto.

—No te mato por compasión ni porque tú me lo pidas. Te mato por Tomasiño, por Ricardo, por Emiliano y por todos los esclavos y los cimarrones que han tenido la desgracia de cruzarse en tu camino.

—¡Vamos! —le apremia Bidache.

Le corta el gaznate con un movimiento rápido que suena como el susurro de una serpiente entre las hojas.

Capítulo 51

Carmina ha conseguido que uno de sus clientes les preste un landó para desplazarse hasta el puerto. Leonor la abraza, agradecida, mientras el conductor sube el equipaje al carruaje tapado, el único vehículo en el que ella veía seguro desplazarse al embarcadero. Siente pavor ante la sola idea de encontrarse con Cándido, al que imagina husmeando entre los barcos para impedir su huida. Pili trata de confortarla, la coge de la mano, le dice que todo va a salir bien, pero comprende que no hay forma de apaciguar el espíritu de su amiga, que solo recuperará la tranquilidad cuando el vapor haya zarpado y deje atrás la costa, esa isla maravillosa que será durante mucho tiempo el escenario de sus pesadillas. A su lado, en el capazo, Lope duerme como un cachorro. Es un remanso de paz en la vorágine de su mundo, un sueño dulce y blindado al traqueteo del landó y a los acontecimientos terribles que están viviendo.

El conductor está adiestrado para aguardar en el puerto un rato más, y gracias a ese acuerdo Leonor puede dejar a Lope dentro del carruaje mientras se organiza el embarque. Lleva una pamela grande que le cubre el rostro, pero no hay disfraz que la pueda proteger si carga un capazo con un bebé dentro. Esa es la estampa que buscará su marido entre la multitud, la de una mujer con un capazo, y la única oportunidad que tiene de pasar desapercibida es dejar a su hijo dentro del vehículo hasta el último momento.

El puerto de La Habana bulle como un hormiguero ante la partida inminente de un clíper que viajará hasta Barcelona. Por encima del vocerío y del ruido de los baúles al ser colocados en la bodega atruena de vez en cuando la bocina del barco. El primer rostro conocido que localiza Leonor es el de Clara Villafranca, que se acerca a ella nada más verla. Le explica que el vapor en el que ellos viajarán a Florida está amarrado en el muelle de Luz. Es un vapor viejo tripulado por un cubano achaparrado, con la piel curtida por las jornadas en alta mar. Al hombre no le ha molestado llevar en su chalupa a tanta gente, al contrario: está contento de haber ganado una buena bolsa de dinero con el crecimiento inesperado de su pasaje.

—*Madame* Bisson espera en el barco, detesta las multitudes. Y el capitán está impaciente por zarpar. ¿Dónde se han metido los demás?

Leonor no lo sabe. También ella quiere partir cuanto antes para sentirse a salvo. Su mirada temblorosa se pasea por el muelle, por la calle polvorienta que desemboca en el puerto, por los birlochos que se detienen junto a la puerta para vomitar a sus ocupantes. Es Pili quien ve venir a Mauro, muy alterado.

—Perdón por el retraso. Creo que hemos encontrado al escritor.

—¿A Pardiñas? —se interesa Leonor—. ¿Dónde está?

—En uno de los almacenes del puerto, allí le han visto.

El puerto de La Habana está lleno de almacenes de azúcar que han sustituido a las casas tradicionales de comerciantes, que combinaban la vivienda, las oficinas y los depósitos de carga en un mismo local. Leonor sabe que algunos pertenecen a su esposo, que hay otros que eran de Amalia Bru o de Arsenio Boada, pero también quedan algunos abandonados desde hace tiempo.

—¿Quién lo ha encontrado?

—Emiliano estuvo por aquí esta mañana, haciendo preguntas. Al llegar al puerto, un esclavo le ha dicho que vio a Pardiñas dormitando en un viejo almacén cerca del depósito de maderas.

Leonor sabe que le conviene ocultarse en el barco, eso es lo que le aconseja la prudencia, pero es mayor el deseo de hablar con Aquilino y resolver los enigmas del manuscrito.

—No hay tiempo para eso —advierte Pili, que se da cuenta de lo que está rumiando su amiga.

—Es solo un minuto, tengo que hablar con él. Quédate aquí con Lope.

Antes de que Clara o Pili puedan protestar, Leonor se aleja con Mauro hacia los depósitos. Rosana, que los espera bajo la luz de un farol, los conduce hasta un almacén de hierro y madera que parece mantenerse en pie solo a la espera de que la próxima tormenta tropical lo derribe. En la puerta hay basura y restos del cascarón de una barca que ha pasado a mejor vida.

—Según el esclavo, lleva un par de semanas escondido ahí dentro.

El lugar es oscuro, un tragaluz ilumina a duras penas los contornos. Tirado encima de una manta vieja, rodeado de botellas vacías de ron, languidece Aquilino. Su aspecto es deplorable. El hedor de su cuerpo recibe a los que se acercan y crea algo así como una barrera de seguridad que Emiliano ha traspasado, pues está de rodillas junto al escritor. Da la sensación de llevar semanas sin comer, sin conocer el agua ni el jabón, semanas en las que solo se ha dedicado a beber y a delirar.

—Pardiñas, ¿qué estás haciendo aquí? —Leonor llega junto a él—. ¿Qué ha pasado?

Él no fija la mirada en ella, aunque lo intenta. Es como si la molicie le impidiera prestar atención a las palabras, como si le sorprendiera en grado sumo que un ser humano se esté dirigiendo a él.

—Aquilino, soy Leonor, la suripanta. ¿Te acuerdas de mí? —Se ha acuclillado a su lado y le levanta la cabeza con la mano en la nuca.

—Es inútil —dice Mauro.

—No lo es —corrige Emiliano—. Me ha hablado de mi madre.

—Ermelinda —susurra de pronto Pardiñas—. La cara llena de estrellas...

—Está en el ingenio de Oriente. En Santa Catalina —resume el africano—. Con otros esclavos a los que torturan como si fueran animales. Lo que cuenta el manuscrito es cierto.

Mauro zarandea al escritor para espabilarlo.

—¿Dónde está ese ingenio, Pardiñas?

—En Baracoa —susurra Aquilino, y al decir el nombre cierra los ojos como si le doliera su resonancia.

—¿Sabrías cómo llegar? —interviene Leonor.

Pardiñas asiente. Mauro nota un brillo extraño en los ojos de Leonor, como si le estuviera subiendo la fiebre.

—Nos tenemos que ir a Florida.

Sabe que Mauro tiene razón. Cándido los está buscando, y además han conseguido el manuscrito y si logran su publicación supondrá un duro golpe al sistema esclavista, pero, al mismo tiempo, como si fuera un telón que cae sobre sus ojos, vuelve a ver el cuerpo desmadejado de Idalina, azotado hasta convertirlo en el dibujo rayado de un demente, piensa en su dolor, en el dolor de todos los esclavos que han sido torturados en el cepo, los que mueren por los disparos de los rancheadores, los que se vencen, exhaustos, tras días interminables de trabajo en la caña de azúcar, los que murieron en la pantomima de Pike en Santa Rosa. Todas esas muertes que han sucedido, que están sucediendo. ¿Por qué su vida habría de valer más que la del africano que está siendo atormentado ahora mismo en ese infierno de Oriente? Recuerda la cruz de palos retorcidos clavada en el cerebro de Amalia. ¿Y si en este preciso momento ese demonio está rasurando la cabeza de Ermelinda o de cualquier otro esclavo? ¿Y si está usando algún tipo de instrumental para romper el hueso del cráneo, para hundir otra cruz en su cerebro y llevar el dolor a un umbral que ningún ser humano debería conocer?

Salvar una vida, aunque solo sea una, merece el riesgo.

Mira a Mauro, y él le devuelve la mirada con un gesto que no sabe cómo interpretar. Le coge la mano, la mira a los ojos.

—Leonor, hay algo que aún no sabes. Algo acerca de Cándido...

La gravedad en su expresión anticipa el relato de pesadilla que ella escucha como un ruido de fondo, pues en su cabeza se agolpan en una estampida tremenda las escenas de su vida conyugal, y por encima de las amenazas por celos, de las discusiones con el hombre posesivo, más allá de la mirada de anfibio, del tacto viscoso y del sudor rancio que el clima tropical provocaba en él, se imponen terroríficamente las estampas cotidianas, Cándido paseando con ella del brazo, ayudándola a subir al carruaje o compartiendo mantel y chascarrillos a la hora de la cena, él de buen humor, permitiéndose cotilleos entre bocado y bocado y sonrisas desde el otro lado de la mesa, imágenes que ahora cobran un brillo siniestro que resulta casi insoportable. Está casada con el demonio, esa es la revelación que Mauro intenta acolchar con un tono compasivo, como si hubiera forma de suavizar una realidad tan monstruosa. Está casada con el demonio y el demonio la ama con una devoción que ella no desea despertar en él ni un minuto más. Tal vez *madame* Bisson sea una visionaria al considerarla un ángel blanco, a fin de cuentas ha sido capaz de penetrar en el corazón podrido de un sádico.

Pero no se deja vencer por lo que acaba de descubrir. Agacha la mirada unos segundos, después toma aire. No hay tiempo para la turbación.

—Vamos a ir a ese ingenio, Mauro. Vamos a sacar de allí a esos esclavos. Emiliano, vas a reunirte con tu madre. Hay que acabar con el infierno del manuscrito.

Lo dice mientras se dirige a la puerta del almacén.

—¡Espera! —grita él.

—Tenemos que convencer al capitán de que haga una parada en Baracoa.

Mientras la sigue hasta el embarcadero, Mauro se pregunta en qué momento Leonor se ha convertido en una idealista. Su prioridad debería ser la de ponerse a salvo, ella y su hijo, y sin embargo está dispuesta a permanecer en Cuba unos días más, acudir al ingenio siniestro de su marido y correr un grave riesgo solo por salvar las vidas de unos esclavos a los que no conoce. La oye hablar con Clara, primero, y con el capitán del barco, después, que acepta enseguida efectuar esa escala por unas monedas más. *Madame* Bisson no pone pegas a desviarse del itinerario previsto si Leonor viaja en el barco, la anciana se siente protegida con su presencia; el ángel blanco que la rodea y solo ella, ciega, puede ver le infunde seguridad. Mauro se siente tan enamorado que lo embarga de pronto la tristeza, como si una proyección le hiciera ver que ese instante máximo de amor no puede perdurar y habrá de marchitarse.

Los preparativos del viaje se ultiman y todos embarcan para una travesía hasta Baracoa que, en un barco tan viejo, les llevará dos días y medio. Pardiñas, que en el almacén parecía un hombre acabado, revive en el barco después de una cena que Leonor se empeña en que se termine, como si estuviera alimentando a su hijo pequeño. Esa noche, les cuenta que el autor del manuscrito es Timoteo, el hombre que cuidaba en su casucha de la calle de la Bomba. El hombre del que, después de conocerlo en una taberna del puerto, también se enamoró, aunque ese amor nunca fue correspondido. Timoteo le tenía afecto, Pardiñas está tan seguro de eso como de que en el corazón de su amado solo había espacio para Ermelinda. Aun así, cuidó de él, intentó darle una paz que el tormento vivido le impedía alcanzar, algo que él fue comprendiendo según le dictaba la confesión de *El infierno*. En ese manuscrito están las palabras de Timoteo, él se limitó a teclearlas en su vieja máquina y escribió además una copia por si una de ellas se extraviaba, como de hecho sucedió. Nadie mejor que los padres de Amalia Bru, abolicionistas de los pies a la cabeza, para llevar el documento a Estados Unidos y conseguir que allí lo publicaran.

—Yo le decía que esa historia nos iba a traer problemas, pero él no me hacía caso, decía que el culpable tenía que pagar por lo que había hecho. Hasta el día de su muerte no me contó la verdad, no me dijo que el hombre del que hablaba el manuscrito era Cándido Serra. Yo lo había conocido, había tenido tratos con él, hasta me había enfrentado a él cuando iba a estrenar *La reina esclava*, sin saber que era ese monstruo del que tantas veces me habló Timoteo. Cuando lo supe fue cuando decidí esconderme y no volver a la casa de la calle de la Bomba. Sentí terror. El mismo que había consumido la vida de Timoteo.

Más tarde, cuando el escritor duerme, Emiliano conversa en la cubierta con Mauro y con Leonor.

—¿Creéis que será capaz de llevarnos hasta el ingenio?

—Él está seguro, dice que Timoteo le contó una y otra vez la manera de llegar, que aunque nunca haya estado allí, cuando lo vea será como si lo conociera.

Leonor tiene mucho en que pensar. Las palabras de Aquilino le han abierto todavía más los ojos sobre el hombre con el que está casada, el que le arrebatará a su hijo si llega a encontrarlos. Según el escritor, Cándido no ha estado nunca en contra de la esclavitud, pero tampoco de la independencia, solo es alguien capaz de averiguar hacia dónde sopla el viento y situarse de modo que infle sus velas. Cuando Leonor le dijo que su marido quería volver a España, Pardiñas sonrió.

—Porque sabe que aquí va a estallar la revolución, que tendrán que liberar a los esclavos y que la isla conseguirá la independencia. Ahora buscará una posición en la metrópoli, junto a Prim si hace falta. Pero es el demonio, necesita una nueva identidad, a no ser que elimine a todos los testigos de sus atrocidades.

Esas palabras resuenan en la cabeza de Leonor mientras, acodada en la borda, aspira el olor del mar. Mauro la nota intranquila.

—Por eso mató a Amalia Bru, a Loynaz, incluso a Collantes, a todos los que conocían la existencia de ese manuscrito. Lo que no sé es cómo se enteró él.

—Una indiscreción de Loynaz, que era su abogado. O quizá de los Bru.

—Puede ser, eran amigos. Lo que está claro es que Cándido quiere situarse junto a los revolucionarios en España, y para eso tiene que enterrar su pasado y deshacerse de todos los que puedan contar qué ha estado haciendo en esta isla. ¿Te das cuenta de lo que significa eso?

—Significa que has estado casada con el demonio, pero eso ya se ha terminado.

—No, Mauro. Significa que, con Timoteo muerto, solo

quedamos nosotros. Que nos tiene que matar. No va a parar nunca.

—A no ser que nosotros lo matemos a él.

Emiliano, por su parte, aprovecha los desvelos de Pardiñas para indagar en lo que Timoteo pudiera haberle contado sobre la seguridad en el ingenio. Parece ser que cuatro o cinco hombres bien armados vigilan el perímetro, están a las órdenes de un mayoral al que llaman el Largo y que hay unos cincuenta esclavos. Ya quedan pocos de los que llegaron en el Santa Catalina, pero, a medida que mueren, los van sustituyendo por otros nuevos. En esa zona de la isla, un castigo habitual para los esclavos más díscolos consiste en venderlos al ingenio siniestro en Baracoa del que nadie sabe mucho.

—Si solo vigilan cuatro o cinco hombres, no sé cómo los esclavos no tratan de escapar.

—Algunos lo han intentado, pero viven en medio de la selva, no saben lo que tienen alrededor. Y están aterrorizados. Esos hombres han visto la violencia y el horror mucho más de cerca que nadie. Timoteo, mientras me dictaba, insistía en eso. Es el pedazo de la tierra que más se parece al infierno.

Por las noches, Mauro y Leonor intentan dormir, pero el destino de su viaje les impide conciliar el sueño. Distraen el insomnio abrazados, como se abrazaron en aquella buhardilla de Madrid, cuando todo se torció. A veces hablan del pasado, de la obra que Leonor representaba en el Teatro Variedades, de Arderius, de Ramos Carrión, de los estudios de medicina de Mauro, de Soutochao o del piso de la calle de San Buenaventura en el que se refugiaron; pero prefieren soñar con el futuro, ver crecer juntos a Lope en Estados Unidos, quizá en el mismo San Francisco donde un periodista les ayudará a publicar el manuscrito.

—Y cuando tengamos dinero, compraremos una casita con un jardín —dice Mauro.

—Y lo llenaremos de flores —añade Leonor.

Cerca de ellos —es un barco pequeño y no hay espacio para tener intimidad—, duermen Emiliano y Rosana. Clara lo hace junto a *madame* Bisson, Pili se ocupa del bebé y añora los abrazos de Pablo Pildaín, sus palabras engoladas, sus declaraciones de amor, melosas y excesivas. Le hacía gracia ese hombre chapado a la antigua, un galán de los que ya no se estilan, inflado de dulces y de ego.

Son días largos de calma chicha, de expectación, de sueños de futuro. El viento los ayuda a recortar la duración de la travesía. A los dos días, el capitán atraca en una playa de arena y saca tres rifles de una caja.

—Los vais a necesitar.

A Leonor le impresiona ver la naturalidad con la que Mauro y Emiliano se cuelgan el arma en el hombro. Pardiñas, en cambio, coge el rifle con prevención, como si corriera el riesgo de electrocutarse al menor contacto. Ella se encarga de llevar una bolsa de viaje con diversas herramientas para abrir cerraduras y cortar alambradas. Mauro se la queda mirando con una media sonrisa y ella malinterpreta el gesto, considera que está contemplando su belleza matizada ahora por la resolución de su lado aventurero.

—No puedes atravesar la selva con las enaguas.

Leonor se fija en su atuendo, un vestido vaporoso, primaveral. Él le tiende unos pantalones de lona, de guerrillero. Ella tuerce el gesto, pero comprende que se los tiene que poner. Se los ata con un cordel. De esa guisa, y con un blusón de encaje por encima, se siente preparada para adentrarse en la jungla.

Pili reparte entre el grupo morrales con provisiones.

—Es mejor atracar aquí, por no llamar demasiado la atención —explica el capitán—. Pero os esperaré en el puerto de Baracoa.

Leonor, Mauro, Emiliano y Pardiñas desembarcan. Rosana y Pili, con el pequeño Lope en brazos, se despiden desde la borda. Clara permanece en el camarote junto a *madame* Bisson. La playa es pequeña y está cercada por la jungla. A partir de aquí deberán seguir a pie y confiar en que Pardiñas sea capaz de reconstruir el camino que le describió Timoteo y los lleve hasta el cafetal que buscan.

—Adelante, cuanto antes nos pongamos en marcha, antes llegaremos —dice Mauro.

El capitán del barco les despide moviendo un pañuelo blanco que después utiliza para sonarse la nariz.

Capítulo 52

—Ahí, ese es el Yunque de Baracoa.

La peculiar forma de la montaña que tienen ante ellos, con su cima aplanada, permite a Pardiñas recordar las indicaciones que le dio Timoteo antes de morir. El ingenio está unos diez kilómetros a la espalda de esa montaña, una distancia no muy grande, pero por caminos inexpugnables. Cada metro que avanzan supone un esfuerzo titánico.

Han dejado atrás Baracoa, un pueblo de unos tres mil habitantes rodeado por una cadena montañosa, los montes de Sagua. Desde que abandonaron el barco, el camino está siendo largo y penoso. El grupo sufre. Pardiñas, que era el que todos pensaban que antes se rendiría, sigue adelante con obstinación, como si obedeciera a un mandato divino.

—Ahora tenemos que encontrar una gran cascada. ¡Venga! ¡Estamos escribiendo la historia! ¡Un millón de poetas mediocres harán sonetos con este viaje!

Durante varias horas buscan un río, sin éxito, hasta que por fin el rumor del agua los anima, atraviesan la foresta y dan con uno que, según un precario mapa que ha dibujado Aquilino, es el río Duaba. Aunque intentaron encontrar un mapa en La Habana, los garabatos del escritor es todo lo que tienen; esa zona de la isla nunca ha sido cartografiada.

—No es este, el que buscamos se llama el Infierno, como el manuscrito.

—No podía tener mejor nombre —masculla Mauro mientras tiende la mano hacia Leonor para ayudarla a salvar un talud pedregoso.

Le sorprende ver que ella no desfallece ni se queja del esfuerzo, del terreno escarpado, de la selva tupida que araña la piel, de los jejenes que a veces forman un enjambre delante de sus ojos. El lugar es un paraíso repleto de plantas bellísimas, de cocoteros, de piñas, de bananos... También ven multitud de tocororos, un ave de plumaje colorido que muchos consideran el símbolo de Cuba al ser una especie endémica.

—Este mapa es un desastre, ¿estás seguro de que existe ese arroyo? —se desespera Emiliano, que le ha arrebatado el papel a Pardiñas para verificar la ruta.

—Puedo ahogarme en ron, pero mi memoria es más exacta que esas fotografías que ahora están de moda. Encontraremos el arroyo y llegaremos a la cascada.

—¿Cómo se llama?

—No tiene nombre, pero está ahí.

Emiliano le devuelve el mapa a regañadientes. No le gusta que lo guíen, tiene prisa por hallar los atajos, por abrazar a su madre. Su mirada es tensa, febril, la rabia matizada por un brillo de esperanza.

Al ocaso buscan un lugar para pasar la noche. Encuentran el abrigo de un risco, en una cueva con charcos formados por ríos subterráneos. Allí pueden beber agua, refrescarse y descansar de los rigores de la caminata. Leonor se acurruca en los brazos de Mauro. Está agotada, pero los ruidos de la selva le impiden conciliar el sueño. Pisadas entre las hojas, graznidos, ululares, el husmeo de un mamífero agazapado... Se diría que hay animales salvajes o incluso indígenas a punto de atacarlos, aunque Emiliano les ha asegurado que ya no quedan nativos en la zona: los taínos fueron prácticamente exterminados tras la llegada de los españoles.

Al día siguiente, después de una jornada de calor sofocante sin localizar el arroyo el Infierno, aparecen los primeros síntomas de desánimo. Pardiñas se detiene varias veces para consultar el mapa, duda sobre la dirección correcta, busca referencias que solo habitan en su memoria, en los relatos dolorosos con los que Timoteo se desahogaba. Por fin, al caer la tarde, cuando todos piensan que están perdidos para siempre en la selva, oyen un sonido refrescante, un fondo suave que es como una hoja de palma mecida por el viento. Algo más tarde, avanzando unos pasos, el sonido se parece más a una lluvia tupida que anega las plantas tropicales. Y de pronto es un rugido inmenso que los envuelve a todos, como si estuvieran rodeados de una muchedumbre de felinos, un sonido amplificado que finalmente se revela como lo que es: una cascada.

Todos guardan silencio durante unos segundos, hechizados por el lugar.

—Hemos llegado al Infierno —proclama Pardiñas.

El nombre no hace justicia a la fascinante lengua de agua que salta desde veinte metros para caer en una poza y crear una cortina tornasolada, cubierta en parte por un revuelo de gotas enloquecidas, como copos en una tormenta de nieve. Al otro lado del arroyo, la selva entera parece inclinarse hacia la catarata, como buscando el frescor o por asomarse a su belleza.

—¿A cuánto estamos del ingenio? —pregunta Emiliano.

—Muy cerca.

—Vamos a descansar —decide Mauro—. Llevamos todo el día caminando, es importante reponer fuerzas.

Nadie discute esa instrucción, todos están agotados y no se sienten en condiciones de enfrentarse a los vigilantes del ingenio.

Mientras Aquilino Pardiñas y Leonor tratan de dormir, Emiliano y Mauro lo revisan todo: los tres rifles que llevan, el bidón de gasolina con el que pretenden provocar un incendio que atraiga a los vigilantes, las cuerdas, los proyectiles, los machetes con los que quizá deban defenderse...

—No puedo creerme que a lo mejor esté a punto de ver a mi madre. ¿Estará viva?

—Pronto lo sabremos, hemos llegado hasta aquí por ella. Y ahora, intenta descansar, la noche va a ser agitada.

Horas después, el grupo se adentra en la espesura de la selva bajo un cielo sin luna. No tardan en dar con el cercado de alambre del ingenio. Al fondo se adivina la silueta de dos edificaciones grandes: una parece la casa, la otra el barracón. Entrevén otros contornos, tal vez aperos de trabajo o alguna máquina, aunque es difícil adivinar cómo han logrado llevarla hasta allí en un entorno tan agreste. No se ve un alma y no se oye ni el hálito de una hoja, como si la selva al completo se hubiera conjurado para crear de repente un silencio sepulcral. En el interior de la casa titila la luz de unas velas.

Mauro señala una zona de abundante vegetación.

—Allí es donde vamos a provocar el incendio.

—¿No es mejor en la casa? —propone Emiliano.

—En la casa no tendríamos una línea de tiro buena. Aquí nos podemos apostar en esas rocas. Leonor, cuando todos salgan de la casa, tienes que acercarte al barracón y liberar a los esclavos.

Ella asiente y busca en el maletín las herramientas necesarias. Unas tenazas, una cizalla, una sierra.

—¿Qué hago si sale alguien antes?

—Yo estaré cubriéndote desde aquí. No te pongas en la línea de tiro, entre la casa y el barracón. Camina siempre por tu derecha.

Leonor percibe los latidos del corazón al doble de la velocidad habitual. Tiene miedo, pero se siente viva, esta vez participa junto a Mauro en una aventura y se nota embriagada. Entiende el furor que le llevó a él a participar en la «sargentada» de Madrid, lo que le empujó a separarse de ella en Matanzas para seguir luchando al lado de los cimarrones.

Pardiñas es el encargado de provocar el incendio. Busca una hoja seca, la moja bien en la gasolina y le prende fuego. Las llamas tardan unos segundos en levantarse, pero cuando lo hacen es con gran virulencia. El fuego se eleva rabioso. Emiliano y Mauro apoyan la culata de sus rifles en el hombro mientras el escritor corre a refugiarse entre las palmeras. El crujido de una de ellas anticipa su derrumbe; partida y en llamas se hunde cerca de donde se ha refugiado Aquilino. Han dejado de verlo, pero esperan que haya sido capaz de evitar el tronco incendiado. Ese imprevisto, por otro lado, les está ayudando. El fuego crece mucho más rápido ahora.

No tardan en aparecer en la mirilla varios hombres que salen de la casa. Algunos llevan baldes de agua para sofocar el incendio. Uno de ellos, suponen que se trata del Largo, intenta organizarlos. Sus gritos llegan amortiguados por el clamor del fuego, de las ramas partidas y de los gritos de pánico de los animales, una piara de cerdos, que huyen en desbandada. Mauro pide paciencia a Emiliano para empezar a disparar en el momento oportuno, para que no les dé tiempo a dispersarse.

Cuando los hombres del ingenio están apagando el fuego, el gallego hace el primer disparo, que tumba a uno de ellos. Le ha dado en la cabeza. Emiliano acierta a otro en el estómago. Aprovechando el caos, Leonor se desliza entre las sombras hacia el barracón. Mauro busca a Pardiñas con la mirada, pero no lo ve, sigue desaparecido tras el fuego. Su rifle descansa sobre una piedra, pero el escritor, por algún motivo, no ocupa su posición; tal vez se haya visto atrapado por los árboles que han caído. Uno de los vigilantes se agacha para socorrer a un herido, un blanco fácil para Mauro, que lo abate de un disparo. Otro huye hacia la casa, pero tropieza en su apremio. Emiliano se pone en pie y lo mata a bocajarro.

Un disparo más y otro hombre que se acercaba a Emiliano cae como un fardo abandonado por un estibador. Es Mauro quien lo ha derribado. Se reúne con su amigo.

En la explanada, ahora iluminada por las llamas, pueden ver con claridad lo que antes les parecieron herramientas y máquinas. Varias estacas rodean la plaza del ingenio, hay algunos esclavos empalados y, en el suelo, trozos de cuerpos, algunos ya podridos y devorados por las alimañas. El terreno es un campo de batalla con sangre seca y huesos... Las llamas tiñen todo de rojo y en el centro de ese averno, como si fuera un trono, relucen un cepo y una silla parecida al garrote vil.

—¡Cuidado! —alerta Mauro al ver aproximarse al Largo.

El mayoral del infierno avanza con un fusil en ristre; su rostro, desdibujado por las luces y sombras que crea el fuego, le recuerda a la careta de un cerdo en la carnicería, cerúlea, sin vida, como si fuera una suerte de gólem de barro y sin corazón que se mueve a las órdenes de un hechicero. Mauro busca un escondite tras una roca y no entiende por qué Emiliano no se pone a salvo, por qué se queda parado delante de una estaca y ofrece un tiro franco a su atacante. Ha encontrado a su madre empalada. La estaca le atraviesa el ano y le sale por el pecho, su cabeza cuelga como la de una muñeca, los ojos desorbitados. En su cara, las escarificaciones como estrellas que puntean el cielo. Es imposible imaginar su dolor. Emiliano derrama una lágrima justo antes de que un disparo le atraviese la espalda. Cae de rodillas, como para brindarle a su madre una oración de despedida. Un segundo balazo lo derriba del todo.

Mauro dispara al Largo, que cae malherido. Lleno de rabia, camina hacia él y le sigue disparando incluso después de muerto.

—Hijo de puta, maldito hijo de puta...

Se arrodilla junto a Emiliano, se quita su camisa y con ella intenta detener la hemorragia, pero comprende que es inútil. Está muerto. Las llamas rugen descontroladas y rodean el barracón. ¿Dónde está Leonor? ¿Por qué no ha liberado a los demás esclavos? Extrañado, se pone en pie.

—¡Leonor!

No hay respuesta. La vuelve a llamar, pero no es fácil imponer su voz sobre el crepitar desquiciado de las llamas. Mauro bordea el barracón. A través de unos ventanucos ve los ojos atemorizados de varios esclavos, hombres y mujeres escuálidos, maltratados hasta el extremo. El fuego lame ya el tejado de la construcción. La puerta está cerrada y no cede, así que dispara a la cerradura. De pronto, tropieza con la bolsa de las herramientas, la que llevaba Leonor. ¿Qué le ha pasado? Camina hacia la casa gritando su nombre de forma desesperada y, al fin, la encuentra junto al barracón.

Cándido la tiene cogida por la espalda y una pistola apunta a su sien. Con la mano le tapa la boca.

—Le dije a mi esposa qué pasaría si volvía a verla...

—Suéltala.

—¿O? ¿Qué pasará si no la suelto? Tira el fusil al suelo.

Amartilla el arma, dispuesto a matar a Leonor. Mauro obedece y tira el fusil.

—No somos los únicos que sabemos quién eres. Aunque nos mates, te van a hacer pagar por esto.

—No me importa lo que vaya a pasar fuera, solo lo que pase aquí. El mundo empieza y acaba en Santa Catalina de Baracoa.

Sin más, apunta a Mauro y dispara.

—¡No! —grita Leonor al verse libre de la mordaza.

Mauro cae al suelo. Quiere levantarse, pero el dolor es muy intenso. El mundo se transforma en una espiral, como el agua negra que se filtra por una alcantarilla.

Capítulo 53

Lo primero que percibe Mauro al volver en sí es un coro horrísono que procede del barracón. El fuego ya trepa por las paredes y los esclavos allí encerrados piden ayuda con gritos angustiosos que no sirven para nada, solo decoran el espanto de la noche selvática. Disparó al cerrojo, ¿por qué no salen del barracón? A través de la humareda, distingue también el pelo de Leonor cayendo hacia el frente como la propia cascada del Infierno. ¿Por qué está así, de rodillas, inmersa en una especie de ofrenda? El viento despeja el ángulo de su visión y entonces puede ver sus ojos desorbitados por el horror.

Está encajada en el cepo, en la misma postura que sufrió él en el ingenio Magnolia: la cabeza entre dos tablones, las manos apresadas con sendas argollas, asomando como dos ratoncitos por los agujeros de la tabla horizontal. El impulso de socorrerla le obliga a asumir su propia situación: tiene una herida abierta en el estómago, de la que salen coágulos de sangre. Está sentado en una silla, con las manos atadas al respaldo. Un grito de Leonor se dirige a Cándido, que aparece ahora portando un maletín de cirujano.

—¡Suelta a los esclavos! Te lo ruego, por favor... Después hazme lo que quieras.

—Ya puedo hacerte lo que quiera. No tienes nada que ofrecerme.

—Ten compasión.

—¿Qué es la compasión? ¿Tú sabes de dónde vengo? No siempre fui rico, fui un niño de la calle. ¿Crees que alguien sintió compasión por mí? La compasión es una palabra que los artistas sacan a pasear en las novelas y en las obras de teatro, como si fuera uno de esos pájaros de colores de la selva... Pero para mí no existe.

—¡El barracón!

Leonor grita al ver que las paredes ya están ardiendo. Los esclavos intentan derribar la puerta, o al menos eso se deduce de los golpes en la madera que suenan como patadones. Sin embargo, la puerta no cede. Leonor intentó abrirla con la cizalla, pero Cándido se la arrebató justo cuando estaba a punto de conseguirlo.

—La puerta está abierta, tu gallego reventó el candado —murmura Cándido sin la menor aflicción—. Pero no saldrán. Están encadenados, se irán quemando, abrasando poco a poco. Los que están más lejos del fuego verán morir a sus compañeros, pero después les tocará a ellos. No sé qué preferiría, si ser de los primeros o de los últimos. No te pierdas nada, Leonor. A mí me gustaría sentarme a mirar, como te miraba a ti bailar en el Variedades, pero tengo cosas que hacer.

Abre el maletín y Leonor ve allí la cizalla junto a varios instrumentos de cirujano.

—Vas a asistir a mi especialidad. Ya has visto los efectos en la señorita Bru. Loynaz también murió así. Y Collantes; el estúpido de Collantes. ¿Sabes que lo conocía desde que éramos niños, en Madrid? Allí lo llamábamos Labiopartido. Era un hombre demasiado ruidoso. No aceptó la derrota del Sur en Estados Unidos. Odiaba a los negros de corazón. Si no lo hubiera matado, sé que habría terminado contando todo lo que hacíamos aquí, en Santa Catalina de Baracoa. En el infierno, como lo llamó Timoteo. Otro que me defraudó. Esa es mi vida. La de un millón de hombres y mujeres que me han defraudado, que nunca han sabido estar a la altura, pero tú, Leonor, tú eres la mayor decepción de todas. Por tu culpa, por tus errores, ahora le toca morir a tu amante.

Mauro trata de hablar, pero comprueba que no puede. Siente una debilidad extrema, se está desangrando. No quiere enfrentarse a Cándido, sabe que es inútil. Quiere decirle a Leonor que tampoco ella se afane en negociar con su marido, un sádico en el momento estelar de su actuación. Le gustaría que le hablara a él, que se despidieran de este mundo como dos enamorados.

—Por favor, Cándido. Te daré lo que quieras si sueltas a los esclavos y a Mauro. Seré la esposa que quieras...

—¿La esposa que quiera? —sonríe Cándido mientras va extrayendo, con movimientos pausados y precisos, el material de su maletín: trépanos, bisturíes, sierras, jeringuillas, coronas con punta de diamante...—. No puedes darme lo que necesito, Leonor. Soy un ciego: no puedo ver la compasión, como no veo la culpa, la simpatía, el odio, el rencor. El amor... ¿Acaso está en tu mano dármelos? O quizá sí, quizá lo estuvo y sin embargo... ¿Por qué crees que me gusta tanto el teatro? Porque allí soy testigo de esas emociones que yo nunca he sentido. Me siento en el patio de butacas y las veo como quien recorre las jaulas de un zoológico. ¿Sabes que durante un tiempo había dejado de venir aquí? Llevaba sin pisar el Oriente desde que regresamos de Madrid. En aquella ciudad, en esas calles donde había sido un miserable, sucedió algo mágico. Eso pensé la primera vez que asistí a *El joven Telémaco* y te vi. De repente, había algo dentro de mí, una emoción que me superaba..., me desbordaba al estar a tu lado. Timoteo me había hablado de esa explosión, era un romántico. El amor. Yo me burlaba de él hasta que lo sentí. Y lo sentí por ti, por una suripanta cualquiera. ¿Te crees que no era consciente de cómo me usabas para pagar las fiestas con tus amigos en la noche madrileña? Pero no me importaba. Necesitaba estar a tu lado, me daba igual el precio. Hasta que cometí un error. Quise ir más lejos. Quise que tú también me amaras. ¿Te acuerdas de aquel policía con una mancha morada en la cara, ese de los Campos Elíseos? ¿Quién te crees que lo puso tras tu pista? El Manchado, el sargento Vicuña, yo lo situé en ese puesto. Ni siquiera advertiste cómo levanté un cerco a tu alrededor hasta que tú misma viniste a mí buscando ayuda. Hasta que asumiste que tenías que casarte conmigo. En el barco, sentí cuánto te asqueaba mi cuerpo al penetrarte. Intenté tener paciencia, esperar..., por mucho que me doliera esa distancia que habías puesto entre los dos. Pero entonces apareció él. Te reíste de mí. Me hiciste daño, Leonor. Demasiado daño. Al principio te odié, pero ahora he de agradecértelo: conseguiste acabar con mi amor. Sé que se ha terminado y volvemos a estar como al principio. Yo tengo el poder, tú no eres más que una prostituta que se cree actriz... Pardiñas tenía razón al insultarte de esa forma cuando llegaste al teatro.

Cuando lo menciona, Leonor se da cuenta de que no sabe dónde está el dramaturgo, no lo ha visto morir, su cadáver no está por allí. ¿Habrá huido presa del pánico? Mira alrededor, ¿aparecerá a tiempo? Pero nada se mueve.

Cándido le pone una inyección a Mauro.

—Tu amante ahora se va a sentir mejor. Le he puesto un anestésico. Sirve para que el sufrimiento no lo mate, de momento. Dura poco, cuando juegue con sus sesos sí sentirá todo el dolor. Ahora le voy a afeitar una parte de la cabeza. No sé si te gustará, pero es necesario. Lo hago bien, en su día aprendí el oficio con el sacamuelas ciego, con él hice mis primeras prácticas.

El anestésico provoca un bienestar en Mauro que no dura mucho, pero sí lo suficiente para que pueda proyectar su voz.

—Leonor...

Habla como si Cándido no estuviera a su lado manipulando las herramientas que lo van a matar. Como si estuvieran solos en la buhardilla de la calle San Buenaventura.

—¡Mauro! —grita ella.

—Te quiero, suripanta.

—Y yo a ti.

—¡Cállate! —brama Cándido al tiempo que le da un puñetazo en el rostro.

—Me llamabas medio médico, ¿te acuerdas? Me encantaba.

—¡Que te calles!

Cándido patea la silla y Mauro cae al suelo. Pero sigue hablando como si estuviera a solas con la mujer que ama.

—Eres lo más hermoso que me ha pasado nunca —dice antes de recibir un patadón de rabia de Cándido.

Leonor llora, pero ha comprendido que el juego consiste en hablar como si estuvieran fuera de la realidad y convertir el infierno en un edén. Es la hora de la despedida, no hay otra.

—Te quiero, medio médico.

Mauro sonríe. Cándido levanta la silla y acelera su trabajo. Le tiembla el pulso mientras afeita el cuero cabelludo y también cuando coge el trépano y practica cuatro incisiones con él. Es una tortura lenta, terrible. La sangre cae por el rostro de Mauro y él comprende que ya no va a poder hablar. Quiere gritar su amor, pero su voz se ha apagado.

—¡Mauro! —grita Leonor al entender que se acaba el tiempo.

—Tienes una voz preciosa —consigue murmurar Mauro, la sangre en la garganta convierte cada palabra en un chapoteo—. Tu canción... es como si pudiera oírla...

Con una pequeña sierra, Cándido une los agujeros hechos con el trépano. Después, levanta la tapa del cráneo de Mauro. Leonor, por su postura en el cepo, no puede volver la cabeza para otro lado. Cierra los ojos, no lo quiere ver.

—Abre los ojos, no te lo pierdas... Si no los abres, le haré más daño. ¿No te lo crees?

Leonor abre los ojos. Y ve que Mauro la mira fijamente, con la languidez romántica del estudiante de medicina. En medio de la tortura que está sufriendo, se concentra en poner en su mirada todo el amor que siente por ella. Y ella sonríe al advertirlo. Nada puede hacer Cándido para evitar esta conexión. Solo acelerar la muerte de Mauro. Saca unos palos que une con un cordel, dándoles la forma de un crucifijo. Se recrea en la tortura y explica que ese es su toque especial, que lo aprendió al matar al capitán del barco. Pero Leonor no lo escucha. Su mirada está hundida en la de Mauro y, como si esa conexión obrara un sortilegio, la voz de Cándido se apaga tal y como si se perdiera en las profundidades de un pozo, el fuego se opaca, el ingenio desaparece tras una negrura estelar, como la de un firmamento en el que solo estuvieran suspendidos Leonor y Mauro.

—«A las rejas de la cárcel, no me vengas a llorar». —Es incapaz de contener las lágrimas, pero a pesar de ellas, Leonor entona la canción que Mauro le pedía—. «Ya que no me quitas penas, no me las vengas a dar. Ya perdí mi libertad, la prenda que más quería, ya no puedo perder más, aunque perdiera la vida».

El éter en el que se había suspendido, como un mar de ficción, se deshace cuando Cándido hinca el crucifijo en el cerebro de Mauro.

—Pero yo me niego a perderte...

Aquella frase que Mauro añadió a la canción ahora es como un cabo dorado que Leonor quiere lanzarle, el vínculo que los mantendrá unidos aunque ella esté entre los vivos y él entre los muertos.

—Sabes que ya no puede escucharte...

Cándido recoge sus instrumentos de tortura y se marcha, inquieto, nervioso, con la sensación de que debería haber disfrutado más del momento. Frente a Leonor, Mauro es un despojo sostenido a la vida por un hilo que se rompe con el silbido del viento. Sin embargo, pese al suplicio sufrido, hay en su rostro una suave expresión de felicidad, como si la canción de ella lo hubiera arrullado hacia el sueño final.

Leonor cierra los ojos y a partir de ahí todo es como una extraña pesadilla. La muerte de Mauro, los gritos de los negros en el barracón y el silencio que le sigue, más aterrador todavía, el fuego rodeándola y, de repente, la sensación de que hay alguien manipulando el engranaje del cepo. Es Pardiñas. El escritor ha surgido de la nada y está intentando liberarla... Ha conseguido retirar la madera que la tiene presa, pero no puede soltar una argolla que la tiene atrapada de una muñeca...

—¿Dónde estabas?

—No puedo quitarte la argolla.

Poco a poco, Leonor va recobrando el sentido, el orden de las cosas. Oye a Pardiñas deshacerse en un cúmulo de disculpas..., el fuego provocó el derrumbe de unos árboles y lo dejó inconsciente hasta que ya era tarde... Leonor ve cómo las llamas se les están acercando. Mira el cuerpo de Mauro, en el suelo, convertido en una caricatura de sí mismo, en su rostro un gesto esperpéntico por culpa de la muerte que le dio Cándido, ya no queda nada de la armonía con la que creyó despedirse de la vida, y una idea va formándose en su cabeza: venganza.

—La bolsa...

Tiene que señalársela a Pardiñas, que corre a por ella. Saca de dentro una sierra, trata de cortar la cadena, pero es imposible, la sierra no está preparada para el metal y se rompe. La propia Leonor coge otra sierra con la mano que le queda libre. Sabe que Cándido se llevó la cizalla, así que esa es la herramienta de la que dispone. No va a dejar que esto acabe aquí, las llamas les alcanzarán en muy poco tiempo y no puede morir. Todavía no.

Pardiñas se queda pálido al ver lo que está haciendo. Con los dientes apretados, Leonor se está cortando la mano para liberarse y no permite que su boca deje escapar ni el más mínimo quejido.

Capítulo 54

—

Antes de partir, Aquilino llevó a Leonor en volandas hasta la casa, vació una botella de *whisky* en la herida y le cubrió el muñón con un vendaje muy apretado. Se acopió de agua y de todas las medicinas que encontró y, cuando Leonor se sintió con fuerzas para caminar, se pusieron en marcha.

El trayecto de vuelta hasta Baracoa, que en la ida les había llevado dos jornadas, lo hacen en poco más de un día. Le asombra la determinación de ella, su paso incansable incluso en los momentos más agudos de la fiebre. Esta vez Leonor no siente miedo ante los ruidos acechantes en la selva ni se deja amedrentar por la vegetación tupida y plagada de plantas venenosas.

Cuando llegan al puerto, ven un revuelo de guardias alrededor del barco y entienden que algo ha pasado. Pili, demudada, corre hacia Leonor. Se abrazan.

—¿Dónde está mi hijo? —pregunta Leonor sin responder a ninguna de las preguntas que le hace su amiga sobre Mauro, sobre Emiliano, sobre su mano amputada.

—Se lo ha llevado. Cándido ha aparecido y se lo ha llevado.

—¿Cuándo? —Habla y se mueve con el laconismo exento de emociones de uno de esos zombis que dicen que la magia negra hace pasear por lugares como Haití.

—Hace unas horas.

—Tengo que encontrarlo.

—Leonor, estás sangrando. Te tiene que ver un médico.

—¿Dónde está Clara? ¿Dónde está el capitán? ¿Dónde están los demás?

—Clara y *madame* Bisson están bien, pero el capitán está muerto. Y Rosana también. Se lanzó a por Cándido, le arañó la cara, le gritaba que era un asesino, quería vengar a Idalina y lo habría conseguido... Pero él iba armado, primero le disparó en el estómago y después en pleno rostro. Fue horrible, Leonor... Luego buscó al capitán y también lo mató para que no pudiéramos salir detrás de su barco.

—Tenemos que encontrar otro, tiene que haber alguien en el puerto de Baracoa que nos pueda llevar a La Habana; seguro que se ha ido allí para viajar a España, esa era su intención.

—Leonor, ¿quién te ha hecho eso en la mano? ¿Fue Cándido? Sangra mucho.

Es cierto. El vendaje que le hizo Pardiñas está empapado de sangre. Leonor aparta a Pili de un empujón y se acerca al barco, al cadáver de Rosana que yace en el muelle, parcialmente cubierto por una manta, a los guardias que están haciendo el atestado de lo sucedido. Pardiñas y Pili tratan de detenerla. Ella, en el delirio de la fiebre, habla con los guardias, les exige un barco para viajar a La Habana y les muestra el anillo de brillantes que reluce en su única mano, lo ofrece como pago por sus servicios. Antes de que los guardias salgan de su estupor, Leonor se desmaya.

La conducen a la casa de un médico, donde le cambian el vendaje y le desinfectan la cicatriz. Allí también están atendiendo a Clara, con una herida en el costado, y a *madame* Bisson, que sufrió un infarto por la impresión de lo sucedido. Cuando Leonor vuelve en sí, parpadea para acostumbrarse a la blancura de la habitación. Está tumbada en un camastro. A su lado se encuentra Clara, sentada en una silla, pálida, pero con buen aspecto. Le explica cómo apareció Cándido y se llevó al niño. No pudieron impedirlo. También se llevó el manuscrito, que encontró entre las pertenencias de Mauro.

Leonor encaja toda esta información sin apenas reaccionar. *Madame* Bisson la llama desde su lecho, en el otro extremo de la estancia. Leonor se levanta con esfuerzo y se sienta a su lado. La anciana le coge la mano y Clara oficia de traductora cuando musita algo en francés.

—Pensé que nos ibas a proteger.

—Ya ve que no hay ningún ángel a mi alrededor.

—*Il est coincé en Enfer.*

—Está atrapado en el infierno. Solo hay una manera de liberarlo, ¿lo sabes? —continúa traduciendo Clara.

—*Tu dois tuer le démon.*

Leonor aprieta los labios. Pone su mano en el rostro acartonado de *madame* Bisson y desliza la yema de los dedos por sus arrugas, por sus ojos cosidos. La ha entendido: debe matar al demonio.

—Lo haré.

CUARTA PARTE

EL INFIERNO
—
Séptimo círculo

Pienso en el perro. Cada noche, en la penumbra de mi razón, cuando el alcohol y la pesadilla se confunden, lo encuentro agazapado en la esquina del cuarto donde mi verdadero amigo me deja malvivir. Las patas clavadas en el suelo, el morro babeante, su respiración ensordecedora y los ojos amarillos. Negro, reluciendo de una oscuridad parecida a la brea, más densa que cualquier otra sombra, como un abismo a otro lugar. Gruñe o ríe, no sé bien qué hace en mis tormentosas horas de insomne, velando mi delirio.

Recuerdo a Bardo y Anatael, los pescadores de la Ciénaga de Zapata. Al perro que vieron en la cubierta del Santa Catalina, el escalofrío de Bardo al recordar cómo aquella presencia canina persiguió a su padre de la misma manera que a mí me ha perseguido. Sus extrañas apariciones en el ingenio de Oriente, su hálito a mi espalda, como ese ojo sin párpado, recordándome que el demonio me hostiga sin prisas, que está aguardando, no tiene la urgencia del tiempo para devorarme, algo que solo hará cuando mi mente torturada ya no sea capaz de sufrir más.

Y, sin embargo, sé que no existe ningún perro.

Son los artificios del hombre. La fantasía. La necesidad de erigir deidades —luminosas o siniestras— con las que dar sentido a lo que no tiene ninguna lógica.

A las puertas de la muerte, me descubro ateo, un agónico hereje.

No hay dios, no hay santos, tampoco ángeles ni demonios. No hay monstruos ciclópeos, sirenas, apariciones marianas, seres de otro mundo que nos manejan como títeres y llevan el timón de nuestro destino.

Solo existe nuestra imperiosa necesidad de encontrar un porqué a la vida. Al dolor. A la muerte.

Por eso, tantos hemos sido capaces de ver a ese perro. Porque enfrentados cara a cara a lo más depravado de nuestra existencia, nuestra mente vuela hacia otra realidad, dibuja seres fantásticos y les achacamos el terror, las torturas y la sinrazón.

Ahora que ya la vida huye de mí, no sirven las máscaras, no hay carnaval ni fe que pueda ocultar la verdad.

El único demonio es el hombre.

Capítulo 55

—

Con el empeño de una lunática, Leonor se acerca cada mañana al puerto de Cádiz para presenciar la llegada de los barcos. Se sitúa delante de la pasarela por la que descienden los pasajeros, el muñón escondido bajo el vestido para pasar desapercibida, y busca a Cándido y a su hijo, seguramente en brazos de alguna nodriza contratada para cuidarlo y alimentarlo, aunque no descarta que su antiguo marido haya cumplido su vieja amenaza y, sin el menor remordimiento, haya arrojado a Lope al mar. Esa posibilidad se ha instalado en sus pesadillas desde el primer día y sabe que solo podrá conjurarlas cuando vea la carita del niño.

Pero nada, tampoco esa mañana los encuentra; no han llegado en el Duque de las Antillas, ni en el Virgen de los Remedios, ni en el San Lucas, ni en ninguno de los vapores o los clípers que han atracado procedentes del Caribe o de los Estados Unidos en los últimos días. Pili le hace ver que podrían arribar a cualquier puerto: tal vez a Lisboa y desde allí viajar a Madrid por carretera, o a Barcelona, a Londres y después cruzar la frontera por el norte, pero Leonor sigue amarrada a la idea fija de que entrará en España por Cádiz. No ha olvidado aquella querencia de su esposo por el sur, o tal vez lo desea tanto y con tanto ímpetu que cree que su conjetura se hará realidad.

—Quizá mañana... —la anima Pili cada día, cuando el trajín del puerto va dando paso a la calma de la tarde.

Sí, mañana volverá. Y pasado mañana. Y si tiene que estar toda la vida esperando, sin hacer ninguna otra cosa que acudir al puerto para ver quién se baja del barco, eso hará.

Llevan dos meses así. Salieron de Cuba gracias al dinero que les prestó el doctor Vicente Antonio de Castro, con billetes de tercera para no llamar la atención. También ha viajado con ellas Aquilino Pardiñas, que quería poner un océano de distancia con el territorio de sus tormentos. A esas horas, ya debe de haberse emborrachado en las tabernas de la ciudad.

—Anda todo muy revuelto, hoy cerca de la catedral he escuchado gritos de viva la libertad y abajo los Borbones...

Por un momento, Pili capta la atención de Leonor. No porque esté muy interesada en lo que vaya a pasar en España o en lo que vaya a ocurrir con los Borbones, expulsarlos era el gran deseo de Mauro y le habría gustado heredar su idealismo, pero ahora oír hablar de levantamientos o de revoluciones solo le incumbe porque le recuerdan a él, al gran amor de su vida, abandonado en un maldito lugar del oriente de Cuba después de haber sido torturado. Es cierto que, en el puerto, ese día, se puede sentir una vibración especial. Hay carreras, vocerío, ruido de cornetas y de tambores, como si el pueblo estuviera festejando el advenimiento de algo. Si está estallando una revolución, seguro que Cándido Serra andará cerca, dispuesto a sacar el mayor provecho.

Se deslizan por el barrio del Pópulo, donde espera encontrar a Pardiñas, que en sus conversaciones de taberna en taberna se entera de todo lo que se cuece en la ciudad. Lo encuentran en un jándalo, como llaman en Cádiz a los locales administrados por montañeses que combinan la venta de ultramarinos con el despacho de bebidas espirituosas. Nada más verlas entrar, se levanta de una mesa y se acerca a ellas con el frenesí del que tiene noticias de impacto.

—El almirante Juan Sebastián Topete se ha levantado contra la reina, parece que la Armada lo apoya... ¡Es la hora de la justicia social! Dicen que Prim está de camino, en una fragata acorazada, la Zaragoza. Se va a liar una muy gorda, el pueblo quiere un país nuevo...

—Mientras no sea peor que el viejo —demuestra su escepticismo Leonor—. ¿Has averiguado algo de Cándido?

—Leonor, ¿me estás oyendo? ¡Ha estallado la revolución!

—A mí solo me interesa encontrar a mi hijo.

Aquilino suspira, resignado.

—Llevo días recorriendo las tabernas, hablando con militares. A nadie le suena Cándido Serra. Pero esos de allí presumen de conocer a todo el mundo.

Señala a una mesa junto a la ventana y ellas ven que, por una vez, Aquilino no bebe solo: lo acompañan dos ancianos que lucen condecoraciones en sus uniformes. Parece una pareja desdibujada, venida de Flandes o de otro siglo, una estampa nostálgica de un tiempo que está siendo barrido por un huracán.

—Os presento a estos amigos a los que he tenido la suerte de encontrar: no hay militar al que no conozcan en esta ciudad.

Leonor saca un recorte de un periódico de su bolso. En él hay un retrato de Cándido, una nota publicada en La Habana que hace referencia al supuesto fallecimiento de la esposa del hacendado por los estragos de una tormenta en un ingenio de Oriente. Un chiste de mal gusto con el que Serra intentó deshacerse por completo del recuerdo de Leonor.

—¿Le suena este hombre? Es muy probable que haya desembarcado en Cádiz hace unas semanas.

Uno de los ancianos duda, pero el otro lo reconoce de inmediato.

—¿No es el cubano que estaba con Nemesio en San Fernando? Creo que sí. Nemesio es un viejo amigo, un antiguo oficial de marina, ya jubilado. Anda siempre metido en fregados políticos. Él les dirá quién es el hombre con el que estaba.

—¿Dónde podemos encontrarlo?

—Suele parar todos los días por el Casino. Es un hombre con largas barbas blancas y monóculo. Si lo ven, lo identifican de inmediato.

Al salir a la calle, casi las embisten las hordas de gente que forman corrientes humanas en cada esquina. Una mujer asomada a su ventana golpea una cacerola con un rodillo, en señal de júbilo. Suenan petardos y cohetes que alguien lanza desde un lugar cercano. Pili se agarra al brazo de Leonor, que camina con determinación sorteando los obstáculos.

Los salones del Casino hierven de comentarios sobre el pronunciamiento de Topete. Al vestíbulo llegan voces vehementes que generan un eco febril. Las mujeres no pueden entrar en las tertulias, pero la excitación es de tal calibre que nadie las amonesta cuando penetran en una estancia llena de hombres trajeados que intercambian noticias y vaticinios tras el humo de sus cigarros. Leonor intercepta a un anciano que está cogiendo su chistera y le pregunta por Nemesio.

—Se lo han llevado detenido hace un rato. Dicen que espía para la reina.

—¿Sabe dónde le han llevado?

—Suponemos que al Baluarte de la Candelaria. Es donde hay que llevar a los enemigos de la revolución.

No hay más de tres o cuatro minutos entre el Casino y el Baluarte de la Candelaria, una fortificación que en otros tiempos sirvió para proteger la entrada al puerto de Cádiz. Leonor deja atrás a Pili y recorre los poco más de trescientos metros casi a la carrera, con la esperanza de poder hablar con Nemesio antes de que lo encierren, pero no tiene suerte, el detenido ya está dentro y los soldados que lo custodian le vetan el paso.

—Necesito hablar con él.

—Es un espía. Lo más probable es que sea fusilado. Y lo mejor que puede hacer es marcharse o usted le seguirá.

Desanimada, siente que le fallan las fuerzas, pero no es un día para descansar ni un minuto. A cada acontecimiento le sucede otro más importante. Los generales Prim y Serrano, uno desde Gibraltar y el otro desde Canarias, han desembarcado en Cádiz. De repente, la ciudad se ha convertido en el centro de la lucha política española, como lo fue en los tiempos de la guerra contra los franceses y de la Pepa, la Constitución de 1812.

Es 19 de septiembre de 1868 y entre Pili y Aquilino arrastran a Leonor al lugar donde los dos generales y el almirante Topete van a pronunciar un manifiesto. El pueblo jalea la intervención de Prim, la interrumpe varias veces, llevado por el fervor, muchos vocean vítores y gritos de «fuera los Borbones».

—¡España con honra! —brama Prim rematando su intervención, que inflama a la multitud y provoca una cascada de reacciones. La más importante es la rendición del gobernador civil, que cede el mando de la ciudad a los militares sublevados.

Las noticias corren de plaza en plaza, de taberna en taberna, vuelan por los balcones de las calles y van creando una corriente de optimismo y de felicidad de la que Leonor no se contagia. Asiste a la realidad desde su burbuja, protegida por una membrana que en algunos momentos es más bien una mortaja. En su falta de reacción, en la rigidez con la que mantiene los contornos de su misión, su sed de venganza, parece una muerta en vida. Se constituye una Junta Revolucionaria. La infantería se pone del lado de la revolución. Se forman milicias de civiles para combatir contra el ejército fiel a la monarquía.

En el caos que va tomando cuenta de la ciudad, en la jarana de las celebraciones, a Leonor se le enciende una luz. Donde los demás ven el futuro de España, ella distingue una oportunidad de burlar la vigilancia de los militares que custodian el Baluarte de la Candelaria. Allí se dirige, sola, sin el amparo de sus amigos. Tal como se figuraba, los soldados de retén en el baluarte están celebrando las noticias y han abandonado sus puestos. Apenas queda allí un carcelero de guardia, eso es todo, y Leonor consigue sobornarlo con lo único que tiene: la promesa de su sexo. Aunque, antes, le dice que necesita despedirse de su esposo.

—Cuando salga, podrás hacer con mi cuerpo lo que quieras.

—Diez minutos, ni uno más. —El carcelero no disimula el deseo que ya le nubla la razón: le da igual que la mujer que se le ofrece sea manca, también es más hermosa que ninguna de las mujeres con las que ha estado antes.

Por un pasillo angosto, desciende a las catacumbas hasta una mazmorra con un pequeño ventanuco. Dentro distingue las barbas blancas de Nemesio, que brillan en la oscuridad como anémonas.

—¿Cándido Serra? No quiero saber nada de ese hombre, por su culpa estoy aquí. Ha sido él quien me ha vendido.

—Es una alimaña, lo sé. Me ha robado a mi hijo... Por eso necesito encontrarlo.

—Yo no voy a salir con vida, eso lo tengo claro. Si encuentra a Cándido Serra, vénguese por mí. Se iba a Sevilla, a esta hora quizá ya haya partido hacia allá. Quiere formar parte de la Junta Revolucionaria y entrar en Madrid con honores.

Un hombre malencarado y con aspecto patibulario se acerca por el pasillo. Su semblante provoca un respingo en Leonor.

—Salga de aquí si no quiere morir usted también —ordena antes de apartarla él mismo de un empujón.

Abre la puerta con las llaves que hace un momento estaban en poder del carcelero y en dos pasos se planta delante de Nemesio y lo degüella con una faca. Después clava sus ojos en Leonor.

—¿Quién es usted?

Ella se da cuenta de que de su respuesta depende que viva o no.

—Me pidieron que le sacara nombres de otros traidores, en eso estaba. Si no lo llega a matar, habría conseguido toda una lista.

—Bien muerto está.

El hombre se va y Leonor le sigue en cuanto consigue calmar su respiración. Para ganar la salida, salta por encima del cuerpo del carcelero, que está tirado en el suelo con la garganta rajada. Tiene la sensación de que una suerte siniestra la acompaña, quizá aquel ángel blanco del que hablaba *madame* Bisson, trayendo muerte a su alrededor, una muerte que espera que alcance pronto a Cándido.

Capítulo 56

—

Sevilla es una fiesta. La emoción se propaga por las calles. Hay hogueras en las que arden imágenes de Isabel II y gente allanando edificios públicos. Las noticias procedentes del general Serrano son buenas, se están formando juntas revolucionarias de civiles por doquier, en pueblos y ciudades. La lectura del manifiesto de Cádiz en las plazas, en los ateneos, en cenáculos y rincones, provoca el éxtasis en la población. Sufragio universal, libertad de imprenta, eliminación de impuestos, abolición de la pena de muerte...

Un poco mareado de tantas emociones, Cándido se mete en un restaurante. Desde que salió de Cuba, desde que abandonó el ingenio de Santa Catalina de Baracoa, ha llevado un comportamiento ejemplar, adormecidos sus instintos más crueles como si se hubiera saciado de ellos, ni siquiera una discusión con nadie. Al último que mató fue al capitán del barco, aunque el festín de sadismo, lo que a él le gusta, se lo dio con Mauro Mosqueira. Supone que la misma Leonor murió presa en el cepo, de hambre y sed, si no abrasada por el fuego que devoraba el barracón de los esclavos.

Todo ha terminado de la peor manera posible y debe abandonar ese pasado, junto a su identidad habanera, como quien cambia de abrigo. Ahora le corresponde vivir como un caballero y dejar atrás sus andanzas en Cuba, de las que nadie podrá dar cuenta jamás. Ya se ha encargado él de eliminar a los testigos de esa etapa salvaje: Timoteo, el Largo, Collantes, también supo que Bidache había muerto, aunque no por su mano. Y el manuscrito que contenía sus atrocidades y que lo señalaba con su nombre de nacimiento, Esteban Alfaro, ardió con la misma lumbre con la que se encendió el último habano en el oriente de la isla.

La rendición de Cádiz ha sorprendido a todos, por lo menos la velocidad a la que se ha producido. También el fervor popular en Sevilla, los vítores, la felicidad exultante del pueblo que planta cara por fin a la opresión y la corrupción de la familia real. La ciudad hispalense se ha sumado a la revolución sin demora. Al día siguiente, Cándido se reunirá con prebostes militares y civiles de la ciudad para discutir y decidir los próximos pasos. A él, en realidad, le da igual que siga en el trono la reina Isabel II, que llegue la República o que se proclame a un nuevo monarca, pero cree que los revolucionarios son ahora mismo los caballos ganadores, por eso está de su lado.

En ese encuentro deslizará el dato de que ha financiado muy generosamente algunas de las iniciativas del general Prim. No es un recién llegado, no se ha subido a este carro a última hora, lleva haciéndolo muchos años. Incluso cuando negociaba los impuestos para el azúcar y el café cubanos con el Gobierno de Isabel II, Serra aportaba fondos a las revueltas, como aquella «sargentada» que sacudió Madrid hace dos años. Ese eterno poner una vela a Dios y otra al diablo que tan buenos resultados le ha dado siempre. Ahora su nombre suena como ministro del futuro Gobierno y él se deja acariciar por la vanidad mientras paladea un vino.

¿Ministro de España? Sería un honor, sobre todo para un hombre que creció en las calles madrileñas, no en los

443

salones de los palacios. Está convencido de que lo va a lograr.

Después de cenar, sale a dar un paseo y se mezcla con la euforia.

En una plaza cercana a la catedral se ha montado un escenario con cuatro tablas y un pequeño decorado. La curiosidad empuja a Cándido a acercarse. Un remolino de gente se ríe con la sátira que interpreta una actriz sobreactuada y grotesca. El público está entregado porque no puede haber mejor día para una diatriba contra la reina. En uno de los números, la soberana reclama la ayuda de una doncella, y Cándido no puede creer lo que ve: quien hace su aparición en escena es Pili la Gallarda. ¿Qué está haciendo en Sevilla? ¿Por qué ha salido de Cuba? Su propia marcha de la isla, tan apresurada después de lo que pasó en Santa Catalina de Baracoa, no le dio oportunidad de buscar a la amiga de Leonor tras perderla de vista en el puerto, un cabo suelto del que ahora se arrepiente.

El instinto le dice que debe marcharse de allí a toda prisa, pero se ha sentado para ver la obra y teme llamar la atención si se levanta. No ha pasado ni un minuto cuando su mirada y la de Pili se cruzan. La Gallarda lo reconoce de inmediato y trastabilla en una frase antes de salir corriendo del escenario. ¿Es lo que correspondía en la escena o es una huida en toda regla? Desde luego, la actriz que hace de reina no parece sorprendida. Ha cogido la batuta y está arrancando las carcajadas del público.

—¡Tocan a rebato! ¡Hasta mi doncella se va de España como alma que lleva el diablo!

Aunque también podría ser una gran improvisadora. Cándido no espera más, ahora sí que se marcha.

En la reunión del día siguiente con mandos importantes de la revolución, se muestra más lacónico de lo que le hubiera gustado. Menciona sus contactos en el Gobierno, los confidentes que le aseguran que la reina no cuenta con muchos apoyos ni en el Ejército ni en la Iglesia, pero no alardea de más y se refugia en un aire taciturno que contrasta con el fervor general.

¿Cómo decirles que ha visto un fantasma? Cuando se alejó del teatro ambulante, tras reconocer sobre el escenario a la Gallarda, le pareció que Leonor lo perseguía entre la multitud. Distinguió un muñón en el brazo izquierdo, lo que indica el modo radical que encontró para liberarse del cepo. Y, sobre todo, percibió en la distancia el brillo de locura en su mirada. Así que su esposa sobrevivió al incendio y lo está persiguiendo. ¿Viene a por su hijo o viene a por él? No lo sabe, pero no es momento para que ella reaparezca en su vida. Quizá solo quiera recuperar a su hijo.

¿Por qué tuvo que llevárselo? Ni siquiera tiene la certeza de que sea suyo. ¿Es por venganza o por el deseo de prolongar su linaje, de tener un heredero? Es porque el niño le recuerda a Leonor, el único amor de su vida, o mucho más que eso: la única persona que le ha hecho sentir algo, que ha penetrado en la coraza de su alma para liberar una emoción. O en realidad dos, porque el amor que sentía por Leonor se tornó en odio intenso cuando la supo en brazos de Mauro. Recuerda el desprecio de Timoteo y, ahora, le gustaría tenerlo delante para espetarle: ¿no lo ha convertido el amor en una bestia aún mayor? ¿Por qué se creen mejores lo que se dicen capaces de sentir esas emociones? Tiene que enterrar esos pensamientos y centrarse en el presente: si Leonor ha vuelto, lo ha hecho para recuperar a Lope, y sabe que eso va a perjudicar su carrera política. No puede permitirlo.

Ha mandado a su hijo por delante, rumbo a Madrid. Viaja en una diligencia con la nodriza y sabe que la primera posta es Carmona.

Antes de retirarse a sus aposentos, toma una decisión. Esa noche lo asaltan pesadillas con la imagen de Leonor persiguiéndole, su muñón brillando entre la multitud, todavía supurando sangre. Por la mañana alquila un caballo y se pone en camino.

La posta de Carmona está junto al arroyo del Perchinero. Mientras abrevan y dan forraje a su caballo, Cándido busca a su hijo y a la señora que lo cuida. Pregunta por ellos y le señalan unas encinas junto al río. Allí están, cobijándose bajo la sombra. La sonrisa de placidez de la nodriza se congela al ver venir a Cándido.

—Deme al niño.

La mujer no discute, se acerca a él y lo deposita en sus brazos.

—Vuelva a San Fernando, ya tendrá noticias mías.

—El bebé tiene que comer...

—Eso ha dejado de ser asunto suyo.

—Señor, ¿qué va a hacer? —se atreve a preguntar la nodriza, asustada.

Cándido no responde. Con el bebé en brazos, vuelve a la posta. Su caballo ya está preparado y pone rumbo a Écija para unirse a las tropas del general Serrano. Pocos minutos después, descabalga. Carga a Lope fuera del camino y, entre matojos y piedras, lo deja caer como quien abandona una basura. Los berridos del bebé van quedando atrás según se aleja galopando por el camino soleado.

Cinco minutos después, ya lo ha olvidado.

El grueso del ejército se vislumbra desde varias leguas antes de llegar hasta él, por el polvo que levantan los soldados, las caballerías, las carretas, los cañones que transportan para cuando haya que entrar en batalla. Ahora lo importante es ponerse a la cabeza de los hombres que van hacia Madrid, un acto de cobardía en el momento final podría empañar su imagen ante Prim.

—¡Cándido!

La voz le sorprende como el familiar que se presenta a una fiesta a la que nadie le ha invitado. Encorvado sobre un caballo, desprovisto de las ropas oficiales que tan orgulloso exhibía en Madrid, como un sevillano más que se ha sumado al ejército, el sargento Vicuña le sonríe. La mancha púrpura que ensucia parte de su rostro se ha ennegrecido con el paso del tiempo, cancerígena y purulenta, parece incluso despedir un aroma agrio.

—Es una suerte que el destino haya cruzado nuestros caminos.

—¿Por qué tengo la sensación de que la suerte ha tenido poco que ver? —Habituado al ascendiente sobre su viejo compañero de correrías infantiles por Madrid, le desagrada que Vicuña le hable como a un igual o, incluso peor, como si fuera su dueño.

—No menosprecies al azar, Cándido. Es verdad que salí de Madrid huyendo cuando vi que la reina tenía perdida la batalla. Contaba con que tú te habrías sabido situar en el bando correcto, pero no tenía manera de encontrarte. La verdad, me decepcionó que no me avisaras de que esto iba a ocurrir. ¿Así es como pagas la lealtad de toda una vida?

—No tenía manera de ponerme en contacto contigo.

—¿Vamos a jugar a las mentiras? Nos conocemos demasiado. Incluso conozco tu verdadero nombre: Esteban Alfaro.

A Cándido le gustaría sacar la pistola que lleva colgada del cinto, disparar al Manchado entre ceja y ceja, reventar esa sonrisa estúpida que insiste en dibujar, pero a solo unos metros de ellos avanza la caballería y el asesinato lo expondría, aunque cree que podría justificarlo sin dificultad, por eso lleva la mano hasta la culata del arma.

—Yo de ti no lo haría. —El Manchado ha reparado en su gesto—. Además, nunca has sido un gran tirador. Si no me matas, tendré tiempo de contarle a todo el mundo quién eres en realidad. Puedes decir que soy un espía de la reina, que purgué a decenas de revolucionarios en Madrid, pero nada de eso valdrá una mierda cuando escuchen todo lo que sé de ti.

—¿Qué es lo que quieres, Manchado?

—Soy modesto. Un puesto en ese ministerio que dicen que vas a dirigir. Un buen lugar desde el que seguir disfrutando de la vida. Y te juro que nadie escuchará nunca lo que hacías en Santa Catalina de Baracoa. Piénsatelo.

Vicuña espolea su caballo y enseguida gana posiciones en la comitiva. Cándido reflexiona a toda prisa. No tiene sentido perder el tiempo en cómo le gustaría hacer pagar al Manchado su chantaje. Debe ser cauto. Defender la imagen de viudo que se ha construido. De pronto se pregunta en qué momento le ha parecido que Lope era un estorbo para él: necesita componer la imagen de un héroe de la revolución que ha perdido a su amada esposa y ha luchado por la libertad con su hijo a cuestas. Esa imagen vale más que mil palabras, desmonta por sí sola las insinuaciones del Manchado, al que podrá hacer pasar por un loco, un esbirro de la reina capaz de cualquier difamación para hundirlo. Da media vuelta y espolea al caballo, que galopa desbocado hasta rebasar la posta de Carmona. Se apea en el punto del camino en el que se deshizo del bebé. No lo encuentra. No hay rastro del niño.

Vuelve a la posta. Cuando llega, un mozo le sale al paso.

—Busco a un bebé de pocos meses.

El mozo muerde el tallo de un cardo y lo mira de forma poco amistosa.

—Largo de aquí. Usted se fue sin pagar el forraje del caballo.

—Tuve que salir corriendo, pero aquí estoy. Para hacer cuentas y para recoger a mi hijo. ¿Lo has visto?

—No he visto ningún bebé. ¿Dónde está el dinero?

Un llanto de niño interrumpe la mirada torva con la que los dos hombres se están retando. Cándido se dirige al cobertizo, atraído por ese llanto que identifica desde el principio. Allí está la nodriza, asustada, con el bebé en brazos.

—No le haga nada, se lo ruego, señor. Yo me lo quedo, pero no le haga daño.

Cándido contempla a su hijo, serio, sin esbozar ni siquiera una sonrisa.

Capítulo 57

—

Pili se ha enrolado en una compañía de cómicos que recorre el país con sus obras, pequeñas sátiras contra la reina. La actriz principal rebasa los setenta años, pero muestra una vis cómica indudable, apoyada en su aspecto grotesco. Se llama Grisi y es pareja del empresario, Donoso, un exmilitar tuerto convencido de que siguiendo el recorrido hacia Madrid de las tropas sublevadas conseguirán un buen rédito económico. El fervor del pueblo anima a las risas, a presenciar una comedia divertida, y afloja los bolsillos con un desenfado que hay que aprovechar. La revolución no va a durar toda la vida.

—Leonor, ¿no te apetece hacer un papel? Serías una condesa de Montijo perfecta —dice la Gallarda.

Pero Leonor no quiere intervenir en las obras. No quiere saber nada del teatro. Ha pasado el día recorriendo Écija, las posadas, las plazas, las tabernas, en busca de Cándido. Se encierra en el carromato durante horas y se queda sentada en una silla con la mirada perdida.

—No, Pili. No volveré a actuar. No soy más que una tullida.

Como ya está acostumbrada a la amargura que esgrime su amiga siempre que ella la intenta animar, no insiste. Esa noche, los espectadores rompen en aplausos y piropos cuando la Gallarda sale vestida con el peculiar hábito que se han inventado para la eterna acompañante de la reina, sor Patrocinio. Mientras siguen las risas y las palmas, Leonor se pasea entre el público en busca de su marido, convencida de que se sentirá atraído por el espectáculo, como le pasó en Sevilla. Pero no lo encuentra.

Resignada, se dedica a contemplar el espectáculo. Se siente orgullosa de su amiga Pili: hasta en ese precario escenario, en una plaza de un pueblo, se la ve desenvuelta y feliz. Ahora sí que es una actriz de verdad, no una simple corista. Quizá si su vida hubiera sido distinta, sin Cándido, sin Mauro, ella también lo habría logrado. Por un momento se deja llevar por la imaginación. Pero no se lo puede permitir, tiene que recuperar a su hijo Lope, tiene que vengarse de su esposo. Cuando acaba la obra, propone a sus amigos dar una vuelta por Écija. No descarta que Cándido se haya sumado a la corriente de las tropas, y ese día están por toda la ciudad. Pili celebra la sugerencia con una sonrisa. Le gusta ver a su amiga animada por fin. Aquilino Pardiñas, ávido de un trago, se levanta de un salto.

A las afueras de la ciudad se ha montado el campamento para la soldadesca, que ahora, al caer la noche, se ha repartido por las calles. Por todas partes beben los hombres, hay puestos que los vecinos han sacado fuera para vender todo tipo de alimentos, desde vasos de gazpacho y molletes hasta yemas o tortas de aceite.

Mientras Leonor se pierde entre el gentío buscando a su marido, la Gallarda y Aquilino se acercan a un tenderete montado por una vecina avispada en el que sirve vino de la cercana Montilla. Aquilino vacía de un trago el primer vaso.

—Pónganos dos vasos más de este excelente vino, señora —pide a continuación.

—¿No bebes muy rápido? —le reprueba Pili.

—El alcohol permite no pensar. Cuando sus efluvios te llenan la cabeza, los recuerdos quedan aplastados.

—Hablas de Cándido Serra —adivina sin ninguna dificultad ella.

—Quien lo ha conocido ha visto el infierno. Y no es fácil olvidarlo, bien lo sabes. Menos todavía cuando te tiene dominado, cuando lo temes a cada paso que das.

—Pero tratabas con él como autor teatral y te permitías llevarle la contraria.

—Porque no sabía quién era. Pero una vez que lo supe...

—Una vez que lo supiste, le plantaste cara —interrumpe ella.

—No lo hice. —Pardiñas se queda mirando al infinito y esa actitud, con el vaso en la mano, compone la estampa de una confesión.

—¿Por qué te fustigas? Yo estaba allí: viajé contigo a Baracoa. Sin tu valentía...

—No hay valentía en estos huesos, Gallarda —niega Pardiñas en un murmullo—. La noche que fuimos a Santa Catalina de Baracoa, mi misión consistía en prender fuego a la hacienda y coger un rifle para disparar a los vigilantes. Solo hice lo primero, pero no lo segundo. ¿Y sabes por qué?

La Gallarda niega con un gesto.

—Porque lo vi. El fuego se propagó muy deprisa, en apenas unos segundos. Y él salió a la puerta de la casa. Lo vi. Y me entró un sudor frío, un temblor de piernas... Se me disparó el corazón de forma espantosa. Como si todo lo que me había contado Timoteo lo hubiera vivido yo.

—¿Cómo reaccionaste?

—Me escondí en la espesura de la selva, lejos del fuego. Y solo abandoné mi escondite cuando Cándido se había marchado.

—Maldita sea, Pardiñas... ¡Podrías haber ayudado a Leonor, a Mauro!

—¡Ya lo sé! ¿Te crees que no me mortifica saber eso? Esa noche murieron Mauro, Emiliano, Rosana... Y Leonor perdió una mano porque no podía liberarse del cepo. ¿Y yo qué hice? Nada. Me quedé petrificado como la esposa de Lot. Todo el valor que derrocho ante la hoja en blanco no sirve de nada en el mundo real. Soy un héroe de las letras y un cobarde en el día a día. ¡Eso mismo debería inscribir en mi lápida! ¡Todas las batallas que venció en las páginas de los libros las perdió en la vida real!

Se acaba su segundo vaso y lo inclina hacia la tendera para que se lo rellene.

—Tiene gracia, tú eres la Gallarda y yo soy un cobarde. ¿Entiendes ahora que necesite embotarme?

Pili también tiende el vaso para que se lo rellenen. Claro que lo entiende. De gallarda, ella solo tiene el nombre artístico. No es nadie para repartir sermones morales, que cada uno arrastre sus penitencias como pueda.

—¡He visto a Cándido!

Los dos se giran hacia Leonor, que llega demudada y por alguna razón les habla desde una distancia de un metro y medio, sin terminar de acercarse a ellos, como si estuviera clavada en la tierra como una estaca.

—¿Dónde lo has visto? —pregunta Pili.

—En el campamento, bebiendo con los soldados. Me he lanzado a por él, quería arrancarle los ojos, pero nos han separado y me han echado de allí a patadas... ¡Venid conmigo! ¡Está allí, Pardiñas!

—Vale, tranquila, Leonor. Dime dónde le has visto, voy contigo —propone Aquilino.

—¡Allí! ¡Está allí! —señala Leonor a un hombre que está acarreando un saco de cereal.

—Ese hombre no es Cándido. —Pili cruza con Pardiñas una mirada de preocupación.

—¡Es él! ¿Por qué no hacéis nada? ¡Es él!

El escritor la coge del brazo bueno y la acerca al tenderete.

—Tómate algo con nosotros, hace mucho calor. ¿Tiene usted una limonada? —Se gira hacia la tendera.

—Solo vino —contesta la mujer.

Leonor se acoda en el tenderete precario de un gesto rápido y clava sus ojos idos en la mujer, como una sedienta después de caminar días por el desierto.

—¿Dónde está mi hijo? ¿Qué has hecho con él?

—¿A esta qué le pasa?

La Gallarda se aproxima a su amiga con calidez, le rodea los hombros con un brazo.

—Vamos al carromato, Leonor, y descansamos un poco. Ha sido un día muy largo.

—¡Es Cándido! ¿No lo veis? —grita según intenta agarrar a la tendera del blusón.

—Os la lleváis de aquí o la muelo a palos, no lo digo dos veces.

Leonor se zafa del brazo de Pili, desafía a la tendera y no se lanza a por ella porque Pardiñas llega a tiempo de sujetarla. Se la llevan a rastras, ya sin miramientos, mientras Leonor se gira hacia el tenderete y amenaza con matar a la mujer, que escupe en la tierra en señal de desprecio.

Capítulo 58

Durante el viaje a Córdoba, Leonor no pronuncia una sola palabra. Va sentada en la parte de atrás del carromato, ajena a todo, con la mirada perdida, como si estuviera en otra parte, en una habitación cerrada y desnuda, sin ventanas ni puerta, una habitación que se hubiera construido a su alrededor, el cuello muy tenso y los labios bisbiseando algo inaudible. Más que una oración, parece un juramento que repite una y otra vez. Pardiñas ha intentado consolarla, pero es inútil. Sabe que en los últimos tiempos lo ha perdido todo: a su hijo Lope, a Mauro, el gran amor de su vida, y ahora, por lo que parece, la cordura.

A la llegada a Córdoba, los cómicos buscan una plaza en la que montar su pequeño escenario. La ciudad es un hervidero. Las noticias de que se aproximan las tropas isabelinas corren por las tabernas, por las calles empedradas, y el pueblo está reaccionando. Se ha formado una milicia de trescientos voluntarios para combatir al ejército borbónico. Pardiñas, preocupado por todo lo que está ocurriendo, se adentra en las calles, se arrima a los grupos de tertulianos y se informa de la situación. La artillería ha llegado a la zona cargada en trenes y el general Serrano ha dispuesto dos campamentos en Ventas de Alcolea. La batalla se acerca, eso es lo que se palpa en el ambiente.

Se lo cuenta a sus compañeros con pesar, meneando la

cabeza. No soporta la guerra, no soporta los cañonazos ni las balas, hieren su sensibilidad de artista. No soporta la sangre. Según desgrana las noticias que anticipan el desastre, va sintiendo el olor a pólvora, como si los primeros combates se hubieran producido en ese carromato. Sofocado, sale a tomar el aire y, a los pocos minutos, ve pasar a Leonor, que camina con decisión hacia la muralla.

—¡Leonor! ¿Dónde vas?

No se gira cuando él la llama, sino que sigue caminando, animada por un extraño resorte. Va tras ella. Ve que se detiene en una posta y contrata un coche. Sin decirle nada, ya que actúa como si estuviera sola, se sube con ella. El carruaje se pone en marcha sin que Pardiñas sepa a dónde se dirigen.

Al mediodía, los combates se recrudecen de un lado a otro del puente de Alcolea, un paso estratégico por el Guadalquivir para bajar a Córdoba o subir a Madrid. Aunque no es militar, Cándido sabe que está viviendo el momento clave de la revolución. Y también sabe que debe estar junto al general Serrano y mostrar gallardía, por mucho que haya dicho una y otra vez que no es un hombre de acción.

El campamento del general está en el cortijo de Yegüeros, junto al arroyo del mismo nombre. Las posiciones de los sublevados son buenas, el general Pavía y Lacy, marqués de Novaliches, el hombre elegido por la reina para liderar su ejército, ha cometido un error al colocar los cañones Krupp en una posición demasiado avanzada. No los habían usado antes y menospreció su alcance. La carga cae en la retaguardia del ejército enemigo y por lo tanto el daño es menor. Aun así, hay numerosas bajas por ambas partes.

—¿Una conferencia con el general Pavía?

El general Serrano se ha acercado a Cándido para pedirle consejo, un privilegio inesperado. Es en estos instantes donde puede fraguar la posición que busca en España.

—Hay que darle la oportunidad al enemigo de negociar su rendición, aunque seguramente se niegue y tengamos que pelear hasta el final.

—¿De qué nos vale entonces intentar negociar?

—General, usted no tiene que trabajar para ganar esta batalla. Ya está ganada. Usted tiene que ocuparse de la imagen que quedará de su generosidad con el enemigo a la hora de pasar a la historia.

Sus palabras son bien recibidas por el general; apelar a la vanidad del hombre que pasará a la historia siempre lo es. Además, la conjetura pronunciada en esa breve conferencia se cumple: el marqués de Novaliches no se rinde, pese a reconocer su debilidad, y el enfrentamiento de las tropas continúa.

Espoleado por el ascendiente que ha adquirido, Cándido se suma a la refriega. Empuña un rifle y se sitúa en el flanco de la Dehesilla, el menos expuesto a los cañonazos. Arrecian las explosiones, los aludes de tierra arrancada que cae en oleadas sobre los soldados, los disparos, los gritos, los muertos. Uno de los cañonazos descarga cerca de donde él se atrinchera. Una decena de soldados salta por los aires. Al aproximarse al lugar del destrozo, se encuentra con un hombre malherido, la metralla le ha impactado de pleno. El dolor descompone un rostro ya de por sí repugnante para Cándido, desde niño le causó un desagrado visceral observarlo. El Manchado se lleva la mano a la pierna, que está prácticamente destrozada por el impacto, solo una masa de músculos la mantiene unida, el hueso roto brilla como el nácar en mitad de la sangre.

—¡Ayúdame, Cándido!

Él saca un cuchillo, le corta el pantalón, urge amputar la pierna y hacerle un torniquete o morirá. Y, de pronto, se queda mirando el rostro sudoroso de su antiguo amigo, salpicado de tierra.

—Deberías darme las gracias, Vicuña. Los años que has vivido han sido mucho mejores gracias a mí.

El Manchado lo mira con cara de terror, sin acertar a decir nada. Cándido hunde el cuchillo en su abdomen y hurga en el estómago con el acero hasta que el otro regurgita sangre. Después se aleja de allí, lejos del cadáver del último testigo de lo que había sido el viaje de su vida.

Se gira para verificar que nadie ha presenciado su ejecución. Y lo que ve lo deja helado, hasta el punto de no saber si es una alucinación o algo real. Leonor está en el campo de batalla. Ajena a los cañonazos, a las balas que rasgan el viento, a los caballos encabritados, a las carreras de las guarniciones en busca de una posición más ventajosa. ¿Qué está haciendo allí? Verla como una sonámbula entre las balas es demasiado turbador. Un proyectil de artillería cae a unos palmos de Cándido y lo lanza contra una encina. Queda sepultado por la arena levantada y en unos segundos de vértigo piensa en esa mujer enloquecida y en su hijo Lope, al que ha enviado a Madrid justo cuando las hostilidades se han presentado. ¿Llegará sano y salvo a la capital? Antes de que pueda plantearse una respuesta seria a esa pregunta, sobreviene una segunda explosión y para él de pronto todo es silencio.

Leonor no oye los cañonazos, el brillo de las bayonetas no la deslumbra. No percibe la agonía de los soldados heridos ni siente el horror de la batalla. Tampoco acusa los bramidos de júbilo de la tropa porque alguien ha visto al marqués de Novaliches con media cara arrancada por una granada. Las bajas de las tropas isabelinas se suceden. En las tropas sublevadas, una carnicería. Pero Leonor continúa paseando por allí como si fuera un campo de amapolas. Gira los rostros de los caídos con su muñón, que utiliza como si fuera un palo.

Al atardecer, cuando la batalla ha remitido y solo se oyen disparos lejanos por el lado de Villafranca, se acerca al puente de Alcolea. Las tropas gubernamentales se han retirado hacia El Carpio. Los revolucionarios están apilando cadáveres en el pretil del puente, para dejar acceso a los convoyes. Leonor inspecciona cada lote de cuerpos, los mira uno por uno, ante la perplejidad de los soldados, que no saben qué está haciendo allí esa mujer. Todavía silba alguna bala, hay nervios, órdenes de protegerse, de retroceder, la rendición no se ha producido, pero ella continúa girando cuellos, agarrando cabezas por los pelos para el examen visual que necesita hacer imperiosamente. Una bala acierta en la cabeza que está sosteniendo. La deja colgando en el pretil y coge otra.

Y así habría seguido hasta revisar los cientos de cuerpos amontonados de no aparecer un hombre desquiciado por la tensión del momento y dando aullidos de apremio, que la arrastra fuera del puente y la saca del campo de batalla en dirección al cortijo de Yegüeros. Es Pardiñas, que ha acudido en ayuda de su compañera una vez que ha superado el terror que le producían las explosiones, los gritos y el silbido de las balas.

—Vámonos, Leonor, vámonos de aquí...

Mientras tira del muñón, va llorando de miedo. Ella no dice nada. No sabe dónde está, no sabe qué hora es, no sabe quién es ese hombre que la arrastra como una yunta de bueyes. Se deja llevar, como si todavía no le quedaran muchos cadáveres que revisar, como si ya le diera igual todo.

Al llegar al cortijo, cuando Pardiñas la ha sentado en una silla de mimbre y le ha alcanzado un porrón para que beba algo, Leonor se pone a gritar. Un alarido detrás de otro que parecen emitidos por un animal que llevara dentro. Una sucesión horrísona sale de su garganta y atormenta la noche casi más que los cañonazos de la batalla.

Capítulo 59

Leonor abre los ojos y parpadea para acostumbrarse a la luz. No sabe dónde se encuentra. Intenta levantarse, pero no puede. Está atada a un jergón, con cuerdas que recorren su pecho, su abdomen, sus piernas. Los rayos del sol se filtran por una claraboya. La habitación es austera, de campo: un arcón de madera, un escritorio, una palangana y una jofaina para el aseo. Una mesilla con una vela en su candelero. Grita pidiendo ayuda, pero no acude nadie. El eco de su voz flota unos segundos en la habitación hasta ser engullido por el silencio plácido que lo envuelve todo. Hace por desatarse, pero los nudos están demasiado prietos. ¿Qué ha sucedido? Le vienen fogonazos de disparos y cañonazos, arena y polvo, cadáveres en un puente... Pero no entiende qué hacía ella en el campo de batalla.

Oye pisadas en una escalera que suenan como una zambomba. La puerta se abre y ella contiene la respiración. Se tranquiliza al reconocer el rostro afable de Pili.

—Por fin te has despertado —dice con entonación cariñosa.

—¿Qué estoy haciendo aquí? ¿Por qué estoy atada?

—No nos quedó más remedio, gritabas, intentabas pegarnos... Parecía que te había poseído el demonio. Nos daba miedo que tú misma te hicieras daño. Llevas así tres días.

—¿Tres días? No recuerdo nada..., solo imágenes sueltas, un campo de batalla... ¿Dónde estamos?

—En una fonda cerca de Villanueva de los Infantes.
Decidimos separarnos del ejército; se ganaba dinero, pero
se corría mucho peligro.

—¿Es verdad que estuve en mitad de la guerra?

La Gallarda le cuenta todo lo que sabe del día en el
que Leonor perdió el sentido. Sí, estuvo en la batalla y
miraba las caras de todos los muertos buscando a alguien,
solo Dios y la suerte la mantuvieron con vida. Bueno, y
Aquilino Pardiñas, que se metió en medio de las balas y las
bombas para sacarla de allí.

—Ya hay algo que le podrás contar a tus nietos —se
ríe—. Estuviste en la batalla de Alcolea, la que supuso el
triunfo de la Gloriosa. Isabel II se ha exiliado en Francia.

—¿Ha triunfado la revolución? —Leonor lo siente
como un homenaje póstumo a Mauro. Su recuerdo se le
clava en el pecho, como el dolor fantasma de la mano que
se cortó en Santa Catalina de Baracoa.

—Ha triunfado, a ver qué nos traen los nuevos tiempos. Nuestras obras antimonárquicas pronto perderán vi-
gencia, nos tendremos que inventar otras cosas. Quizá alguna obra de Pardiñas, si es que consigues que vuelva a
escribir, aunque eso parece más difícil que echar a la reina
de España.

—¿Dónde está ahora, escribiendo o bebiendo?

—¿Tú qué crees? Se admiten apuestas.

Leonor suspira en señal de impotencia.

—Desátame, anda, que no te voy a comer.

Pili comienza a desatarla.

—Yo tengo función esta noche en el pueblo, está a cinco kilómetros de aquí. Pero Aquilino me ha prometido
que vendrá a cuidarte. Y la posadera me ha dicho que su-
birá con un caldo.

Al verse desatada, Leonor estira el brazo sano y compone una mueca de dolor. Lo nota entumecido.

—Prométeme que no te vas a levantar hasta que no hayas comido algo.

Leonor se incorpora con movimientos lentos.

—Dame un abrazo, anda.

La Gallarda la abraza con fuerza.

—Y vete a tu obra. Haz reír a la gente, que le hace mucha falta.

—Lo haré.

Cuando Pili se va, Leonor se levanta para estirar las piernas, aunque nota un mareo y se tumba en el jergón.

Por la tarde, la posadera le sube el caldo prometido. Es una mujer rolliza, áspera pero servicial. Se presenta como Dolores. Le prepara infusiones revitalizantes, la asea con un trapo que humedece en la palangana, le cuenta cosas de la revolución. Que han invadido el Palacio Real para saquearlo, lo dicen los diarios; que ha tenido que entrar una milicia para expulsar a los saqueadores y están haciendo el inventario de los bienes incautados. Que Madrid es un caos, el pueblo se ha lanzado a las calles, la Puerta del Sol es un enjambre de gente, todos felices, no quedan seguidores de la reina en la capital, o están escondidos como comadrejas. Dolores la instruye sobre cómo manejar la ventana de la claraboya. Le alcanza un palo con el que puede empujar el marco si quiere ventilar. Y si quiere echar el toldo de paja, solo tiene que enganchar el palo en la argolla y tirar hacia un lado.

—Estoy muy gorda, yo no puedo subir las escaleras tantas veces para hacerte caso.

—Gracias, Dolores. ¿Usted sabe dónde está Aquilino?

—¿Se refiere al borracho? Andará en alguna taberna. No ha hecho otra cosa desde que llegó.

Pardiñas se pregunta qué va a ser de él ahora. Lo mejor sería llegar a Madrid, buscar una habitación barata y tratar de escribir una obra de teatro para Arderius o para cualquier empresario teatral que aprecie su talento, aunque tenga que rebajarse a componer ripios procaces, porque el mal gusto parece haberse adueñado del público español como Prim del país. Si Leonor mejora, podría intentar colocarla en sus obras, pero que sea manca va a suponer un obstáculo; mucha pierna tendrá que mostrar para que dejen de mirar su muñón. En esas está cuando un hombre se sienta a su lado en la taberna. Como la luz que inmoviliza al animal, se pone rígido, aunque, bajo su piel, todo su cuerpo tiembla.

—Veo que no me has olvidado...

Cándido Serra no ha cambiado mucho desde los días de La Habana, era poderoso allí y lo es también en España. Su cuerpo fino de cuchillo, ligeramente encorvado por el peso de los años, sus ojos azules y acuosos, como si los hubiera heredado de los reptiles de la selva de Cuba.

—¿Cómo me has encontrado?

—No hay muchos cómicos viajando con un carromato en estos tiempos convulsos. ¿Dónde está Leonor?

—Se ha ido con esos cómicos, camino de Levante.

—Acabo de hablar con el mozo que les estaba recogiendo sus bártulos. Muy simpático, por unas monedas me ha dejado registrar el carromato. Y allí no estaba Leonor.

—Cándido pide una jarra de vino al mesonero. No tiene intención de marcharse pronto.

—Leonor perdió la cabeza en Alcolea. La dejamos allí, en una casa de reposo.

—Que perdió la cabeza es cierto, yo mismo la vi entre los cañonazos, como una endemoniada.

—Por eso la tuvimos que dejar ingresada.

—Es curioso: tienes el don de inventar historias fabulosas, Aquilino, pero eres uno de los peores mentirosos que conozco. Eres consciente de que no voy a parar hasta que me digas la verdad.

El vaso de vino tiembla en la mano de Pardiñas. Lo vacía de un trago, deja unas monedas en la mesa y se levanta.

—Me tengo que ir.

Cándido lo agarra de la muñeca y con un tirón suave lo vuelve a sentar en el taburete.

—¿Dónde está Leonor?

—No te lo voy a decir...

Cándido se ríe.

—O me lo dices o tu vida va a ser una pesadilla constante. No te vas a olvidar de mí jamás, no vas a poder pegar ojo porque en cualquier momento alguien va a entrar en tu alcoba o en el muladar en el que estés durmiendo y te va a rebanar el pescuezo. Todos los días temblando de miedo, Pardiñas. ¿Esa es la vida que quieres? A menos que me digas dónde está ella, y entonces te espera una vida maravillosa en el teatro, con aplausos cada noche y con hermosos pretendientes dispuestos a cualquier cosa por interpretar uno de tus personajes. Porque tú tienes talento, siempre te lo he reconocido.

Pardiñas suda. Quiere beber más, pero el vaso está vacío y rellenarlo de la jarra sería como rendirse a la compañía de Cándido. En medio del pánico, nota el alivio de que ese demonio ignore que el autor del manuscrito es él. ¿Qué posibilidades tendría de salir vivo de ese encuentro si lo supiera? Ninguna, ha matado a todo el que ha tenido el menor contacto con el texto. Aun así, desea escapar de ese hombre, de su pegajosa influencia, de sus ojos que brillan como dos fuegos fatuos. Necesita escapar del monstruo que convirtió en un infierno la vida de Timoteo.

—Si te lo digo, ¿me prometes que nunca más nos volveremos a ver?

Cándido coge la frasca de vino. Sirve dos vasos y levanta el suyo, ofreciéndole al escritor un brindis siniestro.

Leonor no entiende por qué no entra la posadera a llevarse la cena, como hace cada noche. Tampoco ha venido Pardiñas, pero eso no le extraña: lo imagina borracho en la taberna. Con el palo, ha cerrado la claraboya y ha corrido el toldo. Se tumba y piensa en Mauro, en lo mucho que le gustaría estar abrazada a él en ese jergón incómodo. Busca en su memoria la energía para recuperarse, su guerra no ha terminado, no lo hará hasta que vuelva a tener a Lope entre sus brazos. La locura que la colonizó en la batalla de Alcolea fue una pérdida de tiempo. No sabe cuánto puede haberse alejado Cándido de ella, pero quiere convencerse de que su hijo sigue vivo, se prohíbe imaginar el cuerpo de su bebé sin vida.

Cruje la escalera, alguien sube. La puerta se abre con una lentitud exasperante, como si el que entra estuviera jugando a mantener velada su identidad.

—Por fin juntos de nuevo.

Leonor reconoce la voz antes que el rostro. Es Cándido. Lo ve sonreír en la oscuridad y justo cuando está palpando el suelo en busca del palo, un cuchillo se hunde en su abdomen. El dolor es agudo y el odio es intenso, un odio que le inyecta las fuerzas necesarias para agarrar el palo y descargar un golpe en la cabeza de Cándido, y después otro, y otro, y otro... Él se desploma. Ella se levanta, el cuchillo clavado en la tripa. Con la poca luz que entra por la puerta ve a su marido tendido, inmóvil. A su alrededor se va formando un charco oscuro. Sale de la habitación, baja las escaleras, llega a la posada. Sobre unos sacos de trigo está Dolores, la barriga enorme llena de picotazos y envuelta en una gran mancha de sangre que se mezcla con el trigo derramado, quizá por una cuchillada fallida del agresor. No hay nadie más en ese lugar.

Un perro flaco aúlla. El farol de la entrada alumbra el exterior. La posada está a las afueras, en el campo. No se ve con fuerzas de llegar al pueblo, le fallan las piernas y nota que se va apagando más y más a cada paso. Necesita un escondite. Ve una trampilla. La abre. Abajo, el agua oscura, el rumor del flujo. Es un pozo. Tropieza con un cubo amarrado a un gancho de hierro, en el suelo. Se dirige al establo. No es buen escondite, piensa confusamente. Cándido la podría buscar allí. Ve una tinaja enorme. Se podría meter dentro, pero si la descubre, no tiene escapatoria. Alrededor no hay bosque. Solo páramo. Algún árbol delgado, matorral bajo. La vista se le nubla a Leonor, las piernas flaquean. Ya no hay tiempo de buscar un escondite. Se sienta detrás de la tinaja.

El portalón de la fonda se abre de un fuerte embate. Oye pasos, jadeos como de perro rabioso. Saltan los goznes de la puerta del establo, que ha recibido una patada. Ella piensa que Cándido debe de estar malherido, le ha dado varios golpes en la cabeza. Tal vez se desmaye, tal vez se caiga dentro del pozo, ha dejado la trampilla abierta. Tal vez no la encuentre. Piensa en Mauro, piensa en su hijo, piensa en lo feliz que era cuando bailaba con las suripantas. Mira los olivos que tiene enfrente, imagina las ramas recogiéndola con suavidad y elevándola a la copa del árbol para protegerla. Le parece por un momento que la alucinación se está cumpliendo, porque nota un tirón en el pelo. Pero es una mano firme la que tira de ella, es Cándido el que la arrastra por los cabellos como si fuera un saco de cereal.

—Se te acaba la función, suripanta.

Cada respiración le recuerda el vacío de la herida en el estómago. No tiene fuerzas para defenderse. Solo para encararlo.

—¿Dónde está mi hijo?

—¿Y ti qué más te da? —dice él.

Y la empuja al pozo.

Capítulo 60

—Señor Serra, estamos sorprendidos con las noticias que llegan de Cuba. Nos gustaría que nos explicara la situación. ¿Conoce usted a Carlos Manuel de Céspedes?

Carlos Manuel de Céspedes no es uno de los mayores hacendados de la isla, apenas tiene un par de ingenios de tamaño medio, el más importante es el de Demajagua, cerca de la localidad de Manzanillo, pero ha provocado una revolución que será difícil de contener: ha liberado a los esclavos y se ha alzado en armas contra los españoles. Con su revuelta, que la prensa ha bautizado como el Grito de Yara, ha iniciado una guerra que amenaza con extenderse por toda la colonia.

Cándido lo conoce, claro, todos en Cuba se conocen desde hace muchos años, pero nunca pensó que fuera él quien tomara la iniciativa para declarar la independencia de Cuba. Y lo que es peor es que se trata del primer problema que debe resolver como ministro de Ultramar del Gobierno recién creado. Ante él están Serrano, como presidente; Prim, ministro de Guerra; y el almirante Topete como ministro de Marina.

—La causa antiesclavista ha ganado enteros en los últimos tiempos en la isla —empieza su disertación Cándido—. Lo llevo avisando desde nuestras primeras conversaciones. Creo que nos deberíamos haber adelantado a nuestros enemigos y haber abolido la esclavitud.

—¿Estamos a tiempo?

—No lo sé, podemos estudiarlo, mi general.

Prim, un hombre pragmático, es más partidario de sanar la herida que de amputar, pero Topete cree que hay que dar un golpe de fuerza.

—Esto no es un asunto de esclavos o de libertos. Si se levantan en armas los esclavos, no hay peligro, el problema es ese terrateniente, Céspedes. Si inicia una guerra, es porque cree que le será rentable.

—¿Y qué propone usted, almirante? —se interesa Serrano.

—Mano dura, enviar levas a Cuba y eliminar el mal de raíz. Hay que aplastar esa insurrección antes de que los rebeldes nos aplasten a nosotros.

—Los informes nos dicen que Estados Unidos podría apoyar a los rebeldes, quizá sea razonable combatir a los independentistas antes de que eso suceda —sugiere Prim—. ¿Cómo lo ve, Serra?

No puede llevarle la contraria a Prim, su mayor valedor en el Gobierno, pese a que crea que sería una decisión errada. El almirante Topete, según sus noticias, quiere integrar los dos ministerios, Marina y Ultramar, en uno solo del que él sería el titular. Cándido quedaría así fuera del Gobierno. Si quieren que haya guerra, él les recomendará que manden tropas.

—Conozco la fortaleza española en Bayamo, España no tiene nada que temer de los insurrectos cubanos.

Cándido sale de la reunión taciturno. Ha salvado un embate, pero sabe que su posición se ha vuelto débil. Cuando llegó a Madrid, el general Prim lo recibió de una manera amistosa, lo invitó a cenar a su casa para conocer sus puntos de vista y en esa ocasión le ofreció el ministerio, pero la política española es mucho más complicada de lo que él pensaba. Está llena de buitres que quieren los despojos de cualquiera que caiga en desgracia. No le conviene que la colonia cubana ocupe la agenda del Gobierno y de la prensa. A raíz de su nombramiento como ministro, tuvo que salir al paso de algún rumor sobre su figura, atizado desde la isla. Hasta ahora ha bastado con adoptar un perfil victimista, cualquier ministro padece alguna que otra campaña de descrédito, pero si se sitúa en primera línea contra los rebeldes, como le corresponde hacer, sus enemigos pueden afilar las uñas.

Como siempre que está preocupado, busca refugio en el teatro. Por primera vez desde que regresó a España se dirige a la calle de la Magdalena, al Teatro Variedades. Allí sigue triunfando la compañía de Arderius, la de los Bufos Madrileños, aunque ha leído en el periódico que la última obra que han estrenado es distinta: «Los bufos se pasan al teatro comprometido», decía un anuncio insertado en *El Imparcial* que augura que esa nueva obra, que lleva por nombre *El indiano,* será la gran sensación de la temporada. Cándido entra en un palco cuando las luces ya se han apagado y se dispone a disfrutar del despliegue de emociones que él no puede sentir en su vida real. En momentos complicados, significa un bálsamo: todos aquellos que pretenden destruirle cargan con los sentimientos que la ficción muestra sobre las tablas. El amor, la culpa, el deseo, la misericordia..., y todo eso también los hace vulnerables.

Sonríe con el inicio de la obra: por mucho que Arderius quiera hacer teatro serio y comprometido, sigue fiel a sus principios. Un grupo de bellas bailarinas, vestidas como si fueran indígenas de algún lugar de Sudamérica —no de Cuba, desde luego—, salen al escenario a bailar con tambores de fondo; son la versión actual de las suripantas. Algunas le recuerdan a Leonor, Arderius no ha perdido el buen ojo para la belleza femenina.

La obra, además de los interludios festivos que aportan las bailarinas, narra las experiencias de un hacendado en Cuba que se ha casado con una joven española. El hacendado es cruel con los esclavos en los ingenios: además del cepo, utiliza torturas africanas como el empalamiento. Cándido traga saliva al ver su propio pasado expuesto de una manera distorsionada sobre el escenario. Como es habitual en las comedias de la época, también hay un triángulo amoroso entre el hacendado, su joven mujer española y un emigrante gallego que prueba fortuna en la isla y padece las penalidades de los esclavos negros. También ese aspecto de la trama le recuerda a su propia experiencia. Detesta que un personaje que siente como un trasunto de Mauro se filtre en la obra, como si fuera un fantasma que hace aparición corpórea en una sesión de espiritismo. Luego, culpa a sus propios pensamientos por vincular a aquel petimetre que le arrebató a su esposa con el personaje. Sin embargo, cuando el público se estremece por la muerte del gallego en un ingenio del hacendado, Cándido deja de pensar que es él quien está estableciendo conexiones entre la función y su historia.

La trama no se parece a su vida. Es su vida. Alguien ha escrito una obra contando el pasado que él ha borrado con tanto esmero. El gallego ha sido ajusticiado en un rito de tintes africanos en el que el indiano le ha trepanado el cerebro. Debería abandonar el palco, pero una curiosidad insana, tal vez cierta vanidad por ser testigo de la reacción del público ante las atrocidades representadas, le hacen quedarse en su butaca.

En el segundo acto, la mujer recala en Cádiz justo el día que estalla la revolución de la Gloriosa. La acompaña una suripanta llamada Pili —conforme avanza, el texto teatral hace menos esfuerzos por alejarse de la realidad—, que hace reír al público con su frivolidad y sus monerías.

La mujer busca a su marido, al que acusa de haber matado al gallego, su amante, descrito como el gran amor de su vida. Los excesos románticos con los que se describe ese amor le resultan divertidos por ridículos. No parece que suceda lo mismo con el público, puede ver cómo algunas señoras lloran en la platea cuando la protagonista se lanza a un monólogo melifluo sobre su amor perdido. Poco antes del clímax, la mascarada que Arderius ha programado en su teatro añade un personaje más: el de un escritor alcoholizado que acompaña a la mujer en su viaje de venganza. A Cándido le parece gracioso comprobar cómo, en la elección del reparto, ese escritor es un joven apuesto y corpulento.

A pesar de que quiere asistir a todo con distancia, los actos de la obra han ido horadando un agujero en su pecho. No sabe si esa incomodidad creciente se debe a la fiel representación de su vida borrada o a las reacciones de los espectadores, la empatía hacia el dolor de la protagonista y las risas, las burlas, los gritos de desprecio cuando el que interpreta al terrateniente hace acto de presencia. El actor, un hombre maduro envejecido con un maquillaje burdo, es la diana de los insultos del público que abarrota el Variedades. La turbación se va apoderando de él, pero, aun así, no puede dejar de mirar.

En el punto álgido de la obra, el indiano chantajea al escritor, que delata a la pobre mujer. El indiano penetra en su alcoba, le clava un cuchillo en el abdomen y después la tira a un pozo. El público grita horrorizado, algún espectador protesta por el giro de la trama. Por el final en el que el asesino huye vencedor. Y de pronto, sobre el pozo iluminado, se produce una aparición sorprendente. Es el escritor borracho, que mira al público remordido por su conciencia y desgrana un monólogo dramático, delirante, sobre los horrores que cometió el indiano en su ingenio de Cuba, llamado Santa Catalina de Baracoa, pero que mejor sería nombrarlo El Infierno.

El monólogo versa sobre su cobardía al callar esos horrores, sobre su complicidad con los crímenes al guardar silencio y con la única gallardía de escribirlos en un manuscrito. Sobre el control que el demonio ejercía sobre él. Pero había llegado el momento de liberarse de esas ataduras. De las del alcohol y de las del demonio. El escritor abre la trampilla que figura ser el pozo y saca a la mujer de allí con gran esfuerzo. Tiene un cuchillo clavado en la tripa. Se lo arranca. Vacía en la herida su petaca de *whisky* para desinfectarla. Se quita el blusón y lo usa para taponar la hemorragia. La lleva en volandas hasta el pueblo más cercano, que no es otro que Villanueva de los Infantes, y allí le salva la vida un médico rural. El actor remata su monólogo diciendo que su expiación, si es que existe tal posibilidad en su alma atormentada, pasa por escribir una obra de teatro denunciando los crímenes del indiano. Si la vida no es justa, si la realidad no nos sirve los desenlaces que debería otorgarnos, siempre tendremos la ficción para alcanzarlos. Para vivir las vidas que nos han sido arrebatadas, para soñar mundos inalcanzables porque nos fueron robados, para remover el espíritu y la razón.

—La vida no es solo la que vivimos, sino también la que imaginamos. Y esta obra que han presenciado es una demostración de eso mismo. Es ficción, pero también es realidad. Y no solo porque todo lo que ha sucedido en ella sea veraz, sino porque desde esta ficción podrá cambiarse la realidad y que los horrores descritos sean castigados.

Cándido no puede creer lo que está viendo. Nadie debería conocer ese extremo de la historia, todo lo sucedido en Villanueva de los Infantes, y esa promesa de que la representación hecha pueda llegar a transformar la realidad le preocupa. No sabe cuál será la reacción de la prensa, pero la del público es evidente: empieza a aplaudir a rabiar y fuerza a que los actores salgan a saludar. Llaman al autor entre vítores para que comparezca en los saludos finales. Y quien aparece es un emocionado Aquilino Pardiñas. Antes de que Cándido llegue a comprender qué está sucediendo exactamente allí, percibe un aroma terroso, como de tumba removida, alguien que se le acerca por detrás trae ese olor, pero no tiene tiempo de girarse para descubrir quién es, porque un metal helado se hunde bajo su barbilla y le rebana el cuello con un movimiento suave. La sangre sale a borbotones, las piernas del ministro se agitan en un tembleque de espanto, como el de un pez recién sacado del agua.

—En estos instantes, la Gallarda está sacando a mi hijo de tu casa. No guardará ningún recuerdo de ti.

Cándido espanta los ojos al reconocer la voz de la mujer a la que todavía ama. Trata de decir algo, pero las palabras se atrancan en su garganta cercenada. Las ovaciones que aún resuenan silencian los estertores, los gorjeos del ahogo final, y a Leonor, en un momento de paroxismo y de embriaguez, le parece que el público la está aclamando a ella y le dan ganas de saludar desde la oscuridad del palco.

Capítulo 61

Esa tarde, Leonor cuelga el cartel de «Localidades agotadas». La ciudad se ha volcado para saludar al nuevo rey, Amadeo de Saboya, que viene de Italia para reinar en un país dividido. Pero cuando se apaguen los ecos del baño de multitudes y los fastos de la comitiva real, el público se refugiará en el teatro para presenciar la nueva obra de Aquilino Pardiñas, el autor de moda en la capital. Se llama *La reina esclava*, el viejo texto del escritor por fin se ha logrado poner en pie, aunque haya tenido que asumir que la protagonista sea una actriz blanca, Pili la Gallarda, pintada de negro. Arderius consiguió convencerle de que el pueblo de Madrid no estaba preparado para una actriz africana protagonizando una obra, todavía faltan muchos años para alcanzar ese hito.

En el Variedades ya se ha hecho popular la figura de la taquillera manca, simpática, dicharachera, a veces con su hijo de tres años en el regazo. Al verla tan guapa y tan desenvuelta, alguno opina que podría subirse a las tablas. No saben que Arderius se lo propone a menudo y que ella siempre tiene la misma respuesta: que sus tiempos como actriz se han terminado y que ahora el papel que quiere ejercer es el de madre de su hijo. Tampoco saben que estuvo a punto de perder a ese chico siempre sonriente y que haberlo recuperado es lo que más feliz le hace en el mundo.

—Leonor, al acabar el estreno de hoy nos vamos a cenar al Lhardy. No puedes decirme que no vienes.

—Vas a tener que disculparme, Arderius, ya sabes que dejo a Lope con una vecina y tengo que ir a buscarlo.

—Estoy seguro de que la vecina se podrá quedar con él un par de horas más.

—Ella puede quedarse con mi hijo, pero yo no puedo pasar una noche sin leerle una historia antes de dormir.

El empresario enarca una ceja, pero sabe que no hay forma de vencer la resistencia de Leonor. Ella está consagrada a su trabajo y a su hijo, ha dejado atrás las madrugadas alegres de Madrid.

Cuando llegue a casa, le hablará a Lope de su padre, de Mauro, un hombre ingenuo y maravilloso que quería una sociedad más justa y más libre. Y que pagó con la muerte la persecución de sus ideales. O tal vez le contará historias de esclavos en islas lejanas, de seres humanos que luchan contra la opresión. Quiere que su hijo aprenda a soñar y que sepa encontrar los atajos de la imaginación para alcanzar la felicidad. Porque está convencida de que solo con esas herramientas se puede defender el pobre ser humano, perdido y desnudo, de las asperezas de este mundo.

—¿Qué historia quieres que te cuente esta noche? —le pregunta Leonor a Lope, que ya se ha acurrucado en su regazo, cobijados los dos en la penumbra de su pequeña habitación, dispuestos a vivir más allá de la vida.